PETIT MARSOUIN

HISTOIRE

D'UNE FAMILLE DE SOLDATS

3e PÉRIODE

1870~1899

PAR

LE

CAPITAINE DANRIT

ILLUSTRATIONS

DE

PAUL DE SÉMANT

LIBRAIRIE CH. DELAGRAVE

PETIT MARSOUIN

$4° \underline{Y}^2$

2977

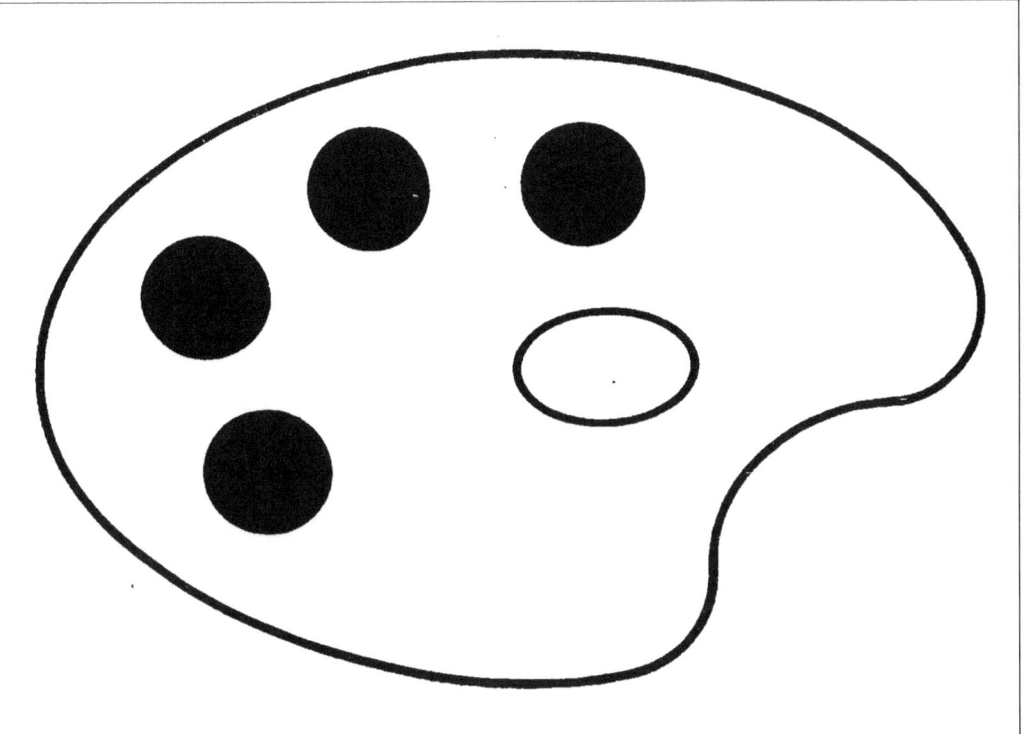

Original en couleur

NF Z 43-120-8

Capitaine DANRIT

PETIT MARSOUIN

Histoire d'une Famille de Soldats

3e Période : 1870-1886

Illustrations de PAUL DE SÉMANT

Médaille d'Honneur
de la Société d'Encouragement au Bien

2e ÉDITION

PARIS
LIBRAIRIE CH. DELAGRAVE
15, RUE SOUFFLOT, 15

Décembre 1900.

Ma chère petite Marie-Thérèse,

Il me sera doux, plus tard, de retrouver tes traits d'enfant à la première page d'un de ces livres écrits pour des enfants comme toi.

C'est pourquoi je te dédie l'Histoire de la troisième génération de cette "Famille de Soldats" que j'ai rêvée vivace, héroïque, bien française.

Quand tu seras grande, tu comprendras pourquoi j'ai voulu exalter L'ARMÉE, en rappelant ses hauts faits pendant ce siècle : tu comprendras qu'il était nécessaire d'opposer les visions réconfortantes du passé aux prophéties de ces cosmopolites qui parlent de la décadence de notre pays, parce qu'ils la désirent, et qui dénigrent son armée, parce qu'ils en ont peur.

Mais quand tu seras grande aussi, toutes les tristesses présentes seront oubliées et tous les nuages auront disparu du ciel de France !

J'en ai l'espoir aussi tenace qu'est profond mon amour pour toi.

DRIANT,

Commandant le 1er Bataillon de Chasseurs à pied.

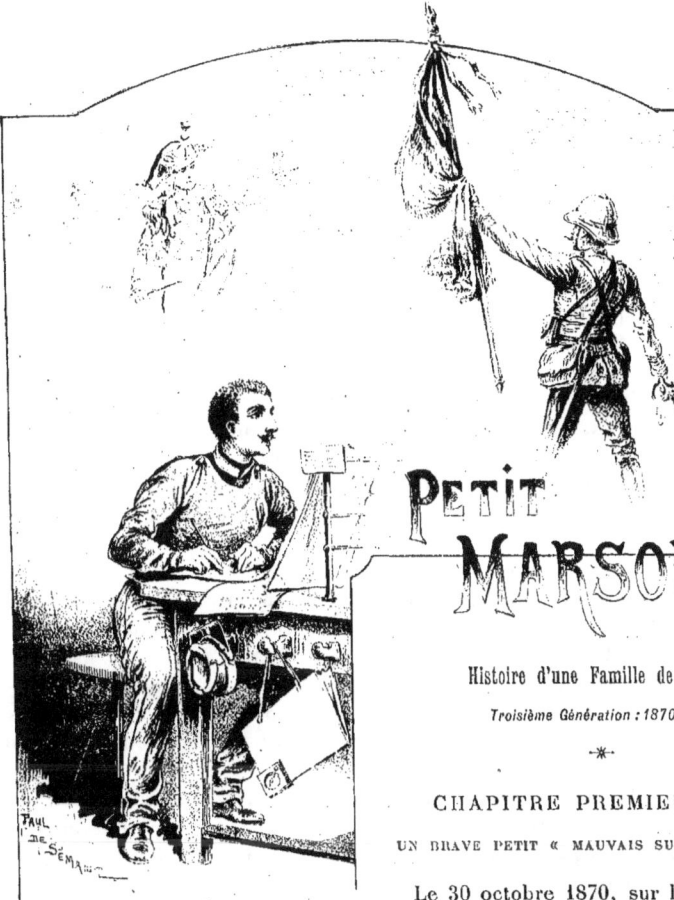

PETIT MARSOUIN

Histoire d'une Famille de Soldats

Troisième Génération : 1870-1886

—✳—

CHAPITRE PREMIER

UN BRAVE PETIT « MAUVAIS SUJET »

Le 30 octobre 1870, sur le coup de onze heures du matin, Jeannette Balourdin, digne et respectable personne de cinquante-cinq printemps, laquelle occupait chez M. Henri Cousturier, professeur d'histoire naturelle au lycée de Dijon, les multiples fonctions de cuisinière et de femme de charge, Jeannette Balourdin, disons-nous, éprouva une très vive émotion.

1

Oui, mes enfants! Ce matin-là, Jeannette Balourdin était paisiblement installée dans sa cuisine, au rez-de-chaussée du petit pavillon que son maître occupait au n° 14 de la rue Charrue, et la brave femme surveillait, avec une attention pleine de dignité, la cuisson d'une odorante « potée bourguignonne » destinée au déjeuner, lorsqu'un bruit, à la fois violent et assourdi, assez comparable à un roulement prolongé du tonnerre, éclata soudain, et déroula ses vibrations jusqu'à la cuisine, dont les vitres grelottèrent comme si elles eussent été fouettées par une fine giboulée de grésil.

Du coup, Jeannette, surprise dans sa quiétude, sursauta sur son tabouret; elle arrondit le dos, rentra le cou dans les épaules, comme sous la crainte d'un choc, puis se redressa ensuite d'un mouvement lent et craintif. Mais une seconde détonation, plus violente que la première, éclata de nouveau, et, cette fois, la brave gouvernante poussa un cri : elle eut un nouveau sursaut nerveux, si nerveux même et si saccadé, que sa manche accrocha l'oreille de la marmite, la renversa à demi, et la potée bourguignonne, répandant ses bouillons sur les charbons, emplit instantanément la petite cuisine d'une envolée de cendres.

Cette catastrophe rappela Jeannette au sang-froid; elle oublia momentanément le bruit d'orage, qui pourtant continuait par intervalles à faire frissonner l'air, et, tout en jetant au milieu de ses casseroles des exclamations apeurées, elle s'occupa de réparer le désastre.

— Eh là! mon Dieu!... Eh là! mon Dieu!... gémissait-elle, c'est pas Dieu possible! C'est donc vrai que les v'là pour de vrai, les Prussiens du diable! Ça serait donc vrai que voilà le canon!... Eh là! Mon Dieu! Bonne Sainte Vierge!... Qu'est-ce qu'on va devenir?

Puis, la marmite remise d'aplomb, Jeannette Balourdin sortit de sa cuisine et se disposait à courir aux nouvelles chez la bonne du libraire d'en face, lorsqu'une des fenêtres s'ouvrit, au premier étage du pavillon, et une tête en émergea.

Cette tête appartenait à un gamin de quatorze ans, qui portait la tunique noire lisérée de rouge des lycéens de l'époque, et dont le visage irrégulier, mutin, était éclairé par deux yeux bruns, intelligents, mais volontaires, que, pour l'instant, une flamme rageuse traversait.

— Jeannette! cria-t-il d'une voix impérieuse, Jeannette, ouvrez-moi! Ouvrez-moi tout de suite!

Il gagna, en moins d'une minute, l'escalier extérieur.

— Ah! mais non! s'écria la bonne femme, en s'arrêtant au milieu de la cour; occupez-vous de faire vos devoirs, Monsieur Paul! Vous ouvrir! Ah! mais non! C'est votre oncle qui vous a enfermé à clé, pour vous empêcher d'aller courir avec les soldats! Et même il m'a bien défendu de vous...

— Je vous dis que je veux sortir... Là! entendez-vous! interrompit le petit lycéen, en tapant du poing sur la barre d'appui. Ouvrez-moi!

— Non, et non! Monsieur Paul, puisque je vous dis que m'sieu Henri me l'a défendu.

— Ah! c'est comme ça!... Eh bien! je sortirai tout de même!...

Alors, à la grande épouvante de Jeannette, le gamin enjamba avec décision l'appui-coude; il s'accrocha des doigts aux rinceaux du mur, et, collé à la muraille, glissant à petits pas, en équilibre sur la saillie de zinc qui régnait au-dessous des fenêtres, il gagna, en moins d'une minute, un escalier extérieur, aux poteaux enguirlandés de vigne vierge, par lequel on accédait au premier étage du pavillon.

Jeannette Balourdin, trop saisie pour trouver une phrase à émettre, s'était pourtant élancée les bras en croix; elle s'était placée sur la première marche, avec l'intention évidente de barrer la route au fugitif.

Mais « Monsieur Paul » avait sans doute fait de fortes études en gymnastique, car, arrivé à la troisième marche, empoignant la rampe à deux mains, il sauta par dessus, d'un élan, retomba sur ses pieds dans la cour, ramassa vivement son képi; puis, riant maintenant d'un franc rire, il poussa l'inconvenance jusqu'à faire, à l'adresse de l'impuissante Jeannette, ce geste qui consiste, après avoir appuyé le pouce sur l'extrémité de son nez, à agiter les quatre autres doigts, comme pour actionner les clés d'un piston fictif.

Satisfait alors, le gamin prit sa course, gagna la rue et disparut.

— Ah! le *Peu Mandrin!*... Le *Peu Mandrin!* s'écria Jeannette courroucée. Que va dire M'sieu Henri?... Ah! le *Peu Mandrin!*

Ceux de vous, mes enfants, qui ont vu le jour dans la bonne et vieille Bourgogne, savent ce que veut dire ce vocable : *Peu Mandrin!* Ils pourraient expliquer à leurs camarades que Mandrin fut un brigand célèbre, au siècle dernier, et que son renom lui a survécu dans ces régions; aussi dans le langage populaire, applique-t-on encore aujourd'hui son nom comme une épithète malsonnante, à ceux qui commettent quelque méfait. *Mandrin*, en patois de Bourgogne, signifie « mauvais sujet ». Quant à ce mot *Peu*, c'est aussi du patois ; il veut dire indifféremment laid ou vilain. — Donc, en bon français, *Peu Mandrin* signifiait tout simplement : « Vilain mauvais sujet ! »

Était-ce seulement sous le coup de la colère que ce qualificatif avait échappé à Jeannette, ou bien le jeune lycéen le méritait-il réellement?

Hélas ! Je dois vous avouer mes enfants, que c'est la deuxième hypothèse qui est la vraie, et reconnaître que ce n'était pas seulement à cause de sa présente fugue, mais bien à cause de sa conduite générale, que Paul Cousturier, le propre neveu du professeur, méritait d'être ainsi qualifié.

Pourtant, comme dans tout mauvais cas il existe des circonstances atténuantes, je me hâte d'ajouter qu'il en existait pour notre petit galopin.

S'il était mauvais sujet sur bien des points, il était du moins bon, loyal et brave. Certes, il faisait preuve d'une paresse inimaginable ; son caractère était emporté, batailleur, indiscipliné. La moindre contrainte le mettait en état de révolte et l'invitait, par esprit de contradiction, à la désobéissance ; mais il avait toujours la franchise instinctive de reconnaître les petits méfaits qu'il avait commis ; alors, sous les reproches de son oncle, il était pris de regrets, qui se résolvaient en bonnes paroles et promesses formelles de ne plus recommencer. Malheureusement cela ne durait pas. Sa nature expansive, avide de liberté, reprenait le dessus ; et, plantant là ses cahiers, ses livres, Paul, trompant toute surveillance, filait prestement et passait des journées entières à courir la pretentaine.

Personne mieux que lui n'était renseigné sur les arrivées et les départs des troupes. S'il ignorait ses leçons, si ses devoirs n'étaient pas faits, on peut dire au moins qu'il connaissait, par le menu, tous les événements militaires qui survenaient en ce moment dans la région dijonnaise.

— D'où viens-tu ? lui demandait sévèrement son oncle, en le voyant rentrer d'une escapade et crotté jusqu'à l'échine. D'où viens-tu encore? Et où est ton problème d'algèbre.

— Mon oncle !... C'est que les mobiles de Saône-et-Loire sont arrivés et...

— C'est bien ! Tu seras privé de dessert et tu me copieras cinq cents fois cette phrase — et bien écrite, n'est-ce pas ? — « Je suis un polisson qui désobéis constamment. »

Mais le lendemain, le pensum n'était pas fait : Paul avait été, paraît-il, voir manœuvrer les « francs-tireurs du Doubs », ou bien il s'était rendu à la gare des marchandises, et se déclarait enchanté d'avoir appris comment se pratique un embarquement d'hommes et de chevaux.

Nouvelle semonce de l'oncle pour cette nouvelle algarade du neveu!... Et c'était ainsi tous les jours.

Ah! mes enfants, ce n'était pas une sinécure, croyez-le, que les fonctions d'oncle vis-à-vis d'un pareil petit diable de neveu. Mais, je vous l'ai dit, l'enfant était bon, et, ma foi! on l'aimait tout de même. Au fond, l'oncle Henri pardonnait à Paul, en raison même des circonstances qu'on traversait alors et qui développaient outre mesure la nervosité de l'enfant.

On était en effet en pleine guerre franco-allemande (vous le savez déjà du reste, ne fût-ce qu'en raison de la date par où débute cette histoire) et, si petits que vous soyez encore, vous n'êtes pas sans avoir bien souvent entendu vos parents parler avec tristesse de cette terrible période de notre histoire.

Oui, mes enfants! c'est une date terrible que celle-ci : 1870; chiffre sanglant qui désigne une des plus affreuses guerres de l'histoire générale des peuples. Mais, bien que nous y ayons été vaincus, au moins nous pouvons toujours porter haut la tête! Le drapeau français dut reculer, c'est vrai, devant le flot envahissant des armées prussiennes; mais ce fut pas à pas, face à l'ennemi, comme il convient à un peuple de braves! comme il sied aux descendants de Vercingétorix, de Du Guesclin, de Bayard, de La Tour d'Auvergne et des héros des grandes époques de la Révolution et de l'Empire.

Et puis! Disons-le hautement, car c'est une vérité aujourd'hui reconnue par tous, si la défaite s'est abattue sur nous, ce n'est point la faute des soldats ni des officiers qui commandaient les troupes d'alors! Non!... car ils furent dignes des combattants de Valmy, de Friedland et d'Iéna; mais le haut commandement n'avait rien prévu : l'entourage de Napoléon III, le malheureux monarque d'alors, l'avait engagé avec une frivolité inouïe dans cette guerre effroyable, sans que rien eût été préparé.

Si vous vous reportez, mes enfants, au deuxième volume (1) de cette « Histoire d'une famille de soldats », vous devez vous rappeler les premières et sinistres phases de la campagne.

(1) *Filleuls de Napoléon.*

Une joie enfantine et injustifiée surexcite d'abord les cœurs à la nouvelle d'une simple escarmouche à Sarrebrück, escarmouche que l'opinion prend d'abord pour une décisive victoire; puis, brutalement, c'est le réveil désenchanté des Français avec Wissembourg, Forbach, Frœschwiller, où, malgré les héroïques efforts de soldats merveilleux, nous sommes vaincus par manque d'organisation.

Ensuite c'est la magnifique armée du Rhin, comprenant la Garde impériale, bloquée dans Metz, grâce à la trahison de son chef, le Maréchal Bazaine, qui pourtant eût pu se dégager, car les batailles de Borny, de Rezonville, de Saint-Privat furent en réalité — les deux premières au moins — des succès, dont Bazaine « ne voulut pas profiter ».

C'est à cette phase douloureuse que s'arrête ce second volume : les « Filleuls de Napoléon ». Il se termine (vous ne l'avez pas oublié) sur une tristesse, car, vous avez vu votre ami Georges Cardignac, le petit-fils de Jean Tapin, pleurer son père, tué à Saint-Privat, et jurer, comme aux temps héroïques, de venger sa mort.

Vous allez voir du reste, mes enfants, par la suite de ce récit, que Georges tint scrupuleusement son serment, et se montra le digne héritier des vertus militaires de son grand-père, de son père et de son oncle. Quelques jours après Saint-Privat, en effet, Georges Cardignac recevait à Bazeilles le baptême du feu, et réussissait à s'évader de Sedan, accompagné de Pierre Bertigny que vous n'avez pas oublié non plus, n'est-ce pas, mes enfants?

Sedan! nom évocateur du pire désastre, car ce jour néfaste du 1er septembre 1870 vit tomber, malgré sa bravoure, la dernière armée française, que des ordres ineptes avaient contraint son chef héroïque, le Maréchal de Mac-Mahon, à entasser dans cette position désastreuse de Sedan...

1er septembre 1870 : hélas! cette date marque la fin de la première période de la guerre! A partir de ce jour, il n'existe plus en France d'armée proprement dite : j'entends par là, d'armée composée de soldats éprouvés.

Il va en surgir de nouvelles, c'est vrai! Elles auront des qualités de bravoure innée, mais manqueront de cohésion, souvent de discipline, seront la plupart du temps mal commandées, et pourtant vous les verrez, quand même, prolonger la résistance avec honneur.

Après Sedan, les événements s'étaient précipités avec une rapidité inouïe.

Le 4 septembre, une révolution pacifique avait déclaré l'Empire déchu et proclamé la République; un gouvernement de la Défense Nationale avait été installé, qui s'était immédiatement occupé d'organiser la défense de Paris.

Mais les armées prussiennes avançaient sans rencontrer de résistance sérieuse, et, le 20 septembre, Paris lui-même était investi.

Une partie du gouvernement de la Défense Nationale s'était transportée à Tours; l'un de ses membres, Gambetta, sortit de Paris en ballon et partit à les rejoindre : son nom restera parmi les plus grands et les plus honorés, car il galvanisa le patriotisme des Français. Il fut l'âme et l'organisateur de la résistance à outrance, et faisant vibrer la France, au son de ses ardentes paroles, il fit jaillir de notre sol des armées — improvisées, il est vrai, et peu instruites — mais qui du moins sauvèrent l'honneur.

Les gardes mobiles, les gardes nationales mobilisées, composées de célibataires ou de veufs sans enfants, s'armèrent, s'équipèrent tant bien que mal et marchèrent à l'ennemi.

Une fièvre analogue à celle de 1792 au moment de « la Patrie en danger! » passa sur le pays; et, en quelques semaines, six cent mille hommes vinrent suppléer les armées disparues à Sedan ou bloquées dans Metz.

On les divisa en deux armées : l'armée de la Loire et l'armée des Vosges. Il faut y joindre l'armée de Paris qui défendait la capitale, et peu après l'armée du Nord qui s'organisa sous les ordres du général Faidherbe.

Du 20 septembre au 30 octobre 1870, l'armée de Paris livra les combats de Chevilly, de Bagneux, de la Malmaison et du Bourget. Dans le même laps de temps, l'armée de la Loire soutint, pour couvrir Orléans, le combat d'Artenay; dans le même rayon d'opérations, je veux vous citer l'héroïque défense de Châteaudun qui eut lieu le 18 octobre 1870. Cette superbe résistance d'une ville ouverte, défendue seulement par les neuf cents francs-tireurs du commandant Lipowski et trois cents gardes nationaux, rendit les Allemands furieux; en véritables sauvages, ils brûlèrent la ville en entier (1).

---

(1) Depuis, la ville de Châteaudun a reçu le droit de porter dans ses armes la croix de la Légion d'honneur, en récompense de son héroïsme.

Quant à l'armée des Vosges, elle se repliait sur Besançon, tout en tenant tête à l'ennemi à la Bourgonce, à Rambervillers, à Bruyères, à Etuz, à Châtillon. Enfin — justement le 30 octobre — une partie de cette armée des Vosges allait prendre contact avec les Prussiens, sous les murs mêmes de Dijon.

Vous comprenez, maintenant, mes enfants, l'état de surexcitation du jeune Paul.

Depuis un mois, il vivait dans une sorte de fièvre, ne rêvait que combats, avec, dans le cœur, une haine féroce de petit Français contre les envahisseurs.

Son bonheur suprême consistait à causer avec les soldats de passage, à manier leur fusil, chassepot, remington, winchester, fusil à tabatière ou même simple fusil à piston de l'ancienne époque. On n'avait pas le choix en effet: le gouvernement avait dû acheter partout, en Angleterre, en Amérique, des armes de tous les modèles, et les arsenaux avaient été vidés à fond de leur vieux matériel...

L'oncle Henri, en tant que professeur au lycée, faisait seulement partie de « la garde nationale sédentaire »; mais ce n'était pas lui qui maniait le plus souvent son vieux « flingot » de l'ancien temps: Paul s'en emparait pour faire l'exercice dans la cour, et cela faisait le désespoir de Jeannette.

En effet, le malin petit diable faisait mille mauvaises niches à la brave femme. Il s'amusait à la poursuivre à la baïonnette ou même à la mettre en joue, ce qui causait à la vieille gouvernante une terreur folle.

Je dois même ajouter que Paul, s'étant procuré des capsules, faillit faire mourir la pauvre femme de saisissement, en lâchant un jour son inoffensif coup de feu par la fenêtre de la cuisine.

En outre, en dehors de ses escapades buissonnières, le gamin s'était constitué chef de corps... Oui! Paul commandait un régiment composé de deux fillettes, âgées respectivement de douze et huit ans, très mignonnes, ma foi, et qui répondaient aux noms d'Henriette et Lucie Ramblot.

C'étaient les deux filles d'un gros négociant en toiles qui habitait la maison voisine, et avec lequel l'oncle Henri était lié d'étroite amitié.

Je vous dirai même qu'Henriette et Lucie avaient pris très au sérieux leur rôle de militaires, et c'était amusant au possible de les voir exécuter, avec un sérieux imperturbable, les ordres de leur « colonel ».

Elles s'étaient même passionnées pour le métier des armes, et, si gamines fussent-elles, s'intéressaient aux nouvelles de la guerre, que Paul leur racontait journellement, avec force commentaires et détails.

C'est ainsi que l'avant-veille, 27 octobre 1870, elles avaient appris, tant du lycéen que de la conversation générale de leurs parents, que Metz avait capitulé !... et les trois enfants avaient pleuré à chaudes larmes.

Puis, le lendemain 28, on avait su que l'armée

des Vosges se rapprochait de Dijon, que les Prussiens approchaient aussi..... Du coup, Paul n'avait pu tenir en place, et devant sa détermination bien affirmée de courir audevant de l'ennemi, l'oncle, responsable de son neveu, n'avait pas hésité! Il l'avait enfermé à clé, pour calmer son

Il s'amusait à mettre en joue la vieille gouvernante.

enthousiasme. Vous avez vu, mes enfants, que la précaution de l'oncle Henri avait été vaine devant le premier coup de canon.

Pour l'instant, notre camarade, après avoir enfilé au grand galop la rue du Bourg, venait de déboucher sur la place d'Armes.

Une grande confusion y régnait, des détachements de soldats de toutes armes s'y croisaient, s'y enchevêtraient, cherchant l'emplacement de leur compagnie, au milieu des cris et des observations des officiers. D'autres partaient isolément ou par petits groupes vers le bruit du canon, dont la note grave et vibrante dominait de temps en temps ce tumulte.

Individuellement, les gardes nationaux sans uniforme, mais coiffés du képi noir à bande rouge, s'élançaient dans la même direction, pendant que dans les rues, au loin, les tambours, battant le rappel, résonnaient lugubres

A vous dire vrai, mes enfants, c'était de la confusion pure et simple : il n'y eut pas, à proprement parler, d'ordre général donné ; nulle direction ne coordonna ces divers et faibles éléments épars de l'armée des Vosges. Le seul ordre qui courut partout, comme une traînée de poudre, fut : « Marchons au canon ! »

Notez, mes enfants, qu'on n'avait pas ce jour-là, à Dijon, un « seul canon » à opposer aux trois batteries badoises qui, dès midi, avaient pris position près du village de Saint-Apollinaire et commençaient à tirer.

Du reste, on ne s'illusionnait pas ; on ne luttait pas pour vaincre : on savait très bien que le nombre était du côté de l'ennemi et que la défense était une noble folie ; mais c'est justement ce qui rend plus honorable et plus digne de votre admiration cette lutte d'une ville ouverte, contre du canon ! Et, ce jour-là, 30 octobre 1870, les défenseurs de Dijon furent superbes, puisqu'ils luttèrent « uniquement pour l'honneur !... » (1).

Paul avait vite pris son parti. Dans la foule des soldats, il avait de suite distingué des pantalons rouges, et, d'instinct, suivi une centaine de soldats d'infanterie de ligne — une demi-compagnie du 90°, — qui courait au pas gymnastique vers le faubourg Saint-Nicolas... Fiévreux, emporté comme en un rêve au milieu du tumulte, il arriva, pour ainsi dire sans s'en douter, sur le champ de bataille.

_____

(1) Comme je vous l'ai déjà dit pour Châteaudun, la ville de Dijon fut aussi décorée, plus tard, tant pour sa défense du 30 octobre 1870 que pour les batailles qui eurent lieu sous ses murs, les 21, 22 et 23 janvier 1871.

L'enfant ne s'appartenait plus en effet; il était saisi d'un vertige qui annihilait en lui toute autre pensée que celle-ci : « Il faut courir

Le vieux déboucla la giberne du mort.

toujours ! Aller toujours en avant !... » — Dans quel but? Pour se battre !... Comment ?... Il n'en savait rien !

Il obéissait simplement à une fatalité de sa nature combative, exaspérée par une exaltation patriotique.

Paul ne se ressaisit qu'en plein feu, lorsque, sur un ordre bref de leur lieutenant, les soldats se déployèrent en tirailleurs, à gauche de la route, dans un champ de luzerne.

Alors il s'arrêta, essoufflé ; et son cerveau bouillonnant se calma net, au bruit d'une fusillade nourrie, qui crépita sur sa droite, le long des murs du parc de Montmusard. C'étaient des chasseurs à pied, débris d'une compagnie du 6e bataillon, qui ouvraient le feu.

Les tirailleurs du 90e les imitèrent, et Paul, assourdi par le bruit des détonations, resta là, debout sur le bas côté de la route, en proie à un frémissement de tout son être !... Il regardait ! Ah oui, mes enfants ! je vous assure qu'il les ouvrait tout grands, ses deux yeux !

Et au bout de quelques secondes, une pensée lui vint, qu'il traduisit tout haut.

— Mais... sur quoi tirent-ils ?... Je ne vois rien !...

— Patience ! mon petit ! Patience !... Tu vas les voir, et sans payer ta place encore !

A cette phrase, énoncée d'une voix tranquille, Paul tourna la tête, et l'enfant aperçut, tout près de lui, un sergent du 90e, aux longues moustaches rousses, à la manche chevronnée, qui, assis au rebord du fossé, le regardait d'un œil calme.

— Tiens ! les voilà !... continua le sergent.

Effectivement, à huit ou neuf cents mètres de là, les Prussiens, tapis dans un repli du terrain, venaient de se redresser pour marcher en avant !

Sur la ligne noire, des flocons bleutés de fumée s'envolèrent ; un sifflement strident déchira l'air et des balles ricochèrent sur le gazon. A cet instant, Paul sentit une poigne énergique lui saisir le bras gauche, l'attirer, le courber vers le sol, et il se trouva, sans trop savoir comment, couché dans le fossé.

— Gamin !... conclut le sergent : défile-toi ! Faudrait voir à ne pas te faire tuer, si c'est possible ! Ta maman ne serait pas contente ?... et j'opine que tu aurais mieux fait de rester à la maison !

— Ah ! si j'avais un chassepot ! soupira le petit lycéen.

Le sergent sourit :

— C'est bon ! C'est bon !... Pas ton affaire, çà ! Pour l'instant, reste là bien tranquille et fais comme je te dis.

Alors, le menton au ras du fossé, Paul resta pendant longtemps à vouloir « tout voir ».

Son regard avide parcourait alternativement la ligne française et la ligne allemande. Il éprouvait un commencement de violent mal de tête, sous le martellement répété des coups de feu. A ses côtés le sergent tirait, la fumée grisait le collégien, lui emplissait les poumons. Il s'étonna de voir le sous-officier cracher dans la culasse de son chassepot, après chaque coup, pour en lubrifier les parois encrassées par les gaz de la poudre; mais ce qu'il admira le plus, ce fut le lieutenant, qui, tout debout derrière la ligne de ses hommes, fumait son cigare et restait aussi calme, aussi tranquille, que s'il eût été dans la cour de la caserne, à passer la revue de la garde montante.

Hypnotisé par l'atmosphère spéciale qui l'enveloppait, l'enfant ne pensait plus à rien; il subissait seulement des impressions d'une violence extrême, qui lui faisaient passer le long des nerfs un frémissement continu.

Frisson de peur? Non pas!

Paul n'avait pas peur, puisqu'il restait là, en plein combat, alors que rien ne l'y contraignait et qu'il eût pu, en se glissant dans le fond du fossé, revenir en arrière, dans la zone tranquille et rentrer chez lui. Non! il n'avait pas peur, le petit Paul, et le frisson qui l'agitait provenait d'une toute autre cause : il vibrait ainsi parce qu'il éprouvait une émotion intense, et bien compréhensible, à se sentir en contact avec la mort qui passait! Cela lui gonflait le cœur d'une bouffée d'orgueil.

Il avait lu et relu, avec enthousiasme, les aventures de « Jean Tapin », et le souvenir du petit tambour de la 9ᵉ demi-brigade, se forçant à la Croix-aux-Bois, sous la semonce de Belle-Rose, à ne pas saluer les balles, l'avait hanté, dès le début de la fusillade... Paul n'avait pas bronché à leurs stridulations, à leurs froufrous inquiétants, et cette attitude n'avait pas été sans surprendre le vieux sergent.

Cela durait depuis une demi-heure.

Paul avait bien vu, de loin, tomber quelques hommes sur notre ligne. Plusieurs autres, blessés, s'étaient reportés en arrière; mais il n'avait pas encore vu la mort faucher tout près de lui. Tout à coup, un ronflement formidable passa, secouant les branches et les feuilles séchées des arbres; un craquement se produisit dans le mur du parc de Montmusard, puis... un éboulis de pierres disloquées, une détonation effrayante, un jet de flamme, de la fumée, et dans le bourdonnement qui suivit, des cris et des plaintes!

Paul et le sergent lui-même s'étaient courbés sous le vent de l'obus... Ils se redressèrent.

Derrière la brèche du mur éventré, trois chasseurs à pied avaient été tués !... On les emportait.

Le gamin pâlit.

— Le « brutal » (1) qui s'en mêle !... Va falloir s'en aller ! murmura rageusement le sergent.

Effectivement l'ordre éclata :

— En retraite !...

— Et du calme ! cria le lieutenant.

Courbés, pour donner moins de prise au feu de l'ennemi, les tirailleurs du 90ᵉ se replièrent, et, par un à droite, vinrent se replacer à cent cinquante mètres en arrière, sur l'alignement du parc.

Paul avait suivi le sergent.

Il était temps du reste, car les artilleurs badois avaient repéré leur tir, et un paquet d'obus troua la luzerne et la route, à l'emplacement qu'ils venaient de quitter.

Mais, quand même, la position était indéfendable, et, par mouvements successifs, on dut ensuite continuer la retraite, tout en tiraillant.

Paul maintenant ne frissonnait plus ; le fait d'avoir quitté son immobilité, de s'être mis en mouvement, l'avait transfiguré, et, maintenant, une colère le saisissait de voir qu'il fallait reculer.

— Ah ! murmura-t-il encore, si j'avais un fusil ! Oh ! si j'avais un chassepot !

Comme une réponse, une balle prussienne troua le front d'un soldat qui s'abattit.

— Tiens ! dit alors le sergent, de sa voix calme, si calme que c'était terrible en pareil moment, tu vois ! Il n'y a qu'à commander pour être servi. Prends son fusil !... Sais-tu t'en servir ?

— Oh ! oui.

Le vieux déboucla la giberne du mort et la tendit à l'enfant. Il ajouta :

— Et voilà des cartouches !

Mais le feu de l'artillerie allemande redoublait ; leurs tirailleurs, postés maintenant dans le parc évacué, nous prenaient à revers : il fallait se replier sur Dijon

---

(1) Surnom donné par les soldats au canon.

Soudain, le professeur s'affaissa.

3

Du reste, dans un emmêlement d'uniformes, tous les combattants refluaient vers la ville, sans débandade il est vrai, mais sans coordination.

Sauf les chasseurs, les lignards et quelques mobiles, tous, gardes nationaux ou francs-tireurs, agissaient individuellement et, tout en tiraillant, regagnaient le faubourg Saint-Nicolas et les vieux remparts du temps des ducs de Bourgogne.

Paul resta avec les soldats du 90ᵉ : il suivait le sergent comme son ombre. Au moment où ils abandonnaient l'abri du mur de Montmusard, ils se retrouvèrent en plein dans le champ de tir de l'ennemi.

On riposta, tout en reculant d'arbre en arbre, d'abri en abri, et c'est là que l'enfant tira son premier coup de feu.

Il ressentit, en pressant pour la première fois la détente de son arme, une impression aiguë, rapide comme un éclair : ce fut à la fois de la crainte, de la curiosité et aussi une angoisse indicible, en pensant qu'il tirait sur des hommes !

Mais son hésitation fut courte, et, réagissant par un violent effort de volonté, il appuya jusqu'au bout sur la détente et brûla sa première cartouche... en fermant les yeux !

Le choc de la crosse sur son épaule, la détonation qui lui résonna jusque dans le cœur, le flot d'âcre fumée qui lui jaillit au visage en rouvrant le « tonnerre » de son chassepot, secouèrent le lycéen qui fut pris d'une véritable griserie ; et Paul se mit à tirer, à tirer, sans même entendre le sergent qui lui disait de temps à autre :

— Pas si vite, garçon !... pas si vite !... Tu te presses trop... Tu n'ajustes pas.

Cependant, comme on arrivait tout à fait à l'angle du mur, une troupe de gardes nationaux les rejoignit, et Paul eut un sursaut en s'entendant appeler par son nom.

Il se retourna et reconnut M. Cave, son professeur de physique au lycée.

Tout jeune encore, d'un visage doux et régulier, encadré de favoris noirs, M. Cave, qui cependant laissait à son logis ses deux petites filles, toutes petites, n'avait pas hésité à faire son devoir de soldat ; il avait pris son vieux fusil de garde national et s'était, comme tant d'autres, porté au-devant de l'ennemi.

— Malheureux enfant ! cria-t-il, que faites-vous ici ? Votre pauvre oncle est fou de douleur ! Rentrez vite !

Mais il prêchait dans le désert ; bien forte eût été la puissance qui eût obtenu ce résultat, du gamin emballé à fond.

— Ah ! mais non, s'écria-t-il ; non, monsieur Cave ! je me bats et je me battrai tant que j'aurai une cartouche !

Ce n'était pas du reste l'instant de faire des discours. M. Cave qui avait, lui aussi, des cartouches à tirer, n'insista pas, et l'on vit un instant le maître et l'élève tirailler côte à côte, quand soudain le professeur s'affaissa.

Une balle l'avait touché en pleine poitrine.

Paul ne s'en aperçut qu'au bout d'un instant. Il allait porter secours à M. Cave ; mais un obus arriva, puis un autre, et Paul, entraîné en arrière par le sergent, perdit de vue son malheureux professeur.

Il devait hélas ! en compagnie de son oncle, le ramasser le lendemain matin, contre le mur du parc de Montmusard... percé de sept coups de feu ! (1)

Un quart d'heure plus tard, l'enfant était rentré sain et sauf à Dijon, et continuait à prendre part à la lutte opiniâtre qui se livra dans les faubourgs de la ville elle-même jusqu'à la nuit noire.

Une barricade faite de pavés, de meubles, de voitures renversées, de matelas avait été hâtivement construite rue Janin, contre le mur de la Recette générale.

C'est là, dans ce secteur, que Paul resta jusqu'au soir.

Quand la brume commença à envelopper les hommes et les choses, on put voir des maisons flamber, incendies allumés par les obus de l'ennemi, mais on tint quand même.

Ce fut une défense violente, exaspérée, que le drapeau blanc, hissé à la demande de l'Évêque de Dijon, sur le palais des Ducs, ne réussit pas à arrêter.

Seule, la nuit fit cesser le combat des deux côtés.

Or, vers six heures, quelques coups de feu isolés partaient encore, éclairant la rue de lueurs rapidement éteintes. Les Prussiens surtout tiraillaient encore, du haut de la terrasse de la Recette générale dont ils avaient réussi à s'emparer. Paul, exténué, brisé plus encore par l'excès de sa tension ner-

(1) Historique : M. Cave, professeur au lycée de Dijon, tué à l'ennemi le 30 octobre 1870, fut inhumé au cimetière de Dijon, avec les honneurs militaires que lui rendit une compagnie du 2e grenadiers badois.

veuse que par la fatigue, venait
de s'asseoir sur un tas de pavés,
au coin des rues Saumaise et
Janin.

Une détente s'opérait en lui :
il sentait une torpeur envahir
ses membres et son cerveau, et,
machinalement, sa pensée se
reportait vers son oncle... Qu'al-
lait-il dire en effet, le pauvre
oncle Henri, en voyant arriver
son coquin de neveu, tout noir
de poudre, tout souillé de boue?
Douloureuse question qui évoquait dans l'esprit de Paul une
semonce énergique, doublée
d'une punition formidable ; et,
ma foi, je dois dire qu'il s'apprêtait à recevoir l'une et l'autre
avec la bravoure qu'il avait dé-
pensée pour recevoir le baptême
du feu, quand, devant lui, passa
un franc-tireur des Vosges.

C'était un tout jeune homme,
on pourrait presque dire un enfant, bien que dans la nuit envahissante, on ne pût distinguer
ses traits.

Il se dirigea vers la rue
Janin, et, l'arme en arrêt, il
observa un instant; il s'élan-
çait pour franchir la rue, quand
un coup de feu jaillit, et le jeune
franc-tireur s'affaissa lentement,
en poussant une légère plainte.

Le franc-tireur n'était autre que son ami Georges Cardignac.

Paul s'était immédiatement précipité vers lui !

Lui saisir les mains, l'aider à se redresser, l'appuyer à son épaule et le ramener boitant vers l'angle protecteur de la rue Saumaise, tout cela fut l'affaire d'une minute.

Mais comme une équipe d'infirmiers, conduits par une sœur de Saint-Vincent de Paul, passait, le falot que tenait l'un d'eux éclaira les deux jeunes gens, et Paul poussa un cri de stupeur !

— Ah ! s'écria-t-il. C'est Georges ! Ah ! quel malheur !

Et son émotion fut telle qu'il faillit lâcher le blessé.

Tout pâle sous la douleur de sa blessure, celui-ci eut, lui aussi, en reconnaissant le lycéen, un sursaut qui lui arracha une plainte, et murmura :

— Oh !... par exemple !... c'est toi, mon Paul ?...

Le petit franc-tireur que soutenait notre galopin de lycéen n'était autre que « son ami » Georges Cardignac !

CHAPITRE II

Oui, mes enfants! c'était bien Georges Cardignac en personne; c'était bien le fils du colonel tué à Saint-Privat; c'était bien le petit-fils de Jean Tapin, que Paul Cousturier soutenait dans ses bras, le soir du 30 octobre 1870, au coin de la rue Saumaise; et si j'ai ajouté que Georges était « l'ami » de Paul, c'est tout simplement parce que c'est la vérité.

Vous n'avez pas oublié, mes enfants, que Pierre Bertigny avait été élevé au Prytanée militaire de la Flèche, et je vois — rien qu'au sourire qui vient effleurer vos lèvres — que vous vous souvenez des méfaits qu'il y commit.

Je suis même persuadé que l'aventure de la cane, enfermée dans la bibliothèque, est toujours présente à votre mémoire, et que, par conséquent, vous vous rappelez fort bien qu'un bon camarade de Pierre Bertigny, l'élève Cousturier, reçut ce jour-là, de la part du dit Pierre, un œuf de la pauvre cane en plein dans le dos, ce qui, du reste, dessina sur le bleu de sa veste un magnifique soleil d'or que lui eût envié, au temps de Louis XIII, un mousquetaire du Roy.

Eh bien, mes enfants, ce Cousturier d'alors n'est autre que le père du mauvais garnement si redouté de la pauvre Jeannette! Seulement, pendant que Pierre Bertigny s'engageait dans les cuirassiers, le futur père de Paul avait poursuivi ses études, puis était entré à l'École de Médecine militaire de Strasbourg. Il s'était donc retrouvé, par la suite, en contact direct avec son ancien camarade « Brution » dans les différents régiments où passa Bertigny.

Une bonne et franche amitié, accrue par la fraternité « Brutionne », avait continué entre l'officier et le médecin militaire qui s'était, par cela même, trouvé en rapports constants avec la famille Cardignac.

Tous les ans, au cours des vacances, Pierre Bertigny venait chasser chez son ami le docteur, dans une propriété que ce dernier possédait en Touraine, près de la jolie ville de Chinon ; il amenait avec lui Georges Cardignac qui s'était ainsi lié très intimement avec Paul, son cadet d'environ deux ans, puisque Georges était né en février 1854 et Paul en novembre 1855.

C'est même la fréquentation et l'exemple de Georges qui avaient incité Paul à acquérir, dans tous les exercices du corps, une maîtrise que son ami possédait, vous le savez, à un degré exceptionnel, et qui provoquait chez le cadet une admiration sans bornes pour son aîné.

D'autre part, Pierre Bertigny, qui était originaire de la Côte-d'Or (1), avait tenu à renouer, avec son pays d'origine, d'anciennes relations, rompues par les tragiques événements de sa petite enfance. Il avait ainsi retrouvé la famille Ramblot que son père avait autrefois connue ; il avait même fait mieux : après son mariage avec Margarita, il avait acheté, en vue d'y résider plus tard, une fois l'âge de la retraite arrivé, une propriété composée d'une villa confortable et d'une ferme, qui avait nom Champ-Moron, et se trouvait située près du village de Plombières, à quelques kilomètres de Dijon.

Telle était la situation générale de nos anciennes connaissances au moment de la déclaration de la guerre de 1870.

A ce moment-là, la mère de Georges, Mme Valentine Cardignac, était restée au Havre avec le jeune Mohiloff, et Margarita était venue la rejoindre. C'est là que le désespoir les avait saisies à la nouvelle de la mort du colonel Cardignac.

C'était une lettre — écrite en hâte par Georges, qui leur avait annoncé cette fin glorieuse... mais cette lettre était aussi la dernière que la malheureuse mère eut reçue de son fils ! car, à la suite des événements militaires qui avaient suivi Saint-Privat, les courriers avaient été interceptés.

Il est vrai que — comme je vous l'ai dit déjà — Georges, sorti sain et sauf de la fournaise de Bazeilles, avait retrouvé Pierre Bertigny sous les murs de Sedan, et tous deux avaient tenté de franchir les lignes prussiennes. Mais

(1) *Filleuls de Napoléon.*

pendant le cours de cette évasion difficile, ils étaient tombés sur une forte patrouille de cavalerie allemande. Obligés de se jeter sous bois, la poursuite ardente dont ils avaient été l'objet les avait séparés.

Pierre Bertigny avait néanmoins réussi à gagner la Belgique; puis il était rentré seul en France, et avait touché au Havre avant d'aller se mettre à la disposition du gouvernement de la Défense nationale.

Mais, hélas! en ce qui concernait Georges, il ne pouvait apporter à la malheureuse Mme Cardignac que le doute, le doute obsédant... plus douloureux encore qu'une certitude... si cruelle fût-elle!

Qu'était-il devenu, le pauvre enfant?

Prisonnier? Qui sait? Tué peut-être?... ou fusillé, comme tant d'autres le furent en cette période terrible?...

Il y avait là, vous le voyez mes enfants, de quoi jeter la pauvre femme dans le plus amer désespoir.

Aussi, avant de repartir pour l'armée, Pierre avait insisté auprès de Mme Cardignac pour lui faire quitter le Havre, afin de la soustraire aux souvenirs lancinants que ravivait en elle le contact de toute sa maison, encore imprégnée du souvenir des deux disparus!

Elle avait fini par céder, et, accompagnée de Margarita et du jeune Mohiloff, la mère désolée était venue se réfugier justement à Champ-Moron, dans la jolie petite villa enfouie dans un ravin boisé; et là, depuis deux mois, elle se consumait dans sa douleur.

Quant à notre nouveau camarade et ami Paul, s'il était à Dijon, c'est que son père, retraité peu avant la guerre, avait, lui aussi, repris du service à l'appel de la France en danger; et que, ne voulant pas laisser ce grand garçon indocile, au tempérament ardent, sans une direction ferme, le médecin major l'avait confié aux soins de son frère, professeur au lycée de Dijon.

Le gamin avait donc quitté sa mère, qui était restée seule à Chinon, pendant que son mari prenait part, en qualité de médecin-major, aux opérations de l'armée de la Loire.

Vous voyez donc, mes enfants, que les liens d'amitié qui unissaient Paul à Georges Cardignac étaient des plus étroits.

— Oh!... c'est Georges!

Ce cri, échappé au lycéen en reconnaissant son camarade, avait jailli de

4

ses lèvres avec une intonation bien caractéristique de stupeur, d'angoisse et de joie.

Stupeur... de retrouver si brusquement, de façon aussi inattendue, le disparu dont on redoutait la perte définitive.

Angoisse... de le tenir, blessé, entre ses bras.

Joie, enfin, de le savoir vivant et de penser au bonheur de tous en apprenant cette heureuse nouvelle.

Ce fut même cette dernière impression qui prima les autres ; car, dans un élan, Paul s'écria :

— Oh !... comme ta mère va être heureuse ! et tout le monde aussi !

Et comme cette journée d'émotion l'avait déjà trempé, l'avait rendu plus maître de lui, Paul songea de suite au côté pratique que comportait la situation.

Sans s'attarder à des questions oiseuses en pareil moment :

— Où es-tu touché, mon grand Georges ? demanda-t-il.

— Au pied, je crois... Probablement au talon, car j'y ressens maintenant une assez vive douleur.

Paul, accotant doucement son ami contre la muraille, se baissa pour examiner.

— Oui !... c'est vrai !... dit-il, en plein dans ton pauvre talon !... La balle a troué ta chaussure et tu saignes !... Oh ! les brigands !

Il se redressa, l'œil plein de colère, puis avec décision :

— Attends-moi un instant ! dit-il,... et il s'élança dans la rue.

Peu après, il ramenait lui-même une petite charrette à bras pleine de paille, qu'il avait dénichée dans une cour, et dont il avait obtenu l'autorisation de se servir.

Il aida Georges, déjà saisi par un commencement de fièvre, à s'y asseoir, y déposa également les deux chassepots, puis s'attelant aux brancards, il partit à travers la ville, dans la direction de la rue Charrue, sans prendre même attention aux exclamations apitoyées des femmes qui, maintenant que le feu avait presque tout à fait cessé, sortaient timidement sur le pas des portes, et se lamentaient en voyant passer ce singulier convoi, composé d'un enfant qui traînait un autre enfant blessé.

Ce fut pour Paul un chemin rude et triste, au milieu des rues non éclairées, animées pourtant du mouvement grouillant des soldats qui, sur

Ce fut un chemin rude et triste.

l'ordre donné, se repliaient en hâte vers la route de Beaune... Et là-bas, tout là-bas, du même côté, la sonnerie triste, bien plus triste encore de : « En retraite! » montait par instant dans la nuit, et passait sur la ville comme un sanglot douloureux!

Quand Paul, traînant toujours la petite charrette, s'arrêta devant les magasins fermés de M. Ramblot, il était en nage!

Déposant doucement les brancards à terre, il vint sonner à la porte d'entrée, qui de suite s'ouvrit; et, dans la pénombre du vestibule, deux formes vagues se précipitèrent au-devant du gamin.

C'étaient l'oncle Henri, grand et mince, et M. Ramblot, bon colosse, taillé en Hercule Farnèse.

— Ah! s'écria le professeur. Enfin!... Dieu soit loué!... C'est lui! Il n'est pas tué!

Mais, en même temps, le désespoir et l'angoisse qui lui avaient étreint le cœur pendant toute la journée, disparurent instantanément pour faire place à une bien légitime colère; alors, malgré lui, et peut-être même sans qu'il se rendît compte de cet acte tout impulsif, l'oncle Henri, allongeant le bras, lança à maître Paul une vigoureuse taloche.

Mais, leste comme un chat, le lycéen l'esquiva.

— Mon oncle! cria-t-il à pleins poumons... Je ramène Georges... Georges Cardignac... Il est blessé!

Cette phrase tomba sur les deux hommes comme une douche glacée; ils restèrent une bonne minute ahuris, stupéfaits; puis se ressaisissant, ils s'élancèrent, et cinq minutes plus tard le pauvre Georges, transporté au premier étage dans les robustes bras de M. Ramblot, était déposé sur un bon lit.

Toute la famille était accourue, en proie à une intense émotion; les petites Henriette et Lucie sanglotaient, et déjà les exclamations, les questions se pressaient sur toutes les lèvres, quand le professeur intervint.

— Ce n'est pas le moment de questionner, dit-il, mes bons amis; retirez-vous... Envoyez chercher le docteur. Vous voyez que ce pauvre enfant est secoué de frissons... la fièvre l'envahit. Allez!... Vous reviendrez plus tard.

Georges grelottait en effet, comme s'il eût été saisi d'un froid mortel; son regard semblait comme terni, sans pourtant qu'il eût perdu connaissance :

mais il répondait sourdement, faiblement aux questions de l'oncle et de M. Ramblot.

Il les remerciait comme s'il eût parlé en rêve.

Le professeur coupa le brodequin et la chaussette du blessé; il constata que la balle ne semblait pas avoir pénétré trop profondément, bien qu'elle provoquât un fort épanchement de sang, et l'oncle Henri, aidé par M. Ramblot, s'occupait d'arrêter l'hémorragie lorsque le docteur arriva.

L'examen du médecin fut rapide et rassurant.

— Rien de grave, dit-il; l'os n'est pas atteint : le cuir de la chaussure a dû amortir fortement le coup... Heureusement, car sans ça c'était une mauvaise affaire!... Mais nous n'avons là qu'une plaie, un peu pénétrante, c'est vrai, mais très nette et d'une cicatrisation facile et rapide... Un mois de soins, et cet enfant sera sur pied!

— Ah! tant mieux! soupira Georges... Je pourrai donc repartir!!... Merci!... merci, docteur!

— Du calme, mon enfant, répondit ce dernier, qui, enlevant sa redingote, déclara :

— Nous allons enlever cette vilaine balle.

Georges eut un léger frisson.

— Voulez-vous que je vous endorme, mon enfant? j'enverrai chercher du chloroforme.

— Non!... Non!... Allez-y! répondit bravement Georges, qui se concentra dans un effort énergique.

Mais malgré sa fermeté, la douleur lui arracha une plainte, et la fièvre montant avec violence, il s'évanouit.

— Là!... c'est fait! dit au bout d'un instant le docteur. La voilà, la maudite balle!

Il la déposa sur la table en ajoutant :

— Cela lui constituera un souvenir original pour plus tard! Jolie breloque pour une chaîne de montre!

Puis considérant le blessé :

— Eh! mais?... s'écrie-t-il, quoi donc?... On s'est trouvé mal!... Plus personne? Dépêchons-nous de rouvrir les yeux!

Quelques frictions énergiques, des inhalations d'éther ramenèrent le petit franc-tireur des Vosges à la perception des choses extérieures; mais il resta malgré tout dans un état d'engourdissement fiévreux et s'endormit lourdement pendant qu'on terminait le pansement.

Le médecin écrivit alors son ordonnance et, formulant ses prescriptions, il prenait congé de l'oncle Henri et de M. Ramblot, quand un ronflement sonore, venant de la porte voisine, leur fit tourner la tête.

Dans le salon, Paul, étendu sur un divan, dormait comme un bienheureux.

Une colère le saisit en voyant arriver le 1er Badois.

Il avait à côté de lui son chassepot et celui de son camarade, qu'il était descendu chercher dans la charrette; puis, brisé, anéanti par tant d'émotions aussi neuves que violentes, l'enfant avait senti ses nerfs se détendre. Envahi d'une lassitude et d'une torpeur contre lesquelles il se sentait impuissant à lutter, Paul s'était laissé tomber sur le divan, et le sommeil l'avait pris.

L'oncle Henri le contempla un instant d'un regard attendri; puis sans dire un mot, il le déchaussa et le déshabilla doucement, comme eût fait une maman bien douce pour un petit, tout petit enfant.

Paul ne s'éveilla point,... il dormait si bien! Il ne sentit même pas M. Ramblot l'emporter dans un bon lit, et le brave petit homme fut tout étonné, le lendemain matin, de ne pas se retrouver chez son oncle dans son petit lit de fer.

Inutile de vous dire qu'il ne fut plus question pour lui de semonce ni de punition pour son escapade de la veille. L'oncle ne se sentait plus le courage de gronder cette jeune et exubérante bravoure, et du reste il semblait que cette journée du 30 octobre eût provoqué chez le gamin emballé une métamorphose complète. Il était, sans s'en douter, devenu presque un homme, au milieu de tant d'impressions où la mort jetait sa note grave.

Ce fut lui qui, ce matin du 31 octobre, conduisit les recherches jusqu'à l'endroit où M. Cave, son professeur, était tombé, et c'est en revenant de son pieux pèlerinage qu'il éprouva la colère la plus intense de sa vie, en voyant le 1er régiment badois entrer, musique en tête, dans la ville de Dijon.

Le son sec et sourd des tambours plats des Prussiens, la note aigre et sifflante de leurs fifres, lui résonna jusque dans les moelles; et, quittant brusquement son oncle, l'enfant s'enfuit en courant et regagna la rue Charrue, pendant que deux grosses larmes roulaient en silence sur ses joues, envahies d'une pâleur extrême.

Car une véritable fureur le contractait à la pensée qu'il était presque forcé d'admirer la belle ordonnance des troupes prussiennes!

C'étaient de lourds soldats, c'est vrai; sur leurs gros et fades visages n'étincelait point cette vivacité d'intelligence qu'on peut lire sur la physionomie de nos troupiers; mais, rien qu'à les voir passer d'un pas raide, automatique, qui faisait résonner le sol sous un seul et même choc des talons ferrés, rien qu'à voir tous ces gros bras se balancer du même mouvement rythmique de balancier d'horloge, rien qu'à considérer ces paquetages uniformes où pas un boucleteau ne dépassait, on sentait qu'il y avait là une force! Force de brute,... soit! Mais il n'y avait pas à dire! Si ce n'était là qu'une machine, c'était en tous cas une machine formidablement montée, docile, coordonnée... et, disons-le,... merveilleuse d'organisation, aux mains des chefs qui la mettaient en mouvement et la dirigeaient.

Et cette constatation faisait pleurer l'enfant!...

Quand il arriva chez M. Ramblot, il trouva Georges entouré de toute la famille; et au chevet du blessé, sa mère, sa pauvre mère, pleurant de joie ainsi que Margarita et aussi Mohiloff, qu'on était allé chercher en hâte au Champ-Moron. Oh! qu'elles étaient douces, mes enfants, les larmes de la pauvre maman!

Enfin!... elle le savait donc vivant, son Georges!... Il était blessé... soit! mais il vivait!... Et le docteur avait été, ce matin-là, plus rassurant encore que la veille! Je dois même vous dire à l'oreille que la secrète pensée de Mᵐᵉ Cardignac était une pensée de joie. Oui! elle éprouvait une joie immense à se dire : « Blessé! Mon Georges est blessé!... Pas dangereusement,... mais quand même, cela l'immobilise! me le garde contre sa bravoure elle-même!... Oh! que je suis heureuse!... La guerre, la maudite guerre se terminera sans qu'il puisse repartir! »

Elle se trompait, mes enfants, comme vous le verrez par la suite; mais, pour le moment, c'était bien là l'intime pensée de Mᵐᵉ Cardignac, et je suis persuadé qu'il y a bien peu de mamans au monde qui n'eussent pensé comme elle.

Du reste, Georges allait mieux! Cela sautait aux yeux. S'il avait un peu la fièvre, cela ne l'empêchait pas de causer et de raconter comment et pourquoi il se trouvait à Dijon.

Je ne vous étonnerai point si je vous dis que Paul buvait ses paroles et s'exaltait au récit des péripéties dramatiques qu'avait traversées son jeune camarade.

Et même, à dater de ce jour, Paul ne se livra plus avec autant d'ardeur à son humeur vagabonde.

Il circulait bien quand même dans Dijon : histoire de voir par le menu tous les détails de l'occupation prussienne; mais je dois dire qu'il passait la plus grande partie de ses journées à causer avec Georges, et qu'il lui faisait dire et redire ses aventures depuis Saint-Privat.

Cette attitude de son neveu provoqua même chez l'oncle Henri une excellente inspiration.

— Mon enfant! lui dit-il, puisque tu prends — et je conçois qu'il en soit ainsi — tant d'intérêt aux récits de ton ami Georges, tu devrais au moins en tirer pour toi-même un profit personnel.

— Comment cela, mon oncle?

— Oui! Tu as d'excellentes dispositions en narration française.

— Ah! fit Paul étonné.

— Sans doute! Eh bien, puisque je ne peux pas obtenir de toi un travail suivi au point de vue de tes études en général, et des mathématiques en particulier, fais-moi un plaisir.

— … Je veux bien, riposta Paul vaguement inquiet.

— Oh! je ne te demande pas l'impossible. Chaque jour, note-moi, par écrit, ce que Georges t'aura raconté. Tu vois que je ne suis pas exigeant.

— Oh! quelle bonne idée! s'exclama Georges Cardignac. Oh! que vous avez une bonne idée, monsieur Henri! Mon frère, mon oncle, mon grand-père lui-même m'ont laissé des souvenirs écrits de leurs campagnes. — Je vais les imiter!… Oh! quelle bonne idée! Cela me fera patienter en attendant le jour béni où je serai sur pied, prêt à reprendre mon chassepot! A nous deux, mon Paul! Tu vas me servir de secrétaire!

Paul s'était déridé.

— Ça! dit-il nettement,… ça me va!

— C'est encore heureux! conclut en riant l'oncle Henri.

Séance tenante, une table fut roulée près du lit du blessé, et ce fut sans fatigue, croyez-le, que pendant de longues journées, Paul prit des notes, qu'il remettait au net et rectifiait ensuite avec son ami Georges. Je l'ai là sur ma table, ce manuscrit que le petit franc-tireur d'alors, aujourd'hui brillant officier, a bien voulu me confier, et je veux le recopier pour vous mes enfants.

Comme titre il porte :

Mes Impressions de guerre (août-octobre 1870),

et à la suite vient cette dédicace :

« A la mémoire de mon père et de mon oncle, glorieusement tombés à l'ennemi ; en souvenir aussi de la gloire de mon grand-père, et enfin à ma mère chérie.   « Georges Cardignac. »

Voici ces pages :

Chère maman,

Je ne reviendrai pas ici sur mon départ ni sur les journées qui l'ont suivi. Je ne veux pas revenir non plus sur le deuil cruel qui nous a frappés, et qui pourtant s'atténue pour moi par le souvenir glorieux qui en émane ; car le soldat qu'était mon père est tombé comme il convient à un soldat... comme je voudrais tomber moi-même un jour ! Il n'est pas de mort plus sublime !

Mais aujourd'hui, c'est de moi que je dois te parler. Écoute-moi donc, mère chérie, et dis-toi bien que si, pendant le temps qu'a duré ma disparition, tu as bien souffert, au moins j'ai fait mon devoir comme je l'avais juré à père ; et de plus, tu dois bien penser que, dans toutes les circonstances que la guerre me réservait, toujours... toujours j'ai pensé à toi.

Comme la dernière de mes lettres qui t'est parvenue te l'a appris, j'avais confié à M. l'abbé d'Ormesson le soin d'ensevelir mon père, et alors, je lui ai fait mes adieux ainsi qu'à Mahurec, car j'avais mon serment à tenir.

Que faire ?... Deux partis se présentaient à moi : rentrer à Metz et m'engager dans l'armée du Maréchal qui est devenu, hélas ! le traître que tu sais, ou bien rejoindre l'armée qui se concentrait à Châlons, sous les ordres du Maréchal de Mac-Mahon.

Je pris ce dernier parti.

Rentrer dans Metz me répugnait. Il me semblait déjà prévoir ce qui est arrivé depuis. Et comme mon inspiration a été heureuse ! car où serais-je à l'heure actuelle !... Prisonnier là-bas, dans les chiourmes d'Allemagne, tandis qu'au moins je suis encore et toujours combattant. Du reste, en cherchant à rejoindre Châlons, je comptais bien y retrouver mon « cousin Pierre » (1), qui lui, m'aurait immédiatement pris avec lui dans son escadron.

Ce n'était pas facile et pour cause ; car non seulement il me fallait franchir la ligne d'investissement qui déjà s'allongeait ; mais encore trouver moyen de me dégager des armées du Prince Royal de Saxe et du Prince Royal de Prusse, qui (je m'en suis aperçu par la suite), se dirigeaient elles-mêmes vers Châlons.

Je me suis très vite rendu compte des nombreuses difficultés de la tâche

(1) Pierre Bertigny. Voir *Filleuls de Napoléon*.

que je m'étais donnée, en constatant le soin extrême, je dirai même méticu-
leux, que déploient les Prussiens dans leur service de sûreté, soit au repos,
soit en marche; j'ai eu toutes les peines du monde à gagner Verdun.

Mes vêtements civils, mon jeune âge,
ont sans doute contribué beaucoup à
me permettre de circuler : mais,
néanmoins, lorsque je me heur-
tais soit à un poste, soit à
une patrouille, j'étais l'objet

Pendant de longues heures,
Paul prit des notes.

d'investigations, de soupçons, et finalement je me voyais contraint de dé-
ployer des ruses de Peau-Rouge pour passer. Encore est-il qu'il m'est arrivé
parfois de faire des circuits de cinq heures pour gagner une lieue sur ma
route.

Mais bast! j'avais la foi qui soutient, de la vigueur et de l'argent! Et puis aussi ma connaissance de la langue allemande !

Ah ! ce que cela m'a servi, chère maman, tu ne peux t'en douter !

Non pas que j'aie articulé en cette langue une seule phrase. Que non pas ! Je m'en gardais bien au contraire ; mais, grâce à cela, j'apprenais toujours quelque renseignement utile en écoutant les conversations des officiers, dans les auberges où je m'arrêtais pour manger.

Car je n'ai pas besoin de te dire que c'est à pied que je faisais mes étapes ; les chemins de fer ne circulaient plus.

J'aurais pu, évidemment, louer çà et là des voitures ; je ne l'ai pas fait pour ne pas éveiller les soupçons. Je marchais comme si j'eusse été un habitant du pays, circulant pour ses affaires.

Je suis ainsi arrivé, sans ennui sérieux, jusqu'au village de Clermont-en-Argonne.

C'était le 25 août. Je me trouvais en plein au milieu du mouvement de l'armée du Prince de Saxe, que les Prussiens dénommaient IV° armée, et un peu en retard, par suite des crochets que j'avais dû faire afin d'éviter les routes encombrées de troupes et de convois.

Quand, ce 25 août, j'entrai dans Clermont-en-Argonne, le bourg était rempli d'équipages bizarres, que j'avais déjà pu remarquer sur ma route.

C'étaient des chariots allemands, mal ficelés, recouverts de bâches, et traînés par des chevaux maigres et mal entretenus.

Ce n'étaient point là les équipages de l'armée régulière.

Ils avaient pour propriétaires d'ignobles traînards de guerre, vêtus de loques sordides, aux figures d'oiseaux de proie ; la plupart — je m'en suis rendu compte — étaient des juifs d'Allemagne ; et tout ce monde interlope suivait la guerre, comme les corbeaux la suivent par appât du carnage.

Ces hommes étaient bien en effet des corbeaux: ils pillaient, détroussaient et achetaient aussi à vil prix aux soldats prussiens les objets que ceux-ci *trouvaient* dans les châteaux, dans les villas, dans les fermes ou les chaumières abandonnées.

Ces hommes étaient les véritables recéleurs d'une armée où le pillage se pratiquait couramment, avec — tout au moins la tolérance, sinon plus — des officiers.

Je t'assure, ma chère maman, que cela m'a donné un haut-le-cœur!

Dans l'auberge des « Trois Marchands » où j'entrai pour me faire servir à manger, il y avait une foule grouillante de ces misérables ; et aussi de nombreux soldats du train, portant les uns la calotte plate, les autres le shako bas à couvre-nuque.

Près du coin de table où je m'assis, un *unter-offizier* causait justement avec un de ces

Le débat était assez vif.

mercantis, et entre eux le débat était assez vif.

Il s'agissait, pour le sous-officier, de vendre à l'autre un superbe chronomètre en or avec une forte chaîne gourmette, en or aussi. Où l'avait-il *trouvée*? Qui sait?... Peut-être bien sur un officier tué... Finalement, le marché se conclut : le mercanti déboursa quinze thalers (environ cinquante francs de notre monnaie) et empocha la montre qui valait au bas mot cinq cents francs !... puis le sous-officier sortit.

Mais à ce moment, les uhlans s'arrêtèrent devant la porte ; leurs trois officiers mirent pied à terre ; ils entrèrent dans la salle ; un silence absolu se fit
parmi la tourbe des buveurs, et une scène bizarre et rapide se déroula. Je te
la cite ici, chère maman, car elle est typique !

Le plus élevé en grade des uhlans — un capitaine à longue barbe — lança
(en allemand bien entendu, mais je traduis) cette phrase d'une voix rude :

— Allons ! Dehors ! vermines ! Et lestement !

Et sans un mot, sans une révolte, rampant presque, devant l'ordre insul-
tant, toute cette racaille sortit, timide et cauteleuse.

Le dernier, un vieux à face en lame de couteau, reçut même sans sourcil-
ler un coup de botte aux reins, que le capitaine lui décrocha en s'esclaffant.

Je restai seul, avec les Prussiens.

— Qu'est-ce que vous faites ici, vous ? me demanda en excellent français
le capitaine.

Je répondis très calme, quoique un peu nerveux :

— Je suis du pays.

— Ah !...

Il y eut un court silence ; il me considéra d'un œil soupçonneux, puis à
brûle-pourpoint :

— Verstehen Sie deutsch ? articula-t-il.

Tu penses, chère maman, que je m'attendais à cette tentative de surprise.

Pas assez malin ! pensais-je, et, prenant un air étonné, je dis tranquillement.

— Je ne comprends pas l'allemand.

Mon uhlan n'insista pas, il me tourna le dos, et s'asseyant avec ses lieutenants, il commanda à déjeuner.

Dehors ses hommes mangeaient sur le pouce. Je les apercevais à la
fenêtre ; le bras passé dans les rênes, ils s'emplissaient la bouche de larges
bouchées de pain, leurs lances aux flammes blanc et noir restaient à l'étrier,
accrochées au trousscquin de la selle par la courroie, et, le nez dans mon
assiette, j'écoutai les trois officiers qui causaient.

— Alors, mon capitaine, on ne sait pas encore où est l'armée française
de Châlons ? demanda le plus jeune.

— Pas exactement ; le 24, nos patrouilleurs, arrivant au camp, ont trouvé
place nette. Depuis, pas de nouvelles !

— Ils se sont repliés sans doute sur Paris.

— Non pas! il paraît — mais le quartier général n'en est pas sûr — qu'ils ont obliqué vers le nord. Je vous avoue que cela m'étonne...

— Pour nous tourner alors, et porter secours à Metz !

— Est-ce qu'on sait? Ce mouvement est tout à fait illogique; mais ce qu'il y a de certain, c'est que notre cavalerie, dans son service d'exploration, a saisi à la poste un journal qui annonçait cette marche comme probable (1); et c'est évidemment pour cela qu'on nous fait changer de front et piquer franchement vers le nord.

— Sont-ils bêtes! s'écria en riant le sous-lieutenant, de tolérer ainsi que leurs journalistes causent de la sorte à tort et à travers. Vantardise !... Vanité!... Ils vont voir où ça va les mener.

— C'est juste! déclara le capitaine. En guerre, voyez-vous, lieutenant Von Hornskopf, il y a un principe capital à observer: c'est le silence! Seul, le commandement doit renseigner, quand et comme il lui convient, l'opinion publique. Ah! ce n'est pas notre vieux Feld-Maréchal de Moltke qui permettrait pareille chose... A sa santé et à la nôtre! messieurs! Et à la continuation de nos succès!

— Oh ! quant à cela, mon capitaine, nous pouvons être tranquilles... Nous boirons du champagne à Paris!... Vive la vieille Allemagne! et par terre la France !

Crois-tu, ma bonne et chère maman, qu'il me fallait de la volonté,... du courage,... oui, du courage! pour ne pas broncher!

Mais je me rappelais l'exemple de mon grand-père!

Je le voyais, tout enfant, petit Jean Tapin de la neuvième, déguisé en petit paysan, déroutant par son sang-froid la patrouille des hussards prussiens (2), lorsqu'il fut, après la Croix-au-Bois, chargé d'une mission pour Dumouriez; et je me disais : « Fais comme lui, sois calme!... »

Ah! ce n'est pas toujours commode ! et dans des circonstances pareilles on dépense peut-être plus d'énergie que dans la lutte directe, en plein feu!...

Bref, mes uhlans partis, l'auberge fut de nouveau envahie par les mer-

(1) Historique; c'est peut-être cette indiscrétion d'un journal qui a amené la catastrophe de Sedan.
(2) Jean Tapin.

cantis, et soldant ma dépense, je m'en allai. J'étais, tu le comprends, très
perplexe.

Cette conversation que je venais de surprendre, déroutait mes idées et
changeait mon plan.

Une fois sur la route, j'entrai dans un petit bois, et, sûr d'être seul, je
dépliai ma carte; alors je cherchai à me
rendre compte du motif de cette pointe
du Maréchal de Mac-Mahon vers le
nord.

Une seule hypothèse plausible se
dégagea de mes réflexions.

— Sans doute, pensai-je, il y a en-
tente entre les deux Maréchaux. Si Mac-
Mahon prend cette direction, c'est que
Bazaine s'est dégagé de Metz, et tous
deux vont se ressouder et tomber sur le
flanc droit arrière des Prussiens.

Mais, si peu tacticien que je sois
encore, j'ai souvent entendu causer
mon père et mon oncle; par cela même,
je me rends compte, mieux sans doute
qu'un autre enfant de mon âge, de ce
qu'est une opération de guerre : aussi
l'examen de la carte me démontra de
suite les immenses dangers d'un pareil
plan.

En effet, pour peu que les Prussiens
eussent vent de la chose, ils n'avaient
qu'à faire un à-droite rapide, pour s'ap-

Infanterie bavaroise en 1870.

puyer à l'Argonne et à la Meuse, et se trouver ainsi face à nos armées qui,
placées dans une sorte de boyau, avec la frontière belge à dos, se trouve-
raient dans une situation extrêmement périlleuse, très « en l'air », et ne pos-
séderaient plus qu'une seule voie de retraite sur le nord, en cas de défaite.

Alors je résolus de continuer mon mouvement personnel vers Châlons.

.   .   .   .

Je ne l'ai pas pu ! Le mouvement des deux armées prussiennes se dessinait déjà, et j'avais à les traverser dans toute leur largeur; c'était impossible!

Navré, j'ai dû me laisser emporter par leur mouvement, tout en cherchant à me tenir le plus près possible de leur front.

Comme cela, me disais-je, dès que le contact s'établira, je tenterai, à tout risque, de passer, même sous le feu! Advienne que pourra... et à la grâce de Dieu !

Le lendemain 27 août, (j'avais fait dans ma journée plus de 40 kilomètres!) je me suis trouvé à Dun, sur la Meuse, en plein corps Saxon; et là j'ai définitivement appris que le Maréchal de Mac-Mahon accentuait bien en effet le mouvement indiqué, la veille, par les officiers de uhlans à l'auberge de Clermont-en-Argonne, et que les cavaliers prussiens avaient même rejoint nos troupes — sans du reste s'engager avec elles — au village de Nouart.

Ce qu'ils étaient joyeux! je ne saurais te l'exprimer, ma chère mère! Et cette joie me faisait mal. Ils buvaient, emplissaient les cafés de la fumée de leurs grosses pipes, braillant leurs propos de victoire; injuriant, raillant nos soldats et nos officiers; déclarant que nous n'étions pas capables de faire la guerre, que nous ne savions même pas installer nos services de sûreté! Oh! que de colères j'ai amassées contre eux dans ces mortels jours d'étape, où j'étais forcé de les suivre! Et que de critiques justes dans tout ce qu'ils disaient! car c'était vrai, nous ne savions par nous garder : notre cavalerie, héroïque pour se sacrifier, ne savait pas reconnaître; les gardes-mobiles formaient une tourbe indisciplinée, les chefs n'étaient plus écoutés, les ordres étaient méconnus! Mais justement entendre nos ennemis constater tout cela, subir leur joie insultante, était une véritable torture pour moi!

Ce même jour, 27 août, je suis reparti dans la direction de Stenay, mais sans pouvoir franchir leurs cordons de cavalerie. Alors j'ai pris pour objectif Nouart, puisque je savais que nos troupes étaient tout près; mais par là, mêmes difficultés.

Enfin, deux jours plus tard, le 30, vers midi, un engagement se dessinait vers *Beaumont*, et, forcé de rester en arrière, j'ai, en frémissant, entendu de loin le canon et la fusillade qui s'étendait jusque vers Mouzon. Malheureusement, le soir j'entendais avec désespoir dire par les Allemands que nous nous étions retirés *en grand désordre* sur la rive droite de la Meuse : et pourtant, ils reconnaissaient entre eux avoir perdu 3,500 hommes !

Mais, hélas, le fait était exact ; nous avions dû reculer, et la marche en avant des Prussiens continua dès le lendemain.

Uhlan en reconnaissance.

Ce jour-là, 31, j'ai vu, de trop loin, hélas ! pour pouvoir les rejoindre, des braves gens de chez nous se faire jour à travers l'ennemi et regagner Mouzon.

C'étaient des hommes du 88ᵉ qui, coupés de nos troupes, avaient passé la nuit dans une ferme; ils étaient deux cents, paraît-il, mais la plupart ont été tués ou pris.

Alors, tâtonnant sur la route à suivre, je me rejetai sur la gauche, vers Donchery, pendant qu'au loin, dans la direction de Bazeilles, le bruit d'un engagement arrivait jusqu'à moi.

A six heures du soir, je dus m'arrêter. J'étais, tu le comprendras, ma chère maman, littéralement exténué; et je m'assis sur une hauteur, près d'une maisonnette campagnarde, un peu en dehors de la route qui va de Sedan à Donchery.

A ce moment, les troupes allemandes affluaient. Devant moi, sur tous les chemins, et même à travers champs, le Corps bavarois, coiffé du casque à chenille, se massait, s'épaississait d'heure en heure; les canons roulaient et une frayeur m'envahissait en regardant au loin, au fond de la vallée, la silhouette de Sedan qui semblait bas, très bas par rapport à moi. Je me demandais avec terreur si mes camarades de l'armée française allaient venir s'engloutir au fond de cet entonnoir qui me semblait à ce moment-là presque sinistre! La nuit tomba sur ma rêverie désolée, et, la fatigue aidant, je m'engourdis; une torpeur somnolente me saisit qui dégénéra en désir ardent de repos et de sommeil. Je me laissai bercer au bruit vague de la marche dès régiments allemands, marche que l'obscurité n'arrêtait point.

Les rumeurs du combat s'étaient éteintes du côté de Bazeilles, et je restai là longtemps, le front dans la main, en proie à une obsédante impression de malaise moral, pressentant instinctivement un grand malheur,... quelque chose d'anormal et de formidable qui flottait dans l'air et me comprimait le cœur!

Soudain, comme là-bas, de l'autre côté de Sedan, des feux s'allumaient, le bruit d'une cavalerie qui approchait me fit lever la tête. Sur la route, un peloton de cuirassiers blancs émergea de l'ombre. C'étaient des colosses, coiffés de casques de fer à gouttière, rappelant les casques du Moyen Age. Ils allaient, calmes, silencieux, au pas de leurs grands chevaux du Mecklembourg, et derrière eux, à cinquante mètres, un groupe sombre d'officiers apparut.

Ils étaient trois qui marchaient de front; d'autres les suivaient à courte distance, et, quand ils arrivèrent à ma hauteur, je fus secoué d'un sursaut.

Je le reconnaissais bien en effet, celui qui marchait au milieu! Je l'avais

Le trio représentait l'ennemi.

vu, il y a trois ans, à l'Exposition universelle de 1867. Oh! oui, je le reconnaissais, c'était bien lui — le Roi de Prusse — avec ses gros favoris et sa
forte moustache!

Et l'autre, celui qui tenait la gauche! Je l'avais vu aussi, dans les mêmes
circonstances, ce géant bien nourri, aux épais sourcils, au masque de dogue
entêté, aux yeux durs et clairs! Je le retrouvais, dans la même tenue qu'il
y a trois ans : dans son uniforme de colonel des cuirassiers blancs, botté
de bottes à cuissards! Oui! c'était bien le comte de Bismarck, le ministre
écouté, le conseiller du vieux Roi Guillaume.

Et quant au troisième, si je ne le connaissais pas encore, je le devinai
brusquement! C'était Moltke, le vieux Feld-Maréchal, le maître réel, le
directeur,... l'âme de cette immense armée.

Légèrement voûté, on le sentait maigre à l'excès malgré l'ampleur du
manteau, sans ornement ni insigne; au-dessus du large collet émergeait une
tête émaciée, ridée, glabre, une tête de moine usé par le jeûne, ou de vieille,
très vieille femme. Les deux yeux, à travers le flasque des paupières, dar-
daient un regard calme et volontaire à travers la nuit, et les mille plis des
joues, près des commissures des lèvres, semblaient entraîner la bouche en
arrière,... la tendre dans un effort constant de réflexion concentrée.

Oh! cette tête d'alchimiste des vieux temps! ce masque de penseur,
creusé par l'étude patiente et réfléchie! Quelle étrange impression elle m'a
causée! Vivrais-je cent ans, je ne l'oublierai jamais; car dans le trio sym-
bolique représentant *l'ennemi*, c'est cette figure qui dominait incontesta-
blement les deux autres!

Ils s'étaient arrêtés et causaient à mi-voix. Je tendis l'oreille, mais j'étais
trop loin; leur conversation m'arrivait en un murmure confus, quand soudain le bras du vieux Feld-Maréchal se détendit, sa main gantée fit un
large geste d'enveloppement du côté de Sedan et des hauteurs où nos feux
de bivacs scintillaient,... le geste d'un pêcheur jetant l'épervier.

Je compris, et un frisson me secoua!

A cet instant, le vieux Guillaume alluma un cigare, et, à la lueur de
l'allumette enflammée, le groupe surgit pour moi pendant quelques
secondes, comme sous la projection d'une lanterne magique, puis tout
rentra dans la demi-obscurité.

Et je me suis dit à cette minute inoubliable :

Si quelque paysan caché dans le fossé (ou moi-même), avait eu en main une arme chargée et qu'il eût abattu ces hommes sur le sol!... Qui sait? les destinées changeaient peut-être!... A quoi tient pourtant la vie des peuples!

Mais pour ma part, chère maman, — je le confesse ici en toute sincérité — je n'aurais sans doute pas tiré, même si j'avais eu une arme! Cela m'eût semblé un assassinat,... et pourtant!...

Au moment où le Roi se remettait en marche, un galop échevelé retentit sur la route; des ordres brefs éclatèrent dans le peloton des cuirassiers d'escorte qui se rangèrent précipitamment sur les bas côtés.

Droit sur sa selle, un grand officier de hussards rouges surgit, il arrêta son cheval en écume à six pas du monarque et salua; puis d'une voix très claire, très nette, il expliqua que Bazeilles n'avait pu être encore enlevé; que la division française chargée de défendre ce point avait maintenu le 1er Corps bavarois; que ce corps avait pourtant réussi à conserver le pont de la Meuse, mais que les « Français bleus » gardaient leurs positions près de l'autre extrémité du pont.

— C'est bien! fit de Moltke avec calme,... c'est la Division de leur infanterie de marine... la *Division bleue*,... Ce sera pour demain!

Là-dessus ils partirent à travers champs, vers la hauteur de Fresnois et de Bellevue; et quant à moi, chère maman, ma résolution, à cette dernière minute, fut définitivement arrêtée. Il me fallait rejoindre la « Division bleue » coûte que coûte, dussé-je passer la Meuse à la nage sous la fusillade!

J'ai alors concentré toute ma pensée vers toi; je t'ai embrassée avec ferveur à travers la nuit, puis — pardonne-le-moi, dis, petite mère! — j'ai chassé ton image loin de moi pour être tout entier à ce qui devenait mon but et mon devoir, et je me suis mis en marche dans la direction de Chevinges.

Ici commence mon rôle réel de combattant.

Jusqu'alors, bien que fatigante et mouvementée, ma vie était simplement celle d'un errant. La guerre, — pour de bon — fusil au poing, allait commencer pour moi.

J'avais environ six kilomètres à parcourir (à travers champs, et en pleine nuit) pour gagner le pont de Bazeilles; mais la Meuse qui scintillait au loin me servait de guide.

Je passai, pour plus de facilité, sur les derrières du 2ᵉ Corps bavarois, qui avait déjà pris position, juste au-dessus de la voie ferrée, et j'avais déjà parcouru un bon bout de chemin, quand j'aperçus, sortant d'un petit bois sur ma droite, un homme qui s'avançait.

Le personnage m'avait, lui aussi, aperçu; car, pressant le pas, il se dirigea droit sur moi.

Instinctivement je m'étais mis en défense; mais quand l'homme fut à trois pas, je ne pus m'empêcher de sourire de ma velléité de résistance.

J'avais devant moi un grand individu assez corpulent, mais à l'aspect tout à fait placide et inoffensif.

Coiffé d'un chapeau rond, guêtré de jambières, revêtu d'un im-

Vò été hébitante dans le pays ?

mense mac-farlane à carreaux, il portait en sautoir une lorgnette dans son
étui et une forte sacoche.

La première impression que je ressentis à examiner son visage, fut une
sorte d'inquiétude, presque de la répulsion.

Figure-toi, chère maman, une face à la chair molle, comme bouffie, et,
là-dedans planté, un nez fortement busqué; pratique au-dessous une fente
très large pour figurer la bouche, qui s'ouvre en découvrant de longues dents
de cheval, jaunes et déchaussées; là-dessus, colle une moustache rare, d'un
blond roux, des favoris en pattes de lapin, et pique en haut deux yeux
bleu faïence, d'une nuance indécise et lavée, cachés derrière un lorgnon;
puis, sous les bords du chapeau melon gris, des cheveux longs et plats
de couleur plus pâle que la moustache, et faisant l'effet d'une perruque de
filasse mal teinte.

Voilà mon bonhomme!...

— Est-ce que vô été hébitante dans le pays... Sir? me demanda-t-il.

— Pourquoi me demandez-vous ça? répondis-je.

— C'est que je été perdiou,... égaré. Jé trouvé plous mon route.

— Où allez-vous donc comme ça?

— Je vôlé gagner Bézeilles, vô savez! le ville où aujourd'hui lé combat...

— Oui! je sais... Mais vous ne pourrez pas passer les lignes.

— Aoh! Yes, s'écria-t-il, en se rengeorgeant. Je passé très bienne!
J'étai lé correspondante de "five" Jornals de la Hangleterre!... et sujet dé
Her Gracious Majesty... Personne il povait empêcher le passage! Dites seu-
lement lé chémin.

Ma foi! une idée rapide me vint. Cet insulaire, à la fois grotesque et
repoussant, pouvait me servir et m'aider à passer, car peut-être était-il
accrédité auprès de l'État-Major allemand; et puis, en guerre, il faut se servir de tout, n'est-ce pas?

— Eh bien donc! répondis-je, venez avec moi,..... j'y vais justement à
Bazeilles!

Et nous voilà en route!

Chemin faisant, mon Anglais se mit à me questionner.

Il s'étonnait de me voir si jeune, marchant la nuit en pleine campagne,
et finit par me demander qui j'étais.

Un peu agacé de son insistance, je lui répondis d'un ton sec.

— Je suis fils d'un colonel d'artillerie français, tué à Saint-Privat, et je rejoins ma famille.

— Aoh! Vô venez de Metz? répliqua-t-il sans seulement remarquer l'angoisse de ma voix.

— Sans doute!

— Très bienne! Very well! Vô donnez à moâ beaucoup dé renseignements pour my Jornals!

— Marchons toujours! répondis-je évasivement. Ce n'est pas le moment... Nous verrons cela quand nous serons arrivés.

A cet instant, nous contournions un petit bouquet de bois, et, bruyamment, un cri retentit à vingt mètres de nous.

— Wer da! (1)

En même temps, un bruit sec d'arme remuée nous arriva!

Du coup, nous nous étions arrêtés net ; et j'eus un frisson. Allais-je donc échouer au port? Allais-je donc être arrêté par l'ennemi juste au moment, où, là-bas, j'apercevais la Meuse et le groupe confus des maisons de Bazeilles?

Oh! mère, à cet instant, j'ai senti mes tempes et mon cœur battre la générale; surtout quand je vis un groupe sombre de soldats bavarois, casque à chenille en tête, s'avancer baïonnettes croisées pour nous reconnaître.

Nous étions tombés en plein dans un poste d'examen qui gardait le flanc gauche de la division bavaroise!

Le unter-offizier qui commandait, nous questionna en commençant par l'Anglais.

Celui-ci le prit de très haut, il sortit des papiers et se mit à gesticuler en arguant de sa qualité de "Sujet de sa Gracious Majesty"...

Quant à moi, au moment où je m'apprêtais à répondre, mon compagnon momentané intervint, et, à mon grand étonnement déclara :

— Cette jeune homme il était avec moâ, il était ma secrétaire!

Tu juges de mon étonnement, ma chère mère, en me voyant inopinément transformé en journaliste anglais!

(1) Qui vive?

Mais bast! après tout, il n'arrive que ce qui doit arriver! Au moins cet incident avait le grand avantage de me donner du temps; c'était pour moi le principal!

Le sous-officier n'insista pas, et nous enjoignit de le suivre. Nous partîmes donc entre quatre baïonnettes, et mon compagnon, découvrant dans un sourire qu'il voulut rendre aimable ses longues dents jaunes, me déclara :

— Vô été contente, jeune homme! Je empêchai que lé Prussiens ils arrêtent vô... Mais vô donner à moâ les renseignements pour mâ Jornal!

Il y tenait décidément beaucoup, cet animal! Et ma foi, faisant contre mauvaise fortune bon cœur, je lui répondis :

— Entendu! je vous remercie! Tout à l'heure je vous raconterai tout ce qui peut vous intéresser.

— Well! Well! riposta-t-il. J'étai véry sétisfaite!

Et il se frotta les mains d'un air de suprême satisfaction.

Il lui mit la feuille sous le nez.

Au reste, il était très tranquille, très rassuré ; il semblait parfaitement à son aise, pendant que le piquet bavarois nous confiait à un autre petit poste.

Ce dernier nous transmît à son tour à un troisième qui finit par nous verser entre les mains du groupe principal, lequel était commandé par un lieutenant.

Tout en marchant, j'avais examiné tout, et j'étais presque content ; en effet, chacune de ces transmissions me rapprochait de la Meuse et de Bazeilles.

Or, comme ma décision était catégorique et bien définitive ; comme ma volonté formelle était de franchir la Meuse, je ne pouvais que me féliciter de cet incident, qui, sans encombre, me rapprochait de mon but.

Le poste (je le vis tout de suite) était placé à cent mètres environ de la Meuse ; il avait à sa gauche la voie ferrée ; à sa droite, et tout au plus à trois cents mètres, le pont, à demi détruit et barricadé, se dessinait en silhouette sous la faible clarté de la lune, dont les rayons trouaient par moments les nuages sombres.

C'était ce pont qu'il me fallait gagner !

L'officier était un petit homme blond, sanglé dans sa tunique bleue ; un monocle rivé sur son œil droit accentuait son air suprêmement impertinent.

Dès que nous fûmes en sa présence, il nous toisa, et se mit à interpeller en allemand le reporter anglais.

Mais celui-ci l'interrompit dès les premiers mots, et reprit son ton de défi arrogant, se targuant, comme il l'avait déjà fait, de sa qualité de sujet anglais.

Puis, fouillant dans sa poche, il en tira une feuille aux armes allemandes et la mit insolemment sous le nez du lieutenant bavarois.

L'effet produit fut extraordinaire ! L'Allemand saisit la feuille, y jeta un coup d'œil, et saluant militairement :

— Oh ! dit-il, c'est différent !... Mille regrets, monsieur Kolwitz ! Du moment que vous avez un laissez-passer de Son Altesse le Prince Fritz, vous êtes des nôtres ! Venez avec moi !

Il l'invita à pénétrer dans une petite chaumière abandonnée, où se trouvait installé son poste, non sans m'avoir toisé au préalable, et donné l'ordre au sergent de me fouiller.

Mais, cette fois encore, le nommé Kolwitz intervint en ma faveur, et comme il me couvrit de sa protection en me déclarant encore une fois son secrétaire, le lieutenant renvoya ses hommes et je me dirigeai à la suite des deux personnages vers la maisonnette.

« Cette fois, pensai-je, il n'y a plus à hésiter, il faut en finir! Cette situation baroque ne peut indéfiniment se prolonger; car il faudrait, pour m'en tirer, que je me prêtasse à la combinaison du bonhomme. Or, comme ce n'est point mon intention, il est préférable de brusquer les choses. »

Ayant donc affermi ma volonté, je laissai le lieutenant passer le premier; le journaliste anglais suivit, et, comme c'était mon tour de mettre le pied sur le seuil de la porte, je fis vivement demi-tour et m'enfuis à toute jambe dans la direction du pont de la Meuse!...

...Je ne puis, ma chère maman, te raconter de visu ce qui s'est passé dans la masure,... car je n'y étais plus!... Je n'en parle donc que par déduction.

Ce qui est certain, c'est que ni l'Anglais ni l'officier ne s'attendaient à ce coup-là, et qu'ils durent tout d'abord n'y rien comprendre!...

Dame! mets-toi à leur place.

Ce n'est qu'au bout de deux ou trois minutes que j'ai entendu derrière moi du remue-ménage, des cris et des commandements!...

Mais trois minutes, en pareil cas, c'est quelque chose, surtout avec des jambes comme les miennes! Et je t'assure qu'un cerf aurait eu de la peine à m'attraper!

Ce que je me rappelle bien, par exemple, c'est que, dans la nuit, la petite voix aigre du lieutenant m'arrivait très nette.

Il lançait en allemand cette phrase à ses lourdauds de Bavarois :

— Vite!... Vite!... Au trot!... Rattrapez-le!... Mais ne tirez pas, surtout! Il ne faut pas déceler la présence du poste. Si vous le gagnez, flanquez-lui un bon coup de baïonnette dans les reins!

Tu penses, maman, que je ne les attendis pas, pour leur permettre de pratiquer sur moi cette opération peu engageante! Mais — tout de même — j'avais le cœur serré, en entendant le roulement de leurs talons ferrés sur le sol. J'avais gagné le bord du fleuve, et je dois, sans fausse honte, avouer que l'émotion ressentie me paralysa un instant. C'est que j'avais donné toute ma force, toute mon énergie, tous mes nerfs; et ces périodes de tension exagérée ne peuvent durer longtemps.

Je me sentis faiblir,... une suffocation m'envahit, je compris que j'étais perdu!

Heureusement pour moi, ma pensée était nette. Flagellant sur mes jarrets épuisés, je me jetai à plat ventre tout contre un fourré de roseaux, et je ne bougeai plus.

Regarde, mère chérie, ce que c'est que la destinée! Si j'avais pu dominer la fatigue et continuer ma course en avant,... j'étais pris!

En effet, tout en reprenant haleine, je pus voir, à cinquante mètres de moi tout au plus, le pont — le fameux pont de la Meuse — et en arrière de ses culées, un fort poste bavarois!... C'est là que je serais allé donner en plein!

De plus, les gaillards qui me donnaient la chasse approchaient rapidement. Tapi sur le sol, je les vis passer à six pas de moi, sur le chemin de halage!... Ils ne m'aperçurent même pas! C'est qu'il y a un Dieu, vois-tu, ma bonne mère! un Dieu miséricordieux, qui n'a pas voulu que tu fusses éprouvée deux fois... coup sur coup!

En fait, si je ne m'étais pas arrêté, j'étais pris entre deux feux, ou mieux entre deux lignes de baïonnettes! Mes poursuivants vinrent en effet se heurter au poste du pont, et j'entendis très distinctement les observations et les questions échangées à mon sujet.

— Ce n'est pas possible, disaient les uns, vous l'avez laissé passer!

— Jamais de la vie! répondait le chef du poste,... nous n'avons rien vu!

— Ah! c'est trop fort!... il s'est donc jeté sur la droite.

— Probablement et dans ce cas, il sera bientôt capturé s'il ne l'est déjà... Qu'est-ce que c'était que ce particulier-là?... Un espion?

— Sans doute!... puisque l'officier a donné l'ordre de le tuer.

Finalement, les Bavarois qui m'avaient donné la chasse retournèrent sur leurs pas, et je t'assure qu'ils étaient plutôt penauds!

Le silence régna donc de nouveau. Je n'entendais plus que le grand murmure de la Meuse qui roulait ses flots à quelques mètres de moi, et, toujours immobile, je réfléchissais tout en reprenant du souffle et des forces.

Que faire? Tenter le passage à la nage? Sans doute, c'était possible! Mais, dans l'état de surexcitation où je me trouvais, je redoutai que le froid de l'eau ne me saisît! Une crampe et c'en était fait de moi : j'y renonçai.

Devant moi se profilaient les culées sud du pont.

Le tablier et le parapet avaient subi bien des atteintes, tant par les obus, que par une large brèche évidemment produite par une tentative faite pour le couper; mais enfin il était entier.

Malheureusement, il était au pouvoir de l'ennemi.

En son milieu, une barricade hâtivement construite le coupait en deux; et derrière cette défense, j'apercevais — lorsque la lune apparaissait — la silhouette sombre et immobile d'un factionnaire bavarois. De ce côté-là, il était donc impossible d'essayer le passage.

Alors j'eus une inspiration!

En dehors du parapet régnait une assez forte saillie de pierre. C'est évidemment une passerelle rudement étroite, mais enfin c'était du moins un chemin possible, et à vrai dire c'était le seul.

Justement, un éboulis, pratiqué dans les fondations de la culée de gauche, me donnait une facilité pour y accéder sans être vu; et dès lors mon parti fut pris.

Je gagnai, en rampant sur les mains et les genoux, l'éboulis en question.

Avec d'infinies précautions, évitant de faire rouler les moellons, je le gravis jusqu'à la saillie de pierre, et une fois installé je me mis à ramper sur les genoux dans la direction de la rive opposée.

Oh! Quelle souffrance j'ai endurée là, ma bonne chère maman! C'est pour moi (même à l'heure où j'écris) un souvenir terrible!

Me vois-tu me traîner sur les genoux sur cette étroite passerelle, juste assez large pour me supporter? Ma main gauche, à plat sur la pierre, me soutenant; de la droite, je m'accrochais à un bandeau de pierre à l'extérieur du parapet.

Au-dessous de moi, la Meuse tournoyait et semblait un gouffre!

Le vent, assez violent au-dessus du fleuve, faisait voltiger les pans de mon manteau! Ah! Je te jure que j'avais chaud!... que j'ai encore chaud rien que d'y penser!... Surtout que, juste comme j'arrivais à hauteur de la barricade, la sentinelle se mit à faire les cent pas!

... Si l'idée lui avait pris de regarder par-dessus le parapet pour se distraire!

... Tu vois d'ici ma situation!

Je n'en continuai pas moins à ramper sur les genoux.

Il n'en fut rien... Je passai sans accroc, et alors seulement je commençai à respirer un peu plus librement.

Par prudence, je n'en continuai pas moins à ramper sur les genoux; et ce n'est qu'arrivé aux trois quarts du pont, que, n'en pouvant plus, je risquai le tout pour le tout.

Me redressant à l'aide de ma main droite, je me remis sur pied; et après un court répit que je me donnai pour désengourdir mes membres, je profitai d'un moment sans lune pour sauter par-dessus le parapet et retomber sur le pont lui-même.

Alors, dans le noir, je pris ma course vers Bazeilles!

J'avais peut-être encore dix mètres à faire pour atteindre la rive droite, et je sentais poindre en mon cœur l'immense joie d'avoir réussi, quand, du côté français, un coup de feu zébra la nuit, une balle siffla tout près de moi... J'en sentis le vent sur l'oreille!

— Bon sang! criai-je... Ne tirez pas!... Ne tirez pas!... France!

Et puis... Je ne sais pas ce qui s'est passé! J'ai bondi comme un chevreuil, pendant que, derrière moi, le poste bavarois entrait en rumeur. Moins d'une minute plus tard, je me trouvais face à face avec un petit soldat d'infanterie de marine, qui me recevait par ces mots prononcés avec un accent gouailleur sentant son Belleville d'une lieue :

— Ben! mon vieux!... T'as d'la veine, sais-tu?... Aussi! C'est d'ta faute! On n'entre pas comme ça chez l'monde sans prévenir!

Il était bien pris, bien découplé, ce petit troupier-là!

D'un coup d'œil, je l'avais détaillé et, ma foi !... il m'avait plu tout de suite, avec sa figure irrégulière de gamin de Paris, toute piquetée de taches de rousseur et bistrée par le soleil des colonies. Ses yeux noirs, au regard très franc mais gouailleur, me regardaient bien en face, et ses petites moustaches rousses, relevées en pointe à la d'Artagnan, lui donnaient un je ne sais quoi de très crâne, de très *soldat de chez nous!*

Pourtant il avait croisé la baïonnette dans ma direction.

— Tu sais! camarade, continua-t-il, c'est d'bon cœur! mais pour passer sans l'mot... c'est comme si tu chantais? c'est la consigne!

Et devançant ma réponse :

— Oui, fit-il, j'sais bien que tu ne peux pas l'avoir, le mot, puisque tu te défiles de chez les Pruskos!... C'est entendu! mais attends une minute; on va pouvoir s'expliquer! V'là la patrouille qui arrive à mon coup de feu!

Effectivement, le pas d'une troupe se rapprochait; et un groupe de soldats d'infanterie de marine émergea de l'ombre : un lieutenant les précédait.

— Mon lieutenant! articula le factionnaire en me désignant, c'est un civil qui arrivait au grand trot de là-bas! Alors moi, qui n'avais pas pu le distinguer dans la nuit, je lui ai collé une *prune!...* Heureusement que je l'ai pas touché, car il est d'chez nous, à c'qui paraît!

J'intervins à mon tour :

— Oui, mon lieutenant, j'ai réussi à franchir les lignes prussiennes — non sans difficulté, je vous l'assure — et ma foi! ce n'est pas la faute de ce brave garçon si je puis causer en ce moment avec vous. Sa balle m'a sifflé tout près de l'oreille... C'est un bon tireur!...

— On s'en flatte! articula le petit troupier... on a l'épinglette (1).

Le lieutenant sourit :

— C'est bon! jeune vaniteux! dit-il. On sait bien que Pépin dit « Parasol » est un tireur émérite.

Puis s'adressant à moi :

— Jeune homme, vous allez m'accompagner jusqu'au poste.

— Bien, mon lieutenant.

Le caporal de pause releva Pépin dit Parasol de sa faction, plaça la nouvelle sentinelle, et nous partîmes alors vers Bazeilles, sans que, du côté allemand, aucune démonstration hostile eût lieu.

Cinq minutes plus tard, j'entrais dans le poste et l'officier m'interrogeait.

Je n'eus pas de peine, je t'assure, maman chérie, a établir mon identité

Le nom de Cardignac est (et j'en suis fier!) bien connu dans l'armée; aussi dès que je l'eus énoncé, l'officier m'interrompit par cette question :

— Êtes-vous parent du colonel Cardignac qui fut officier d'ordonnance de l'Empereur?

— Mon lieutenant, je suis son fils; mais, hélas! le colonel est mort!... tué à Saint-Privat!

— Comment cela?... Je le croyais en retraite!

(1) Récompense de tir consistant en une grenade en argent retenue par une chaînette de même métal.

— Oui, mon lieutenant ; mais à la première nouvelle des désastres, il a couru reprendre du service et...

— A vos rangs !... fixe !

Ce commandement, poussé par « Pépin », retentit dans la salle d'auberge où nous nous trouvions, et un officier supérieur, un commandant apparut.

— Le commandant Lambert (1)! me souffla le lieutenant qui, se portant au-devant de son chef, lui rendit compte rapidement de ce qui s'était passé.

La présentation se trouvait donc toute faite, et le commandant me tendant la main :

— Monsieur Cardignac, soyez le bienvenu, dit-il ; mais comment se fait-il que, venant de Metz, vous nous arriviez ainsi en coup de vent, à travers les lignes ennemies ?

J'expliquai alors mon désir de rejoindre l'armée de Châlons ; je dis le serment fait à mon père ; je racontai mes pérégrinations, mes tribulations des jours précédents, mon passage hasardeux sur le pont de la Meuse, et à cet instant une exclamation m'interrompit.

— Mâtin de mâtin ! il est tout de même chouette, ce petit civil-là !

C'était le brave Parasol qui (je le dis sans vanité) s'enthousiasmait sur mon cas.

Les deux officiers ne purent tenir leur sérieux.

— Tu as raison ! mon brave Pépin, dit le commandant en riant. Ainsi que tu le dis d'une façon un peu familière, M. Cardignac s'est admirablement comporté ; mais cela n'a rien d'étonnant, mon garçon ! sache en effet que, depuis bientôt cent ans, tout le monde est soldat — et bon soldat — dans sa famille ! Alors, poursuivit-il, en s'adressant directement à moi, vous veniez pour vous engager ?

— Oui, mon commandant.

— C'est que vous n'avez pas l'âge réglementaire !... Il faudrait une autorisation spéciale qu'on obtiendrait sans aucun doute du commandement ; mais encore est-il qu'il faut l'obtenir. Dès demain je verrai à faire le nécessaire.

_____

(1) Le commandant Lambert est aujourd'hui général, c'est lui que, dans son tableau célèbre des « Dernières Cartouches », le grand peintre de Neuville a représenté blessé, appuyé à une armoire, dirigeant encore la défense de la fameuse maison de Bazeilles, aujourd'hui achetée par l'État et baptisée : la Maison des Dernières Cartouches.

Pépin, dit « Parasol »,
aux colonies.

— Merci, mon commandant !
mais... en attendant je voudrais
bien ne pas rester inactif. N'y
aurait-il pas moyen...

— Écoutez! monsieur Cardignac, je vous confie au lieutenant
Cassaigne ici présent. Restez avec
lui : il vous guidera et vous fera
donner au besoin un fusil, en attendant la régularisation de votre
situation militaire.

— Pardon, excuse! mon commandant, fit Pépin intervenant.
Voulez m'permettre de vous dire
une bonne chose... C'est pas prudent pour « Monsieur Cardignac »
de se battre en civil. Vous avez
bien vu hier ce pauvre mâtin de
paysan que les Bavarois ont mas-
sacré à la tête du pont, parce
qu'ils l'ont pris un fusil en main.

— C'est vrai! murmura le commandant.

— Alorsse! continua délibérément Parasol, sauf vot'autorisation, mon commandant, si que
j'irais jusqu'aux voitures chercher
une tenue pour Monsieur Cardignac!

— Tiens! ton idée n'est pas
mauvaise. Lieutenant Cassaigne,
faites un bon pour une tenue
neuve et un équipement!

Là-dessus le commandant me
félicita, me serra la main et partit.

Un quart d'heure plus tard, j'étais habillé, équipé et armé de pied en cap, cartouches comprises, grâce au brave Pépin qui s'extasia sur ce qu'il voulut bien, en son langage coloré, appeler mon *chic épatant!* en tenue de « marsouin ».

Le lieutenant Cassaigne me laissa ensuite faire connaissance avec mes nouveaux camarades, les « marsouins » du poste, auxquels, selon l'usage, j'offris la bienvenue, sous forme d'une rasade de café au rhum.

Enfin ! J'étais donc soldat!... Et il me sembla que, d'en haut, mon pauvre père m'adressait un sourire plein de fierté et de tendresse !

Entre soldats, — tu le penses bien, ma chère mère, la glace est vite rompue.

Pourtant, tous me disaient : *Vous*, y compris Parasol qui avait, le premier, abandonné son tutoiement familier du début.

Je compris que ma conversation absolument amicale avec le commandant Lambert et le lieutenant Cassaigne étaient la cause de cette réserve, et je ne voulus pas paraître, vis-à-vis de mes égaux, me targuer des marques d'amitié de mes nouveaux chefs. J'étais en effet soldat, tout comme les braves gens qui m'entouraient, et m'adressant à Pépin:

— Mon camarade, dis-je, pourquoi donc ne me dis-tu plus : *tu*, mais *vous* ? Est-ce que j'ai changé à ce point depuis une heure ?

— Non !... mais...

— Il n'y a pas de mais... Nous sommes camarades, n'est-il pas vrai? Eh bien ! traite-moi en camarade et continue comme tu as commencé! Et d'abord, tu es mon parrain de guerre !

— Comment ça ?

— Dame ! C'est toi qui m'as baptisé ! C'est à toi que je dois d'avoir reçu (et de près !) le baptême du feu.

— T'as tout d'même raison ! riposta le Parisien.

A partir de cette minute, tous, le sergent, les caporaux, les vieux chevronnés aussi bien que les jeunes, furent pour moi des amis.

Nous causâmes une bonne heure ; et c'est là que j'appris l'origine du sobriquet de mon « parrain ».

De son vrai nom, il se nommait Pépin (Jean-Louis).

Or, en Cochinchine, d'où il était arrivé trois semaines auparavant, il avait trouvé moyen pendant les marches, d'arranger sur son sac, à l'aide de fines tiges de bambou, une sorte de parasol, pour se garantir de l'ardeur du soleil

Cette trouvaille avait fait florès; ses camarades l'avaient imité; et comme, en argot, Pépin, le nom patronymique du petit troupier, signifie justement parapluie, on l'avait surnommé par comparaison Parasol.

Tu m'excuseras, chère maman, si, dans ces impressions de guerre, j'emploie parfois certaines vulgarités de langage ; mais je veux te donner une impression très juste de ce que j'ai vu et ressenti.

Aussi les quelques termes argotiques du brave Pépin trouveront grâce devant toi, en raison même de leur couleur pittoresque et du cachet de vérité dont ils imprègnent mon récit, qui ne doit être que de la vie racontée ; et je suis persuadé que tu trouverais anormal que je mette dans la bouche du petit troupier faubourien, des tours de phrase ayant cours dans le grand monde.

Chacun s'exprime selon son éducation première, et la forme parfois triviale donnée aux sentiments exprimés n'en exclut pas les qualités intrinsèques.

Au demeurant, mon nouvel ami Pépin était un brave, bien qu'il n'eût que vingt et un ans et déjà pourtant dix-huit mois de service, car il était engagé volontaire.

Il était estimé et aimé de tous, tant pour sa gaieté constante que pour sa bravoure très réelle.

Le sergent m'a en effet raconté qu'en Cochinchine, il s'était signalé à plusieurs reprises dans les colonnes d'exploration, et que, s'il n'était pas encore gradé, c'était uniquement parce qu'il « ne savait pas lire ».

Mais, paraît-il, il s'était décidé à apprendre et commençait à épeler ses lettres, lorsque le tour de relève de son bataillon était arrivé.

La traversée puis la guerre avaient interrompu les « études » de Parasol, et voilà pourquoi le brave petit gars n'était toujours que premier soldat.

J'aurais volontiers passé toute ma nuit à causer avec mes nouveaux frères d'armes, mais la fatigue m'envahissait.

Le lieutenant Cassaigne intervint et exigea que je prisse du repos.

— Mon enfant, dit-il, si demain vous voulez être dispos pour l'action, ormez quelques heures... et ce ne sera pas de trop !

J'obéis, crois-le, maman, sans avoir à me faire violence; et, confortable-

ment installé sur un lit de foin que mon nouvel ami Pépin organisa lui-
même, je laissai le sommeil envahir mes membres et mon cerveau,

Mes idées s'emmêlèrent, devinrent confuses ; je me souviens pourtant
que, tout en m'assoupissant, je ne pouvais m'empêcher de trouver extraordinaires la bonne humeur et la confiance que tous, chefs ou soldats, manifes-
taient.

Ils étaient pleins d'ardeur et d'entrain, et cela remit en mon cœur un peu
d'espérance.

L'angoisse que j'avais ressentie au geste enveloppant du vieux Maréchal
de Moltke, le frisson qui m'avait secoué en l'entendant annoncer de sa voix
calme que « Bazeilles serait pris le lendemain », tout cela s'estompa, et,
dans le noir de mon demi-rêve, j'évoquai la belle figure d'une Victoire ailée,
qui arrivait à tire-d'ailes planer à nouveau sur nos drapeaux ; je songeai à
toi, à mon père, à mon cousin Pierre qui, lui aussi, devait sans doute, à cette
même heure, rêver d'une chevauchée épique et de gloire reconquise... Puis
tout disparut!... Je dormais !

Et c'est dans un sommeil doux, réparateur, que se termina la première
partie de mes aventures de guerre.

La deuxième allait s'ouvrir le lendemain, 1er septembre, en pleine fournaise ! J'allais, pour mon coup d'essai, assister au combat le plus furieux, le
plus formidable, le plus effroyable que l'imagination d'un soldat pût rêver ;
et ce sont ces souvenirs qui, même aujourd'hui, m'emplissent le crâne d'un
bruit de tempête ; ce sont ces souvenirs de rage exaspérée, que je vais, pour
toi, jeter sur ces feuillets, chère maman !

Je porté plainte ! Je porté plainte à mon consul !

CHAPITRE III

— Aïe donc... Réveille-toi, bon sang! V'là le bal qui commence!

Ce fut cette invitation familière de Pépin qui me tira brusquement de mon pesant sommeil.

— Dépêche! Dépêche! continua-t-il, tout en me secouant par la manche; paraît que les v'là qui débouchent du pont!... On se replie!...

D'un bond, je fus debout!

Il faisait encore nuit, ou pour mieux dire il ne faisait pas encore jour. Nous en étions à cette minute de la journée où l'ombre semble vouloir lutter contre l'aurore envahissante; nous traversions ce moment transitoire du crépuscule matinal que mon oncle et mon père m'ont toujours, dans leurs récits de guerre, dépeint comme l'heure dangereuse par excellence, comme la minute propice aux surprises!

De plus, un brouillard épais voilait la vue d'assez près.

Nous étions-nous donc laissé surprendre?... Oui et non!

On s'attendait bien, de notre côté, à une attaque du matin, mais peut-être pas si tôt!

C'est ce que m'expliqua brièvement le lieutenant Cassaigne, pendant que notre poste se repliait vers Bazeilles et prenait position dans les premières maisons du village, dont la rue d'accès était solidement défendue par une forte barricade.

Derrière cette barricade, des marsouins étaient déjà embusqués, il y avait aussi dans l'angle un petit groupe de turcos. J'ai encore dans l'œil la vision nette d'un grand sergent indigène qui, allongé sur la barricade, tendait le cou et examinait la route.

Oui ; je vois toujours cette tête d'un galbe sauvage, couturée d'une balafre, et dont l'œil féroce dardait un regard mauvais au travers du brouillard.

Mais déjà le lieutenant Cassaigne nous entraînait dans une petite rue latérale, nous installait avec une dizaine d'hommes et un sergent dans une grange qui formait *hache*, c'est-à-dire un angle assez fort avec la direction de la route, et, nous laissant là, il filait plus loin pour disposer son monde.

Par des meurtrières pratiquées la veille dans le mur, il nous était loisible de tout observer, soit vers l'ennemi, soit dans l'enfilade de la rue ; et moi surtout, qui étais avec mon ami Parasol placé juste à l'angle, je puis dire que j'étais aux premières loges pour tout voir.

Si je te disais que j'étais calme, tu ne me croirais pas, chère maman, et tu aurais bien raison !

Non ! Je n'étais pas calme !... Tous mes nerfs dansaient au contraire la sarabande des grandes émotions ! J'éprouvais une sensation de puissante angoisse, en face de ce drame qui est une bataille, drame dont le rideau allait se lever devant moi pour la première fois de ma vie !

— Eh bien ? Es-tu content ?

Cette question de Pépin fut un dérivatif pour la fièvre de mon attente.

— Oui !... Oh oui !... répondis-je.

— Bon !... Faut pas t'émotionner, continua-t-il, presque avec gravité et en me regardant dans les yeux. C'est rien du tout !... tu vas voir !... Écoute que je te dise une bonne chose : « Rabats ta hausse en avant !... et tire bas ! Tu comprends !... parce que nous allons nous canarder de près... Pour lors, t'as toujours la chance des ricochets. T'as compris, mon fiston ?

— Oui ! oui ! sois tranquille ! Je ne perdrai pas mes cartouches d'autant plus que...

— Commencez le feu !!!

Ah ! je te jure, mère chérie, que je n'ai pas songé à terminer ma phrase !

Cet ordre lancé... (par qui... je n'en sais rien !) venait d'éclater dans la rue ; et en une seconde, la fusillade crépita ardente et continue ; la barricade, les maisons, tout disparut en un instant sous le voile bleuté des fumées zébrées d'éclairs, et je suis resté une bonne minute abasourdi, sans autre volonté que celle de « voir » !

J'étais comme transporté en plein rêve, et (si anormal que cela puisse paraître), j'oubliais presque mon rôle de soldat pour n'être plus qu'un cerveau, suggestionné par cette nouveauté grandiose et formidable qui, soudain, m'apparaissait !

Cependant, je voyais tout très distinctement !

Des masses profondes d'Allemands débouchaient du brouillard ! Ils avançaient serrés, les uns sur les autres, portés en avant par leurs officiers qui hurlaient des « vorwärtz ! » (1) furieux.

Pourtant nos balles filaient en plein dans le tas... je voyais des effondrements, des éboulements d'hommes que franchissaient les autres... ceux qui étaient derrière !...

Ils arrivèrent ainsi dans un ordre très relatif jusqu'à cent cinquante mètres environ ; mais alors notre tir se précipita tellement que toutes les détonations formaient comme un roulement ininterrompu, et la masse des Bavarois oscilla, flotta et fléchit. Cela dura combien ?... Peut-être à peine une seconde, puis la reculade suivit, immédiate et désordonnée.

Malgré les vociférations de leurs chefs, ils s'enfuirent et disparurent dans le brouillard,... et notre feu s'arrêta.

— Eh bien ! mon conscrit, me dit alors Parasol, comment trouves-tu que j'la trouve ? Hein ? As-tu vu l'coup de la fin ?

— Oui !... C'est terrible et beau !

— J' t'écoute ! Seulement, laisse-moi te dire quéque chose : maintenant que tu connais le *fourbi*, faut plus faire des économies pour le Gouvernement. Oui ! Faut tirer ! Faut taper dans l'tas !

Mon ami Pépin eut un sourire, et, à cette minute, j'ai éprouvé, je l'avoue, comme une honte devant ces mots de mon camarade... J'ai senti mes joues s'empourprer !

Parasol s'en aperçut.

— Mon vieux ! fit-il paternel, t'émotionne donc pas ! J'ai été tout pareil comme toi la première fois que j'y suis t' été... à ce bal-là ! Marche donc !

_____

(1) « **Vorwärtz !** » : En avant !

Tout à l'heure tu vas voir comme tu seras à ton aise... Comme si que tu serais à la cantine... quoi!

Le brave garçon me serra la main, et il allait sans doute me donner quelques conseils pratiques de guerre, lorsqu'un ronflement épouvantable passa sur nous et notre grange trembla sur sa base!

Sous nos pieds (nous étions au premier dans une sorte de grenier ouvert), sous nos pieds, dis-je, une explosion puis un craquement venaient de se produire! En même temps, un large morceau du mur s'écroulait dans la rue, et un trou énorme s'ouvrait dans le plancher.

Ce sont là des sensations tellement imprévues, tellement rapides, qu'on ne les analyse pas, et quand on les raconte par la suite, comme je le fais aujourd'hui, on doit se borner à constater ce qu'on a vu *après*, sans chercher à déduire ce qu'on a éprouvé *pendant*.

Eh bien! *après* l'explosion de ce premier obus, nous nous sommes retrouvés, Pépin et moi, sur le foin qui garnissait notre angle; nous n'avions pas de mal, mais un ahurissement compréhensible. Autour de nous flottait, avec de la fumée, une poussière de plâtre très fine; nos vêtements en étaient couverts.

Au-dessous, des plaintes montaient de la brèche du plancher. C'étaient nos pauvres camarades qui étaient tombés là, pêle-mêle, au milieu de l'enchevêtrement des poutrelles.

Dehors, le tir d'artillerie continuait, souligné par la fusillade, et du côté de Sedan la bataille faisait rage.

Pépin se releva le premier et se secoua.

— Mâtin! En v'là une gifle! grogna-t-il. T'as rien d' démoli?

— Non! fis-je en me redressant à mon tour.

Et nous cherchâmes de suite à descendre pour porter secours à nos camarades d'en bas; mais pas moyen! plus d'escalier, il était en miettes!

Du reste, comme Pépin s'apprêtait à se laisser glisser, le lieutenant Cassaigne arriva et fit procéder au déblaiement des décombres et à l'enlèvement des blessés.

Une échelle fut apportée et l'officier monta jusqu'à nous; il me complimenta d'un mot bref sur ma chance d'être sain et sauf; puis après un instant d'examen:

— Parasol, ordonna-t-il, tu vas rester ici avec M. Cardignac: je vous

charge d'observer la direction de la route. Si
quelque chose nous arrivait par là, que l'un
de vous deux descende et accoure me prévenir
dans la maison... là... derrière celle qui est
en briques!

« Du reste, continua-t-il, il est probable
qu'ils vont tenter quelque chose de ce côté.
Vous voyez! ils ne tirent plus sur cette portion
du village... Ils s'imaginent sans doute l'avoir
nettoyée!... C'est comme la barricade!...
voyez-vous, monsieur Cardignac, elle
est couverte de défenseurs qui, pour
donner le change, se défilent et ob-
servent le silence complet, l'immo-

Ben, mon vieux, tu peux aller chercher les pompiers!

bilité la plus absolue. Faites de
même; ne vous faites pas voir,
observez la route, et ne tirez que dans
un cas d'extrême nécessité : tu as bien
saisi, Pépin?

10

— Oui, mon lieutenant.

L'officier nous quitta, descendit prestement l'échelle, et nous nous pla-çâmes, mon camarade et moi, en observation.

Il pouvait être cinq heures du matin; le brouillard était toujours épais, et, si de notre côté le calme semblait profond, il n'en était pas de même sur les autres faces du village où la lutte battait son plein; bien que j'entendisse nettement, je ne pouvais rien voir en dehors de la barricade, qui semblait sinistre avec ses guetteurs immobiles.

Pendant un bon quart d'heure, nous restâmes là silencieux, les rétines tendues, cherchant à percer l'uniformité fatigante de ce voile de brume grise; soudain j'entendis, sur ma droite, marcher doucement dans la ruelle, au pied de l'éboulis pratiqué dans notre mur de grange.

Sans rien dire à Parasol qui guettait à gauche, je me glissai en rampant vers la brèche, et j'y arrivais, quand... toc!... les deux montants d'une échelle, dressée de l'extérieur, s'appliquent sur le rebord de la crevasse!

Du coup, je saute en l'air, baïonnette haute! et alors une scène inou-bliable — pour moi du moins — se déroule!

Combien dure-t-elle cette scène! trente secondes! peut-être quarante! et certes il me faut, pour la raconter, dix fois, vingt fois, trente fois le temps qu'elle dura; mais tous les détails en sont finement restés dans mon cer-veau, avec leurs plus menues circonstances!

Juste comme mon buste émergeait du grenier,... une tête casquée appa-raissait en haut de l'échelle et je poussais une exclamation de surprise.

Je venais de reconnaître mon lieutenant bavarois de la veille; lui aussi m'avait reconnu : il eut une courte hésitation, puis m'adressa à la fois une injure et un coup de sabre.

Je parai et ripostai si vivement et si instinctivement que, percé d'outre en outre par mon coup de baïonnette, l'Allemand pirouetta sur lui-même et roula jusqu'au bas de l'échelle, sur les débris du mur, au milieu des cinq soldats bavarois qui, seuls, l'accompagnaient. Je lus sur leurs faces, enlu-minées par la fièvre de la lutte, une stupeur indicible.

Ils ne s'attendaient pas sans doute à trouver la grange encore défendue.

Mais pendant que je lançais ma riposte, je reconnus au bas de l'échelle, qui? je te le donne en mille,... mon « ami » Kolwitz!

Oui, mère! l'Anglais! le journaliste anglais! mon protecteur de la veille!

Il faut croire que ses sentiments à mon égard s'étaient légèrement modi-
fiés, car tirant de sa poche un revolver de fort calibre, il en déchargea les
cinq coups dans ma direction.

Je m'étais courbé et une seule balle m'effleura, faisant voltiger quelques-
unes des franges jaunes de mon épaulette.

Ma foi! la colère me prit et je n'aurais certainement pas fait grâce à cet
allié des Bavarois,... mais Pépin, accourant à la rescousse, m'avait devancé.

A l'apparition de mon camarade, les cinq soldats firent demi-tour, laissant
là le corps de leur officier; Kolwitz, désarmé maintenant, s'apprêtait à filer
aussi, quand Pépin le mit en joue : et je ris encore au souvenir de l'inénar-
rable spectacle auquel j'assistai.

Le gredin d'Anglais, bien qu'il eût encore à la main son revolver fumant,
n'hésita pas.

— Aoh! s'écria-t-il. J'été pas un combattant! J'été neutre! Jé souis
subject de la Queen de Hangleterre!

Pépin ne fut pas long à la riposte!

— Tiens! canaille, s'écria-t-il, porte-lui ça d'ma part.

En même temps il lâchait son coup de feu!

Trop bas... hélas! car Kolwitz partit au pas de course, non sans hurler.

— Je porté plainte!... Je porté plainte à mon consul!

Et dans la fumée stagnante, nous ne pûmes nous empêcher d'éclater de
rire!

Le coup tiré de très près avait enflammé le pan du macfarlane de l'Anglais qui, tout en se sauvant, cherchait à se débarrasser de cet incendie imprévu.

Il est même à présumer que cet incident, tout à fait hilarant, le sauva
d'une bonne balle entre les épaules!... car Parasol riait tellement qu'il en
oublia de recharger son chassepot.

— Ben, mon vieux! cria-t-il, tu peux aller chercher les pompiers! Y a
rien d' pareil pour vous tenir les reins au chaud!... C'est souverain pour les
rhumatismes!...

Mais le Parisien n'eut pas le loisir de continuer ses lazzis.

Une avalanche de baïonnettes surgit au détour de la ruelle; les Bavarois
s'empilèrent entre les murs des maisons, tout en poussant des vociférations
épouvantables.

On eût dit une inondation humaine! Leur flot vint battre notre muraille; des échelles à crampons accrochèrent leurs griffes à la brèche; tout pâle, je me mis à lancer dehors des coups de baïonnette furieux.

Pépin à mes côtés faisait aussi de bonne besogne, et sans que j'eusse eu le loisir de le voir arriver, le lieutenant Cassaigne surgit tout d'un coup, accompagné d'une douzaine de marsouins.

— Renversez les échelles! cria-t-il.

Des madriers, poussés par vingt bras, firent l'office de leviers, et des grappes de Bavarois s'écroulèrent sur les baïonnettes des autres, pendant que nous tirions frénétiquement.

La position devenait intenable pour l'ennemi. Ils lâchèrent encore pied, laissant dans la ruelle et au bas du mur, un tas effroyable des leurs : tas affreux, épouvantable, où des blessés hurlaient; où des bras s'agitaient convulsivement; où des têtes hagardes, maculées de sang, émergeaient en lançant des plaintes lamentables.

Chose curieuse! l'ennemi n'avait presque pas tiré; à peine quelques coups de feu isolés étaient partis à notre adresse; et j'incline à croire qu'ils avaient été lâchés involontairement par des poltrons énervés.

Sans doute l'ordre de ne pas tirer avait été donné d'avance, et leurs officiers comptaient uniquement sur l'irrésistible poussée du nombre pour réussir dans cette seconde attaque, qui, certainement, n'était pas seulement dirigée contre notre grange, mais qui avait dû, au contraire, foncer sur presque toute la face sud-est de Bazeilles.

Pendant que nous reprenions haleine, le canon recommença à tonner: la maison voisine reçut à elle seule toute une salve: cinq minutes plus tard, elle flambait. Gagnant le toit démoli de notre abri, des flammèches qui tombaient incendièrent le foin répandu çà et là, et notre grange flamba à son tour.

— Gagnons la rue ! ordonna le lieutenant dont le visage énergique s'était rembruni.

Il conduisit ce qui restait de notre groupe dans une maison de la rue de l'Église et nous y réinstalla.

Maintenant, au lieu d'être, comme auparavant, sur la première ligne de défense, nous devenions une sorte de « soutien » des troupes engagées, tant sur la barricade que dans les premières maisons de Bazeilles; et j'eus, pendant un bon moment, le loisir d'examiner la bataille.

En avant, mes amis, en avant !...

Je ne chercherai pas ici à te l'expliquer au point de vue technique, chère maman ; d'ailleurs les données exactes me manqueraient pour cela, et ce n'est pas là du reste le but de ces « impressions » de guerre.

Et puis, un soldat, petite unité noyée dans la masse, ne peut avoir que des sensations ; l'ensemble d'une opération lui échappe.

Pourtant, en ce qui me concerne personnellement, j'ai tant vécu déjà dans le contact d'officiers, j'ai si souvent entendu discuter des opérations militaires, que — l'atavisme aidant — je comprenais peut-être mieux qu'un autre, ou pour mieux dire, je déduisais mieux qu'un autre ce qui pouvait se passer.

Je note donc rapidement mon sentiment sur cette journée, encore mal définie au point de vue militaire.

L'histoire de ce grand drame qu'a été la bataille de Sedan, sera un jour écrite documentairement par des savants et des techniciens ; et, en notant les pensées qui me vinrent en cette matinée du 1er septembre 1870, alors que je n'étais qu'un fusil perdu dans une forêt de fusils, je veux pouvoir contrôler si, à cette minute-là, j'ai vu juste.

Eh bien ! chère mère, malgré la superbe attitude de nos hommes, j'ai eu la prescience que cette journée se terminerait par un cataclysme effroyable !

La maison où j'étais placé possédait une sorte de clocheton, formant pigeonnier : j'y montai avec Pépin, et, de ce point, le regard passant au-dessus des maisons permettait d'apercevoir vaguement, à travers le brouillard qui commençait à se dissiper, l'entrée du ravin de Givonne. De ce côté, en haut de la pente boisée faisant face à Sedan, une violente canonnade s'entendait.

— Hein ? fit Parasol joyeux, t'entends ? v'là nos artilleurs qui rappliquent ! les Allemands vont recevoir des obus dans les reins !... Pas trop tôt !

J'eus quelque peine à détromper mon camarade ; mais il était évident pour moi que c'étaient des canons allemands qui tiraient dans la direction de Sedan ; plus loin encore, du côté de Floing et d'Illy, la même canonnade retentissait et nous parvenait par les bois et le brouillard ; et, avec une grande angoisse, j'évoquai encore à cet instant le geste enveloppant du vieux de Moltke !

Était-ce vrai ? Étions-nous donc cernés ?... J'eus un serrement de cœur, et le pressentiment sinistre qui me tenaillait s'accentua... Cernés... comme à Metz alors!... mais notre rentrée en action étouffa brusquement toute réflexion.

En effet, en bas, nos camarades recommençaient à tirer, et, par les ouvertures du pigeonnier, nous les imitâmes.

On n'avait pas grand mal à viser juste, car c'est dans une masse compacte que nous tirions, masse bleue et grise de Bavarois qui venaient, à travers les brèches des obus, à travers les ruelles incendiées, d'émerger dans la rue, et qui tourbillonnaient, oscillaient sous la grêle de plomb dont nous les couvrions.

Ce fut effroyable!... Chaque coup portait, et en moins de deux minutes, la rue fut encombrée (le mot n'est pas outré!), littéralement encombrée de cadavres! Le ruisseau charriait du sang, et autour de nous flottait dans l'air une âcre odeur de poudre, de paille brûlée, de fumée à l'odeur fétide!

Tout le côté sud du village flambait en effet! Et c'était terrible à voir, cette lutte ardente... féroce... au milieu de l'incendie qui tordait ses flammes comme des tentacules de pieuvre, et lançait dans le ciel des flots noirs de fumée, striés de flammèches et d'étincelles.

Ah! le pauvre village, si riant, si coquet, tout à l'heure! Dans quel état ces quelques heures de combat l'avaient mis! A chaque seconde, des tuiles, des ardoises, des cheminées s'écrasaient avec fracas dans la rue; des persiennes détachées par les balles s'effondraient en raclant le crépi des murailles.

Dans les maisons, au milieu du bruit de la lutte, on entendait des cris aigus de femme ou d'enfant, et je me souviens d'une malheureuse à cheveux blancs, qui, affolée, sortit en courant d'une maison, fut « ramassée » par les balles bavaroises, et tomba en poussant un grand cri, contre le cadavre d'un soldat de la ligne, qui, les bras grands ouverts, semblait crucifié sur le sol de la rue.

Puis c'est un groupe d'habitants du pays armés de fusils qui arrive!

Un prêtre (sans doute le curé de Bazeilles) les devance! (1) Ah! le brave homme, et qu'il était magnifique avec sa soutane relevée, découvrant ses bas noirs et ses souliers à boucle; il était nu-tête, et ses cheveux gris voltigeaient au vent de sa course.

----

(1) Historique : le curé de Bazeilles conduisit ses paroissiens à la défense de son village.

En main il avait un chassepot, et
il entraînait tous les braves paysans,
de son geste énergique et de sa parole, criant : « En avant! mes amis!...
En avant ! »

En franchissant la place de l'église,
deux d'entre eux tombèrent : l'un tué
raide, l'autre seulement blessé, que
je vois encore, tirant la jambe, ramper jusqu'à l'angle de la rue où avaient
disparu ses camarades.

Ah! mère, combien en ai-je vu de
ces tableaux d'une épouvante grandiose! Combien mon âme fut secouée! Ah! je puis dire
que, pour ma

En moins de deux minutes, la rue fut encombrée de cadavres bavarois.

première journée de bataille, j'ai vu la guerre sous ses deux aspects les plus extrêmes : dans toute son horreur tragique et dans son incomparable beauté!

« Oui! la brutalité de l'action est sans doute horrible et comporte des épouvantes sans nom !... Mais quels sentiments grandioses d'abnégation surhumaine surgissent... éclatent alors!... Que de magnificence dans ces énergies du simple soldat qui s'exalte jusqu'au sacrifice ! Quelle merveille que l'état d'âme de ces officiers qui, maîtres d'eux-mêmes, grandis par les circonstances, dirigent, maîtrisent, coordonnent ces éléments de passion déchaînée! Ah! oui, mère, moi aussi je serai officier!

Mais, malgré l'intensité de notre feu, les Bavarois avançaient!

Oui! De partout il en surgissait pour remplacer ceux qui tombaient!

Ils n'y allaient pas de bon cœur, non certes! Et c'est à grands coups de plat de sabre, avec force coups de pied et bourrades que leurs officiers les jetaient dans la fournaise de la rue.

Alors, poussés en avant, ils avançaient sur un véritable lit de leurs morts,... tombaient à leur tour, et d'autres surgissaient pour les remplacer.

A chaque poussée ils gagnaient quelques mètres. Beaucoup d'entre eux se jetaient dans les maisons, où des luttes effroyables corps à corps les attendaient; car les nôtres ne cédaient, maison par maison, que lorsque le nombre les submergeait.

C'était atrocement beau !

J'ai vu — de mes yeux vu — surgir sur le toit d'une de ces maisons un groupe de turcos et de marsouins qui, refoulés sans doute jusqu'au grenier, émergèrent d'une lucarne et grimpèrent sur la toiture.

De là, tout en tiraillant, ils gagnèrent le toit des maisons voisines, et l'un d'eux, atteint d'une balle, roula et s'effondra au milieu de la houle des assaillants.

Il fallut aux Allemands plus d'une heure pour gagner deux cents mètres!... Cent cinquante mètres environ les séparaient encore de nous.

Neuf heures sonnèrent à l'église. Chose curieuse, l'horloge n'avait pas été démolie et continuait à égrener les minutes et les heures; elle dominait le tumulte de ce cataclysme; telle une image tangible du Temps, qui poursuit impassible sa marche inlassable à travers le déchaînement des passions humaines!

D'une maison voisine, le buste du commandant Lambert émergea, et d'une voix de tonnerre il cria :

— En avant ! garçons !... C'est le moment ! Foncez dessus ! A la baïonnette ! Pas de quartier !

En une seconde, les maisons vomirent tout ce qu'elles renfermaient de défenseurs ! Ce fut une mêlée sauvage, formidable.

Parasol et moi, nous avions dégringolé au galop de notre clocheton ; je me lançai dans le tourbillon et... je ne me rappelle rien,... rien de ces quelques minutes où je me suis trouvé jeté dans ce cyclone !

Ce que je sais, c'est que cela ne dura pas longtemps !

Il y eut un emmêlement inouï, des heurts, des cliquetis, des hurlements, et en un clin d'œil nous avions repris la barricade !

Pépin avait une estafilade légère à la figure. Quant à moi j'avais reçu certainement un choc violent, car je ressentais une douleur contuse au bras gauche.

Etait-ce un coup de crosse ? Probablement, mais je n'en sais rien !

Toujours est-il que nous nous préparions à reprendre nos positions primitives, quand le canon allemand recommença.

— Tonnerre ! hurla Parasol, en tendant rageusement le poing dans leur direction... Ah ! l'tas d'lâches ! ah ! les canailles !

Mais cette fois le tir des pièces allemandes était d'une régularité effrayante. Leurs obus semblaient placés à la main ! Tous portaient ! Les maisons encore épargnées s'allumèrent ; la rue fut prise en écharpe, et, la rage au cœur, nous dûmes, en longeant les maisons, nous replier en arrière de la place !

A peine y étions-nous rassemblés, qu'un nouvel assaut des Bavarois se produisit, enveloppant cette fois les trois faces nord-est, est et sud de Bazeilles !

C'était pis que les deux premières fois ! Ce n'était plus une attaque, c'était une invasion ! on eût dit un fleuve de baïonnettes et de casques qui s'engouffrait dans chaque rue.

La défense dut alors devenir en quelque sorte individuelle : chacun pour son compte et par petits groupes, on se mit à tirer dans cette mer d'habits bleus.

Mais que faire ? Les forces humaines ont une limite, si le courage n'en a pas ! Nous luttions rageusement *un* contre *dix* ! Nos cartouches s'épuisaient ;

et comme, du côté de Sedan, l'armée entière semblait engagée, nous n'attendions plus de ce côté ni aide, ni renfort.

A chaque maison qu'ils réussissaient à enlever, les Bavarois se livraient à des actes abominables! J'ai vu des officiers transformer leurs hommes en incendiaires; j'ai vu défoncer des tonneaux de pétrole, hissés de la cave d'un épicier; puis les soldats badigeonnaient les boiseries du liquide inflammable; ils en arrosaient des fagots, de la paille, et l'allumaient...

A onze heures, on peut dire que les trois quarts du village étaient en feu!

J'ai vu les Bavarois fusiller de malheureux habitants du pays, pris sans armes; j'ai vu une jeune femme assommée par eux à coups de crosse!

Est-ce la guerre, cela? Non, cent fois non, et que ce soit dans l'énivrement de la victoire ou dans la rage de la défaite, jamais ceux de chez nous ne commettront de lâchetés pareilles!

..... Mais nos cartouches diminuaient... diminuaient toujours! Et nulle espérance de voir arriver le fourgon d'approvisionnement, qui nous eût permis de remplir nos cartouchières presque vides! Oh! quelle rage nous envahissait! mais que tenter contre le Destin!

Peu après, une nouvelle colonne bavaroise contournait le sud du village et nous prenait à revers.

Plus d'unité à espérer dans la défense! Plus d'espoir de repousser cette nouvelle attaque! et c'est alors qu'un capitaine adjudant-major, traversant sous les balles la place et la rue, vint transmettre à notre groupe l'ordre de tenter la retraite sur Sedan!

Le lieutenant Cassaigne, le front bandé d'un mouchoir (il avait été touché légèrement), lâcha une imprécation; puis se ressaisissant:

— Tant pis! murmura-t-il; après tout, c'est juste! Au moins, en essayant de leur passer sur le ventre, on pourra encore leur faire payer cher notre peau!

Puis, sans transition:

— Garçons! fit-il d'un ton rude et rageur, assurez vos baïonnettes! C'est pour tout de bon, vous savez!

Les hommes obéirent en silence; le lieutenant rassembla dans les maisons voisines une centaine d'hommes, nous plaça bien en ordre; puis, quand il nous eut conduit jusqu'aux dernières maisons qu'occupaient déjà les premières sections d'un régiment bavarois, il leva son sabre, hurla un frénétique : « En avant!... A la baïonnette! » Et nous partimes!

A ceux qui viendraient me raconter, avec menus détails, leurs impressions au cours d'une pareille charge à la baïonnette, je répondrai volontiers qu'ils sont doués d'une rare vivacité d'imagination.

Ces choses-là, on les vit, on ne les voit pas! On passe

au milieu d'elles, comme dans un cauchemar, oublié à l'heure du réveil. En tous cas, la vie du cerveau s'arrête et se fige sur cette idée unique et terrible : « Passer en tuant! »

C'est ce que je fis; et quand, après cinq ou dix minutes de course folle, de lutte enragée, nous nous arrêtâmes d'instinct à l'abri d'un hangar démoli, près de la route de

En avant! A la baïonnette!

Balan, j'avoue que j'éprouvai comme une surprise de me retrouver là et vivant !

Sur la centaine de marsouins que nous étions au début de la charge, il restait net trente-deux hommes et un sergent... Le lieutenant Cassaigne avait disparu !

Je dois dire que, si j'éprouvai une surprise, je ressentis aussi une joie !

C'est que je venais d'entendre derrière moi une voix bien connue articuler ces mots :

— Mâtin de bon sang !... J'ai perdu mon calot ! (1)

Il avait en effet perdu son képi, mon brave Pépin, et comme à cet instant il m'aperçut :

— Ah ! te voilà aussi, fit-il en me serrant la main. Ben ! mon vieux ! tu peux dire que t'en réchappes d'une rude... Ah oui ! d'une pas ordinaire !... tu peux l'dire !

Il ajouta avec un rire un peu forcé :

— N'empêche que j'ai perdu mon calot, j'vas attraper un coup de soleil !

Sa blague resta sans écho.

Tous les yeux étaient tournés vers Bazeilles, que maintenant environnaient de tous côtés les masses allemandes.

Au-dessus du village, le ciel était obscurci par la fumée noire de l'incendie.

Dans le village lui-même, il restait sans doute des nôtres, car la défense continuait opiniâtrement. On pouvait s'en rendre compte au bruit de détonations qui nous arrivaient encore, et auxquelles se mêlait, hélas ! le bruit du canon allemand.

Malgré leur nombre, il leur fallait donc encore de l'artillerie pour venir à bout de cette poignée de braves !

D'autres détachements français avaient fait comme nous, et, par des rues différentes, avaient percé le rideau des assaillants.

L'un d'eux qui s'était fait jour du côté du pont, fut submergé, anéanti sous le nombre de ses adversaires ; d'autres nous rejoignirent, ayant avec eux plusieurs officiers, et non seulement des marsouins mais des soldats de la ligne...

(1) Calot veut dire en argot militaire : képi.

Sa tête reposait sur l'épaule de son officier d'ordonnance.

Le plus élevé en grade des officiers, un capitaine, prit immédiatement le commandement, nous reforma par sections, et un court colloque s'engagea entre lui et les lieutenants.

— Vous voyez, leur dit-il, les Prussiens sont maîtres du coteau dans la direction de Givonne; leur ligne nous coupe la route de Sedan, et ce serait une inutile folie d'essayer d'y passer. Mon avis est d'obliquer, en nous défilant vers la Meuse, et de tâcher de gagner ainsi la Place. Avez-vous mieux à proposer, messieurs?

— Non! mon capitaine?

— Bien!... En route.

Nous descendîmes alors vers la prairie, et, tout en marchant, je me rendis compte que, des hauteurs qui dominent la rive gauche de la Meuse les Allemands tiraient sur Sedan, et même, par dessus la ville, jusque sur nos troupes.

Nous gagnâmes sans encombre (en obliquant pour éviter les prairies, inondées par ordre supérieur) les remparts de la vieille ville de Turenne, puis nous nous arrêtâmes dans un repli de terrain, en avant des glacis, à gauche d'un pont-levis.

Nous étions harassés, broyés, par ces heures de lutte terrible; et comme nous étions relativement bien abrités, une détente s'opéra chez nous tous.

Faisceaux formés, on s'assit; la faim qui nous tenaillait l'estomac fit déboucler les sacs et ouvrir les musettes.

Pendant que Pépin partageait fraternellement avec moi son maigre « frichti », j'observai ce qui se passait sur la route de Givonne.

De tous côtés, même à travers champs, des soldats de toutes armes, aux vêtements déchirés, refluaient déjà vers Sedan; des paysans, des femmes, des enfants se sauvaient devant la bataille, en emportant leurs effets et leurs meubles, soit à bras, soit dans des charrettes.

Tout cela se heurtait, s'emmêlait, se buttait aux troupes, aux fourgons, aux estafettes qui sortaient au contraire de Sedan pour se porter vers l'action.

Il en résultait une confusion inexprimable qui me remplissait d'un étonnement angoissé.

Le capitaine avait envoyé un lieutenant en ville pour demander des ordres; mais il était déjà parti depuis deux heures et ne revenait pas!...

Enfin nous l'aperçûmes, et tout le monde, se redressant, forma le cercle autour des officiers pour avoir des nouvelles.

Hélas! ce que nous entendîmes nous tomba comme un glas sur le cœur.

Le Maréchal de Mac-Mahon avait été blessé près de la Moncelle, dès le début de la bataille, vers six heures et demie du matin.

On l'avait transporté à la sous-préfecture et le général Ducrot avait pris le commandement; mais le général de Wimpffen, porteur, paraît-il, d'une lettre de service du Ministre de la Guerre, avait revendiqué le commandement en chef.

De là des heurts, des hésitations, compromettant gravement l'unité de conduite dans la bataille engagée.

L'Empereur malade, affaibli, restait enfermé dans la sous-préfecture; et quant au résultat de l'effort de nos troupes, il était négatif, bien qu'elles eussent dépensé depuis le matin un héroïsme surhumain.

Nous étions en effet bel et bien cernés, enserrés dans un cercle complet, infranchissable, qui se resserrait à chaque heure. Quant aux ordres, le lieutenant déclarait qu'il en avait cherché partout sans pouvoir en obtenir, au milieu de la confusion générale.

Que faire? Essayer de s'engager à l'aventure vers l'ennemi: c'était sacrifier une centaine de vies humaines de plus, et le capitaine réfléchissait au parti qu'il fallait prendre, quand un spectacle émouvant et terrible nous apparut.

Sur la route, un général de division approchait au pas de son cheval.

Il semblait évanoui, comme mort; et sa tête reposait sur l'épaule de son officier d'ordonnance, qui le soutenait de ses deux bras.

Je reconnus le général Margueritte! Oui, c'était bien lui, l'ami de mon père et de mon oncle! Je ne pouvais m'y tromper, malgré l'affreuse blessure qui lui ensanglantait la bouche et les joues.

Deux chasseurs d'Afrique, à pied, tenaient les chevaux par la bride, et, par derrière, suivait un groupe de cavaliers en tête duquel je reconnus soudain... mon cousin Pierre!... Oui, mon cousin Bertigny, en chasseur d'Afrique!

En proie à une émotion intense, je l'appelai à pleine voix.

Il tourna la tête, son regard exprima une immense surprise, et faisant volter son cheval il vint à moi.

— Comment? s'exclama-t-il.
Toi!... en soldat?... Que signifie?... Tu t'es engagé?... Pourtant... je ne comprends pas!

Il bégayait de surprise; mais
une explication rapide le mit au
courant.

— Bon, fit-il alors, puisque
tu n'es pas incorporé, viens avec
moi... Je t'emmène!

Il avertit le capitaine — mon
chef momentané — de cette décision, et je serrai la main de Parasol, non sans émotion, je t'assure.

— Bah! mon fiston, me dit
le Parisien, on se reverra
peut-êt' bien un de ces
jours!

J'eus un serrement
de cœur en quittant
ce brave garçon, et
fasse le ciel qu'il ait
dit vrai!... Que la
mort l'ait épargné
pour que je puisse re-
voir un jour la bonne
figure si gaie, si fran-
che et si énergique
de celui qui fut avec
moi, coude à coude, pendant
cette terrible journée du
1er septembre 1870.

Il appuya son front sur la muraille en sanglotant.

Nous avions, Pierre et moi, rejoint
l'escorte, et nous l'accompagnâmes,

presque silencieux jusqu'à l'ambulance. Au-dessus de nous, les obus continuaient à sillonner le ciel bleu. Ils formaient, de Frénois à La Garenne,
comme une voûte aux vibrations sonores, mais on y était tellement habitué
depuis le matin qu'on n'y prenait plus garde.

Tout en cheminant à travers la cohue, je remarquai la tenue de mon
cousin Pierre.

Il n'avait pas un accroc à son spencer; mais il était noir de poudre. Son
poing droit, ganté de blanc, était rouge. C'était du sang!... du sang ennemi
qui avait également éclaboussé le bleu de son uniforme. La poignée et le
fourreau de son sabre étaient rouges; les épaules de son cheval gris étaient
piquetées de vermillon... mais lui-même n'avait rien!

Ah! Par exemple, son visage était grave,... d'une gravité sombre que je
ne lui connaissais pas!

— Tu as chargé, cousin? lui demandai-je, quand il eut confié le général
aux soins du médecin.

— Oui!... Oh! oui... Quatre fois de suite! me répondit-il. C'était là-haut,
au Calvaire d'Illy! Toute la division: les régiments de chasseurs d'Afrique,
les hussards et les chasseurs de France! toute la division de la légère a
donné!... Mais... il n'en reste plus!... plus! Tiens! tu vois cette vingtaine
d'hommes (il désignait ses cavaliers)...

— Oui.

— C'est tout ce qui reste de mon escadron!

— Oh!

— C'est ainsi!

Alors, pendant que ses chasseurs éreintés, broyés par la lutte titanesque
dont ils arrivaient, mettaient pied à terre, Pierre laissa déborder sa colère.

Avec des gestes violents, il me raconta en phrases véhémentes, l'historique général de la bataille : il me dit l'enveloppement mathématique, méthodique de nos troupes, par les armées allemandes ; le sombre héroïsme de
tous les corps engagés, qui, après des prodiges de valeur, se buttaient à des
masses profondes de troupes fraîches ou se disloquaient sous une pluie infernale d'obus. J'appris par sa bouche les détails épiques de cette charge,
unique dans les fastes de la cavalerie, charge lancée pour reprendre le Calvaire d'Illy, et qui, hélas! s'était en quelque sorte évaporée dans la flamme
et la foudre des explosions.

Pan ! la balle atteignit le cheval du Prussien...

« Maintenant, conclut-il, tout est fini!... C'est réglé! Il n'y a que deux hypothèses plausibles : nous rendre à merci, et ça!... jamais! ou bien essayer de reformer les troupes et de tenter de passer sur le ventre aux Prussiens! Mais... le fera-t-on? Ah! si l'Empereur le voulait,... quitte à nous faire tous tuer !

... Une frénésie, une révolte insensée vibraient dans ses paroles; mais — comme une réponse fatale — le drapeau blanc, le drapeau parlementaire apparut ! On venait de le hisser sur le donjon!

Pierre et moi nous devînmes tout pâles.

Alors, le regard égaré, Pierre me saisit par le poignet, m'entraîna dans une ruelle et me dit d'une voix saccadée:

— Oh! non!... Non! Je ne veux pas!... Je ne veux pas voir ça!

Deux larmes roulèrent sur la poussière de ses joues; il appuya son front à la muraille, en sanglotant !

Quand il se redressa, il ne pleurait plus; son regard était devenu d'une dureté extraordinaire.

— Georges, me dit-il, adieu! Tu n'es pas encore soldat,... tant mieux! Procure-toi des vêtements civils : tu échapperas ainsi à l'infamie de la reddition! Au moins ton père et ta pauvre mère te reverront...

— Mon père! m'écriai-je... Mais, Pierre!... il est mort!

— Hein?

— Oui,... à Saint-Privat!

Dans la houle de sensations violentes qui nous soulevait, ma pensée, toute aux faits de la journée, s'était hypnotisée sur eux! Je n'avais (est-ce bizarre!) pas encore songé à raconter l'abominable et glorieux malheur à mon cousin.

Avec quelle douleur il l'apprit, tu le devines, chère mère; mais il n'en insista pas moins pour que je quittasse ma tenue.

— Pierre! dis-je, j'ai juré, et ce n'est pas, tu le sais, dans les traditions d'un Cardignac de trahir son serment!

— Sans doute!... Mais...

— N'insiste pas, Pierre! Si je ne suis pas encore officiellement soldat, je le suis de fait; je le suis de par ma ferme volonté, de par mon serment!

« Et puisque, tout soldat que je suis, je suis encore libre, je reste avec toi!.. Je te suivrai! Tu es mon chef! Où tu iras, j'irai!

Pierre ne dit pas un mot, mais il me serra contre sa poitrine.

— Viens ! dit-il... Allons voir !

Dès vingt chasseurs d'Afrique qu'il avait ramenés, quatre seulement restaient là avec leurs chevaux : tous quatre étaient blessés, du reste.

A la question de leur capitaine, ils répondirent qu'un général était survenu, qui avait disposé des autres comme estafettes. Pierre eut un hochement de tête et murmura :

— Enfin !...

« Mes amis, continua-t-il en s'adressant à ses chasseurs, allez à l'ambulance vous faire panser.

« Au préalable, rangez vos chevaux ; donnez-leur l'avoine,... ils l'ont bien gagnée ! Toi, Georges ! prends ce bai brun et suis-moi !

J'obéis, et Pierre, tenant également son cheval en main, nous réussîmes à sortir de Sedan.

Ce ne fut pas sans peine ! Nous ne l'avions pu que grâce à un incident qui porta la rage de Pierre à son apogée.

Un général de la maison de l'Empereur, à la tunique bleue rehaussée d'or, passait avec un trompette et une faible escorte, dont le maréchal des logis portait le fanion blanc... Il fit déblayer la porte encombrée, et nous passâmes dans son sillage.

— Qui est-ce ? demanda Pierre à un monsieur en civil qui se trouvait là.

— C'est le général Reille, capitaine ; il part avec un pli de l'Empereur pour demander un armistice.

Et il ajouta avec un soupir de soulagement :

— Ça n'est pas trop tôt !

Je crus que cousin Pierre allait lui envoyer sa main sur le visage ; mais il se contint.

Un instant plus tard, nous nous arrêtions derrière la forte palissade des glacis ; Pierre attacha les chevaux, les dessangla légèrement, et leur servit la ration d'avoine que le mien portait sur son paquetage.

— Mon Georges ! fit-il alors, faisons comme nos chevaux : reposons-nous ! Reprenons des forces... Nous en aurons besoin cette nuit.

Alors, assis près de nos montures, nous assistâmes à l'engouffrement désordonné des troupes dans la ville ; nous vîmes les portes se fermer, et des milliers de soldats débandés envahir les fossés avec des hurlements de colère.

Puis, peu à peu, le soleil s'inclina très rouge, se coucha derrière les collines et disparut; le crépuscule arriva, et le bruit du canon, se faisant de plus en plus rare, finit par cesser avec la nuit.

Mais en même temps, le sommeil m'alourdissait les paupières; après une lutte opiniâtre, je dus m'avouer vaincu.

— Dors! mon enfant, me dit Pierre. Dors!... Je te réveillerai quand il sera l'heure!

Alors, accoté  aux pieux de la palissade, je m'abandonnai à un sommeil fiévreux, traversé par instants — je m'en souviens — de cauchemars évoquant la bataille.

Quand Pierre me réveilla, il était, me dit-il, une heure du matin.

Sa carte était bouclée sous son ceinturon, et j'en conclus que, pendant mon repos, il avait dû étudier soigneusement notre plan de fuite.

C'était vrai. Il m'expliqua rapidement qu'étant donnés, d'une part, leur victoire certaine et

C'étaient de ces chacals de champ de bataille...

l'armistice qui leur offrait la certitude de n'être pas attaqués; d'autre part, la fatigue d'une pareille bataille, les Allemands prendraient sans doute, avec moins de

13

minutie, leurs dispositions de surveillance; qu'il fallait donc essayer de
profiter de ces circonstances pour tenter de passer.

— J'ai choisi le point qui me semble le meilleur, conclut-il, et maintenant, à la grâce de Dieu!

Nous avons alors contourné Sedan, suivi la Meuse dans la direction et
contre la presqu'île d'Iges, de façon à tourner Floing, occupé par les
Allemands.

Nous marchions prudemment, au petit pas, et je dois avouer ici mon
étonnement de n'avoir pas rencontré l'ombre d'un incident défavorable.

Dans les champs semés de blessés, de chevaux morts, des plaintes parfois s'exhalaient, traversant lugubrement la nuit.

Nous avons croisé un groupe d'ambulanciers, mais c'étaient des nôtres.

Nous aperçûmes aussi des ombres suspectes, qui se traînaient de cadavre
en cadavre : des détrousseurs de morts, sans doute; de ces chacals, de ces
hyènes de champ de bataille qu'on abat quand on les trouve, comme on
abat des chiens enragés.

Mais nous étions tenus au silence obligatoire, et nous dûmes les laisser
se livrer en paix à leur sinistre besogne.

Enfin nous avons passé tout contre les avant-postes prussiens, installés
à Floing, et, Pierre mettant alors son cheval au trot, je le suivis.

On nous interpella en allemand; puis un coup de feu nous fut adressé,
sans dommage pour nous du reste, et, une fois dégagés, nous nous lan-
câmes au galop dans une ravinette, au fond de laquelle coulait un ruisseau.

Au bout de cinq minutes... halte! Nous étions passés.

Reprenant le pas, nous marchâmes en tâtonnant, comme on marche la
nuit, faisant sans doute bien des crochets inutiles. Le jour pointa enfin, et
ce nous fut à un double point de vue un vrai soulagement.

D'abord, on y voyait clair! ensuite, sous nos pieds s'ouvraient les fonds
de Givonne, en arrière, très en arrière d'Illy, c'est-à-dire très en dehors des
lignes allemandes.

— Sauvés! m'écriai-je.

Mais Pierre, toujours soucieux, doucha mon enthousiasme.

— Oui! sans doute!... quand nous serons en Belgique, dit-il gravement.

« Il est vrai, ajouta-t-il, que nous sommes dans la bonne direction...
En route!

Nous gagnâmes les bois de l'autre côté du ravin.

Encore une dizaine de kilomètres, me dit alors Pierre, et nous pourrons respirer.

Hélas! ces dix derniers kilomètres, nous ne devions pas les parcourir ensemble — jusqu'à la fin du moins.

Soudain, comme nous descendions une pente légèrement déboisée, un peloton de hussards prussiens nous apparut.

Comment! Pourquoi? Dans quel but étaient-ils là, si loin déjà de leur centre? Je n'en sais rien, et je ne le saurai jamais sans doute.

Depuis, en y réfléchissant, j'ai pensé que ce devait être, ou bien la pointe d'une reconnaissance envoyée à tout hasard dans le Nord, ou une troupe faisant un service de prévôté, ou bien encore un parti de cavalerie rentrant de donner la poursuite à quelques isolés de notre armée. Peu importe après tout : le fait brutal, c'est qu'ils étaient là, qu'il nous avaient vus, et qu'ils détachaient sur nous un groupe d'une douzaine des leurs sous les ordres d'un sous-officier.

— Vite! me jeta Pierre,... prends à droite!... Et de l'éperon! File devant!

En même temps il dégaînait.

J'en fis autant, et, mon sabre-baïonnette dans la main droite, les rênes dans la main gauche, je lançai mon cheval sur la pente.

C'était une déclivité effroyable, au moins pour la descendre au galop de charge. Je suis certain que, de sang-froid et si solide que je sois sur une selle, je n'aurais jamais osé aborder à ce train-là un terrain pareil!

Mais il est des minutes où la raison n'a pas prise sur le cerveau! Mon bai-brun bondissait à folle allure, au travers des roches moussues et des arbres abattus.

Ah! quels chevaux que ces chevaux d'Afrique!... Quel pied!... Quel jarret!...

Ce brave animal semblait comprendre la nécessité d'aller vite; et pendant qu'il m'emportait, me secouant dans son vertigineux galop, je regardais par instants ce qui se passait derrière moi.

Ah! mère! quel cavalier admirable que mon cousin Bertigny! Il était sur sa selle comme s'il eût été au manège, et je me rendis compte qu'il cherchait à « égailler » les hussards, à les disperser.

En fait, il les avait entraînés sur la gauche et me rattrapa ensuite d'une allure de vertige.

— Marche! marche!... Aie du sang-froid, me crie-t-il.

Mais une coupe de bois très embarrassée nous force à ralentir un court instant, et les hussards en profitent. Ils nous regagnent le terrain que Pierre leur a fait perdre et poussent déjà des hourras forcenés.

Le sous-officier allemand, mieux monté sans doute, prend de l'avance, et je vois encore Pierre saisir son revolver, allonger le bras et tirer.

Pan!... la balle atteint le cheval du Prussien — dans le cou sans doute — car il pointe, s'enlève sous la douleur et s'arrête!

Mais les autres arrivent!

Pour comble de malheur, ils réussissent à tourner mon cousin, qui est forcé de se rejeter sur sa gauche.

Il me crie :

— Ne t'occupe pas de moi!... nous nous retrouverons. File toujours jusqu'à ce que ton cheval tombe!

Puis un groupe d'arbres le masque à ma vue!...

Je ne l'ai plus revu!

Il m'était impossible de connaître la direction dans laquelle l'avait jeté la poursuite; je ne pouvais donc pas essayer de me tenir en communication avec lui.

Au surplus, j'avais à mes trousses trois gros diables de hussards dont les mecklembourgeois faisaient, eux aussi, du chemin; et à quelques centaines de mètres, je sentis que mon cheval faiblissait.

Pauvre bête!... Cela n'avait rien d'étonnant, après le surmenage des jours précédents et la charge de la veille! Il y avait trois jours peut-être qu'il n'avait pas été dessellé!... Et puis je n'avais pas d'éperons... ce qui, dans ces circonstances extrêmes, constitue une infériorité immense.

Tout à coup, ma monture glissa sur un plan de terrain glaiseux, tomba sur les genoux, et la secousse me jeta sur le sol!... Je me relevai en un quart de seconde, car le sang-froid ne m'avait pas abandonné; par une chance providentielle, je n'étais pas blessé.

Déjà mon cheval s'était relevé, lui aussi! Délesté de mon poids, une nouvelle poussée de vigueur l'emportait vers les bois dans un galop échevelé!... Je me jetai dans un fourré, et empoigné d'une rage subite, je pris

mon fusil que je portais en bandoulière, je mis
baïonnette au canon, puis chargeant, je fis feu!

Un hussard — celui de tête — boula avec
son cheval. Ce fut une dégringolade de l'homme
et de la bête à travers la pente; alors, pendant que les deux autres poussaient des impré-
cations, je m'engageai rapidement sous la
futaie, et après avoir parcouru deux à trois
cents mètres, je m'arrêtai, écoutant. Des cris,
des jurons, des bruits de colloque m'arrivaient
à travers les branchages.

Évidemment mes trois poursuivants
avaient été rejoints par d'autres. Sans
doute ils allaient continuer à me donner la chasse, et, de fait, le bruit des
branches cassées me fit comprendre
qu'on avançait sous bois.

Attendre eût été folie!... Je m'élan-
çai rapidement et débouchai soudain

Je fis feu!...

dans une « coupe » au milieu de laquelle se dressait une hutte recouverte de terre et de gazon.

Plus loin un paysan, aidé de sa femme et d'une fillette, s'occupaient à construire, avec des rondins de bois, un de ces monticules qu'on rencontre si souvent en forêt, servant à fabriquer le charbon de bois, et qui constituent eux-mêmes le four à charbon.

A ma vue, ils s'arrêtèrent dans leur besogne, et l'homme, dont le visage noir n'était dénué ni de bonté ni d'intelligence, me dévisagea d'un regard franc et dit simplement :

— Vous êtes poursuivi, pas vrai?

— Oui!... Ils sont sous bois! Ils arrivent derrière moi !

— Ah! les canailles!

Il hésita un instant, scrutant l'horizon d'un air inquiet ; puis, prenant une détermination :

— Couchez-vous là-dedans! fit-il.

Il m'indiquait le lit de bûchettes à demi édifié pour son four.

« Allez! Allez! Dépêchez-vous! insista-t-il en voyant ma surprise. Ils vont bientôt être là : je les entends ben! Nous avons pas d'temps à perdre.

J'obéis et m'étendis sur le dos, et l'homme, aidé de sa femme et de sa fillette, se mit à me recouvrir de bûchettes.

Cela se fit avec une rapidité invraisemblable.

Aucun de mes trois sauveteurs ne parlait; bientôt je n'eus plus que le visage à l'air libre et le charbonnier, plaçant au-dessus de mes yeux et de ma bouche deux branchettes flexibles en forme de pont, recouvrit le tout de légers rondins... J'étais enseveli sous un lit de bois!

L'homme, se penchant vers moi, me souffla alors :

— Surtout! bougez plus! Nous serions « tertous » fusillés!... Les v'là qui arrivent !

J'étais fort mal à l'aise, c'est vrai! Les rondins m'entraient dans les reins, me comprimaient la respiration; mais enfin l'air pénétrait quand même jusqu'à moi.

J'entendais le charbonnier qui continuait son travail un peu plus loin et donnait des ordres à sa femme et à sa « mioche » ainsi qu'il l'appelait.

Sa voix avait bien un léger tremblement, et certes... il y avait de quoi être ému!

Ah ! le brave garçon ! Sais-tu, mère, que cet acte-là, c'est du pur héroïsme ! Aussi, du fond de mon cœur, une prière ardente montait vers Dieu !
Je le suppliais — vois-tu, mère chérie — oh ! pas pour moi ! mais pour eux,
mes sauveurs ! Et j'avais presque un remords d'avoir accepté cette offre si
simplement faite, par cet homme qui, sans me connaître, risquait sa vie pour
me sauver.

Mais l'instant critique arrivait.

Les hussards débouchaient dans la clairière, formée par la « coupe ».

— Eh ! là ! l'homme, cria en très bon français une voix rude, mais dont le
ton indiquait un homme d'éducation supérieure, un officier. Eh ! là ! arrive un
peu !... Un soldat français vient de passer ici,... l'as-tu vu ?

Le charbonnier fut magnifique ! Sa ruse instinctive de paysan, d'homme
des forêts, s'exacerba devant l'imminence du péril.

Très grave, traînant sur les mots, il articula lentement :

— Sans doute !... oui... sans doute, monsieur l'officier ! J'étions à not'
ouvrage, ben tranquillement, ma femme, ma mioche et moi, car j'avons eune
commande ben pressée,... et dame ! on ne vit pas de l'air du temps... On est du
pauv' monde, vous savez ben, monsieur l'officier ! Alors !...

— Pas tant de simagrées, l'homme, interrompit la voix de l'officier ; où
est-il passé ?

— Dame, monsieur ! Il courait vite ! Pas vrai ? Dame ! nous autres, j'sons
des pauv' gens ! On avait tiré et j'nous mêlons pas de ces affaires-là.

— « Der Teufel ! » (1) veux-tu t'expliquer ? Quel chemin a-t-il pris ?

— J'peux pas vous dire au juste... Il a couru par là. Il a dû prendre le
chemin forestier de la haute côte, qu'aboutit entre Bazeilles et Douzy.

— Tu dis bien la vérité ? Tu ne l'as pas caché ?

— Eh là ! monsieur ! Et où donc que vous voudriez que j'l'aie mis. Et
puis, c'est pas mes affaires... J'ons assez d'gagner bien péniblement not'
pauv' vie !... Pas vrai, la femme ?

— C'est la vérité vraie ! articula la charbonnière.

— Quelles brutes ! grogna le Prussien.

Il n'était qu'à demi convaincu, et, par acquit de conscience, il fit visiter
la hutte.

_____

(1) Juron allemand qui signifie : « Par le diable ! »

Oh! ces transes, quand j'entendis les hussards circuler autour de ma cachette! Je sentais une sueur de mort rouler sur mes tempes.

Enfin!... Ils se décidèrent à partir! mais non plus à ma poursuite : ils retournaient au contraire sur leurs pas.

Je m'en rendis compte par la conversation de l'officier qui causait (en allemand cette fois) avec un de ses « unter » officiers.

— Laissons ça! dit-il. Aussi bien ce n'était pas tant le soldat qui nous importait. C'est l'officier que j'aurais voulu prendre! Mais il a filé! Ah, dame! c'est un cavalier, celui-là!... Il aura gagné la Belgique!

— Sans doute, herr lieutenant!

— C'est égal! j'aurais bien voulu prendre l'autre! Je lui aurais fait payer cher son coup de fusil! C'est qu'il a bien démoli le cheval de ce pauvre Casper, mon ordonnance, qui s'est cassé la tête en tombant! Enfin! c'est la guerre!

Puis les voix devinrent confuses, s'atténuèrent graduellement et s'éteignirent à mesure que les Allemands rentraient sous bois.

Alors, tout en feignant d'arranger ses bûchettes, le charbonnier se pencha et me dégagea le visage.

— Ouf! murmurai-je... J'ai eu chaud!

Ce n'était pas une simple métaphore, car j'étouffais littéralement. La sueur m'inondait la face; mes vêtements se collaient sur mon corps.

— Bougez pas encore! souffla le charbonnier. « Espérez » un instant! La « mioche » est allée voir s'ils sont bien partis.

Ce ne fut qu'au bout d'un quart d'heure que je quittai mon abri, pour me réfugier dans la hutte; et comme je remerciais chaleureusement mon hôte :

— C'est rien que ça! fit-il simplement. Faut ben s'aider contre l'ennemi entre soldats. Moi aussi je l'ai été! J'ai fait le Mexique!

« Seulement, continua-t-il, c'est pour vous sauver tout à fait de leurs pattes! Vous y arriverez jamais en costume militaire, même par les bois... C'en est plein, de ces sales Prussiens! archiplein partout!

L'idée me vint alors de me procurer un vêtement civil. J'avais sur moi dans ma ceinture, en or, environ quatre cents francs, ce qui atténuait de ce côté toute difficulté.

La femme s'offrit pour aller jusqu'au village s'en procurer un. Elle partit immédiatement avec de l'argent que je lui remis ; une heure plus tard elle

m'apportait un vêtement de velours marron, que
j'endossai de suite, et un chapeau mou dont je me
coiffai.

Restait à faire disparaître mes armes et ma
tenue militaire.

J'eus un serrement de cœur à la proposition
que me fit le charbonnier de brûler les effets!
Non! cela ne pouvait être! C'étaient déjà des
amis pour moi.

Et puis, du reste, on ne pouvait brûler les
armes!

J'obtins du bonhomme qu'il les enterrerait en
un paquet, sous une roche, près de la borne hectométrique de la route forestière; au moins je
pourrais venir les y rechercher un jour.

Il sourit et promit.

— Je comprends ça, fit-il : on
y tient! c'est des vieux camarades!
Pourtant vous êtes bien jeune. N'y a
pas longtemps que vous les avez.

— Non! depuis hier
seulement; mais ils ont
été baptisés à Bazeilles!

— Ah! alors!...

Et dans cet
« alors? » per-
çait de l'ad-
miration.

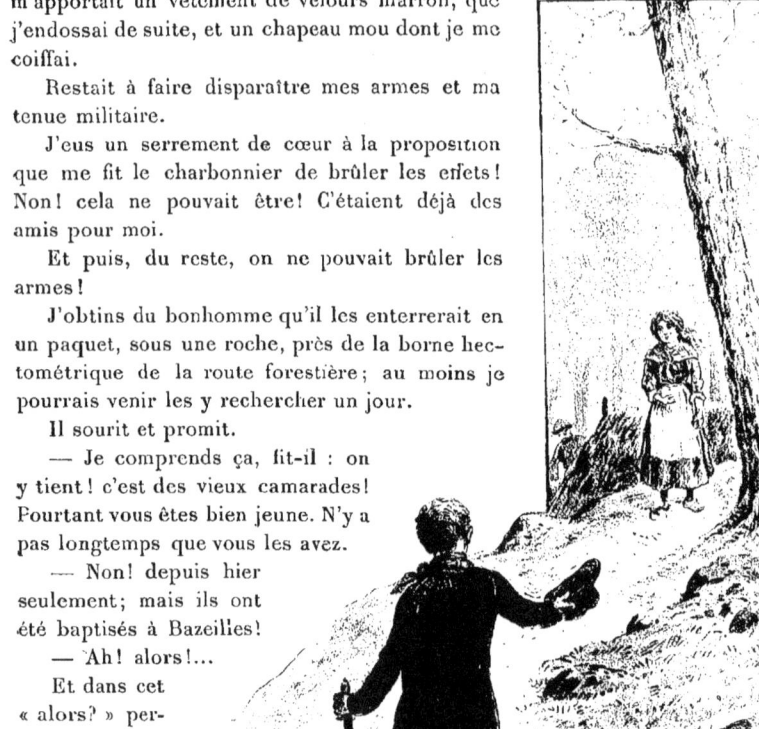

Je partis plein de courage et de confiance.

14

C'est qu'il avait vu la lutte du haut de la pointe du bois!

— Vous les avez secoués, fit-il. Ça! vous pouvez le dire!

Nous causâmes des moyens les meilleurs à employer pour franchir les lignes.

— Moi! je n'hésiterais pas, dit-il. Je piquerais au sud. Voyez-vous, depuis ce matin ils ont certainement garni la frontière belge pour pincer les fuyards. Y a pas gras par là! A votre place, je m'en irais tranquillement, les mains dans les poches, et je descendrais la Meuse.

Ce fut le parti que j'adoptai.

Après avoir serré une fois encore la main du brave homme, je pris par écrit son nom : Pierre Bagelin, bûcheron et charbonnier au village de Donzy.

Je lui donnai le mien, en lui promettant ma visite la guerre finie. J'embrassai Marie, la fillette aux grands yeux bleus, « la mioche » comme disait son père; j'eus même grand'peine à lui faire accepter un cadeau en argent pour s'acheter une poupée; puis, redevenu un civil avec mes vêtements d'ouvrier, je partis plein de courage et de confiance.

N'avais-je pas un talisman? la croix d'honneur de père que je sentais sur mon cœur, à travers le cuir de ma ceinture.

Je ne te raconterai pas, ma mère chérie, ma marche à l'aventure au milieu des armées prussiennes; ce serait me répéter.

Tu te rends bien compte, n'est-ce pas, par le récit de mon odyssée de Saint-Privat à Bazeilles, de ce que dut être cette nouvelle traversée à travers l'invasion.

Je m'en tirai tant bien que mal, mais enfin avec une lenteur désespérante. J'ai dû rester parfois trois, quatre... cinq jours dans le même village sans pouvoir passer.

T'écrire, je ne le pouvais pas; tu le comprends, puisque j'étais en plein dans le camp ennemi; mais l'espoir ne me fit jamais défaut : car j'emportais au moins, dans mon âme, la joie de savoir que mon cousin Bertigny avait pu s'échapper.

Il me fallut plus d'un mois pour atteindre les Vosges, où, d'après des conversations que j'entendais, un centre de résistance s'était organisé. Je savais même que, dans cette armée, il y avait beaucoup de corps francs, car

C'est entre deux baïonnettes que je fus amené à l'officier.

les Allemands parlaient souvent des *francs-tireurs* avec une haine et aussi une épouvante très caractéristiques.

Le 26 septembre, une nouvelle attristante me parvint : Strasbourg avait dû capituler! et le corps de siège, comprenant la division badoise, libre de ce côté, traversait les Vosges. J'étais ce jour-là à Morhange, au nord-est de Nancy. Je pris mon parti et je piquai directement au sud.

Enfin, huit jours plus tard, le 4 octobre, je tombais dans un poste de francs-tireurs des Vosges, installé dans le contrefort ouest du Donon, en avant de Raon-l'Etape. J'étais sauvé! J'étais dans nos lignes!

Pourtant l'accueil que je reçus fut plutôt rude.

Ces braves gens étaient méfiants, et certes je ne leur en fais pas reproche!... bien au contraire! Ce fut entre deux baïonnettes que je fus amené à l'officier commandant le détachement.

C'était presque un vieillard, aux rudes moustaches grises, à l'impériale fournie, aux yeux bleus, très crâne dans sa tenue pittoresque. Mais nous ne fûmes pas longs à nous entendre, car l'énoncé du nom de Cardignac le dérida

Regarde, mère, quelle grande famille que l'armée!... Le capitaine Galbaud n'avait-il pas servi sous mon pauvre oncle tué en Crimée, en qualité de mar'chef!

Ah! si tu l'avais vu me sauter au cou! je n'en revenais pas moi-même!

Et c'est ainsi que, le lendemain même, ma situation militaire était régularisée, et que j'endossai le costume de toile de franc-tireur des Vosges.

Cela me fit du bien, je t'assure, de me sentir un chassepot dans la main, et surtout de m'en servir, comme un *vieux soldat* que je suis!... car, dès ce moment, j'entrai, comme on dit vulgairement, dans la peau de mon rôle.

Ecoute mon odyssée à partir de ce jour-là. La voici, résumée brièvement :

Le 6 octobre, j'ai pris part au combat de la Bourgonce, sous le général Dupré.

Le 9 octobre, nous avons défendu crânement Rambervillers (1), sans pouvoir, hélas! nous y maintenir.

J'ai brûlé des cartouches à Bruyères, le 11 octobre; mais les Allemands arrivant de Strasbourg nous inondaient sous leur nombre, et nous ne pûmes les empêcher d'entrer à Épinal, qu'ils occupèrent le 12.

(1) Rambervillers fut, plus tard, en raison de sa belle défense, autorisé, comme Dijon et Châteaudun, à porter dans ses armes la croix de la Légion d'honneur.

Puis le général Cambriels dut nous reporter en arrière, vers Besançon.

J'ai encore fait le coup de feu à Etuz, le 22 octobre, et le 25 à Châtillon.

Enfin, comme les Badois obliquaient sur Dijon, nous voulûmes couvrir la ville, tout en battant en retraite.

Le 30 octobre au matin, j'étais envoyé, avec ma compagnie, en reconnaissance entre Langres et Dijon, où nous accourûmes au bruit du canon.

A trois heures, nous entrions en ville par le faubourg Saint-Nicolas. J'ai donc combattu, sans le savoir, tout près de mon bon ami Paul.

Enfin, à la nuit, je revenais de chercher à la préfecture des ordres pour la compagnie, quand j'ai été touché.

Et la Providence avait, comme à dessein, mis Paul sur ma route pour me ramasser à cet instant précis...

Voilà mes impressions de guerre, ma bonne et chère maman ! Tu le vois, j'ai fait de mon mieux.

J'espère que de là-haut, dans le séjour des braves, mon grand-père, mon oncle et mon père m'adressent un sourire.

En tous cas, j'ai fait ce que j'ai pu pour le mériter.

Et maintenant que je t'ai retrouvée ici, mère chérie, je m'explique ton angoisse affreuse pendant ces longs jours ; mais ne crois pas que je t'aie oubliée.

Dès que j'ai été incorporé à la compagnie du général Galbaud, je t'ai écrit.

Chaque fois que les marches, les contre-marches, les combats me laissaient un instant de liberté, je t'écrivais !

De Raon-l'Etape à Dijon, je t'ai ainsi expédié huit lettres ; mais je ne pouvais te supposer à Champ-Moron.

Pour moi tu étais toujours là-bas, au Havre, et c'est au Havre que j'adressais mes lettres.

Où sont-elles, ces pauvres lettres ? Je n'en sais rien ! Sont-elles en route ? Ont-elles été interceptées par l'ennemi, saisies dans les bureaux de poste ?... T'arriveront-elles après des détours et des pérégrinations ?.. Qui le sait ? **nous** verrons bien ! Attendons.

Et je veux terminer ces feuillets par une action de grâce et un acte d'espérance.

Oui! Merci au Dieu des batailles qui m'a préservé au travers de tant d'épreuves! Merci à Lui d'avoir soutenu mon courage, sans un instant de désespérance ni de faiblesse!

Mais, en même temps, je le supplie d'écouter la prière du convalescent, à peu près rétabli, que je suis aujourd'hui, 30 novembre 1870.

Qu'il me guérisse complètement pour que je puisse repartir, et, qui sait? contribuer peut-être au succès final que je veux espérer.

Oui!... Malgré l'occupation allemande, des nouvelles vagues nous parviennent qui me rendent un peu d'espoir... Nos armées se rapprochent. L'attaque de nuit tentée l'autre jour, 26 novembre, par Garibaldi, est arrivée jusqu'aux portes mêmes de Dijon;

Volontaire et éclaireur à cheval.
Légion italienne commandée par Garibaldi.

que dis-je, jusqu'à Dijon même, puisque des coups de feu ont été échangés sous les murs du cimetière... Sans doute les troupes du célèbre agitateur italien (1) sont plutôt des troupes de coup de main que des unités régulières. Lui-même n'est pas, à proprement parler, un général dans l'acception stratégique du mot, mais plutôt un aventurier héroïque. Il ne semble même pas devoir tenir sérieusement devant des troupes aussi fortement instruites que ces régiments prussiens.

Qu'importe! tout effort est utile dans les moments de crise comme ceux que notre pays traverse, et il me paraît que, plus nous résisterons, plus l'histoire sera indulgente pour notre défaite.

Si nous avions fait la paix après Sedan, après Metz, quelle honte sur nos épaules, mère! le sens-tu comme moi? Chaque heure de lutte, après des désastres pareils, ne peut que nous relever à nos propres yeux, et, pour l'honneur du nom que père m'a laissé, il faut que, dans la deuxième partie de cette funeste guerre, la guerre contre l'Invasion, il y ait un *Cardignac*, comme il y en eut un à cette première invasion que termina Valmy.

Tu dois te souvenir du jour déjà lointain où père quitta Paris, accablé par la disgrâce impériale; c'est toi qui me l'as raconté; j'étais tout petit; tu pleurais, et père, sans une larme, te dit d'une voix grave :

— Ne pleure pas, Valentine, et songe au proverbe :

« Fais ce que dois, advienne que pourra. »

Eh bien! mère chérie, ce proverbe, je l'adopte, à cette heure lugubre de notre histoire. Les Cardignac n'avaient pas de devise : que celle-ci soit nôtre et puisse ma vie tenir tout entière entre ces deux mots : le devoir qu'elle m'impose et ma tendresse infinie pour toi.

GEORGES CARDIGNAC.

Dijon, 30 novembre 1870.

(1) Garibaldi, célèbre révolutionnaire italien, avait, en 1870, obtenu du gouvernement de la Défense Nationale le commandement d'une division à l'armée des Vosges. Il avait sous ses ordres ses deux fils, Riciotti et Menotti Garibaldi.

CHAPITRE IV

DE LA GLOIRE!... QUAND MÊME!!

Si vous ne saviez déjà, mes enfants, quelle nature énergique possédait Georges Cardignac, la seule lecture de ses impressions de guerre suffirait à vous démontrer que, chez lui, la force d'âme allait de pair avec la vigueur physique.

Pour être un « homme », pour être ce que les Latins appelaient *vir* et les Grecs *andros*, il faut en effet que la robustesse se décuple de la virilité morale.

Je sais bien qu'il existe de nombreux exemples où la débilité, la faiblesse du corps, furent compensées par les énergies et les volontés d'un cerveau puissant ; mais ce sont là des exceptions, et la formule normale de l'équilibre humain tient entière dans cette devise : *mens sana in corpore sano.*

Il faut rendre aux Cardignac cette justice, qu'ils s'appliquaient à la mettre en pratique, et, ma foi ! ils n'y réussissaient vraiment pas mal ! n'est-il pas vrai ?

Chez eux, nulle dégénérescence! Nul affaiblissement à travers les générations qui se succédaient.

C'est que tous avaient eu, dès leur jeunesse, cette grande éducatrice qu'est l'armée.

C'est ainsi que, malgré son jeune âge, Georges Cardignac était un

15

« homme » dans la plus belle acception du mot, et il l'avait prouvé vaillamment.

Sa guérison avait été rapide ; le sang généreux qui coulait dans ses veines y avait largement contribué ; car, vous le saurez, les natures saines se remettent plus vite d'une blessure grave que les tempéraments appauvris d'une blessure légère ; mais il faut ajouter que la volonté, l'ardent désir du jeune homme de reprendre les armes avaient encore hâté son rétablissement.

Lorsqu'il avait clos ses impressions de guerre, il y avait déjà plusieurs jours qu'il se levait.

D'abord il avait fait quelques pas dans la chambre, appuyé sur une béquille ; puis graduellement, les forces revenant, il s'était contenté d'une canne, et ce jour-là, 18 décembre 1870, notre ami rentrait sans fatigue au bras de son ami Paul Cousturier d'une excursion à travers la ville.

Je n'ai pas besoin de vous dire, mes enfants, que votre camarade ne portait pas, au cours de ses sorties, son joli costume en toile bise de franc-tireur vosgien.

Ah ! mais non ! car il n'aurait pas fallu badiner sur ce chapitre-là ; les Prussiens qui, vous le savez, occupaient Dijon, l'eussent fait prisonnier sans hésitation, tout jeune qu'il fût, et ils étaient féroces vis-à-vis des francs-tireurs qu'ils se refusaient à reconnaître comme belligérants et qu'ils fusillaient impitoyablement.

Or, ce jour-là, 18 décembre 1870, vers cinq heures du soir, Georges et Paul tournaient l'angle de la rue Saint-Philibert, quand un bruit de chevaux et de ferraille secouée les fit s'arrêter, juste au coin du bureau de tabac qui se trouvait à cette époque en face de l'église Sainte-Bénigne.

Dans la rue, une foule d'artilleurs allemands se pressaient, hâtant le trot ; puis, derrière eux, des fourgons, des caissons et des canons emplissaient la rue du fracas de leurs roues, bondissant sur les pavés.

— Tiens ! tiens ! fit Paul... On dirait qu'ils n'ont pas l'air si fiers que ça, ces « messieurs ».

— En effet ! ils semblent plutôt penauds, riposta Georges à mi-voix.

Et comme un canon passait devant eux, Georges Cardignac se penchant vers son camarade lui souffla :

— Tiens ! regarde ! Ce n'est plus six chevaux qui attellent une pièce, mais huit !... Seulement les deux chevaux de tête ont eu leurs traits coupés ! Ils ont dû perdre des pièces quelque part, et on a ajusté les chevaux en excédent aux pièces qui restaient pour donner le change (1).

Le petit-fils de Jean Tapin avait vu juste : ces troupes qui rentraient précipitamment à Dijon venaient d'être battues à Nuits par la division du général Cremer.

Le bruit s'en répandit bientôt dans la ville, car plusieurs Allemands n'avaient pas été aussi discrets que leurs chefs vis-à-vis de leurs hôtes, et bientôt une rumeur joyeuse circula de maison en maison,

C'est qu'à cette époque, au cours de ces épreuves terribles que traversait la France, le plus léger succès emplissait les âmes d'allégresse et d'espoir !

Or Gambetta, qui, de Tours, dirigeait en quelque sorte à lui seul la défense, tout en s'entourant des conseils d'officiers généraux, Gambetta, disons-nous, avait songé à tenter, sur le flanc gauche des Allemands, un mouvement tournant qui, s'il eût réussi, eût certainement donné des résultats importants.

Un coup d'œil d'ensemble sur la carte de France, que vous devez déjà connaître fort bien, mes enfants, vous permettra de vous rendre compte de l'état des opérations à la fin de 1870.

Au nord, Faidherbe, avec l'armée du nord, maintenait l'aile droite des Allemands, et devait même leur infliger, le 3 janvier 1871, un sérieux échec à Bapaume.

Au centre, Paris investi résistait, et par suite immobilisait une très importante fraction des assaillants.

Mais la capitulation de Metz, le 24 octobre 1870, avait permis aux Allemands de disposer des troupes que la résistance prolongée de Bazaine eût retenues en Lorraine.

Ces troupes étaient donc venues renforcer les autres sur la Loire, et le général Chanzy se voyait contraint de reculer — non sans gloire — sur le Mans.

Au sud, l'armée des Vosges avait été, elle aussi, refoulée — ainsi que vous l'avez vu ; — mais le gouvernement de la Défense Nationale, dont M. de Freycinet (vivant encore aujourd'hui) faisait partie, avait, non sans raison,

(1) Historique.

tenté le mouvement tournant sur la gauche des Allemands, en s'appuyant, d'abord sur la Loire, et ensuite sur les places de l'est, Besançon et Lyon.

Ce plan était — théoriquement — très bien conçu; pratiquement il ne réussit pas, à cause de difficultés nombreuses d'exécution, et notamment des fautes multiples qui furent commises dans l'organisation des ravitaillements en vivres et munitions.

Quoi qu'il en soit, il souleva dès le début de son exécution un véritable enthousiasme, car le Français possède en lui-même des trésors de foi et d'espérance.

Aussi, dès qu'on eut constitué, à l'aide d'éléments puisés dans l'armée de la Loire, une armée nouvelle qui prit le nom d' « Armée de l'Est », la confiance parut renaître au cœur de tous.

Du reste, la fortune sembla un instant sourire à nos armes; car le 30 novembre, le général Cremer (1) avait déjà arrêté les Allemands à Nuits; et, le 18 décembre 1870, il leur infligeait, en avant de cette ville, une réelle défaite qui les forçait à rentrer, ainsi que vous l'avez vu, en grand désordre dans Dijon.

Dès ce jour, Georges ne put tenir en place; et, chose singulière, ses forces semblaient renaître à l'approche des armées françaises.

— Ah! quand donc vont-ils arriver! s'écriait-il souvent,... quand donc vais-je pouvoir repartir?

Le doux visage de sa mère s'assombrissait à ces poussées d'exubérant enthousiasme, et les petites Lucie et Henriette, contemplant gravement celui qu'elles considéraient comme un jeune héros, laissaient tomber de leurs longs cils des larmes silencieuses.

Quant au jeune Mohiloff (2), le petit Russe, qui avait retrouvé son jeune maître avec des démonstrations de joie qu'on n'eût guère attendues de cette nature peu expansive, il ne s'animait guère que lorsqu'il voyait Georges s'exalter.

Généralement taciturne, il passait des jours entiers sans prononcer une parole; mais il couvait des yeux le blessé, se précipitant pour prévenir ses désirs, pour lui éviter une fatigue ou même un simple dérangement.

---

(1) Le général Cremer, jeune capitaine d'Etat-Major, évadé de Metz, avait été, comme aux grands jours de « la Patrie en danger », nommé général de division au titre auxiliaire.

(2) Voir *Filleuls de Napoléon.*

Intelligence médiocre, d'un caractère méditatif et concentré, il ne vivait que pour servir le petit-fils des Cardignac, qu'il aimait d'une affection sauvage mais ardente.

Quant à Margarita, les journées lui semblaient mortellement longues, sans nouvelles de Pierre Bertigny, et, autant par affection d'épouse que comme Française d'élection, elle désirait ardemment le refoulement des Prussiens, ne fût-ce que pour avoir des nouvelles de son mari.

Paul tombait sur Bombonnel et ses francs-tireurs.

Le 24 décembre au matin, un remue-ménage singulier eut lieu à Dijon, parmi les troupes prussiennes.

Les troupes se rassemblaient dans les rues et sur les places ; les convois de bagages se formaient ; les sous-officiers questionnés avaient beau répondre : « Nous partir pour *Capout Galibardi* » (1), personne ne crut à ces assertions, formulées sans doute par ordre supérieur et auxquelles le récent succès de Cremer à Nuits enlevait toute portée.

A huit heures et demie, « il ne restait plus un Allemand dans la ville » ; tous étaient allés bivaquer en arrière de Sainte-Appollinaire, et le soir, à trois heures, ils avaient disparu.

Le lendemain matin, le son du clairon français réveillait Paul Cousturier qui, bondissant hors de ses draps, dévalait au grand galop sur la neige durcie, courait au bruit de la fanfare, et tombait rue du Bourg sur Bombonnel (2) et ses francs-tireurs, formant l'extrême avant-garde de nos troupes.

Dans la journée, les premières troupes de la division Cremer faisaient leur entrée à Dijon !

Quelle joie pour tous les habitants de cette patriotique cité, après plusieurs semaines d'occupation allemande !

Du coup, Georges réendossa sa tenue de franc-tireur ! Il marchait maintenant comme s'il n'eût jamais été blessé, car il avait eu soin de se faire fabriquer une paire de chaussures spéciales, dont le talon intérieur, du côté de sa blessure, était garni d'un feutre doux.

Et le surlendemain la joie patriotique de la famille se doubla de la joie familiale.

Pierre Bertigny, attaché à l'état-major du général Bourbaki, commandant en chef de l'armée de l'Est, tomba comme un aérolithe au milieu de la famille assemblée.

Margarita, qui pleurait justement à ce moment, faillit s'évanouir de bonheur : aussi fut-elle la dernière à s'apercevoir que son mari portait le quatrième galon, celui de chef d'escadron, bien mérité par sa vaillante conduite à Sedan.

Lui aussi, Pierre, avait traversé bien des angoisses, et certes, s'il s'atten-

(1) Nous allons pour tuer Garibaldi. (Historique).
(2) Bombonnel, propriétaire dijonnais, était déjà célèbre comme chasseur de panthères et de lions, Il jouissait à Dijon d'une grande popularité, et avait formé un corps franc qui opérait dans les environs.

dait à retrouver quelqu'un à Dijon, ce n'était pas Georges Cardignac ! La première pensée de ce dernier fut celle que vous devinez, mes enfants. Il supplia son cousin de l'emmener. Quel meilleur guide pourrait-il souhaiter ? Mais Pierre refusa : d'abord il appartenait à un État-Major et non plus à un

Soyez le bienvenu, mon lieutenant.

corps combattant, et perdrait rapidement Georges de vue ; mais la véritable raison était qu'à son avis, Georges Cardignac avait payé à sa patrie une dette suffisante, et que sa blessure n'était pas assez bien guérie. Le soir même, le brave Pierre remontait à cheval, filant vers Besançon.

Puis ce fut le père de Paul Cousturier, le docteur Emile Cousturier, qui fit, en pleine nuit, une apparition à Dijon, prit juste le temps d'embrasser son fils et ses amis, et regagna, à Saint-Jean-de-Losne, l'ambulance du 18e Corps à laquelle il était affecté.

Les troupes se succédaient en effet sans relâche pour se concentrer vers Besançon et de là piquer sur Belfort : il s'agissait d'abord de débloquer cette place, héroïquement défendue par le colonel Denfert-Rochereau ; puis de tâcher d'entrer hardiment dans le duché de Bade, afin de couper les Prussiens de leur base de communication.

Malheureusement le froid était terrible, et nos soldats, éprouvés déjà par de longues marches, en souffraient atrocement ! L'armée n allait pas vite ; sur les chemins durcis et glissants, les chevaux n'avançaient pas et tombaient : les traînards se faisaient chaque jour plus nombreux.

Un matin, le 31 décembre 1870, Paul arriva triomphant chez M. Ramblot. L'enfant brandissait un billet de logement, et derrière lui deux soldats apparurent.

Le premier, un officier de haute taille, sous-lieutenant de turcos, bien pris dans sa tunique bleu de ciel et dans son large pantalon dit « flottard », s'avança.

— Monsieur ! dit-il, excusez-moi de vous importuner. Nous sommes de passage, et le bon hasard m'envoie loger chez vous avec mon brave « Barka ».

Il désigna un grand Arabe à mine rébarbative qui portait sa cantine et qui, tout grelottant dans sa large culotte de toile, relevait pourtant avec crânerie sa tête énergique aux grands yeux d'émail.

— Soyez le bienvenu, lieutenant, dit M. Ramblot, et veuillez accepter de déjeuner avec nous.

L'officier s'excusa d'abord ; mais sur l'insistance de M. Ramblot, il finit par accepter et se présenta en tendant au négociant cette carte de visite :

Paul AUGIER

Sous-lieutenant aux tirailleurs algériens.

Je dois vous dire, mes enfants, que c'était une habitude chez M. Ramblot de faire le plus chaleureux accueil aux soldats qu'il avait à loger. En cela, le brave homme croyait ne faire que son devoir tout strict, et il avait raison d'agir ainsi.

N'est-ce pas nous-même, ne sont-ce pas nos enfants que nous accueillons en la personne des soldats auxquels nous donnons gîte ? N'est-ce pas une vilenie, une très mauvaise action, de faire grise mine à ces pauvres gens qui se dépensent en force, en courage et en énergie pour nous défendre ?

Qu'ils soient donc toujours reçus à bras ouverts et traités comme des membres de la famille. Peut-être, au moment même où nous donnons « le bon gîte » au soldat inconnu qui passe, notre enfant ou notre frère voit s'ouvrir ailleurs devant lui la maison hospitalière d'un compatriote.

Mais à ce sentiment naturel chez tout bon Français, s'en ajoutait un autre tout spécial : M. Ramblot était, avouons-le, enchanté d'avoir à loger des turcos.

Du reste, Paul Cousturier, le diable à quatre, dès qu'il avait appris l'arrivée des « tirailleurs », s'était précipité à la mairie et avait insisté pour qu'on en envoyât rue Charrue, désir auquel on avait immédiatement acquiescé.

C'est qu'au milieu de toutes nos tristesses, de toutes nos défaillances, les turcos avaient conservé intacte leur réputation de sauvage intrépidité.

Tout le monde se rappelait leur admirable conduite à l'armée du Rhin, au début de la campagne, alors qu'ils prenaient et reprenaient jusqu'à sept fois de suite une batterie prussienne.

On savait que beaucoup avaient alors refusé d'écouter la sonnerie « en retraite », et s'étaient fait hacher plutôt que de lâcher les canons pris, dont ils étreignaient avec force les cous de bronze.

Ah! Il n'y a pas à dire! Ce sont de rudes soldats que ces Arabes! Une fois lancés, c'est une trombe, une avalanche. Lorsque les obus ne les arrêtent pas en les tuant, ils arrivent quand même jusqu'à l'ennemi!

Car la mort pour eux n'a rien d'effrayant.

Il est certain qu'au point de vue du feu, ils gaspillent un peu leurs cartouches, se grisent du bruit des détonations, en faisant avant tout « parler la poudre » comme dans les « fantasias » de leurs pays, où, vêtus de burnous éclatants, ils s'exercent au jeu de la guerre; mais, quand la charge éclate et qu'on les lâche, baïonnette haute, il faut des remparts pour les arrêter! Aussi tous ceux qui aiment la bravoure, c'est-à-dire tous les Français, regardent les turcos comme les plus précieux de nos auxiliaires indigènes.

M. Ramblot était donc tout joyeux d'avoir à loger le sous-lieutenant Paul Augier et son ordonnance Barka. Il n'était pas du reste le seul à éprouver cette satisfaction, car, sans compter notre ami Paul, les deux petites, Lucie et Henriette, n'avaient pas assez d'yeux pour admirer la tenue azur du sous-

16

lieutenant, et les deux gamines étaient littéralement émerveillées du joli galon d'or, soutaché à la Hongroise, qui courait en astragale sur la manche de l'officier.

Par exemple le digne Barka leur fit un peu peur, avec sa face de bronze ; et comme il voulut être aimable et découvrit dans un sourire ses dents blanches comme celles d'un loup, les deux petites se reculèrent instinctivement vers leur mère.

Un gracieux :

« Ti lé deux bien gentilles mam'zelles ! » du grand Arabe n'eut qu'un succès relatif auprès des fillettes, et ce fut avec un soupir de soulagement qu'elles virent disparaître Barka, que la bonne emmena jusqu'à la cuisine.

Peu après, le déjeuner servi rassembla tous les convives autour de la table, et ce fut là que Georges Cardignac fut présenté à Paul Augier.

L'histoire du jeune franc-tireur empoigna — c'est le mot — le jeune sous-lieutenant de turcos.

Pendant le récit des prouesses de Georges, récit énoncé pourtant avec simplicité par l'oncle Henri, Paul Augier ne quitta pas des yeux le jeune soldat, et quand il eut tout entendu :

— Ah! madame, dit-il, après un silence et en s'adressant plus spécialement à Mme Cardignac, ah! madame, que vous devez être fière d'avoir un fils comme ce jeune homme !

— Hélas !... Oui, lieutenant ; mais...

— Je sais, reprit en souriant Paul Augier. Je sais! Un cœur de Française se double fatalement d'un cœur de mère. Mais, madame, à vous qui êtes femme d'officier, qui faites partie d'une famille héroïque, permettez-moi de dire respectueusement : « Plus votre cœur saigne du sacrifice consenti, plus vous êtes grande ! »

Il s'arrêta. Une émotion fit tressaillir son jeune et énergique visage.

— Oui! reprit-il, les femmes sont grandes parfois... J'en connais une autre que vous, madame ; une autre que je veux aussi glorifier. Celle-là,... c'est ma mère!

Et sur les questions qui jaillirent, Paul Augier raconta sa propre histoire.

Il appartenait à une riche famille parisienne et habitait, au moment de la déclaration de la guerre, avec sa mère et son frère André.

Barka s'était emparé d'une casserole et d'une cuiller à pot.

Comme tout le monde, il avait tout d'abord cru à la victoire; mais, à la nouvelle des premières défaites, leur cœur de Français avait tressailli.

« A l'âge que vous avez, mes enfants, leur avait-elle dit, je ne vous aurais point donnés pour une guerre de conquête; mais ce n'est plus le cas. Nous en sommes à la défense du sol sacré de la Patrie : tous nous devons y contribuer. La France est envahie, mes enfants! Je vous donne à elle... Partez! »

Et cette femme, héroïque comme le furent toutes les femmes de l'ancienne Rome, comprimant les tressaillements douloureux de son âme maternelle, tint à honneur d'amener elle-même ses deux fils au régiment.

A l'heure de la séparation, elle les serra contre son cœur, leurs deux têtes reposant sur ses épaules, une muette bénédiction tomba dans un baiser, de ses lèvres sur leurs deux fronts.

Puis, à l'appel du clairon, Paul et André se dégagèrent.

Un instant plus tard, la mère restait seule et voyait au loin le régiment disparaître.

Les deux frères avaient ensuite combattu à Sedan, comme Georges Cardignac. Moins heureux, André Augier était tombé dangereusement blessé; mais son frère Paul avait réussi, au prix d'énergies surhumaines, à le sauver et à le transporter jusqu'en Belgique. Alors, une fois le blessé installé à l'hôpital, Paul était rentré en France. Réintégré dans les rangs de l'armée de la Loire, il avait été nommé sous-lieutenant!

— Oui, conclut-il en terminant, si toutes les mères de France avaient agi comme vous, madame, et comme ma mère... qui sait? Peut-être aurions-nous été victorieux. Ah! pauvre pays! qui, envahi par les hordes allemandes, n'a pas trouvé tous tes fils pour te défendre!...

Il y eut un instant de silence poignant, que rompit soudain un bruit d'enfer qui partait de la cuisine.

Que se passait-il? La cuisinière qui arrivait toute effarée en donna l'explication.

C'était Barka, le noir Barka qui causait ce vacarme!

Bien traité, l'Arabe s'était attablé devant une forte côtelette qui n'avait pas « fait long feu », vous pouvez le croire.

Puis Joséphine, la cuisinière, lui avait servi des pommes de terre sautées, que le turco avait trouvées fort à son goût.

Le tour de la salade était venu ensuite, et Barka ne l'avait pas trouvée mauvaise ; non plus, du reste, qu'un fort morceau de gruyère, additionné d'une poire en guise de dessert.

Après un léger repos, Barka n'avait pu refuser une tasse de bon café fumant, ce qui est du reste dans l'ordre pour bien terminer un déjeuner.

A cela, je ne trouverais rien à redire ; mais l'Arabe, tout bon musulman qu'il fût, avait oublié, ce jour-là, les préceptes du Koran et négligé la plus rigoureuse des prescriptions du prophète.

Il avait donc, sans compter, rempli et vidé copieusement son verre ; et comme il s'agissait, en l'occurrence, d'un excellent petit vin rouge bourguignon, provenant de la côte de Chenôve, le brave turco avait senti, vers la fin du repas, une douce gaieté l'envahir.

Le pis est que Joséphine crut devoir, par bienséance, additionner d'un verre de marc de Bourgogne le café de Barka, qui, sans trop savoir comment cela lui survenait, se trouva du coup tout à fait... gris !

Alors, empoigné d'une idée saugrenue, le « téraïour » s'était mis à danser dans la cuisine ; puis, comme pour danser il faut de la musique, et de préférence de la musique arabe, l'ordonnance de Paul Augier s'était emparé d'une casserole et d'une cuiller à pot.

Avec l'une, il tapait sur l'autre à tour de bras ! En même temps, il psalmodiait, sur un mode guttural, un chant de son pays,

Alalya, ras el Bey, Alalya !...

et se trémoussait comme un diable, ne s'arrêtant que pour rouler des yeux féroces en articulant :

« Couper cabèche (1) aux Pruskos ».

Joséphine, d'abord ahurie, avait pris peur devant « ce possédé » et était montée prévenir.

L'apparition de son lieutenant ramena instantanément l'Arabe au calme et à la bonne tenue. Dans un langage approprié, ni français, ni arabe, qu'on dénomme le « sabir », Paul Augier semonça vertement M. Barka et l'envoya se coucher, avec la promesse de quatre jours de « garde de camp ».

Cet incident burlesque terminé, la conversation reprit, et ce fut à ce

_____

(1) La tête.

moment que Georges Cardignac, qui jusqu'alors avait peu parlé, intervint.

— Mon lieutenant, dit-il simplement, voulez-vous m'emmener ?

L'officier, d'abord surpris, hésita un quart de seconde, puis tendant les mains au jeune homme :

— De tout mon cœur, dit-il, et je fais une bonne recrue pour mon peloton.

— Et moi, mon lieutenant, je suis fier de servir à votre école.

— Mon enfant! s'écria Mme Cardignac, tu n'y penses pas!... Et ta blessure ?

— Je suis guéri, mère chérie. Je marche maintenant aussi bien qu'avant. Rien à craindre de ce côté!

Puis, prévenant de nouvelles objections, Georges ajouta d'un ton grave :

— Du reste, mère, il faut voir la situation telle qu'elle est. Je ne m'appartiens plus maintenant. En entrant aux francs-tireurs des Vosges, j'ai contracté un engagement pour la durée de la guerre; je n'ai donc pas le droit de me soustraire à mon devoir militaire; je suis tenu... obligé de repartir! Or ma compagnie est je ne sais où! Je trouve à servir dans l'armée régulière. Je pars!... Sois courageuse comme tu l'as été jusqu'à présent.

— Et puis, madame, je pars avec lui. Je porterai son sac!

C'était Mohiloff qui sortait de son mutisme.

Paul Augier considéra le jeune Russe, admirant sa carrure de jeune athlète, et sourit.

— Madame, dit-il, j'emmène les deux jeunes gens. Aussi bien, le fait n'est pas nouveau dans notre régiment de marche, récemment formé avec des jeunes Kabyles qui sont venus renforcer les débris de nos vieux turcos. Tenez, nous avons un petit Arabe, un gamin de douze ans, tout frêle qui n'a pas voulu laisser partir tout seul son grand frère! (1) Il a suivi partout le régiment et fait, au besoin, le coup de feu comme un homme. Le jeune... comment s'appelle-t-il ?

— Mohiloff.

— Oh! C'est un nom russe!

— Oui, il l'est en effet.

Et Mme Cardignac raconta les incidents à la suite desquels le petit Cosaque était entré dans la famille Cardignac.

(1) Historique.

— Eh bien! chère madame, j'emmène le jeune Mohiloff; il suivra en
amateur et soulagera ainsi son jeune maître.

Et, le jour même, Georges Cardignac était incorporé aux turcos, dans

Halte! commanda doucement Paul Augier.

le bataillon du commandant Lanes et dans la section du sous-lieutenant Paul
Augier.

Le lendemain à l'heure du départ, vêtu de l'élégant uniforme de tirailleur, il embrassa une dernière fois sa mère dont le visage baigné de larmes faisait peine à voir, et il allait se mettre en route après avoir chaleureusement remercié M. Ramblot de sa touchante hospitalité, lorsque dans l'antichambre il aperçut ses deux fillettes, Henriette et Lucie, qui sanglotaient silencieusement.

Touché de cette muette affection, le petit volontaire les embrassa en leur disant quelques douces paroles :

— Oh! monsieur Georges, dit la plus jeune en lui saisissant les mains, je ne veux pas que vous partiez!

— Il le faut, ma petite Lucie; mais, croyez-moi, je ne vous oublierai pas!

— Je ferai ma prière pour vous tous les soirs, reprit-elle les mains jointes.

— Gentille enfant! dit Georges en s'éloignant à son ami Paul qui voulait faire auprès de lui les premiers kilomètres. Quant à ce dernier, il avait bien supplié qu'on l'emmenât, lui aussi; mais, on le conçoit, son oncle s'y était carrément refusé; et ce fut avec un gros serrement de cœur qu'après avoir accompagné son ami jusqu'à deux lieues, il vit les turcos disparaître dans la brume neigeuse.

Je vous ai dit, mes enfants, que l'objectif de l'armée de l'Est était d'abord de débloquer Belfort, puis de pénétrer en Allemagne par le grand Duché de Bade. Mais le général allemand Werder, qui avait récemment évacué Dijon, avait concentré ses troupes du côté de Vesoul pour couvrir le corps d'investissement de Belfort. C'était donc contre le corps allemand de Werder qu'allait se heurter l'armée du général Bourbaki.

Ce mouvement ne pouvait réussir qu'à l'expresse condition d'être mené avec une rapidité extrême : car, prévenus, les Allemands formaient, du côté de Châtillon-sur-Seine, une armée dite « armée du Sud », placée sous les ordres du général de Manteuffel.

Ce général avait, vous le comprenez de suite, mes enfants, pour mission de couper l'armée de l'Est de sa base d'opérations; de la cerner, en un mot, pour l'anéantir.

Il eût donc fallu réussir avant que cette nouvelle armée allemande eût terminé son organisation; malheureusement, le général Bourbaki fut retardé par toutes sortes de motifs, indépendants de sa volonté.

17

D'abord, le froid persistait, terrible, et les routes, couvertes d'une épaisse couche de neige, devenaient impraticables.

Du froid et de la fatigue, on peut encore triompher avec de l'énergie. Mais contre quoi toute l'énergie vient se briser, c'est contre le manque de vivres et l'absence de repos. Or les malheureux soldats de l'armée de l'Est n'avaient que rarement un abri, et les distributions, toujours tardives, leur arrivaient lorsque, brisés par la fatigue, après une dure étape, ils avaient succombé au sommeil ; le plus souvent donc, ils se couchaient sans avoir le courage de manger.

Notre mouvement en avant avait commencé le 5 janvier 1871 ; le 9, nous prenions contact avec l'ennemi à Villersexel.

Cette journée fut pour nous une victoire, car la ville prise par les Allemands fut reprise par nous, après une lutte épouvantable qui se prolongea la nuit et jusqu'au lendemain matin. Ce ne fut qu'à trois heures du matin que le château resta définitivement entre nos mains, après avoir été pris et repris deux fois ! Néanmoins, toujours immobilisé par le manque d'approvisionnements, le général Bourbaki ne put continuer sa marche en avant que le 11 janvier.

Werder était pourtant dans une situation critique ; mais il reçut à ce moment l'ordre formel du Maréchal de Moltke d'avoir à résister coûte que coûte. Le Feld-Maréchal l'avisait en outre de l'arrivée prochaine de l'armée de Manteuffel.

Rendons à ce général cette justice qu'il fit contre nous tout son devoir avec une ténacité extraordinaire. Nous pouvons l'en louer, car on ne se diminue pas soi-même, au contraire, en rendant hommage au mérite de ses ennemis.

C'est ainsi qu'il prépara, entre Héricourt et Montbéliard, sa ligne de bataille pour nous barrer la route, et là eut lieu une terrible bataille qui dura trois jours : les 15, 16 et 17 janvier.

Terrible ! certes, car il y eut, de part et d'autre, une dépense d'énergie incroyable.

Le 15 au matin, la section de Paul Augier avait été envoyée en reconnaissance sur notre aile droite, face à Montbéliard.

Il faisait une brume assez épaisse, et l'officier avait prescrit la plus active attention en raison du voisinage très rapproché de l'ennemi.

Georges Cardignac avait reçu une balle dans l'épaule.

Les turcos filaient sur les deux côtés de la route, et se dissimulaient de leur mieux.

Défense leur avait été faite de tirer sans ordre. Georges Cardignac, l'arme prête, courbé en deux, dans le fossé, suivait de près Barka qui, l'œil ardent, le devançait de quelques mètres. Derrière suivait paisiblement Mohiloff, un bâton à la main et sac au dos.

Sur la route, la grande silhouette élégante de Paul Augier se découpait dans le brouillard.

Soudain, sous une futaie, un bruit de pas retentit, puis des formes indécises apparaissent.

— Halte!... et à terre! commande doucement le sous-lieutenant.

Les turcos obéissent.

Mais au même moment, un coup de feu part de la futaie à leur adresse et enlève la chéchia de Barka.

Ah! ça ne fut pas long! L'Arabe épaulant riposte, et cinq ou six de ses camarades l'imitent, sourds aux objurgations de Paul Augier qui, ayant reconnu que les arrivants étaient des mobiles, criait à ses Arabes.

— Ne tirez pas! ce sont des gardes mobiles! Ne tirez pas!

Le feu des Arabes s'arrête pourtant; mais Barka, roulant des yeux furibonds :

— M'en moque pas mal! crie-t-il, ma liéténant, ti sais! pisque « garde-maboul » tirer sur téraïours... téraïours tirer sur « garde-maboul ». Voilà!

Paul Augier et Georges ne purent s'empêcher de rire de la boutade. Au reste, c'était bonheur — pour une fois — que les turcos fussent mauvais tireurs, et personne n'avait été touché.

La marche reprit donc, avec une section de renfort qui venait d'arriver, et bientôt ce furent des coups de fusils prussiens qui, cette fois, nous arrivèrent de Montbéliard.

D'un ton bref, Paul Augier, très calme, disposa son monde. Instinctivement les turcos s'étaient placés en demi-cercle, et le feu commença.

Puis, quand on eut atteint les premières maisons, l'officier cria :

— A la baïonnette!

Et, chose invraisemblable mais vraie, les Allemands dégarnirent précipitamment les premières maisons, devant cette furieuse attaque de deux sections seulement.

Il faut dire que, depuis Wissembourg, les Prussiens avaient une peur abominable des turcos.

Avec un sang-froid, un à-propos merveilleux, le jeune officier organisa ses Arabes, pour tâcher de conserver ce qu'il venait de conquérir de la position.

Son ardeur, son entrain, son enthousiasme galvanisèrent non seulement ses hommes, mais des habitants qui vinrent les renforcer.

On peut dire que ce fut à son énergie et à sa ténacité que Montbéliard dut d'être enlevé, grâce au point d'appui qu'il avait emporté de haute lutte avec une poignée d'hommes.

Mais toute médaille a son revers! Pendant la première partie de la lutte, Georges Cardignac avait reçu une balle dans l'épaule; et, le soir de ce combat, ce fut dans une petite chaumière, transformée en ambulance, qu'il vit arriver Pierre Bertigny que Paul Augier avait envoyé prévenir. Sans être grave, la nouvelle blessure de notre ami le rendait définitivement incapable de poursuivre la campagne. Pierre le trouva donc en larmes, sous la garde du fidèle Mohiloff et du grand Barka.

Le jeune turco se désolait à l'idée que, le lendemain, la bataille devait reprendre et qu'il n'y serait pas; mais malgré son désir, l'évidence était là! Que faire avec un bras enserré de bandelettes, et la fièvre consécutive aux blessures par coup de feu!

— Je n'ai vraiment pas de chance, cousin Pierre, dit-il, et le proverbe : *Non bis in idem* est vraiment faux! Touché deux fois en si peu de temps! C'est navrant!

— En tout cas! mon cher enfant, j'ai fait le possible pour calmer l'amertume de cette vilaine inaction à laquelle vous êtes condamné, dit Paul Augier, et je vous promets, pour demain, un pansement de premier ordre.

— Oui! je ne veux pas te faire languir, dit à son tour Pierre, mais demain tu recevras ton brevet de médaillé militaire!... Le général Bourbaki me l'a promis. C'est ton lieutenant, M. Paul Augier, que tu dois avant tout remercier; car, à peine l'action terminée, et sans même dire un mot de la part qu'il y avait prise, il est accouru à l'état-major pour demander cette récompense pour toi.

« Comme il connaît le général Bourbaki, la proposition a abouti immédiatement. Heureusement qu'étant survenu sur ces entrefaites, j'ai pu dire sur lui-même tout ce que je savais, et, si nous te félicitons aujourd'hui pour la médaille, j'espère que, dans peu, nous le féliciterons pour sa croix. Elle aura été bien gagnée.

— Non, dit Paul Augier, plus ému qu'il ne le voulait paraître, ne me louangez pas, mon enfant : je n'ai fait que mon devoir en signalant votre belle conduite... C'est la seconde fois que votre sang coule sur un champ de bataille, et vous avez seize ans ! Vous avez vaillamment gagné cette médaille, et j'en suis bien heureux.

— Bono ! Bono ! dit Barka. Ti a raison, ma liéténant !

Vous dirai-je, mes enfants, l'émotion heureuse qui étreignit le cœur de Georges à la nouvelle qu'on lui apportait ainsi ? Vous vous en doutez bien, n'est-ce pas ?

C'est que la médaille, au ruban jaune liséré de vert, est, par excellence, la distinction du soldat méritant.

Et après avoir été la récompense des braves qui combattent dans le rang, elle devient l'apanage de ceux qui dirigent les armées.

C'est ainsi que, lorsqu'un général termine sa glorieuse carrière avec tous les honneurs qu'on décerne aux vertus militaires, il est un ordre qu'il ambitionne par dessus tout : la médaille militaire du simple soldat et du sous-officier.

Quand autrefois il y avait encore des maréchaux de France, on la leur donnait comme un honneur suprême.

Ce fut donc pour Georges un jour d'orgueil et de gloire que le 16 janvier. Malheureusement une tristesse patriotique vint empoisonner sa joie. Malgré les héroïques efforts de nos soldats, nous devions renoncer, après trois jours de lutte, à enlever la ligne Hérécourt-Montbéliard, ligne sur laquelle le général allemand Werder avait organisé un système complet et formidable de défense, puisqu'il avait été jusqu'à distraire du siège de Belfort des pièces de gros calibre pour les mettre en position contre l'armée de Bourbaki.

De plus, le Corps de Manteuffel s'était mis en mouvement, et, passant entre Langres et Dijon, avançait rapidement pour nous prendre à revers.

Prévenu de son approche, Bourbaki, désespéré, dut prendre le parti de battre en retraite!

Que faire en effet avec des troupes épuisées par des luttes journalières et manquant de tout?

Les faire écraser dans un dernier et formidable choc? Laisser broyer l'armée dans l'étau qui se refermait sur elle? Non!... et malgré l'épuisement des soldats, malgré la température atroce, malgré la neige, malgré tout, le général Bourbaki voulut tenter de sauver son armée par une retraite à travers le Jura.

Hélas! en temps normal et en terrain ordinaire, la réalisation de ce plan comporterait toujours de nombreuses difficultés; mais là, c'était une opération militaire terriblement dangereuse à tenter, par les sentiers forestiers où la neige atteignait une moyenne d'un mètre!

On la tenta pourtant! Elle fut héroïque, mais navrante, et rappelle, par certains côtés, la terrible retraite de Russie.

Georges n'avait pas voulu demeurer à l'ambulance et devenir ainsi prisonnier des Allemands.

Le bras droit en écharpe, s'appuyant sur l'épaule de Mohiloff, il fit, malgré des souffrances intolérables, la première étape à pied.

Mais le lendemain, ses forces le trahirent: il tomba presque évanoui sur le bord du chemin; et son officier navré dut l'abandonner là, laissant aux ambulances le soin de le recueillir.

Hélas! les ambulances semaient à chaque kilomètre leurs chevaux épuisés, leurs conducteurs démoralisés.

Les médecins, malgré leur dévouement, ne pouvaient suffire à leur tâche.

Les hommes s'asseyaient dans la neige, les yeux fous, tremblant de fièvre et de froid; les pieds gelaient, les mains tombaient inertes, la mort passait!

Les fourgons étaient pleins de malades, d'éclopés, de blessés, que la poursuite des Allemands talonnait.

Souvent en effet des coups de feu arrivaient dans cette triste arrière-garde, y semant le désordre.

Ajoutez à cela que, pendant toute cette affreuse retraite, chaque homme, officier ou soldat, ne toucha, comme ration journalière, qu'une pomme de

terre et un peu d'eau-de-vie,
plus un morceau de pain
gelé, gros comme la moitié
du poing.

Il est certain que notre
pauvre camarade fût resté
sous les neiges du Jura, sans
un aide-major compatissant
qui avait remarqué la mé-
daille militaire sur la poitrine
du jeune turco.

Il le fit porter dans une
prolonge où, enveloppé d'une
maigre couverture, un médecin-major grelottait; accroché à l'arrière de la voiture,
Mohiloff suivait son maître
et ami.

Le lugubre convoi essuya
la fusillade ennemie à Chaf-
fois; le fourgon perdit un
cheval tué par une balle
et arriva à Pontarlier

Georges tomba presque évanoui sur le bord du chemin.

avec un seul cheval. On était au 1er février. Là, pendant que les débris de l'armée de l'Est traversaient la frontière suisse pour échapper à l'armée de Manteuffel, l'arrière-garde, commandée par le brave Pallu de la Barrière et soutenue par le canon du fort de Joux, maintint les Allemands, et permit ainsi aux débris de l'armée de demander asile au petit peuple suisse, qui les reçut et les traita avec une générosité dont il faut se souvenir.

Ce furent là les derniers coups de feu de la guerre de 1870-1871.

Georges avait été laissé à Pontarlier, ainsi que le médecin militaire, son voisin de calvaire.

On les déposa dans une ambulance particulière, organisée dans leur propre maison par deux demoiselles du pays, Mlles Grandvoinet, et ce fut là seulement que Georges Cardignac sut quel était son compagnon de retraite.

C'était le docteur Cousturier!... le père de son camarade Paul.

Brisé par les fatigues de sa tâche, par un surmenage inouï et par le manque de nourriture, le malheureux médecin avait été terrassé par la maladie... Il devait, hélas! en mourir le 5 mars suivant! Il repose aujourd'hui dans le petit cimetière de Pontarlier.

Quant à notre ami Georges, quelques jours l'avaient remis sur pied. Sa blessure s'était en même temps cicatrisée; aussi, le 6 février, il remercia chaudement Mlles Grandvoinet de leurs bons soins, se procura des vêtements civils, et, toujours escorté de Mohiloff, il parvint, grâce à son jeune âge, à gagner la Suisse; puis, par Genève, il rentra en France.

Le 15 février, muni d'un laissez-passer qu'il s'était procuré, il arrivait à Dijon, et tombait dans les bras de sa mère en larmes!

Pauvre femme! Elle avait bien payé sa dette à sa patrie! car je renonce à vous dépeindre ses angoisses depuis Villersexel. Depuis le 9 janvier en effet elle était sans nouvelles!

Maintenant c'était fini!... bien fini, hélas! Elle ne redoutait plus le départ de son Georges! Elle pouvait sans crainte s'abandonner au légitime sentiment de fierté qu'elle éprouvait en contemplant ce jeune et vaillant soldat qu'était son fils!

En effet, un armistice général avait été conclu à Versailles le 25 janvier, afin de permettre aux plénipotentiaires des deux pays de préparer les bases du traité de paix.

Comment! me direz-vous, mes enfants, l'armistice était signé et les Allemands continuaient la guerre contre l'armée de l'Est! Mais alors!... Ils violaient les conventions et le droit des gens !

Hélas, non! Il est triste d'avoir à faire cette constatation navrante; mais, au moment où l'armistice était signé à Versailles, le gouvernement avait *oublié* d'y comprendre l'armée de l'Est !

Oubli impardonnable, que n'excuse ni l'émotion de la défaite, ni le désarroi général.

Que de vies inutilement sacrifiées par cet oubli! Que de souffrances imposées ainsi à ces pauvres soldats en retraite !

N'insistons pas sur ce cas douloureux, mes enfants.

Je préfère vous dire en passant ce qu'avait fait maître Paul pendant que son ami Georges se battait à Villersexel et à Montbéliard.

Maître Paul, pour se dédommager d'être resté à Dijon, faisait encore le coup de feu sous les murs de la ville les 21, 22 et 23 janvier!

Parfaitement! L'armée de Manteuffel, pour passer entre Langres et Dijon, avait détaché une division pour immobiliser Garibaldi qui tenait son centre dans cette dernière ville.

La défense fut énergique ; les Allemands y furent durement éprouvés et perdirent entre autres le drapeau du 61° régiment poméranien, qui leur fut enlevé par un franc-tireur.

Il est bon de le dire, car ce fut le seul drapeau pris sur un champ de bataille pendant la guerre de 1870-71.

Nous en avons perdu beaucoup, mais on ne nous les a pas pris les armes à la main. Ce sont les capitulations qui nous les ont arrachés, tandis que, au moins, si les Allemands n'en ont perdu qu'un, c'est qu'on le leur a enlevé de vive force.

Allez le voir, mes enfants ! Il est aux Invalides, suspendu aux voûtes de la chapelle, côte à côte avec ceux que les Allemands nous ont laissés à Iéna!

Un autre fait aussi doit vous être raconté, au sujet de ces combats de Dijon ; car on oublie vite en France, et il est bon que vous sachiez ce dont nos ennemis d'alors ont été capables : le voici dans toute son horreur.

Furieux d'avoir été tenus en échec devant le château du Crêt-de-Pouilly, près Dijon, les Prussiens, s'en étant enfin emparés, y trouvèrent encore des défenseurs.

L'un d'entre eux, nommé Fontaine, tomba en leur pouvoir ; les misérables l'attachèrent à la rampe du grand escalier de pierre, le couvrirent de paille et de fagots, l'arrosèrent de pétrole et *le brûlèrent vif!*

Quand nous reprîmes le Crêt-de-Pouilly, on retrouva le malheureux complètement carbonisé.

Vous voyez, mes enfants, quelle férocité, quelle sauvagerie sans nom déployèrent les Prussiens pendant la guerre. Souvenez-vous de Bazeilles et du château de Pouilly! Paul Cousturier s'en souvient, je vous l'assure, car il fut un de ceux qui découvrirent les ossements calcinés du pauvre homme.

Je termine sur ce trait, mes enfants, l'histoire de cette horrible guerre ; je ne voulais pas m'y attarder aussi longtemps, car l'évocation de cette année de deuil et de larmes, 1870-71, est une des plus lugubres de notre histoire.

Mais j'ai réfléchi que ce souvenir, gravé si profondément dans l'âme de vos parents, devait être retracé aussi dans vos jeunes âmes, et j'ai mis à nu toutes les misères, toutes les défaillances et aussi tous les héroïsmes qu'il comporta.

Elle nous coûta cher, cette guerre, et ses sinistres résultats pèsent encore lourdement sur la France.

Les préliminaires de paix, signés le 26 février, furent ratifiés à Bordeaux le 1er mars par l'Assemblée nationale.

Nous devions, par suite des conventions stipulées, payer une indemnité de guerre de *cinq milliards ! Cinq milliards!* le chiffre parut formidable et il l'était en effet: songez en effet, mes enfants, au monceau d'or que représente ce chiffre de cinq milliards ! et pourtant à peine Bismarck l'eut-il fixé, qu'il regretta de ne pas en avoir exigé le double, car lorsqu'on fit appel à l'épargne, sous forme d'emprunt, pour combler cette formidable échéance, la France et même l'étranger souscrivirent pour *trente-deux milliards!*... alors qu'on n'en demandait que *cinq.*

La confiance en nous n'était donc pas ébranlée ; mais la partie cruelle du traité de paix, signé définitivement le 10 mars à Francfort, fut la cession de l'Alsace et de la Lorraine qu'exigèrent les vainqueurs !

Je n'ai pas besoin d'insister sur ce point douloureux ; car les murs de nos écoles vous le rappellent incessamment, mes enfants ! Lorsque vous jetez les

yeux sur les cartes de France pendues aux murailles, la *tache noire* de l'Est
sollicite avant tout vos regards !

Vos maîtres vous en parlent... Ils font bien... Jamais on ne vous en par-
lera trop ! Et comme vous avez des âmes bien placées, vous comprenez et
vous vous souviendrez !

C'est d'ailleurs, et je ne cesserai de vous le rappeler, c'est cette question
de l'Alsace-Lorraine qui, traînée comme un boulet par la Prusse victorieuse,
empêche avec elle toute réconciliation, et cela depuis trente ans.

Malgré ses blessures d'ailleurs, la France n'est pas morte : elle pèse quand
même de son influence sur le monde, et, si on le voulait, elle pèserait encore
d'un poids bien plus grand.

La suite de ce récit vous le démontrera, et vous y verrez que notre ami
Georges fut, pour sa part, quelqu'un dans le relèvement de son pays.

Le relèvement de la France !

Personne ne faillit à cette tâche.

Georges et Paul s'y préparèrent par l'étude ; Pierre Bertigny, nommé lieutenant-colonel aux cuirassiers et resté à Versailles, s'appliqua de son côté à
s'instruire et à instruire ses officiers avec les leçons pratiques de cette guerre,
leçons qui modifiaient si profondément la tactique et la conduite des armées.

Il avait perdu un peu de sa fougue primesautière, le brave Pierre, et vivait
modestement avec Margarita, dans une petite maison de l'avenue de Paris.
Sa belle-mère était morte et la liquidation de sa fortune en Italie avait été
désastreuse.

Peut-être les autorités italiennes y avaient-elles mis beaucoup de mauvaise volonté, en raison de la nationalité de Pierre Bertigny.

L'attitude du gouvernement italien avait été en effet des plus hostiles à
notre égard, dès le début de la guerre franco-allemande. Profitant de notre
détresse, Victor-Emmanuel, oublieux des services rendus, avait saisi l'occasion du retrait de nos troupes pour s'emparer de Rome ; et, comme si la
reconnaissance eût été une charge trop lourde pour ce peuple qui nous devait
l'unité et la liberté, il ne manqua plus, du jour où nous fûmes à terre, de
nous manifester l'hostilité la plus tenace. Depuis trente ans, il s'est mis du
côté de nos ennemis d'hier, et, en dépit des souvenirs de Magenta et de Sol-
férino, on a pu voir l'héritier de Victor-Emmanuel s'allier contre nous avec
l'Allemagne.

De cela aussi, souvenez-vous, mes enfants!

Faut-il en rendre le peuple italien, latin comme nous, responsable?

Chi lo sa? comme il dit lui-même : dans tous les cas, il eut le tort d'écouter de néfastes conseillers et de subir, sans se plaindre, une politique si contraire à ses intérêts et à ses traditions.

Et M. Ramblot? direz-vous.

Le brave négociant était ruiné par la guerre et plus encore par la paix désastreuse de Francfort qui la termina. Sa filature se trouvait en effet à Metz, et il dut la vendre avec une perte considérable.

Mais il ne se découragea pas, et, réalisant les capitaux qui lui restaient, il partit avec toute sa famille pour refaire, sous d'autres cieux, un patrimoine à ses enfants.

Nous le retrouverons un jour aux colonies.

Quant à l'oncle Henri, il a pris sa retraite et vit paisiblement à la campagne. On m'a même affirmé qu'il est maire de sa commune.

Voilà, mes enfants, votre curiosité satisfaite en ce qui concerne les amis avec lesquels vous avez vécu la première partie de ce livre, et si loin que vous entraînent dans la seconde les aventures coloniales de Georges Cardignac, vous ne serez pas trop surpris d'y retrouver mêlés quelques-uns d'entre eux, y compris le noir Barka.

CHAPITRE V

Le 29 octobre 1875, une femme en noir, l'air grave et noble sous ses bandeaux blancs, apparut à la portière du train, à la petite station de Saint-Cyr, et un grand garçon blond, svelte, élégant, lui tendit la main pour l'aider à descendre.

Autour d'eux d'autres parents, d'autres enfants se pressaient, de petites valises ou des paquets à la main ; M. Desjardin, l'excellent chef de gare de Saint-Cyr-l'École, se multipliait pour renseigner les uns et les autres, et la longue colonne des arrivants s'engagea sous le pont du chemin de fer, se dirigeant vers la « grimpette ».

Ainsi appelait-on la petite ruelle qui descend de la gare à l'École Spéciale Militaire, dont les hauts et sévères bâtiments apparaissent au bas de la pente sur laquelle est bâti le village.

Car c'était jour de rentrée à Saint-Cyr, et les « bleus », ou pour parler plus exactement le langage du lieu, les « melons » s'y présentaient à raison de quatre-vingts par jour, suivant leur rang d'admission, les derniers reçus entrant les premiers, comme il est d'usage, paraît-il, au royaume des cieux.

Le groupe qui entrait ce jour-là était l'avant-dernier des cinq groupes qui composaient la promotion 1875-77 : la dernière de Wagram, comme on l'appelle aujourd'hui. Le grand garçon que je viens de vous présenter, mes enfants, figurait donc sur la liste d'admission entre les numéros 80 et 160 :

il avait été, en effet, reçu le 149ᵉ, et vous avez déjà deviné qu'il n'est autre que notre ami Georges; vous avez déjà reconnu aussi, dans la femme en deuil qui l'accompagne, sa mère, Valentine Cardignac.

Et j'entends d'ici votre exclamation étonnée :

« Comment! nous voilà en 1875 et c'est seulement quatre ans après la fin de la terrible guerre que Georges, ce petit marsouin en qui nous avions toujours vu un futur officier, entre à Saint-Cyr!

— Il n'a donc pas travaillé? »

Si, mes enfants, Georges a travaillé; mais, je vous l'ai dit déjà (1), le fils du colonel d'artillerie Cardignac, à l'inverse de son père, ne se sentait aucune disposition pour les études scientifiques; il avait le tempérament artistique, l'imagination ardente, le goût des aventures, la passion des livres et des beaux vers; et, se figurant que l'algèbre, la descriptive, la trigonométrie et toutes ces études arides qui conduisent au baccalauréat ès-sciences lui seraient inutiles, il avait laissé un peu trop délibérément de côté les mathématiques, et leurs succédanés, les sciences naturelles.

Après les récits de voyage et d'exploration qui avaient passionné sa jeunesse, il s'était pris d'un goût exclusif, d'une part pour l'histoire, de l'autre pour les découvertes et les expéditions au « continent mystérieux », comme on appelait encore l'Afrique à cette époque, c'est-à-dire pour la géographie sous sa forme la plus attrayante : si bien qu'après avoir, comme vous le savez, passé brillamment et sans efforts apparents son baccalauréat ès-lettres, il avait subi dans ses études un brusque mouvement d'arrêt.

Il est juste d'ajouter que la guerre y avait bien été pour quelque chose, et vous avez vu qu'en somme notre ami Georges n'était pas resté inactif pendant les six longs mois qu'elle avait duré.

Mais le maniement du chassepot n'a rien de commun avec l'usage des sinus et des tangentes, et quand, après cette dure période de sa vie, l'enfant de seize ans qu'était le fils du colonel Cardignac avait songé à s'orienter vers la carrière toujours rêvée d'officier, il s'était heurté à sa mère qui, avec une grande douceur, mais avec une non moins grande ténacité, lui avait déclaré:

(1) *Filleuls de Napoléon.*

— Je veux que tu sois comme ton père, officier d'artillerie.

Georges ne songea pas une minute à résister, et, au mois de juillet 1871, le lycée Saint-Louis ayant rouvert ses portes, il entra dans la classe de mathématiques élémentaires pour essayer de décrocher, à Pâques 1872, le baccalauréat ès-sciences.

Mais « le Dieu des batailles » qui l'avait si manifestement protégé en tant d'occasions, n'avait probablement pas la même bienveillance pour Georges écolier que pour Georges soldat, car il abandonna notre ami de la plus pitoyable façon. — Refusé en 1872 à deux sessions consécutives, Georges ne gagna le maudit parchemin qu'en 1873, et quand il entra en mathématiques spéciales pour faire œuvre de « Taupin », il n'avait plus cette belle confiance avec laquelle il avait affronté son premier examen.

Taupin, mes enfants, dans le vocabulaire *ad hoc*, vous représente le candidat qui se prépare, pour la première fois, à l'examen d'entrée à l'École polytechnique.

— Je n'y arriverai jamais avant vingt et un ans, disait-il tristement à sa mère.

Or vingt et un ans est la limite d'âge extrême imposée aux candidats à Polytechnique et à Saint-Cyr.

Officier d'infanterie allemande (1870).
Tenue de campagne.

Mais, aveugle comme toutes les mamans, Mme Cardignac persista dans son désir.

— Il me semble que ton père revivra en toi si je te vois en uniforme d'officier d'artillerie, dit-elle.

Et comme il suffisait d'évoquer aux yeux de Georges le souvenir du mort de Saint-Privat pour en obtenir tous les sacrifices, il se remit de nouveau courageusement au travail.

Il avait vingt ans lorsqu'il échoua pour la deuxième fois à l'École polytechnique, n'ayant rien compris à un « calcul différentiel » de l'examen, sinon qu'il ne mordrait jamais aux mathématiques pures.

— Je n'ai plus qu'une année, dit-il tristement à sa mère. Si j'échoue encore, il ne me restera plus qu'à m'engager.

Alors Mme Cardignac s'effraya : si par sa faute son Georges allait en être réduit à conquérir son épaulette en passant par le rang et à perdre ainsi plusieurs années, que de reproches elle s'adresserait !

Et combien elle regretta alors la présence du père, et les conseils de son expérience !

En 1874 donc, Georges se prépara à la fois à Polytechnique et à Saint-Cyr ; il lui fallut se remettre à certaines parties du programme de l'École Spéciale Militaire, sérieusement délaissées depuis trois ans ; mais la crainte d'échouer définitivement à l'âge fatidique le talonnait, et, un beau matin, l'*Officiel* lui apporta la bonne nouvelle.

Pour la troisième fois il avait échoué à l'*x* ; mais il entrait à Saint-Cyr dans un rang passable, et, au fond du cœur, il bénit la destinée qui, au prix de quelques mécomptes, l'avait dirigé vers son École de prédilection.

Aussi, ce matin-là, il s'était embarqué gaiement à la gare Montparnasse.

Mais en arrivant à destination, son jeune visage devint soudain grave et mélancolique ; car avant de pénétrer dans l'École, ils avaient, sa mère et lui, un touchant pèlerinage à accomplir.

Georges Cardignac était venu rarement à Saint-Cyr ; mais il savait que son grand-père y avait vécu les dernières années de sa retraite, dans la petite maison située en face de la gare. C'est là aussi que son père et son oncle, les deux fils de « Jean Tapin », avaient passé leur jeunesse ; c'est de là que son oncle Henri était parti pour l'École Militaire et son père Jean pour l'École Polytechnique ; et quand tous deux, la mère et le fils, arrivèrent devant la petite villa qui leur rappelait tant de souvenirs, ils s'abîmèrent dans leurs réflexions.

En revoyant ces lieux témoins des années de bonheur du commencement de son mariage, Valentine sentit des larmes lui monter aux yeux et s'appuya plus fortement sur le bras de son Georges : elle songea qu'elle n'avait plus que lui au monde et que, celui-là comme les autres, la grande famille militaire allait le lui prendre dans quelques instants.

La petite maison de Saint-Cyr lui appartenait toujours ; mais elle était louée à des officiers de l'École par les soins de M⁰ Fontana, le digne et précieux notaire de la famille Cardignac, et, ni Valentine, ni Georges ne songèrent à y pénétrer...

Un autre pèlerinage d'ailleurs, plus sacré celui-là, les sollicitait, et pendant que la longue théorie des parents et des nouveaux élèves s'engouffrait sous la haute porte monumentale de l'École, que dominait un drapeau claquant au vent, tous deux se dirigèrent vers l'humble cimetière de Saint-Cyr.

Dans un coin, ombragé de deux cyprès, un modeste monument, simplement formé d'une colonne brisée, portait cette inscription :

A la mémoire de
JEAN CARDIGNAC
Colonel du 1er régiment de la
Garde Impériale,
décédé le jour même du retour à Paris
des Cendres de l'Empereur
Napoléon Ier,
son Maître,
le 15 décembre 1840.

C'est là en effet que reposait le chef de la dynastie militaire des Cardignac.

Celui-là du moins avait vécu l'immortelle épopée qui devait immortaliser la France jusqu'à la fin des siècles : il avait parcouru en vainqueur, derrière le drapeau triomphant, toutes les capitales de l'Europe, et s'il avait vu sombrer à Waterloo le « géant historique », c'est parce que l'excès même de ses victoires avait ameuté, contre ce victorieux, vingt peuples acharnés. Il n'y avait rien que de glorieux, de merveilleux dans la chute de l'aigle, précipité des cimes éternelles.

Quelle différence entre cette fin dramatique et superbe du premier Empire et l'agonie du second, cette agonie lente et misérable à laquelle Georges venait d'assister !

La France, lassée, exténuée par vingt ans d'un héroïsme ininterrompu, avait pu tomber sans déchoir en 1815 ; pouvait-on en dire autant de la

France de 1870, qui, en pleine prospérité matérielle, venait de se faire écraser par un seul ennemi, par le vaincu d'Iéna et d'Auerstaedt.

Non certes, et si le colonel Cardignac eût pu surgir de sa tombe, il eût dit à son petit-fils :

— La nation française a oublié les vertus guerrières des ancêtres, mon enfant; elle s'est endormie dans le culte de l'argent, dans l'amour du bien-être : il est juste qu'elle se réveille dans la défaite et dans les larmes. C'est à vous autres, les jeunes, à la relever, à lui refaire des mœurs et à lui infuser un sang généreux. Va dans cette école du devoir et de l'honneur te préparer à cette noble tâche!

Cette voix, il sembla à Georges qu'il l'entendait, pendant que Valentine entourait pieusement d'une couronne le sommet de la colonne funéraire, et ce fut le cœur affermi et la tête haute qu'il pénétra dans la première cour de l'École, la cour d'honneur, au fond de laquelle, derrière un rideau d'arbres séculaires, se dresse la vieille chapelle où dort Mme de Maintenon.

La cour d'honneur où chacun peut pénétrer, où les parents peuvent le dimanche venir embrasser leurs enfants, communique par une voûte avec la cour Napoléon.

Mais dans celle-ci, nul ne peut entrer s'il n'appartient à l'École, et ce fut sur le seuil de cette voûte que Valentine embrassa Georges une dernière fois.

Le cœur de la pauvre femme se fondit au moment de cette séparation. Certes, elle en avait connu d'autres plus terribles, lorsque Georges l'avait quittée pour aller à Metz, lorsqu'il s'était de nouveau arraché de ses bras, sa blessure guérie, pour repartir avec Paul Augier; mais aucune de ces séparations ne lui avait donné la même sensation de vide et d'isolement, parce que, depuis quatre ans, installée à Paris près de lui, elle l'avait senti constamment à ses côtés.

— Tu m'écriras, Georges!

— Tous les jours de la première semaine, mère, et ensuite tous les samedis jusqu'à notre première sortie.

— Quand vous permettra-t-on de sortir pour la première fois?

— Au jour de l'an seulement : il faut apprendre à porter l'uniforme et à saluer, avant de sortir dans Paris.

— Est-ce que tu as besoin d'apprendre cela, toi?... Enfin!... Écris-moi longuement; raconte-moi tout ce que tu fais surtout!...

— Tout : je te continuerai mon journal, comme à Dijon.

Une dernière fois, Valentine pressa fièvreusement son fils sur sa poitrine, et, le cœur bien gros, le vit disparaître dans la cour Napoléon.

Un tambour du cadre se campa devant lui; puis, le précédant, lui montra le chemin. A partir de ce moment, Georges n'eut plus le temps de songer à autre chose qu'aux multiples opérations par lesquelles il lui fallait passer

Le capitaine interrogea son nouvel élève.

La première fut la visite médicale; mais, pour lui, elle fut de pure forme, car il était taillé comme un jeune dieu et possédait une vue d'aigle.

Soudain il fut poussé dans une vaste salle, où, au milieu d'un brouhaha confus, s'agitaient, affairés, des officiers instructeurs, des sergents, des civils en manches de chemise, fourrageant dans un amoncellement de pantalons rouges, de vestes et de tuniques, et au milieu d'eux, des élèves à demi habillés, affolés, ahuris.

— Georges Cardignac : 2ᵐᵉ compagnie, jeta le petit tambour à l'entrée de la salle :

— Matriculé 3386! clama aussitôt un scribe penché sur un énorme registre.

Et un adjudant, venant prendre le nouveau venu, le conduisit à un officier qu'il salua militairement.

C'était le nouveau capitaine de Georges, un homme très jeune encore, mais à la physionomie énergique et expressive, aux yeux scrutateurs et profonds.

Il tira un carnet de sa poche et interrogea son nouvel élève.

Quand il eut noté son nom, ses titres universitaires, son âge et quelques autres renseignements de même nature :

— Quelle arme choisissez-vous, demanda-t-il? Infanterie ou cavalerie!

— L'infanterie de marine, mon capitaine.

L'officier resta une minute interloqué : celui-là était le premier qui manifestât semblable préférence. A cette époque, mes enfants, l'infanterie de marine, si recherchée aujourd'hui, était l'apanage des derniers d'une promotion. N'y entraient guère que ceux qui ne pouvaient faire autrement, et vous en comprendrez facilement la raison : la France, saignante encore de sa blessure récente de 1870, ne songeait qu'à reconquérir un jour ses provinces perdues, et nullement à se tailler l'empire colonial énorme que vous lui voyez aujourd'hui.

Mais en regardant mieux, le capitaine Manitrez — c'était le nom du commandant de la 2ᵐᵉ compagnie — découvrit, à la boutonnière du jeune homme, le très mince ruban jaune et vert qu'il portait discrètement.

— Qu'est-ce que c'est que cela? fit-il.

— La médaille militaire, mon capitaine.

— Où donc l'avez-vous gagnée?

— A l'attaque de Montbéliard, mon capitaine.

— Vous étiez à l'armée de l'Est?

— Oui, mon capitaine.

— Vous avez été blessé?

— Deux fois : à Dijon et à Montbéliard.

L'étonnement de l'officier redoubla!

— Mais quel âge aviez-vous donc alors?

— Seize ans, mon capitaine.

Ils contemplaient l'admirable tableau
de Bettanier.

Il y eut un silence; l'instructeur, favorablement impressionné déjà par l'expression de loyauté qui se lisait sur le visage du jeune Saint-Cyrien, par la netteté de ses réponses et par tout ce que révélait d'énergie la flamme de son regard, lui tendit la main.

— Je suis fier de vous recevoir dans ma compagnie, Cardignac, dit-il. Votre nom m'était connu depuis longtemps, car qui ne le connaît dans

Il était entre les mains du capitaine Bull.

l'armée? mais je ne m'inquiète jamais de la parenté d'un élève avant de l'avoir vu à l'œuvre; je vois que vous réalisez le proverbe : « Bon sang ne peut mentir », à la différence de ces jeunes gens — et j'en connais — qui s'imaginent que les services de leurs pères leur donnent le droit de ne rien faire. Soyez donc le bienvenu à la « deuxième » : je suis sûr que vous allez **y compter parmi les plus brillants.**

20

— Je m'y efforcerai, mon capitaine, répondit Georges très ému ; mais...

Et comme il n'achevait pas sa phrase...

— Que redoutez-vous donc? fit, avec un sourire bienveillant, le capitaine Manitrez.

— C'est que, mon capitaine, je ne suis guère fort en mathématiques...

— Qu'à cela ne tienne ; elles n'occupent pas grand'place dans les programmes de l'École : on en demande à l'entrée, mais ce qu'il vous faut ici, c'est de l'énergie et de la vigueur physique, de la mémoire, des aptitudes pour le dessin et surtout une grande régularité de travail. Je ne vous connais pas encore, mais je suis bien sûr que vous avez toutes ces qualités-là, et, avec elles, une autre qui les rehausse toutes : la modestie.

Ce fut sous ces auspices que Georges fit son entrée à Saint-Cyr, et il était encore sous l'impression des paroles bienveillantes de celui qui allait être son premier chef, lorsqu'il se trouva enveloppé d'un vaste peignoir blanc.

Un sergent venait de le remettre entre les mains du capitaine Bull !

Ainsi appelle-t-on à Saint-Cyr l'excellent homme dont le nom véritable est Gachet, et qui, toujours vivant, toujours en exercice, et coiffeur de l'École depuis quarante-cinq ans à l'heure où j'écris ces lignes, a vu passer sous sa tondeuse plus de quinze mille officiers.

En quelques minutes, le capitaine Bull avait transformé la tête de notre jeune ami en une véritable coquille d'œuf.

Après quoi, Georges passa entre dix mains différentes pour l'essayage de ses effets. Il revêtit le pantalon d'ordonnance, rouge garance à bande bleue, la petite veste à une rangée de boutons, le képi garance à turban et passepoils également bleu de ciel : c'était la tenue d'intérieur.

Puis, chaussé de lourdes et larges demi-bottes, il reçut à la volée, d'un premier sergent, un pompon, un plumet dans son étui, une paire d'épaulettes en laine écarlate, deux cols d'uniforme, une ceinture de gymnastique et des effets *d'astique*.

On appelle ainsi les vêtements de treillis qui permettent au Saint-Cyrien de procéder, sans salir ses vêtements de drap, à tous les nettoyages et « astiquages » de la matinée.

Comme il était là, embarrassé par tous ces objets, un second sergent l'appela, et, avec la même rapidité lui expédia : huit chemises, six caleçons, quinze paires de chaussettes, douze mouchoirs et quatre bonnets de coton.

Il se croyait quitte de toute distribution, lorsqu'un garçon de l'École empila devant lui une paire de savates, un sac à brosses, une paire d'éperons, une couverture, une timbale, douze paires de gants blancs, un bouchon de fusil, un gant d'armes et la fameuse fausse manche en toile bleue, plastron disgracieux, appliqué sur la veste, et qui, portant en gros chiffres blancs le numéro matricule de l'élève, permet aux officiers et adjudants de reconnaître un délinquant au milieu de ses camarades.

Et, bien que notre ami ne péchât pas par maladresse, il se trouva un peu interloqué devant ce monceau d'objets si disparates. Autour de lui d'ailleurs, d'autres melons, absolument ahuris, grotesques sous des

Et chargeant le tout sur le dos de Georges, le sergent le conduisit au dortoir.

képis trop grands, regardaient leur nouveau « barda » (1) comme une Hottentote examinerait un corset; mais un sergent déploya une toile de tente devant Georges, y empila le monceau d'effets, en replia les quatre coins, et chargeant le tout sur le dos du nouveau Saint-Cyrien, l'emmena au dortoir Zaatcha.

Là, Georges Cardignac prit possession d'un lit qu'il devait faire lui-même au réveil, et rendre carré et anguleux comme un billard ; d'une case où ses effets devaient être pliés en tout temps avec une rigidité cadavérique ; d'un bahut dont il devait cirer le dessus avec amour chaque matin, et dans lequel il ne fallait pas songer à dissimuler, aux yeux de lynx des gradés, le moindre « fourbi » (2).

Il venait à peine d'y enfermer une partie de son butin, qu'il s'entendit appeler de nouveau par le sous-officier chargé de la conduite des recrues de la 2ᵉ compagnie jusqu'à l'arrivée des anciens.

Cette fois, il s'agissait de toucher les objets ressortissant à la « Direction des Études », et quand notre ami fut en possession du monceau de règlements, cahiers, règles, équerres, boîtes de couleurs et de compas, boussole, déclinatoire et autres instruments de dessin amoncelés sur un carton à soufflet, il alla occuper une place à l'étude.

Pour finir enfin, il toucha un équipement et des armes : un fusil qu'il ne connaissait pas, car il datait de l'année précédente seulement et portait le nom de *fusil Gras*, et une petite épée-baïonnette, beaucoup moins lourde que le sabre-baïonnette avec lequel il avait foncé à Bazeilles sur les Bavarois.

Le hasard l'avait placé à l'étude Napoléon ; pour y arriver, il fallait passer sur le Grand Carré

Le Grand Carré, ainsi appelé parce qu'il n'est ni grand ni carré, est pour ainsi dire le cœur de Saint-Cyr : les vastes études, où tiennent deux cents élèves ensemble, donnent sur la colonnade qui l'entoure. Y donne également le cabinet de service, quartier général des adjudants, ces surveillants redoutés qui, extraits des régiments et précédés d'une sombre réputation d'énergie, surveillent les mouvements et répriment tous les écarts. Enfin c'est encore sur le Grand Carré que s'ouvre le cabinet du capitaine de ser-

(1) Terme venu d'Afrique qui signifie la charge d'un mulet en même temps que son harnachement.
(2) Terme générique, s'appliquant dans ce cas particulier à des objets ou effets non réglementaires.

vice, le *Deus ex machinâ* de l'intérieur de l'École, celui à qui incombe la surveillance générale et le maintien de la discipline.

Les tragédies d'Esther et d'Athalie, écrites par Racine pour les demoiselles de Saint-Cyr, furent jouées autrefois aux environs de ce même Grand Carré, devant le Roi Soleil qui a donné son nom à la cour Louis XIV.

Mais est-ce bien à toutes ces considérations techniques ou archéologiques qu'il faut attribuer l'arrêt subit qui immobilise Georges Cardignac au moment où il va entrer à l'étude Napoléon?

Non, mes enfants; s'il est là tout pâle et le cœur battant à coups précipités, c'est que ses yeux viennent de tomber sur l'admirable tableau de Bettanier, placé là comme un symbole, et placé là dans son vrai cadre, car il est le plus beau, le plus émouvant qu'on puisse mettre sous les yeux d'un Saint-Cyrien.

Laissez-moi vous le dépeindre tel que je l'ai vu moi-même autrefois.

Dans une grande plaine, morne et solitaire, fermée au loin par des collines rougeâtres et limitée à droite par une lisière de bois, un groupe se détache, semblant sortir de la toile. Une femme aux longs voiles de veuve pleure, les yeux à terre; à ses pieds une bière, une toute petite bière de sapin, avec au fond un drap très blanc.

Un vieil homme, chauve et ridé, penché sur une fosse qu'il vient de creuser, en retire des ossements blanchis, et, l'air grave, avec des précautions infinies, les place sur le drap blanc.

A côté d'un crâne, il vient de mettre une épaulette d'or retrouvée là.

Car ce trou, qui vient de se rouvrir, n'est autre qu'une des innombrables alvéoles de cette ruche funèbre qui a nom Rezonville!...

Mais elle n'est pas seule, la pauvre femme : un jeune homme à la physionomie énergique et fière, un Saint-Cyrien aux épaulettes rouges la soutient, l'entoure de ses bras; ses yeux noirs et profonds fixent l'inconnu de demain, fouillent au loin dans les mêlées futures, et il semble qu'on puisse lire, dans son mélancolique regard, ces mots gravés au bas du cadre d'or :

Une postérité vengeresse sortira de vos os.

(VIRGILE.)

Quelle morne tristesse emplit, à la vue de ce tableau, le cœur de Georges Cardignac, vous le devinez sans peine, mes enfants, en vous rappelant que, comme ce Saint-Cyrien, il a perdu son père pendant les grandes batailles de Metz, et en apprenant, que moins heureux que lui, il n'a pu en retrouver les restes.

Hélas oui! cette suprême consolation avait été refusée à sa mère et à lui.

Vous pensez bien qu'aussitôt la guerre terminée, sa première pensée avait été celle-là : ramener en terre française le corps du colonel, enterré, il le savait, en un point facile à reconnaître. Mais l'abbé d'Ormesson, l'aumônier militaire qu'il avait rencontré à Saint-Privat et à qui il avait confié le soin pieux de rendre au mort tant aimé les derniers devoirs, l'abbé d'Ormesson n'était plus en France : après la guerre contre l'Allemagne, il avait voulu fuir l'horrible guerre civile qui venait ajouter ses ruines à celles de l'invasion, et, reprenant un projet longtemps caressé, il était parti pour l'Ouganda dès le mois d'avril 1871.

Mᵐᵉ Cardignac s'était alors adressée au père du missionnaire, officier général en retraite, que le départ de son fils avait rempli d'une profonde mélancolie ; mais le jeune prêtre n'avait plus donné que de rares nouvelles, et, après quelques autres tentatives infructueuses, Georges Cardignac avait dû renoncer à remplir ce qu'il considérait comme un devoir sacré : enlever aux Allemands les restes de son père.

De sorte que, moins heureux que le Saint-Cyrien du tableau de Bettanier, dont le père avait été du moins réintégré en terre française, Georges ne pouvait douter que le corps du colonel Cardignac se trouvât sur le territoire allemand.

Et maintenant que, comme Saint-Cyrien, le territoire allemand lui était absolument et rigoureusement fermé, il lui fallait renoncer sans retour à réaliser le projet dont il admirait, les yeux fixes, la saisissante exécution.

Comme il se redressait, il aperçut derrière lui un camarade dont le visage lui était inconnu, mais dont le regard le frappa instantanément, car dans ses regards, fixés eux aussi sur le tableau, brillait une larme furtive.

Il était petit, mince, brun, imberbe ; les cheveux drus et noirs, la bouche petite, le menton volontaire, l'antithèse vivante de Georges dont la haute taille et les membres fortement musclés respiraient la force.

D'un mouvement instinctif, Georges fit un pas vers lui ; rien ne rapproche deux êtres comme une impression douloureuse, partagée au même moment ; et, montrant le tableau, le fils du colonel Cardignac dit :

— C'est beau, n'est-ce pas ?

— Oh, oui, bien beau ! fit le jeune Saint-Cyrien sans essayer de cacher son émotion.

— Est-ce qu'à toi aussi, ce souvenir rappellerait un père, mort en 1870 ?

— Non ; mon père n'est pas officier, et il vit encore.

— Alors quelque autre de tes parents ?

— Non ; il n'y a pas d'officier dans ma famille : je serai le premier.

— Alors pourquoi sembles-tu aussi ému que moi ?

— Parce que je trouve cela beau ; j'en suis tout remué.

Leurs mains se joignirent, l'amitié montait en eux :

— Mais toi, fit le petit Saint-Cyrien, c'est une sensation déjà éprouvée que tu retrouves là ?

— Oui et non, dit Georges ; mon père a été en effet à Saint-Privat et inhumé près de Metz : mais je n'ai pas eu le bonheur de le retrouver.

— Il a été mis dans la fosse commune, peut-être ?

— Non, il a dû être mis à part ; mais nul n'a pu m'indiquer l'endroit.

— Comme je te plains !

— Merci. Comment t'appelles-tu ?

— Andrit, et toi ?

— Cardignac.

— De quelle compagnie es-tu ?

— De la première.

— Et moi de la deuxième : alors, nous sommes dans la même étude.

— Tant mieux.

— Oui, je suis bien content : il me semble que je te connais depuis longtemps.

— Moi, je ne connais personne ici, et, depuis que je t'ai rencontré, je me sens moins seul.

Le nouvel ami de Georges était le fils d'un modeste juge de paix de l'Aisne. Ses parents s'étaient imposé de vrais sacrifices pour lui faire faire les études les plus complètes. Ils venaient d'en être récompensés par un succès très grand : car, bien que s'étant préparé dans un lycée de province, à Reims, Émile Andrit avait été reçu dans un très beau rang du premier coup.

Officier : il n'avait jamais rêvé d'autre carrière que celle-là. Pourtant, comme il l'avait dit à Georges, nulle influence atavique ne s'était exercée pour l'orienter de ce côté : aucun de ses parents n'avait été militaire. Mais l'enfant avait été bercé par les souvenirs du premier Empire et de ses gloires ; cent fois son grand-père lui avait parlé des bulletins de la Grande Armée, des victoires succédant aux victoires, de l'enthousiasme populaire à la naissance du Roi de Rome. Le vieillard avait vu le Grand Homme passer un jour à cheval, dans la rue de Vesle, à Reims, calme sur son cheval blanc, alors qu'autour de lui s'accumulaient les armées prussiennes, autrichiennes et russes. Il avait touché un autre jour, à Laon, sa redingote grise, toute humide encore d'une nuit passée au bivouac au milieu de sa Garde ; et tous ces mystérieux enthousiasmes, qui avaient vibré dans l'âme française pendant vingt ans, se retrouvaient, sous la forme d'un culte presque religieux, au fond de l'âme de ce petit Saint-Cyrien, enfant du peuple.

Aussi, dès qu'il avait été en âge de songer à l'avenir, il s'était dit : « J'entrerai dans l'armée ». Comme c'était un Napoléon qui régnait alors, qu'on était même tout près des événements d'Italie, que la guerre du Mexique, malgré les fautes qui en avaient marqué l'origine, jetait encore en France, à travers l'Océan, des bouffées d'héroïsme, il avait rêvé une carrière brillante, comme celle de ces officiers de la Grande Armée, partis soldats, avec la conviction qu'ils portaient dans leur giberne, suivant l'expression d'Oudinot, un bâton de maréchal de France.

Mais la guerre, l'horrible guerre de 1870 était venue : il avait vu passer dans son petit village de l'Aisne, et la débandade de l'armée de Mac-Mahon, et les sombres régiments prussiens revenant de Sedan.

A ce spectacle, si différent des tableaux que l'histoire du passé avait gravés dans sa jeune âme, il avait éprouvé une souffrance aiguë qu'il ne devait plus jamais oublier. Comme il aurait voulu alors avoir l'âge d'homme pour prendre le fusil, lui aussi ; mais il n'avait que quatorze ans et ses parents l'avaient retenu.

Toutefois sa vocation avait été renforcée par ces lugubres visions de défaites ; bien plus, elle s'était épurée, cette vocation, et il avait cessé de voir, dans la carrière des armes, le brillant des uniformes et le reflet des victoires d'autrefois.

Il avait entendu dire autour de lui que tous les Français allaient travailler en silence au relèvement de leur pays, que l'armée nouvelle allait avoir une mission réparatrice, que l'officier d'aujourd'hui devait désormais consacrer au travail le temps que l'officier de jadis consacrait au plaisir ; et avec plus de force encore, il avait répété : « Je serai officier. »

Son père eût préféré qu'il fît son droit et entrât dans la magistrature ; il n'avait pas essayé cependant de contrecarrer cette vocation, depuis si longtemps manifestée. Le jeune homme entrait à Saint-Cyr dans les cent premiers ; l'essentiel était d'ailleurs d'y entrer, et il allait travailler ferme pour gagner des places.

Puis, qui sait ? on parlait tout bas d'une nouvelle guerre possible entre la France et l'Allemagne : cette dernière puissance, effrayée de voir la vaincue de 70 réparer si rapidement ses forces, lui avait cherché, cette année même, « une querelle d'Allemand », espérant l'écraser cette fois tout à fait. Peut-être les Saint-Cyriens, entrés à l'École en 1875, n'auraient-ils pas le temps de faire leurs deux ans. Quelle chance s'il pouvait en être ainsi ! Car ça ne marcherait plus comme en 1870 !

Mais lorsque Andrit en fut là de ses confidences, Georges hocha la tête : il avait entendu parler, lui aussi, par un ami de sa mère, de cette éventualité de guerre ; et ce dernier, bien placé pour savoir, avait ajouté que les autres puissances étaient décidées à ne pas laisser « achever » la France, et que la Russie, en particulier, venait d'intervenir pour empêcher l'Allemagne de tirer l'épée du fourreau.

— Tant pis ! fit le petit Saint-Cyrien.

— Ne dis pas tant pis, répondit vivement Georges : il faut plus de temps que cela pour refaire une armée, et si tu avais vu...

Mais une voix impérative et déjà bien connue se fit entendre à quelques pas : le capitaine Manitrez venait d'apparaître sur le seuil du cabinet de service.

Il fit quelques pas vers les deux jeunes gens qui, rectifiant immédiatement la position, se figèrent dans une immobilité absolue, les talons sur la même ligne et la main au képi.

— Vous êtes en faute, Cardignac, gravement en faute, dit le capitaine.

21

Notre ami rougit jusqu'aux oreilles; et par sympathie, le petit Andrit rougit plus fort encore.

Qu'avait fait le pauvre Georges? Est-ce parce que tous deux stationnaient sur le Grand Carré, si formellement interdit aux recrues? Mais les anciens n'étaient pas encore là, et on avait dit « aux melons » qu'avant l'arrivée de ces terribles maîtres, ils pouvaient circuler partout.

— La faute que je vous reproche, reprit le capitaine, est une faute de tenue, et il ne faudra plus jamais y retomber, vous m'entendez?

Georges, interloqué, jeta un vague regard sur toute sa personne : il était propre pourtant, et n'avait pas mis sa veste à l'envers.

Quant au petit Andrit, plus mort que vif devant le ton sévère du capitaine de service, il eût voulu rentrer sous terre, sentant qu'après Cardignac, il aurait inévitablement son tour.

Soudain un sourire bienveillant détendit la figure de l'officier, et sa voix se transforma.

— Voyons, Cardignac, fit-il, pourquoi ne portez-vous pas votre médaille militaire? Ne savez-vous pas qu'elle se porte toujours, et qu'en uniforme, tout décoré, tout médaillé est tenu de l'arborer? Voilà la faute de tenue que j'ai à vous reprocher.

— Je ne savais pas, mon capitaine, répondit Georges, complètement remis dans son assiette ; et puis je n'ai qu'un petit ruban de boutonnière : j'ai laissé la médaille à ma mère; mais je vais lui écrire pour...

— Non pas; laissez ces reliques à votre mère, bien qu'elle n'en ait pas besoin, j'en suis sûr, pour penser à vous à toute heure, et acceptez celle-ci de votre premier capitaine : il me sera agréable de voir ce souvenir de moi sur la poitrine d'un brave enfant comme vous.

— Oh! mon capitaine,... fit Georges.

Et il ne put en dire plus, car sa voix s'étrangla. Mais une larme, une larme de bonheur jaillit de ses yeux bleus, pendant que l'officier fixait sur le côté gauche de la veste le ruban jaune et vert.

— Je vous dispense de fausse-manche pendant vos deux années d'école, ajouta le capitaine Manitrez en serrant la main de son élève en guise de conclusion.

Et cette faveur, Georges n'en devait connaître le prix que plus tard, car, seuls, à l'école, les sergents-majors sont dispensés du port de cet affreux

appendice, nécessaire il est vrai pour préserver le plastron du vêtement de
de drap, mais rendu plus affreux encore par les taches de toutes couleurs
dont les anciens surtout s'acharnent à le zébrer.

Pendant toute cette scène, le petit Andrit était resté là, médusé.

Et quand ils se retrouvèrent tous deux dans la cour Wagram :

— Tu as la médaille militaire! fit-il, avec une expression admirative qui
fit sourire notre ami.

— Mais, oui; comme tu vois.

— Et tu ne me le disais pas?

— Mais je n'ai pas encore eu le temps; tu m'as raconté ton histoire; je
vais te raconter la mienne.

— Alors, tu as fais la campagne de 1870!

— Mais oui; seulement, moi, j'avais deux ans de plus que toi.

— Va, si j'avais eu seize ans, comme toi, je ne serais pas parti davantage :
mes parents ne m'auraient pas laissé faire.

— Ah, voilà ! dans ce cas-là, il ne faut pas demander conseil à ses
parents: on est trop sûr de leur réponse !

— Alors, toi, tu es parti malgré eux ?

— Non; pas malgré mon père, puisque j'allais le rejoindre à Metz, où je
suis arrivé trop tard pour le revoir; mais malgré ma mère, oui...

— Et tu t'es battu? tu as tiré des coups de fusil ? tu as entendu siffler des
balles?

Georges sourit :

— J'en ai même reçu deux, fit-il, sans quoi je n'aurais pas eu la chance
d'être médaillé : des blessures heureuses, tu vois, et dont je ne me ressens
pas...

Et il fallut que, ce même jour, Georges Cardignac racontât en grands
détails à son nouvel ami la bataille de Bazeilles, sa fuite de Sedan et toutes
les péripéties de la lutte en province à laquelle il avait pris part.

Le petit Andrit n'en revenait pas, et son regard reflétait une admiration
sans bornes en écoutant ce récit fait simplement.

— Oh! fit-il quand il fut terminé, si j'avais su!...

— Qu'aurais-tu fait?

— Je serais parti aussi, fit-il, en serrant les poings. Qui sait ? j'aurais
peut-être été blessé aussi. Mais non, il faut appartenir à une famille militaire,

Un « melon » a dû descendre d'un dortoir du 2ᵉ étage.

avoir cela dans le sang, pour faire ce que tu as fait. Ah! que tu es heureux, toi, d'être déjà soldat, de l'avoir été surtout dans de pareilles circonstances!... Moi, je sens que j'ai tout à apprendre, tout à transformer en moi... Je vais être maladroit... emprunté... « cosaque », comme disent les anciens... Ils vont me *brimer*... J'en ai peur, moi, des anciens : ils arrivent lundi.

— Bah! fit Georges, c'est l'affaire des premiers jours; et puis, c'est la tradition de Saint-Cyr : il faut se soumettre.

— Oh! je ne me plains pas... je sais bien que les *brimades* forment le caractère... Mais, tel que tu me vois, j'ai mauvais caractère, et j'ai peur de les supporter avec peine.

— Toi,... mauvais caractère!... Vrai, on ne le dirait pas... Tu as plutôt l'air d'une petite fille.

— C'est parce que tu ne me connais pas. Au lycée de Reims, si je n'avais pas eu des succès au concours général, on m'aurait mis dix fois à la porte, tant j'étais turbulent et indiscipliné.

— Alors, les brimades te feront du bien...

— Je ne dis pas non, mais il y en a de trop raides vraiment. Ainsi, il y a deux ans, un melon a dû descendre d'un dortoir du 2ᵉ étage par les

Aspect du « 240 » pendant une salade de bottes.

fenêtres, avec des draps liés l'un à l'autre, n'ayant d'autre vêtement que son sac, son bonnet de coton et son fusil en bandoulière : et c'était au mois de janvier... Si les draps avaient cédé !... Et encore, c'est tout juste si on ne l'a pas obligé à remonter par le même chemin. Avoue que celle-là dépasse la mesure...

— J'en conviens, bien qu'un peu de gymnastique à l'occasion ne m'effraie pas...

— Oui, mais moi qui n'en ai pas fait beaucoup, je suis un peu inquiet... je l'avoue. Quelle brimade nouvelle vont-ils inventer, cette année?

Le 3 novembre, dans la matinée, les huit compagnies de recrues étaient alignées dans la cour Wagram, tendant l'oreille et attendant leurs Anciens, que les tambours et clairons étaient allé chercher à la gare. Bientôt l'air entraînant de la *Saint-Cyrienne* vibra au milieu du silence, et quelques minutes après, une trombe humaine s'engouffra au milieu du carré formé par les recrues terrifiées.

A grand'peine, les adjudants alignèrent les nouveaux venus et leurs innombrables valises face aux *melons*. On fit l'appel, et les capitaines dans un « laïus » ou « broutta » (1) qui, pour être classique, n'en était pas mieux écouté, rappelèrent aux anciens que les « brimades » étaient interdites par ordre du général Hanrion, commandant l'École ; puis la sonnerie de la *berloque* et le commandement de « rompez vos rangs » déchaînèrent sur les recrues le torrent des anciens.

Le petit Andrit ne s'était pas trompé ; il avait une bonne petite figure timide qui appelait la brimade, et il cherchait Georges anxieusement dans la cour pour affronter avec lui, comme il avait été convenu, la charge en fourrageurs de l'ennemi, lorsqu'un ancien, moustachu et roulant des yeux féroces, se planta devant lui :

— Mossieu, fit-il, voulez-vous me faire le plaisir de sauter en l'honneur de cet officier?

Cet officier, c'était lui.

Docilement sauta le petit Andrit, une fois, deux fois, dix fois : puis comme l'ancien, allumant une cigarette, ne semblait pas devoir faire cesser l'exercice avant la fin de la journée, sa victime s'arrêta essoufflée, n'en pouvant plus.

(1) Discours. — Broutta était le nom d'un ancien professeur de littérature de Saint-Cyr.

Alors l'ancien gravement:

— Comment, mossieu, l'élasticité de vos nerfs a déjà atteint son coefficient maximum? Apprenez donc, melon saumâtre et gallipoteux, que savoir sauter est le plus sûr moyen de vite et haut s'élever ! Que cette profonde maxime reste gravée en caractères de feu dans votre faible esprit !

« Et maintenant, ajouta-t-il, faisons succéder harmonieusement les jeux de l'esprit aux exercices physiques ; vous allez me répéter 35 fois cette phrase de Théocrite :

Le culte du détail est la menue monnaie du succès !

« Et entendez-moi bien, mossieu, en y mettant chaque fois une intonation aussi variée que pénétrante. »

Mais quand le malheureux Andrit eut redit la fameuse phrase quinze fois avec les tons successifs de la colère, de la persuasion, de l'indifférence et de la plus noire mélancolie, il ne trouva plus de variantes et le regard de l'ancien se chargeait d'orages, lorsque soudain, un hurlement, immédiatement répercuté dans toute la cour, domina les conversations particulières.

— Salade de bottes, les hommes !

— Et, savamment dispersés en tirailleurs, une bande d'anciens fit refluer les recrues dans un coin de la cour Wagram. Ce coin était appelé le 240, parce que là s'était arrêté, dans la mesure des côtés de la cour avec un double décimètre et une approximation d'un demi-millimètre, un Saint-Cyrien des anciens âges.

De tous côtés, et avec une hâte fébrile, les recrues, entassées dans l'étroit espace, se déchaussèrent, et bientôt une sérieuse pyramide de bottes s'éleva contre le mur.

Mais le moment avait été traîtreusement choisi à dessein : à peine la pyramide était-elle terminée, qu'un roulement de tambour annonçait la fin de la récréation ; un autre roulement allait avoir lieu trois minutes après pour indiquer le commencement de l'étude; il fallait que, dans ce court laps de temps, chacun retrouvât son bien.

Et pour en rendre la recherche moins commode, deux féroces « fines-galettes » mêlèrent, à grands coups de pieds, les cinquante ou soixante paires de bottes ainsi rassemblées.

— Allumez ! Allumez ! les hommes !... crièrent les Anciens, en se dispersant pour remonter à temps, car les terribles adjudants les guettaient.

Et je vous laisse alors, mes enfants, faire l'effort d'imagination nécessaire pour vous représenter ce qu'il advint lorsque les recrues se précipitèrent sur leurs chaussures. Tout d'abord ils essayèrent, en appelant à grands cris les numéros gravés sur les tiges (les *tricules*, comme on les appelait), de distinguer leurs bottes de celles de leurs petits *cos* (1).

Mais il leur fallut bien vite renoncer à retrouver chacun leur bien, car le deuxième roulement éclata, menaçant pour tous ceux qui allaient être remontés les derniers dans les études, et dès lors ce fut au petit bonheur. Le partage au hasard allouait à un gaillard de cinq pieds six pouces une botte sur deux où il pouvait introduire trois doigts de pied sur cinq, pendant qu'un « charançon », comme le petit Andrit, tombait sur une botte rappelant celles de l'Ogre, et derrière laquelle il eût pu se mettre à l'abri en campagne.

A la suite de ces salades, particulièrement redoutées, deux jours se passaient quelquefois sans que chacun pût rentrer en possession des chaussures marquées à son véritable « tricule ».

Mais c'était au dortoir que s'exerçait le plus la brimade : les recrues et les anciens couchaient cependant dans des chambres différentes ; mais les recrues avaient d'abord leurs gradés, choisis parmi les premiers de la promotion des anciens et nommés sous-officiers : de plus, il leur arrivait souvent qu'une fine-galette (2) échappant à la surveillance des bas-off, (3) apparaissait dans un dortoir de recrues.

Alors soufflait le *vent*.

Le vent s'attaquait à tout, au lit, à la case et au fusil.

Une minute après le passage du météore qu'était cet ancien, les lits auxquels les recrues s'étaient efforcés de donner les arêtes vives d'un parallélipipède rectangle, étaient bouleversés; les cases, construites suivant toutes les règles du parallélisme le plus rigoureux, grâce à des règles plates introduites dans chaque effet, étaient défilées (4) ; enfin les pièces de la culasse mobile des fusils, démontés sur les lits pour l'inspection de l'officier de

---

(1) Cô : camarade.
(2) Fines-galettes : les derniers d'une promotion.
(3) Bas-off : adjudants.
(4) Jetées à terre sens dessus dessous.

semaine, étaient empilées par douzaine sur une toile de tente pour former ce que, par analogie avec la *salade de bottes*, on appelait l'*omelette*.

Il fallait une semaine pour rassembler ensuite les pièces d'une même arme.

En revanche l'étude où, de même qu'au dortoir, les recrues étaient seules avec leurs gradés, l'étude était un lieu de tranquillité relative ; car pour y arriver, il fallait que les anciens traversassent le Grand Carré, devant la porte du Cabinet de service toujours ouverte, et ne s'y risquaient que les « fines » n'ayant rien à craindre pour leur classement de fin d'année et déjà familiarisées avec l'*ours*.

Ainsi appelait-on la salle de police.

Mais quand l'une d'elles pouvait s'y introduire, et sans avoir été remarquée, fermer la porte derrière elle, l'étude entière était sa chose.

— Disparaissez, les hommes ! s'écriait-il d'une voix tonitruante, en allongeant démesurément la dernière syllabe du commandement.

Et avec une rapidité sans exemple, tous les melons s'affalaient sous les tables.

— Debout ! hurlait l'Ancien, et toutes les têtes surgissaient à la fois.

C'était vraiment d'un curieux effet.

Mais parfois aussi une autre tête, inattendue celle-là, se montrait à travers le vitrage de la porte d'entrée. C'était celle du lieutenant de garde qui, s'apercevant de l'étrange manœuvre, happait le brimeur à la sortie et le faisait grimper à l'*ours* sans retard.

Je remplirais ce livre, mes enfants, des mauvaises farces qui étaient alors en honneur à Saint-Cyr, et que des milliers de Saint-Cyriens, dont beaucoup portèrent par la suite des noms glorieux, ont supportées gaiement. Ce que je vous en ai dit suffit à vous prouver que les débuts étaient durs à l'École Spéciale Militaire, et qu'il fallait, pendant sa première année, faire preuve de bon caractère.

J'entends même ceux d'entre vous qui n'ont jamais connu que les douces caresses de la famille et qui ignorent même la vie de pensionnaire, déclarer que de telles pratiques sont absurdes et ne servent à rien.

Laissez-moi vous dire, mes enfants, que, si elles sont modérées, si elles se bornent à d'innocentes taquineries, elles ont leur utilité : elles rompent à

l'obéissance les natures rebelles; elles assou-
plissent les caractères, et, dans la carrière des
armes au seuil de laquelle se dresse le mot *discipline*, c'est par l'assouplissement du caractère que doit commencer l'éducation militaire.

Or, aujourd'hui, la brimade antique, celle
que j'ai connue en partie et qui imposait au
nouveau venu un surcroît de fatigue, celle qui
l'humiliait souvent, celle qui était dangereuse
même quelquefois, cette brimade-là a totale-
ment disparu.

On n'a plus à supporter à Saint-Cyr que
des malices inoffensives, et
ceux d'entre vous qui auront
plus tard la chance d'y entrer,
ne montreront plus,

Le « vent » au dortoir.

le jour de la rentrée des Anciens, l'air ahuri qu'avait le petit Andrit lorsque, ce même jour, à la récréation du soir, il retrouva enfin son ami Georges.

— Ouf! fit-il, je suis harassé! J'ai passé mon temps à sauter, à courir, à déclamer, à chanter, et si tous les jours sont comme celui-ci, je n'arriverai jamais au bout. Mais toi, on t'a laissé tranquille, je parie, à cause de la médaille : ils n'auraient osé.

— C'est vrai : un Ancien m'avait déjà commandé de grimper à une colonne du hangar couvert et je commençais à m'exécuter, lorsqu'une dizaine d'autres sont accourus et m'ont fait descendre en criant qu'ils me « cafardaient ». ·

— Qu'est-ce que cela veut dire?

— « Cafarder » veut dire « protéger », paraît-il, et depuis nul ne m'a rien dit.

— C'était bien sûr; ils auraient eu un rude aplomb de brimer un camarade qui se battait à Bazeilles, lorsqu'eux-mêmes étaient encore au collège à faire des devoirs et à apprendre des leçons : aussi te voilà tranquille, et tu ne perdras pas ton temps à couver des inepties comme celle qui vient encore de m'échoir.

— Laquelle donc mon pauvre Andrit?

— Voilà; j'ai été abordé tout à l'heure par l'officier-kilomètre (1) des anciens; avec les démonstrations de la plus exquise politesse, il m'a dit ceci : « Monsieur Bazar, votre physionomie remarquablement intelligente et le « parfum de poésie qui se dégage de toute votre personne m'engagent à vous « confier un travail que vous voudrez bien faire à vos moments perdus. Il « s'agit simplement de deux cents vers alexandrins à m'extraire du sujet sui- « vant : De l'influence des queues de morues sur les ondulations de la mer!»

Georges se mit à rire de bon cœur; mais l'air navré de son ami prouvait assez que l'officier-kilomètre n'avait pas plaisanté et avait pris le « tricule » de sa victime pour être en mesure de la retrouver.

— Et tu n'as pas protesté? tu n'as pas respectueusement déclaré que tu étais incapable de...

— Mais si, mais si, tu penses bien, et c'est vrai : je ne bâtirai jamais plus de douze vers sur un sujet pareil; mais je n'ai fait qu'aggraver mon

---

(1) Celui qui a la plus grande taille : l'officier millimètre est celui qui a la plus petite.

cas : « Cette modestie vous honore, Monsieur, m'a répondu gravement ce
« bourreau ; elle sied au vrai mérite ; mais ne vous pressez point : « cet
« officier » n'a besoin de votre poème que pour demain matin au réveil !... »
De sorte que je vais consacrer à cette élucubration inepte la moitié de ma nuit.

Pauvre petit Andrit !

Aussi vous pouvez vous faire aisément une idée, mes enfants, de ce que
fut la première sortie pour les malheureux melons au bout de deux mois de
cette existence-là.

Elle eut lieu le dimanche qui précédait le Jour de l'An, afin de les accou-
tumer, par une première épreuve dans Paris, au port de leur uniforme,
pendant les quatre jours de vacance qui allaient suivre.

Ah ! cette première sortie dans cet uniforme si ardemment convoité, avec
le plumet rouge et blanc, planté coquettement sur le bleu du shako ; le
« casoar » comme l'appellent les Saint-Cyriens ; cette gaucherie des premiers
pas ; cette raideur du débutant soldat ; cette crainte d'oublier un salut au
supérieur qui passe, fût-il un caporal d'administration ! qui ne s'en souvient comme du jour des grandes émotions ! A celle-là s'en joignait encore
une autre pour Georges : il allait passer une journée entière avec sa mère.

Comme son nouvel ami n'avait pas à Paris de correspondant, Georges
emmena avec lui, ce jour-là, le petit Andrit et le présenta à son cousin
Pierre Bertigny et à Margarita. De douces heures coulèrent dans l'intimité
de la famille, égayées par les récits de brimade des deux Saint-Cyriens
Pierre, qui se rappela les brimades et les farces de La Flèche, raconta de
son côté l'histoire de la cane qui avait failli le faire mettre à la porte du
Prytanée, et il n'y eut pas, ce soir-là, jusqu'au petit Russe dont la figure ne
s'illuminât d'un sourire.

Car vous pensez bien, mes enfants, que Mohiloff était toujours là, et, en
attendant la sortie de Saint-Cyr de son jeune maître, il avait repris auprès
de Mᵐᵉ Cardignac son emploi de serviteur muet.

Georges montra à son ami son chassepot et son sabre-baïonnette qu'il
avait été, après la guerre, déterrer de concert avec Pierre Bagelin, le char.
bonnier, au pied d'une borne hectométrique de la route de Sedan à Bouillon-
Il les conservait précieusement et le petit Andrit tourna et retourna les
deux armes comme si elles eussent été de véritables reliques.

Heureusement les brimades ne sévissaient que pendant les premiers mois qui suivaient l'arrivée, et des sujets plus sérieux allaient occuper, absorber, devrais-je dire, l'esprit et le corps de nos deux amis.

Dans aucune École, mes enfants, pareille somme de travail n'est exigée et fournie; dans aucune, l'alternance des efforts physiques, normalement gradués, et des occupations intellectuelles n'est aussi sagement réglé. C'est même cette alternance qui, jetant l'élève à l'air frais de la campagne avant de le plonger dans la lourde atmosphère des études, et l'extrayant d'un local clos pour le faire galoper dans un manège, c'est cette alternance, dis-je, qui empêche le surmenage cérébral. Seuls succombent à ce régime les faibles de constitution ou de cerveau. Les derniers classés eux-mêmes ne peuvent s'abandonner à leur paresse naturelle : ils sont entraînés dans le mouvement général. S'ils s'y refusent, ils ont la certitude d'être « secs », c'est-à-dire de ne pas sortir officiers à la fin de leur deuxième année; or, comme au début de la première ils se sont engagés pour cinq ans en bonne et due forme, s'ils ne sont pas officiers, ils sont soldats et envoyés comme tels dans un régiment. La perspective est terrifiante et stimule les plus paresseux : aussi, les élèves « séchés » à l'examen final de deuxième année sont rares, très rares; le travail est la règle, acharné pour les uns, toujours soutenu pour les autres.

Mais que les premiers mois sont terribles!

Je suis bien sûr de n'être démenti par aucun Saint-Cyrien en vous disant, mes enfants, que les cinq ou six mois qui s'étendent de la rentrée d'octobre jusqu'à Pâques constituent pour ceux qui parviennent à en garder un souvenir assez précis, le moment le plus dur de toute leur vie.

C'est par excellence la période de « l'affolement »; la recrue à son arrivée est, par définition, un être « affolé! »

Le tableau d'emploi des heures de la journée accorde, en effet, à toutes les opérations, un temps si strictement limité que tout doit se faire au galop; et, à la différence de ce qui est exécuté hâtivement, il faut encore que tout soit bien et complètement fait.

A peine a retenti dans les couloirs, les escaliers et les dortoirs le roulement prolongé du réveil, exécuté par le tambour de garde, que de véritables hurlements, poussés par « les gradés aux recrues » se croisent en tous sens.

— Debout, les hommes! debout!... cependant que « ces officiers », comme

se désignent eux-mêmes les élèves de deuxième année, « carottent le traver-
sin » pendant quelques minutes, privauté que leur permettent une pratique
plus longue du débrouillage intérieur
et l'absence de contrôle.

Pour le melon l'affolement commence et ne va plus cesser.

Nous sommes en hiver, il est cinq
heures du matin. Les cris de ses gradés
l'ont fait sursauter : il ne fait qu'un
bond hors des draps.

Vite il lui faut décou-

Une « colle » de « barbette ».

vrir son lit, s'habiller en toute hâte et descendre ; les escaliers sont noirs de recrues qui se bousculent, mettant fiévreusement leurs derniers boutons.

Cinq heures huit. Trois coups de baguette et l'appel se fait à l'Étude.

Puis silence général dans l'École : c'est l'heure où l'on prépare ses « colles » (1), où l'on étudie sa théorie ; c'est aussi l'heure où les uns vont à la salle d'escrime, les autres au manège, ceux-ci aux douches, ceux-là au gymnase ; et le gymnase à cinq heures et demie du matin, en hiver, sous la dure clarté des lampes électriques, avec les agrès qui collent aux mains... je ne vous dis que cela !...

A sept heures, nouveau roulement : la dégringolade au réfectoire est plus rapide encore que celle du réveil ; car il s'agit, en cinq minutes, de prendre son café, et de remonter dans les dortoirs pour l'importante opération de « l'astique ».

Pauvre café ! de quel œil d'envie les melons regardent les anciens, sirotant doucement le leur, assis tranquillement. Eux ont le droit de rester debout, de l'avaler d'un trait, de se brûler s'il est chaud, et de s'engouffrer dans les escaliers en emportant leur pain.

Bah ! dans un an on imitera les anciens !

— Allumez (2), les hommes !

C'est le cri ininterrompu : partout on l'entend rugir.

La tenue d'astique, c'est-à-dire le pantalon et la veste de coutil arborés, le melon se livre alors au dortoir à une orgie de nettoyage qui lui met rapidement la sueur au front, en janvier, dans les chambres les plus dénuées de poêles.

Lorsqu'il a fait, et quelquefois refait, suivant l'humeur de son sergent, un lit et une case acceptables, il doit procéder à la toilette de son fusil, à la mise au point de tous ses cuirs, au cirage de ses bottes dont les semelles aussi noires et aussi brillantes que les empeignes, doivent permettre à un ancien de se mirer à l'aise. Les premiers jours, lorsqu'il a exécuté le quart de toutes ces opérations, le fatal roulement retentit, l'avertissant qu'il n'a plus que quelques minutes avant l'inspection du lieutenant de semaine. Alors l'affolement devient du délire : il s'habille de travers, entasse dans sa case et dans son bahut, au hasard, tout ce qui

(1) Interrogations des officiers professeurs : il y en a au moins une par semaine.
(2) Allumer, se hâter, courir.

traîne encore sur son lit, et rouge, apoplectique, les yeux brouillés, se fige au pied de son lit, au commandement de : « fixe ! » pour voir passer l'officier.

Heureusement, ce dernier sait ce qu'il en est, et jette un regard indulgent sur le désordre qu'on lui présente.

Le melon aura d'ailleurs la ressource de venir achever son ouvrage pendant la récréation : car, de récréation pour lui pendant les premiers mois, il n'y en a point.

Et, phénomène étonnant, cette besogne multiple qui exige que tous les membres marchent à la fois, cette besogne qu'on croit irréalisable dans l'espace de temps qui lui est attribué, le melon arrivera pourtant à la parfaire et plus tard il l'exigera des nouveaux venus.

Vous comprenez maintenant, mes enfants, ce que sont les brimades, brochant sur tout cela ; de quel œil est regardé l'ancien qui, aux affres réglementaires de l'inspection, vient ajouter le *vent* de sa fantaisie personnelle.

Mais les dortoirs sont en ordre : voici l'heure des cours, et militairement, sur deux rangs, se forment les compagnies.

— Deux jours au dernier !

Il faut pourtant bien qu'il y en ait un de dernier ! Tout le monde ne peut arriver sur les rangs à la fois ! Cela ne fait rien : deux jours de peloton au dernier ! clament les adjudants.

Dans les vastes amphithéâtres Vauban et Guibert, les élèves sont rangés à des places toujours les mêmes, et un adjudant surveillant, porteur d'un vaste tableau contenant tous les noms disposés dans le même ordre que les élèves eux-mêmes, prend note des causeurs, des bruyants ou des dormeurs; il ne dit pas un mot, ne fait pas un signe; il se borne à cocher impitoyablement, et tout à l'heure le dormeur ou le bavard trouvera son nom sur la liste des punis, avec quatre jours de peloton.

Les cours sont professés par des officiers supérieurs : ils portent sur *l'artillerie, la fortification, l'administration* et *la législation militaire, la géographie, la topographie, l'art et l'histoire militaires, la littérature, l'allemand* et *le dessin*.

Je vous fais grâce des noms bizarres dont les promotions successives ont affublé ces différentes parties de l'instruction de l'officier : bronze, barbette,

23

chien vert, chien jaune, etc. Vous saurez que, si j'employais la langue spéciale de l'École pour désigner les êtres et les choses, vous ne comprendriez plus rien à mes descriptions.

Au professeur titulaire sont adjoints des capitaines que, de tout temps, on a appelés irrévérencieusement des « pendus ». Pourquoi, je n'en sais rien; mais ce dont je me souviens, par exemple, c'est de la terreur que quelques-uns inspiraient en faisant passer « les colles ».

Ah! le dur moment que celui où, campé devant un tableau noir et muni de gants blancs, l'élève subit l'interrogatoire hebdomadaire! Quelle note « ramènera-t-il »? Elle est importante, cette note, car s'ajoutant aux autres, elle modifiera le classement de fin d'année, et, au classement final, décidera du choix d'un régiment et d'une garnison.

Lorsque les cours sont finis au point de vue théorique, ils sont confirmés dans des séances pratiques, et rien n'est plus pittoresque que de voir les compagnies de Saint-Cyriens se disperser, hors de l'École, les unes sur le polygone de Satory pour y voir exécuter des destructions par la mélinite, ou construire des chemins de fer de campagne; les autres sur les routes pour y lever le terrain à la boussole, cependant que celles-ci creusent des tranchées et que celles-là s'exercent à la manœuvre du canon.

Mais à toutes ces séances d'un intérêt si nouveau pour eux, Georges Cardignac et son ami Andrit préféraient les exercices du service en campagne qui avaient lieu aux environs de l'École.

Sans doute, ces exercices extérieurs étaient précédés, pendant l'hiver, de durs moments : ceux où, immobiles dans la neige, glacés par l'âpre vent qui balaye le Marchfeld (1), ils avaient senti leurs doigts collés par le froid contre le canon du fusil. Mais ces débuts n'avaient été qu'un jeu pour le fils du colonel Cardignac, rompu aux exercices du corps et au maniement du fusil. Et quant au petit Andrit, il avait apporté à satisfaire son instructeur (2) un tel fanatisme — c'est le mot à Saint-Cyr — que ses progrès avaient été rapides, et que le terrible ancien lui avait déclaré, après quinze jours

---

(1) Terrain de manœuvre contigu à la cour Wagram et au Petit Bois. Ce nom lui a été donné en souvenir de la plaine où se livra la bataille de Wagram. Il est dominé par la statue équestre de Kléber.

(2) Chaque recrue est livrée à un ancien qui devient son instructeur au point de vue militaire et est responsable de cette instruction pendant les trois premiers mois.

Le service en campagne à Saint-Cyr.

d'épreuves et d'exigences renouvelées : « Mossieu Bazar, vous faites honneur à « cet officier » et je vais vous « cafarder ». Et l'ancien ayant tenu parole, l'ouragan de brimades avait sérieusement diminué d'intensité pour le petit Saint-Cyrien.

Et rien ne l'intéressait comme ces petites manœuvres, véritables images de la guerre, auxquelles se livraient les compagnies, partant de bonne heure dans la campagne après le café du matin.

Au début, les compagnies luttaient l'une contre l'autre : car une lutte sans adversaire, avec « l'ennemi supposé », comme on dit en langage théorique, ne peut avoir l'intérêt et l'imprévu d'une rencontre avec « l'ennemi représenté », et la 1re et la 2e compagnies, sœurs jumelles de la même division, se trouvant ennemies dans ces occasions-là, l'une partait d'un côté pour prendre position, l'autre, de l'autre, pour la chercher d'abord et l'attaquer ensuite au bon endroit.

Celle-ci, pour figurer l'ennemi, prenait le manchon blanc sur le képi; celle-là, restée française, gardait le képi rouge.

A peine hors du village, on s'égrenait : les avant-gardes prenaient de l'avance pour fouiller le terrain en avant de la compagnie; les patrouilles de flanqueurs se dispersaient en éventail à droite et à gauche pour ne pas laisser passer d'embuscade; en un mot, mes enfants, on apprenait aux futurs officiers l'art essentiel de reconnaître la position de l'ennemi avant de l'attaquer; et vous venez de voir, par des exemples récents, combien cette nécessité des reconnaissances, et d'une façon générale, du service de sûreté, s'impose, puisque les Anglais, pour l'avoir méconnue, ont trouvé moyen de tomber pendant si longtemps sous le feu des Boers, à courte distance, sans rien connaître de leurs positions.

Alors c'était de part et d'autres des ruses d'Apaches; profitant de tous les couverts du sol, les éclaireurs se glissaient, rampaient vers la ligne des sentinelles ennemies, pour les surprendre et les tourner, et quand le capitaine d'une des deux compagnies, bien renseigné par son avant-garde et ses patrouilleurs, pouvait arriver dans le flanc de la compagnie adverse sans avoir été éventé, c'était une griserie générale : la charge sonnait, les Saint-Cyriens mettaient baïonnette au canon, s'élançaient, et la sonnerie de « cessez le feu » suivie de celle de « l'assemblée », ne réussissait pas toujours à maîtriser la fougue de ces jeunes emballés.

Puis, la manœuvre finie, amis et ennemis se réunissaient; les faisceaux étaient formés, le capitaine directeur de la manœuvre faisait la « critique » et un repos bien gagné permettait aux petits marchands de « cornard » (1) de vendre leurs produits aux élèves. Alors Cardignac et Andrit, se retrouvant, discutaient l'opération, et il arrivait souvent que Georges, se remémorant des situations similaires en 1870, disait à son ami :

— Quand il y a des balles dans les fusils, on ne marche pas de l'avant comme nous venons de le faire.

— Il en sera toujours ainsi dans toutes les manœuvres, répondait avec bon sens le petit Andrit.

Il faut pourtant que je vous conte, mes enfants, qu'un général russe, dont vous connaîtrez plus tard le nom illustre, Dragomiroff, avait eu une idée toute particulière sur cette question. Il s'était dit :

— Puisqu'on ne peut pas obtenir du soldat qu'il se modère et se cache convenablement pendant les manœuvres, parce qu'il sait n'avoir aucun danger à courir en se découvrant, mettons des balles dans quelques fusils; lorsque ce soldat saura que, sur mille cartouches à blanc tirées sur lui, il y en a « une à balle », il se méfiera et nous ne verrons plus d'invraisemblances dans les manœuvres.

— Mais, lui avait-on objecté, il pourra survenir mort d'hommes dans vos manœuvres!

— Évidemment, répondait-il, mais qu'importe si, pour un homme tué, il y en a mille qui profitent sérieusement de l'instruction.

Et il avait, sans rire, proposé l'adoption de son idée au Tsar qui, bien entendu, ne l'avait pas écouté.

Il arrivait souvent, dans ces manœuvres, que les anciens, entourant Georges Cardignac, lui faisaient raconter tel et tel épisode de 1870 auquel il avait assisté et qui avait une analogie avec le thème de l'opération du jour. C'était alors une « leçon de choses » que tous écoutaient avec gravité. Plus l'année avançait d'ailleurs et plus la considération dont était entouré « le petit marsouin » de 1870 augmentait.

(1) Cornard : friandises de tout genre; — par extension et sans qu'on puisse expliquer pourquoi, ce mot, très usité à Saint-Cyr, s'applique également à un mouvement mal fait et en général à tout ce qui est malpropre ou en désordre.

Car les anciens avaient peu à peu connu, non par ses récits — il évitait le plus possible de se mettre en scène — mais par des témoignages venus du dehors, que leur jeune recrue s'était comportée en brave, en toutes circonstances, et avait fait preuve de sang-froid dans les cas les plus graves, et l'estime générale lui était venue, lui évitant toute tracasserie, se manifestant sous mille formes.

Il en était de même des professeurs à qui le capitaine Manitrez avait fait l'éloge de son élève : si bien que les bonnes notes lui arrivaient comme l'eau va à la rivière, et qu'à la fin de l'année, il se trouva le douzième de sa promotion. Il avait donc gagné cent trente-sept rangs.

Le petit Andrit, lui, était quatrième.

Oui, mes enfants, il était avant notre ami Georges, et Georges fut le premier à s'en réjouir, car véritablement son ami s'était montré acharné au travail pendant cette année-là. Il avait d'ailleurs sur Georges un avantage marqué : il dessinait à merveille. Ses levés de plans, ses agrandissements topographiques, ses copies de cartes avaient toujours les meilleures notes, et comme le dessin sous toutes ses formes — prenez-en bien note, futurs Saint-Cyriens — tient une très grande place dans le programme d'enseignement de l'École, il s'était trouvé tout naturellement en tête de sa promotion.

La deuxième année de Saint-Cyr avait encore rapproché les deux amis. Je suis sûr que vous me demanderez, mes enfants, si, devenus « anciens », ils avaient, à leur tour, brimé les pauvres melons de la promotion suivante.

Il faut bien que je vous réponde franchement : Oui. Ils n'avaient pas été féroces bien certainement; mais, convaincus par leur propre exemple de l'utilité de former le caractère des futurs officiers, ils avaient exercé sur eux leur verve railleuse, et Andrit, en particulier, n'avait pas manqué de confier à l'un d'eux le désir de « cet officier » de posséder deux cents alexandrins tirés de :

« L'influence des queues de morues sur les ondulations de la mer. »

Ce n'était pas nouveau, mais c'était toujours bien ennuyeux!

Quelle différence entre la deuxième année d'École et la première! Georges avait été nommé sergent à la rentrée : Andrit était passé sergent-major à la compagnie du capitaine Manitrez, qui l'avait pris, comme le fils du colonel Cardignac, en véritable affection.

L'amitié des deux jeunes gens était devenue plus étroite, et bien souvent Georges avait emmené le petit sergent-major chez sa mère, aux jours de sortie. C'était l'heure reposante, après les dures épeuves de la semaine : mais encore fallait-il la gagner, cette sortie. Or elle était la résultante de la conduite et de toutes les notes hebdomadaires ; aussi étaient-ils encore nombreux ceux pour qui ne s'ouvraient pas, le dimanche, les portes de l'École.

Il y avait exception les jours de « galette » : lorsque le Chef de l'État, le Ministre de la Guerre ou un souverain étranger venait visiter Saint-Cyr, le général accordait en leur honneur la sortie générale ou « galette », et c'était dans tout Paris, pendant ces journées-là, un frissonnement de plumets blancs et rouges.

Un grand jour aussi était celui du « triomphe », précédant de peu les examens de sortie, et l'excursion que je viens de faire avec vous à Saint-Cyr, mes enfants, serait incomplète si je ne vous en parlais pas.

Lorsque dans le tir au canon, qui s'effectuait alors sur le polygone de l'École, et que la grande portée des pièces a fait reporter aujourd'hui au camp de Châlons, un ancien avait eu la chance d'envoyer une bombe sur le but représenté par un tonneau tricolore, il y avait « triomphe ».

Les élèves présents à la batterie à ce moment, accouraient aussitôt dans la cour Wagram pour y annoncer la bonne nouvelle, et, immédiatement, tous les exercices étaient suspendus.

Une animation extraordinaire se manifestait dans toute l'École : un vent de gaieté soufflait partout.

Tout d'abord « le père Système », c'est-à-dire l'élève de la promotion des anciens qui avait le matricule le plus bas, grimpait aux salles de police et sommait le sergent de garde de lâcher ses prisonniers ; puis les recrues, rapidement travesties au moyen de toiles de tente, de plumets, de papier de couleur et de toutes les parties de l'équipement mises à contribution, formaient la haie dans la cour, et, armés de branchages, attendaient le triomphateur.

Celui-ci apparaissait bientôt devant la porte fermée de la cour, assis sur un affût de canon, orné de verdure et traîné par quatre chevaux. Toute la promotion des anciens le suivait, conduite par le « père Système ».

Les tambours et clairons marchaient en tête du cortège, précédés par le tambour-major.

Celui-ci frappait du pommeau de sa canne la porte de la cour.

— Qui vive! criait-on de l'intérieur.

— Triomphe! répondait le tambour-major.

A cette réponse, la porte était ouverte à deux battants, et, aux accents de la Saint-Cyrienne, la promotion des Anciens franchissait le seuil de la cour.

Le char triomphal passait entre la haie des recrues qui poussaient des hourras frénétiques et s'arrêtait devant le général commandant l'École, entouré de tout l'État-Major, et à qui le père Système adressait un discours de circonstance.

Le triomphateur recevait alors les félicitations du général, qui annonçait la levée des punitions, nouvelle accueillie par des acclamations enthousiastes.

Aussitôt après le dîner, un bal était organisé dans le fond de la cour; des lanternes vénitiennes accrochées aux arbres illuminaient le décor; une fanfare s'improvisait à l'aide d'artistes inconnus et d'instruments tombés on ne sait d'où, et la fête se prolongeait jusqu'à dix heures aux accords d'une musique enragée.

Telle était jadis, mes enfants, la célébration de notre modeste triomphe; c'était une réjouissance tout intime et surtout improvisée.

Aujourd'hui, la fête qui porte ce nom est devenue une véritable solennité artistique : elle a lieu dans la « Petite-Carrière », sous les yeux de trois ou quatre mille invités du dehors, officiers de Paris et de Versailles, parents des élèves, curieux de marque, et les toilettes des femmes jettent au milieu des uniformes une note claire du plus gracieux effet.

Le programme des différentes attractions offertes par les élèves à ce public de choix est d'une richesse et d'une variété que ne désavouerait pas un impresario américain.

Les costumes, loués à Paris ou confectionnés par les élèves eux-mêmes, avec des papiers et des cartons multicolores, transforment tous ces jeunes gens en Romains, en bayadères, en Mexicains, en sauvages, suivant que les événements marquants de l'année attirent la verve des acteurs sur telle ou telle partie du monde.

Après un défilé burlesque des plus amusants, la fête commence, suivie de drôleries inénarrables, conduites par un compère à la faconde inépuisable,

24

coupée d'un carrousel où brillent les plus hardis cavaliers, et le tout se termine le soir par une revue, jouée dans un manège, et où sont chansonnés les faits marquants de l'année Saint-Cyrienne. Le bal et la fête foraine ne sont pas oubliés ; les élèves font danser les femmes de leurs officiers, et les modestes lanternes vénitiennes d'autrefois ont cédé la place à des lampes électriques qui inondent de lumière le Petit Bois.

Cette journée est comme le dernier éclat de la gaieté des élèves avant la fin de l'année; car, à peine les derniers vestiges en ont disparu, que commencent les examens de sortie.

De nouveaux examinateurs, désignés par le Ministre, viennent s'adjoindre aux professeurs de l'École, et chaque Saint-Cyrien subit, devant ce redoutable aéropage, toute la série des questions prouvant qu'il possède complètement le programme d'instruction d'un officier.

C'est le mois terrible, le mois de « pompe » comme on l'appelle, et lorsqu'il eut fermé son dernier cours et passé son dernier examen, Georges, exténué, n'eut plus qu'une idée : se sauver en vacances et ne plus ouvrir ni un livre ni un cahier pendant trois mois.

Telle est d'ailleurs l'impression générale des deux promotions, et elle se traduit chez les anciens par un arrachage complet de tous les cahiers qui ont servi pendant l'année à prendre des notes : ils sont mis en morceaux aussi menus que des confettis, et, dans le dernier train qui emporte les futurs officiers, ces morceaux de papier, jetés par les portières, laissent tout le long de la voie comme une trace neigeuse.

Ne croyez pas cependant, mes enfants, que les Saint-Cyriens se débarrassent ainsi des cours qui leur ont été faits pendant leurs deux années et qu'ils devront si fréquemment consulter encore par la suite. Ces cours, qui représentent un volume considérable, leur sont remis autographiés, et sont conservés soigneusement, avec le plumet, le shako bleu et les épaulettes rouges que, blanchi sous le harnais, l'ancien élève de Saint-Cyr ne regardera jamais sans émotion, en les retrouvant au fond d'une malle.

Les examens passés, les élèves n'avaient plus qu'un devoir à remplir : faire choix d'un régiment, et, fidèle à ses premières préférences, Georges Cardignac demanda le 1er régiment d'infanterie de marine, stationné à Cherbourg.

Avec lui faisait choix du même corps un Alsacien nommé Zahner, un casse-cou, ne doutant de rien, et emporté par son goût pour la vie aventureuse et les campagnes lointaines.

Puis un petit méridional nommé Ferrus qui, orphelin et n'ayant d'autre fortune que sa solde, allait essayer de résoudre au loin le difficile problème d'atteindre, sans faire de dettes, le grade de capitaine.

Car, il faut bien le dire, si la carrière des armes apporte avec elle tant de nobles satisfactions, elle n'offre à l'officier qu'une solde insuffisante, puisque cette solde n'a grossi que du cinquième,

En tenue d'officier d'infanterie de marine.

alors que le prix des pensions et des logements augmentait de plus du tiers.

Et l'ami de Georges, me demanderez-vous, mes enfants, le petit Andrit, ne choisit-il pas, lui aussi, l'infanterie de marine?

Ce ne fut pas l'envie qui lui en manqua, mais ses parents s'y opposèrent formellement, et il ne voulut pas débuter dans la vie militaire par une désobéissance aux désirs d'un père et d'une mère qu'il adorait ; mais il put satisfaire en partie cependant les goûts aventureux qu'il avait contractés au contact de Georges, en demandant un régiment d'Afrique, et, parmi tous ces régiments, il choisit celui qui avait le plus de chances de faire campagne au loin : la légion étrangère.

Aussi Georges et lui devaient-ils plus tard se retrouver aux colonies, car la légion a été de toutes les fêtes : au Tonkin, au Dahomey, à Madagascar, et partout elle s'est taillé la réputation d'un corps intrépide.

Une autre considération, il faut le dire, avait décidé le petit Andrit à rester dans l'armée de terre, et il l'avait maintes fois exposée à son ami.

— Et si tu es loin, bien loin, au fond du Sénégal ou en Cochinchine, lorsque éclatera la guerre avec l'Allemagne, quels regrets n'auras-tu pas de ne pouvoir arriver à temps!

Mais Georges avait répondu par le souvenir de la « Division bleue » à Sedan.

— Si la guerre éclate, on nous rapatriera, et, comme en 70, nous arriverons encore à temps pour faire notre partie à la frontière de l'Est, j'en suis bien sûr.

Si on eût dit alors aux deux jeunes gens qu'un quart de siècle et plus se passerait avant que cette guerre de revanche éclatât ; si on leur avait dit aussi que l'activité de la France, alors tournée tout entière vis-à-vis de celui qu'on appelait « l'Ennemi » tout court, c'est-à-dire de l'Allemand, allait se dépenser en expéditions coloniales aux quatre coins du globe, Georges Cardignac se fût applaudi de son choix; Émile Andrit l'eût imité; mais tous eussent été bien surpris.

Mme Cardignac avait bien essayé de détourner son fils de l'infanterie de marine; mais depuis deux ans qu'elle le voyait s'affermir de plus en plus dans son intention de rester « le petit marsouin » qu'il avait été aux débuts, elle finit par céder et se résigna comme elle s'était toujours résignée.

De sorte que, le 1er octobre 1877, les nominations paraissaient à *l'Officiel*, envoyant Georges Cardignac à Cherbourg et Émile Andrit à Bel-Abbès, dans la province d'Oran.

Ils devaient rejoindre leurs corps respectifs le 31 décembre.

Aujourd'hui l'État, moins généreux, les oblige à prendre leur service le 1er novembre.

Le jour où, pour la première fois, Georges Cardignac revêtit le costume sévère de l'infanterie de marine, le pantalon bleu à liséré rouge, la tunique à col noir, rehaussée de l'ancre brodée, et l'épaulette d'or, Mohiloff, qui ne sortait jamais, s'absenta toute une matinée.

Quand il revint, il tendit à Georges un papier portant en tête ce titre : « Feuille de route ». Depuis longtemps il attendait ce moment-là ; il avait eu la précaution de demander à sa majorité la naturalisation française. Il venait donc de s'engager pour cinq ans, à la mairie de Versailles, et appartenait, lui aussi, au « 1er marsouin ».

Il réalisait son vœu le plus cher : vivre dans l'ombre de Georges Cardignac.

CHAPITRE VI

S'il est un nom qui sonne doucement à vos oreilles, mes enfants, c'est certainement celui de « vacances » ; les plus petits d'entre vous le connaissent ; les plus grands, ceux qui songent déjà aux terribles examens de fin d'études, le voient revenir chaque année avec une joie profonde. C'est que le fabuliste l'a dit : « l'arc ne peut toujours être tendu », et il faut donner à l'esprit comme au corps sa détente et son repos.

Or il n'est pas d'adolescent qui apprécie la douceur de ce mot plus que le Saint-Cyrien sortant de l'École. Ces trois mois qui s'écoulent entre son dernier examen et son entrée au régiment, ce sont ses dernières vacances ; après elles, il n'aura plus que des « congés » ou des « permissions ».

C'est peut-être l'époque la plus heureuse de sa vie ; pour la première fois, il se sent libre ; plus de règlement ni de consignes ; plus de tâche obligée ; plus de soucis d'examen ; plus d'autorisations à demander ; plus de comptes à rendre. L'avenir, il le voit tout en rose, et, en effet, ne s'ouvre-t-il pas brillant, sans entraves, devant lui? Aussi le jeune homme est-il, à cette heure heureuse entre toutes, comme l'oiseau qui s'échappe du nid pour la première fois : grisé de lumière et se sentant des ailes, il reste là, perché au bord de ce nid, et avant de s'élancer dans l'espace, il chante au soleil.

Dans quelques semaines il sera appelé à faire œuvre d'homme ; en attendant, il s'éveille à cette vie nouvelle avec les illusions et les espérances de

ses vingt ans. Tout lui sourit; il ne doute de rien : de la carrière qu'il a choi-
sie, il ne voit que le côté brillant. Un auteur que vous lirez, Alfred de Vigny,
a écrit des pages superbes sur les « grandeurs » et les « servitudes » militaires ; le jeune officier qui les parcourt ne voit que les « grandeurs » et ne
rêve que gloire ; plus tard, en ayant connu les « servitudes », il ne se repor-
tera jamais sans émotion vers cette heure fugitive de sa jeunesse ; et si un
jour, Saint-Cyriens vous aussi, mes enfants, vous voyez le regard d'un vieil
officier se reposer sur vous, rêveur et attendri, soyez sûr qu'il est pénétré
de cette émotion, et qu'il donnerait volontiers ses galons et ses croix en
échange de votre triomphante jeunesse et de votre foi dans l'avenir.

Mais si Georges Cardignac ressentait, comme tous ses camarades, le
bonheur d'en avoir fini avec la vie d'écolier, il avait une maturité de caractère
qui l'éloignait des distractions frivoles. Les souvenirs de la guerre de 1870
l'avaient trempé, et en imprimant à son jeune visage un caractère de virilité
et de sérieux tout particulier, ils avaient déposé dans sa jeune âme l'ardent
désir de la revanche française et l'indomptable foi dans le relèvement de la
patrie.

Aussi, après les premières semaines passées auprès de sa mère, s'ouvrit-
il à elle d'un projet qu'il avait formé. Coûte que coûte, il voulait revoir Saint-
Privat et revivre, dans une sorte de pèlerinage sacré, les mortelles heures
qu'il avait passées avec le vieux Mahurec, à la recherche de son père. Certes
il n'espérait pas, sans guide et sans renseignements, découvrir, au milieu de
toutes les croix éparses sur l'immense champ de bataille, celle qui recouvrait les restes du colonel Cardignac ; mais là-bas il se sentirait plus près de
lui. Il avait comme une mystérieuse intuition que l'âme de son père planait
au-dessus du funèbre ossuaire, et se révèlerait à la sienne, comme le fantôme
du roi de Danemark se montra, dit la légende, à son fils Hamlet dans le château d'Elseneur.

Mais Pierre Bertigny coupa court du premier coup au projet de voyage
de Georges.

— Passe encore pour aller en Allemagne visiter les bords du Rhin ou de
la Sprée, dit-il, mais aller en Alsace-Lorraine, aujourd'hui, c'est chose impossible : le gouvernement allemand vient d'établir un régime des plus rigoureux pour empêcher la circulation des provinces annexées en France et réci-
proquement ; il faut des passe-ports strictement en règle, c'est-à-dire visés

Visite à la frontière.

par l'ambassade d'Allemagne, à Paris ; or cette ambassade refuse impitoyablement ce visa à tout officier français.

— Mais pourquoi cela ?

— Pourquoi ? parce que, depuis six ans, la germanisation de l'Alsace-
Lorraine n'a pas fait un pas, que nos frères de là-bas conservent l'espérance
tenace d'une délivrance prochaine, et que Bismarck, en appelant parmi eux,
pour les noyer dans leur masse, tous les immigrés allemands qu'il peut rac-
coler de l'autre côté du Rhin, veut empêcher d'autre part tout contact avec
les Français qui pourraient leur parler d'espoir.

— Et si j'y allais sans permission, sous un autre nom, avec un passe-
port étranger ?

— Impossible encore ; dès la traversée de la frontière, tu serais « filé »,
ta photographie prise, et envoyée à l'agence d'espionnage allemande de
Paris, d'où elle reviendrait aussitôt avec tes nom, prénoms et qualités ; trois
jours après ton passage à Avricourt, tu serais arrêté, et, comme officier,
envoyé dans une forteresse à Custrin ou à Mayence.

— C'est un peu fort tout de même !

— C'est le sort des vaincus, mon pauvre Georges, il faut s'y faire : c'est
dur tout de même pour une nation qui n'y est pas habituée...

— Mais qui est-ce qui empêche la France de leur rendre la pareille ?

— Que veux-tu dire ?

— Pourquoi ne ferme-t-on pas aussi notre frontière aux officiers allemands ? car on ne leur dit rien à eux...

— Rien du tout, tu as raison. Les commissaires de surveillance allemands
des gares frontières ont des albums contenant toutes les photographies des
officiers de notre sixième corps, et aucun de ces derniers ne passerait la
ligne de démarcation sans être reconnu et arrêté ; en revanche, les officiers
allemands de Metz, et Dieu sait s'il y en a, viennent quotidiennement se pro-
mener à Verdun, s'amuser à Nancy ; on les reconnaît aisément, on les connaît même ; on les laisse aller et venir pourtant... Que veux-tu ? c'est comme
cela !...

— Mais pourquoi, pourquoi ?

— Encore une fois, mon pauvre enfant, parce que nous sommes des
vaincus : c'est la loi humaine !

— Oh ! fit Georges, les poings serrés.

— Allons, reprit doucement le lieutenant-colonel Bertigny. Je vois que tu as besoin d'une détente ; tu es un peu comme le jeune chevalier de notre vieille France qui, à la veille de recevoir l'accolade et l'épée, passait la nuit dans la prière et le recueillement. Ce pèlerinage sur les grands champs de bataille de 70, c'était ta veillée des armes à toi. Eh bien ! calme-toi, je vais t'indiquer le moyen de le faire sans risques, et tu verras quelles impressions fortes et grandioses tu en rapporteras.

— Que voulez-vous dire ?

— As-tu entendu parler de la cérémonie qui chaque année, au 16 août, se célèbre à Mars-la-Tour ?

— Non.

— Tu sais que ce jour-là fut une victoire pour nous, une victoire aussi funeste qu'une défaite, parce que l'inertie d'un chef indigne la rendit inféconde ; mais une victoire quand même parce que la bravoure des nôtres y resplendit comme aux plus beaux jours de nos guerres passées.

— Je le sais ; mon père arriva à Metz juste à temps pour prendre part à cette bataille de Rezonville.

— Eh bien, ce jour-là, Georges, la Lorraine annexée et la Lorraine française se donnent la main par-dessus la frontière. De Metz, de Nancy, de tous les villages de Meurthe-et-Moselle et de beaucoup plus loin même, accourent des foules émues, attristées de douloureux souvenirs, mais vibrantes d'enthousiasme. J'y suis allé, il y a deux ans ; un grand évêque y parlait dans le silence de vingt mille âmes recueillies, et j'ai pleuré, moi, qui ne pleure guère... Va là, mon Georges : c'est là que devraient aller chaque année les oublieux et les sceptiques ; mais c'est là aussi que doivent se retrouver les croyants !

Quelques jours après, Georges Cardignac débarquait à la petite station de Mars-la-Tour. Il arborait pour la première fois sa tenue d'officier.

La première figure qu'il aperçut sur le quai, fut celle de son camarade Zahner, son futur camarade du 1er régiment d'infanterie de marine. Il arrivait de Nancy avec un autre Saint-Cyrien, également de leur promotion, le grand Rollet, de Thiaucourt, un gai compagnon dont toute l'ambition était une place dans un régiment de l'Est, fût-il dans un des forts de la Meuse.

Les trois jeunes gens se serrèrent la main avec effusion.

— Quelle heureuse chance de nous trouver ainsi sans nous être entendus!
fit Georges.

— Il me semble que je respire mieux ici, dit Zahner. Vois toutes ces
femmes avec le large nœud alsacien : ne croirait-on pas être dans un coin
de notre Alsace?

— C'est pour cela que je suis venu, moi, dit le grand Rollet... On peut
être sûr de me revoir ici tous les ans jusqu'à ma retraite.

— A ta retraite, dit Georges, il y aura longtemps que le service funèbre
d'aujourd'hui sera célébré à Strasbourg !

— Dieu t'entende ! s'écria Zahner ; je consens, si tu dis vrai, à y venir à
pied de la Nouvelle-Calédonie !

— Quelle foule! observa le grand Rollet, quand ils furent dans la grande
rue...

En effet plusieurs milliers de braves gens se pressaient autour de la modeste église où allait avoir lieu la cérémonie funèbre : généraux et officiers
de tous grades, en uniforme, l'air grave et recueilli; paysans et ouvriers aux
mains fortes et au cœur chaud; vieillards qui avaient vu et enfants qui avaient
appris ; vétérans qui avaient combattu et soldats qui s'instruisaient pour
combattre ; mères en deuil venant prier sur des tombes, jeunes filles insou-
ciantes ou songeuses, tous portaient en eux le culte des mêmes souvenirs et
des mêmes douleurs.

Avec quelle émotion Georges entendit la parole de l'évêque de Nancy
retraçant le tableau de la funèbre journée du 16, et jetant aux échos de la
frontière le cri de « Haut les cœurs! ». Il faut pour la comprendre, cette émotion, mes enfants, l'avoir ressentie soi-même, et j'avoue que jamais homme
ne m'est apparu plus grand, plus près de sa divine origine, que M⁰ʳ Turinaz,
l'évêque-soldat de Nancy et Toul, jetant aux échos de la frontière la pro-
testation des annexés.

Ah! je comprends que les Allemands ne l'aiment pas, ce grand prélat,
car il entretient dans le cœur des populations lorraines, avec la religion du
Christ, celle de la Patrie. Puisse-t-il longtemps encore, en élevant l'âme des
foules vers le Dieu des Armées, réveiller les énergies affaissées et rappeler
au vainqueur l'immanente justice!

Mais cette forte impression devait se doubler pour Georges d'un inou-
bliable souvenir.

Désireux de réaliser un vœu concerté avec sa mère, Georges, après la cérémonie funèbre et la visite au monument, simple colonne de marbre, remplacée depuis par un bronze admirable, Georges, disons-nous, se dirigea vers le presbytère.

Le curé de Mars-la-Tour, l'abbé Faller, un véritable curé de frontière, dont le nom est inséparable de ce touchant anniversaire, conversait avec un homme à la moustache rude, aux cheveux blancs, sanglé dans une redingote ornée d'un ruban rouge. En voyant s'avancer vers lui les trois Saint-Cyriens, il vint au-devant d'eux :

— M. le commandant Marin,... dit-il en présentant les jeunes gens à son interlocuteur.

— Monsieur le curé, dit Georges en s'inclinant, me permettez-vous une requête ?

— Certes, fit le prêtre.

Et notre ami, se nommant, exposa que sa mère et lui désiraient voir, dans l'église de Mars-la-Tour, une plaque de marbre portant le nom du colonel Cardignac, avec la date de sa mort, 18 août 1870, et le lieu où il était tombé : Saint-Privat.

Le curé de Mars-la-Tour n'eut pas le temps de répondre. Comme un écho, le vieux commandant venait de répéter les deux noms :

— Le colonel Cardignac! Saint-Privat!...

Et s'élançant vers notre ami :

— Seriez-vous son fils ? demanda-t-il, avec toutes les apparences de la plus vive émotion.

— Oui, mon commandant,

— Alors, reprit le vieil officier, vous vous appelez Georges et Madame votre mère a pour prénom Valentine?...

— C'est exact, mon commandant, répondit Georges avec un tremblement dans la voix; auriez-vous connu particulièrement mon pauvre père?

— Il était mon colonel au 6ᵉ Corps, répondit le vieil officier, et je commandais, sous ses ordres, deux batteries réduites à cinq pièces. Oui, reprit-il d'une voix grave, je l'ai connu aussi intimement qu'on peut connaître un homme, car je l'ai vu mourir.

— Oh! mon commandant!... fit Georges, devenu soudain d'une pâleur de cire...

— Et si je connais les deux noms que je vous citais tout à l'heure, c'est que j'ai entendu sa bouche les prononcer, quelques minutes avant de se fermer pour toujours.

— Vous avez vu mourir mon père ? reprit Georges d'une voix tremblante.

— Oui, mon enfant, et je m'aperçois maintenant combien vous lui ressemblez ; même loyauté dans le regard, même expression volontaire dans le pli de la bouche... Je n'ai connu votre père que deux jours, car il vint prendre son commandement le 17, la veille de la grande bataille ; mais ces deux jours valent des années dans mes souvenirs, et jamais je n'oublierai son intrépidité devant le danger et le calme avec lequel il reçut le coup mortel.

Il y eut un silence... Georges pleurait à chaudes larmes et ses deux camarades étaient presque aussi troublés que lui.

Ce fut avec une religieuse attention qu'il entendit le récit détaillé de la dernière phase de la bataille où son père avait succombé. Il revit le tableau que lui avait jadis fait Mahurec, le vieux maréchal des logis d'artillerie : les masses prussiennes débordant de partout, en face, à droite, en arrière ; un ouragan de fer s'abattant sur les batteries démontées ; le colonel ne quittant qu'à regret ses pièces hors d'état de faire feu, et recevant une balle en plein cœur, avant d'avoir songé à suivre le mouvement de recul de la ligne.

— C'était un homme ! conclut le vieil officier, et je crois qu'on peut dire : « Tel père, tel fils », car vous n'avez pu gagner cette médaille que pendant la guerre et vous deviez être bien jeune alors.

Mais il eût semblé égoïste à Georges de parler de lui-même en un pareil moment, et du reste sa pensée était ailleurs.

— Allons visiter les tombes, dit le commandant Marin...

Tous quatre partirent dans la direction du plateau d'Iron. Retiré à Mars-la-Tour depuis six ans, car il avait pris sa retraite au lendemain de la guerre, le vieil officier connaissait les moindres replis du champ de bataille. Il fit aux jeunes Saint-Cyriens le récit de la journée du 16, et jamais leçon ne fut écoutée avec plus d'attention ; quelle carte eût pu remplacer ce terrain de la lutte qui se développait sous leurs yeux, et quel professeur eût égalé cet ancien combattant de Rezonville, qui, depuis plusieurs années, étudiait ce sol, sacré pour lui, le livre de ses souvenirs à la main !

La matinée se passa ainsi, et, suivant l'usage, les Lorrains restés Français reconduisirent, jusqu'au poteau-frontière, les annexés venus de la Lorraine allemande. — Il y eut là de chaudes étreintes sous l'œil des gendarmes allemands, impassibles de l'autre côté de la ligne fictive qui séparait les deux pays.

Le commandant Marin et les trois jeunes gens n'avaient pas manqué, leur visite aux tombes terminée, de suivre le cortège des partants, et quand ils furent près du poteau, le vieillard, sans dire un mot, regarda Georges et tendit le bras vers le Nord-Est.

— Saint-Privat n'est pas loin? demanda à voix basse le fils du colonel Cardignac.

— Quinze kilomètres à peine, mon enfant!

A quatre heures, la petite commune de Mars-la-Tour avait repris sa physionomie habituelle; les pèlerins du 16 août étaient partis, se donnant rendez-vous à l'année suivante; mais l'un deux était resté : c'était Georges, et nul n'eût pu le reconnaître, lorsqu'il monta auprès du commandant Marin dans une petite voiture à deux places, attelée d'un vigoureux cheval. Il avait changé sa tenue de Saint-Cyrien contre un costume civil trouvé dans le village : quant au vieillard, il avait enlevé son ruban rouge.

Ils franchirent sans encombre la frontière, où, de garde jusqu'au soir, les trois gendarmes allemands, las d'observer, ne les dévisagèrent point et ne leur demandèrent aucun papier, les prenant pour des annexés qui rentraient chez eux.

A Gravelotte, la voiture quitta la grande route de Metz, et, tournant à gauche, s'engagea sur le chemin de Verneville et d'Amanvilliers. De temps en temps, le commandant montrait un point, et, de loin en loin, donnait quelques explications brèves, jetant un nom. Silencieux, la gorge serrée, Georges écoutait.

A sept heures et demie, tous deux descendaient de voiture à l'entrée d'un sentier, laissant le cheval à la garde d'un paysan.

La nuit tombait; au fond, sur la gauche, des lumières s'allumaient, et Georges se rappela : c'était Sainte-Marie-aux-Chênes. Alors qu'il suivait l'ambulance, le lendemain de la bataille, l'abbé d'Ormesson lui avait raconté l'héroïque défense du 94e, enfermé dans le village avec le colonel de Geslin; plus à gauche, c'était Saint-Ail d'où étaient partis les régiments Reine-

Augusta et Empereur-François, pour l'assaut de Saint-Privat : mais au milieu des champs un monument surgit, une tour entourée d'aigles et surmontée d'une hampe de drapeau : c'était le monument de la Garde, élevé par le vieil Empereur allemand à ses soldats morts, car là s'était creusé leur tombeau.

Arrivé au pied d'un mamelon, le vétéran s'arrêta, regarda autour de lui, s'orienta.

— La batterie était ici, dit-il,... et au bout de quelques instants, il ajouta :

— Le colonel était là pendant l'action.

Il fit quelques pas sur la droite, monta vers la crête, s'arrêta encore.

Georges haletant le suivait.

Près de la crête, le vieil officier s'arrêta, fit face à Roncourt, dont le clocher s'estompait dans le crépuscule, et dit :

— C'est là qu'il est tombé!

Georges fléchit le genou au milieu des blés, s'inclina, et son front toucha le sol, ce sol jadis trempé de tant de sang, aujourd'hui recouvert de la parure luxuriante des moissons, semé de bleuets et de marguerites; un sanglot souleva sa poitrine, et, la tête dans ses mains, il se mit à prier.

Le lendemain soir, Georges rentrait à Versailles, les traits si fatigués que sa mère en fut effrayée. Avec quelle ferveur elle le serra contre elle lorsqu'il lui eut raconté son douloureux pèlerinage!

Elle songeait d'ailleurs avec effroi que, dans quelques mois, elle allait se retrouver seûle, et que ces derniers mois de vacances étaient la préface d'un long abandon. Elle s'effrayait surtout à la pensée que son Georges allait traverser les mers, s'enfoncer dans des contrées sauvages, risquer d'affreuses morts, et elle se reprochait de l'avoir laissé choisir cette arme, sans cesse sur la brèche, qu'est l'infanterie de marine.

Mais Georges, par ses récits et ses enthousiasmes, endormait ses frayeurs : il lui parlait de ses rêves d'avenir, en lui représentant comme large, facile et colorée cette existence coloniale dont il devait connaître bientôt les dures épreuves.

— Qui sait, mère? disait-il tendrement, peut-être un jour viendras-tu me rejoindre quelque part, au Sénégal ou en Cochinchine; il y a là-bas de si beaux pays, des terres si fécondes, une si luxuriante végétation!... Que dirais-tu si, un beau matin, je me faisais colon dans un domaine grand comme un département français! La terre est pour rien, sais-tu, dans ces pays neufs! Tu ne me répéterais pas si souvent que notre fortune baisse... Qui sait?... C'est peut-être le moyen de la relever.

Mme Cardignac écoutait tristement et son anxiété redoublait, car Georges disait vrai; elle voyait sa fortune diminuer d'année en année, et sentait approcher le moment où, sa dot ayant disparu, elle serait réduite à sa pension de veuve.

C'est qu'après la guerre, la France, impatiente de se reconstituer une armée et de boucher la trouée d'invasion qui s'ouvrait à son flanc dégarni, avait consacré toutes ses ressources à ses troupes de terre.

Elle avait donc négligé sa marine, qui, en 1870, n'avait pu opérer aucun débarquement sur les côtes allemandes à cause de la faible profondeur des eaux de la Baltique, et qui, par suite, apparaissait à tous comme un élément de défense secondaire.

Combien on est revenu aujourd'hui de cette grave erreur!

Or il doit vous souvenir, mes enfants, que l'oncle de Valentine, M. Normand, avait édifié sa fortune en construisant des bâtiments pour la flotte de guerre : n'ayant plus de commandes de l'État, il vit ses ateliers se fermer; son matériel inutilisé se perdit; ses capitaux fondirent à vue d'œil. Vous comprenez donc sans peine que la dot de Valentine, placée tout entière dans la maison Normand, périclita en même temps que diminuaient les travaux confiés à cette patriotique maison.

Mme Cardignac ne laissait pas d'en souffrir; non pour elle-même, car elle menait une vie simple et n'avait aucun goût dispendieux; mais elle avait espéré aider son Georges, améliorer sa solde et voilà que bientôt ses propres ressources allaient devenir insuffisantes pour elle seule.

Le fils du colonel en avait pris gaiement son parti.

— C'est moi qui t'aiderai, mère, disait-il souvent; mais en France, vois-tu, je ne l'aurais jamais pu : un sous-lieutenant a pour solde mensuelle cent quatre-vingt-neuf francs; il paraît que là-dessus, quand il a payé sa chambre, sa pension, son ordonnance et son blanchissage, il peut disposer au maximum de deux francs cinquante par mois pour ses menus plaisirs. Mais aux colonies et surtout en colonne, ce chiffre est triplé : je te ferai une *délégation :* tu pourras toucher la moitié de ma solde.

— Il ne manquerait plus que cela ; jamais de la vie !...

Par bonheur, l'État vint en aide à
Georges, lorsqu'il s'agit pour lui de se
constituer un trousseau et de payer
ses premiers uniformes. Une première mise de huit cents francs lui fut
accordée, avec laquelle il se monta.
D'ailleurs, ce qu'il savait déjà, par
ouï-dire, de la vie coloniale, c'est que
le *marsouin* ne devait jamais être embarrassé par le superflu, et
qu'il ne devait avoir aux colonies qu'une cantine pour
tout bagage.

Or une cantine, c'est
une petite malle qu'on peut
à peine refermer lorsqu'on
y a mis une deuxième tenue,
trois chemises, un peu de
linge, une demi-douzaine de
règlements, une paire de
bottines et quelques objets
de toilette.

La veille de son dé-
part, Georges passa la
journée en famille
avec le petit An-
drit qui, à sa

Le petit Andrit en sous-lieutenant de la Légion.

prière, était venu vingt-quatre heures au Havre. Les deux amis allaient en effet rejoindre deux garnisons très éloignées l'une de l'autre, et quand se reverraient-ils?

Andrit portait avec crânerie la tunique du légionnaire, au galon double trèfle montant très haut, et le pantalon rouge aux larges plis appelé « flottard », commun à toutes les troupes d'Afrique.

Madame Cardignac ne savait, de la légion étrangère, qu'une chose : c'est que ce corps, toujours stationné en Algérie, était composé, comme son nom l'indique d'ailleurs, d'Allemands, d'Italiens, d'Espagnols et en général de déserteurs et d'aventuriers de toutes les nations. Son étonnement avait donc été grand en voyant le petit Andrit, avec son apparence juvénile et son sourire qui semblait exclure la sévérité, faire choix d'un régiment où il aurait sous ses ordres des gens sans aveu, des forbans de toutes races, des hommes faits, dont le passé était une énigme et le présent une rancune contre toute autorité.

Elle ne put s'empêcher de le lui manifester, lorsque, le soir, tous trois — car Zahner était arrivé de Paris le matin même — accompagnèrent, au rapide de Marseille, le petit sous-lieutenant de la légion.

— Quel étrange régiment, dit-elle, et comment si jeune, osez-vous vous aventurer au milieu de ces cerveaux brûlés?

— Oh! s'écria Zahner, vous ne connaissez pas Andrit, madame; il est plus vieux que son âge : il fallait le voir à Saint-Cyr, comme sergent-major, faisant marcher la compagnie : il se fera obéir à Bel-Abbès, j'en suis sûr, et d'ailleurs, avec les légionnaires, ce n'est pas la force brutale et le régime des punitions qui « prennent » le mieux. Je connais Andrit, il saura se faire comprendre d'eux, sans crier, sans punir, par des moyens à lui.

Et puis, depuis 1870, savez-vous, Madame, que la légion possède un noyau de soldats qu'elle n'avait pas avant; un noyau de soldats incomparables?

— Lesquels donc?

— Les Alsaciens-Lorrains. Ceux de mes frères annexés qui ne veulent pas coiffer le casque à pointe et n'ont trouvé que ce moyen de servir leur ancienne patrie, vont là.

— C'est vrai; ceux-là au moins ont les sentiments et les idées de tout le monde; mais les autres?

— Les autres, interrompit Andrit, savez-vous, madame, comment je les vois d'ici sans les connaître, ces soldats qu'on se figure indisciplinés et difficiles à commander? A part quelques misérables exceptions, aventuriers à qui, seuls, imposent la force brutale et le régime des punitions, je crois qu'il y a parmi eux bien des meurtris et des désabusés; et ces parias de la vie, renfermés dans le secret de leur misère, doivent avoir besoin, comme tout homme, de s'attacher et d'aimer. Il me semble qu'il doit être simple de trouver le chemin de leur cœur et d'en faire sortir des trésors de dévouement. J'ai lu leur *Historique* avant de partir. Quoi de plus grandiose que le combat de Camaron qu'ils soutinrent, soixante contre deux mille et où *tous* tombèrent? S'ils sont capables d'un pareil héroïsme, c'est que ces dévoyés, jetés hors de la vie sociale, ont encore le culte de ce qui est grand; car quoi de plus grand que le sacrifice de soi-même? aussi je les aime d'avance et je veux être non seulement le chef, mais l'ami et le confident de ceux que le hasard me donnera à commander.

— Bravo! Andrit, s'écria Zahner, je te reconnais bien là, et je connais plus d'un Alsacien attendant, pour s'engager à la légion, l'appel de l'autorité allemande; je te les enverrai.

— C'est bien ainsi que, moi aussi, je comprends notre rôle d'officier, appuya Georges; et, quand je serai aux colonies, je veux que les « marsouins » de ma section se regardent comme les enfants d'une famille dont je serai le père.

Combien tous deux avaient raison, mes enfants, de comprendre ainsi leur devoir de chef! Quelles profondes satisfactions donne à l'officier l'affection de ces rudes natures, et quel fidèle souvenir garde au cœur, pour le restant de sa vie, le chef qui les a vus tomber, obscurs et silencieux, dans les rizières du Tonkin ou la brousse du Continent noir!

Écoutez plutôt quelques-unes des strophes adressées *à ses hommes qui sont morts* par le vicomte Borelli, cet admirable poète, qui était en même temps capitaine à la légion étrangère, et qui fut cité à l'ordre, après le siège de Tuyen-Quan. Je suis sûr que vous voudrez lire l'ode entière, quand vous connaîtrez le morceau suivant, dont chaque vers, disait Alexandre Dumas, fait venir les larmes aux yeux :

A MES HOMMES QUI SONT MORTS

Mes compagnons, c'est moi, mes bonnes gens de guerre,
C'est votre chef d'hier, qui vient parler ici
De ce qu'on ne sait pas ou que l'on ne sait guère.
Mes morts, je vous salue et je vous dis : Merci !

Dormez dans la grandeur de votre sacrifice.
Dormez ! que nul regret ne vienne vous hanter ;
Dormez dans cette paix large et libératrice
Où ma pensée en deuil ira vous visiter !

D'ici, je vous revois, rangés à fleur de terre,
Dans la fosse hâtive où je vous ai laissés ;
Rigides, revêtus de vos habits de guerre,
En d'étranges linceuls, faits de roseaux tressés.

Les survivants ont dit, et j'ai servi de prêtre,
L'adieu du camarade à votre corps meurtri.
Certain geste fut fait bien gauchement peut-être ;
Pourtant je ne crois pas que personne en ait ri !

Mais *Quelqu'un* vous prenait dans sa gloire étoilée
Et vous montrait en haut ceux qui priaient en bas,
Quand je disais pour tous d'une voix étranglée
Le *Pater* et l'*Ave* que tous ne savaient pas !

Compagnons, j'ai voulu vous parler de ces choses
Et dire en quatre mots pourquoi je vous aimais :
Lorsque l'oubli se creuse au long des tombes closes,
Je veillerai du moins et n'oublierai jamais.

Si parfois dans la jungle où le tigre vous frôle,
Et que n'ébranle plus le recul du canon,
Il vous semble qu'un doigt se pose à votre épaule,
Si vous croyez entendre appeler votre nom,

Soldats, qui reposez sur la terre lointaine,
Et dont le sang donné me laisse des remords,
Dites-vous simplement : « C'est notre capitaine
Qui se souvient de nous — et qui compte ses morts ! »

Ce fut le lendemain de Noël 1877 que, bien pris dans sa tunique serrée à
la taille, l'air ouvert et décidé, le sabre au côté, Georges embrassa sa mère,

son cousin Pierre et Margarita, et, avec Yvan Mohiloff, monta dans le train de Cherbourg. Malgré l'amertume de la séparation, il était rayonnant, et, à peine seul dans son compartiment, il tira de son portefeuille, pour la relire, la lettre qu'il avait reçue quelques jours auparavant de son colonel, en réponse à celle qu'il lui avait écrite pour se mettre à sa disposition.

« Venez, lui disait son nouveau chef; je connais vos notes par le feuillet signalétique qui vient de m'arriver de Saint-Cyr, et je suis fier de vous recevoir dans mon régiment. Vous appartenez à une famille de braves : j'ai connu votre oncle à Sébastopol; je sais la mort héroïque de votre père à Saint-Privat. Vous avez montré bien jeune encore ce que le patriotisme peut mettre de virilité et de courage dans une âme d'enfant. Venez, vous serez bien reçu dans votre nouvelle famille, et Dieu protégera toujours une carrière si glorieusement commencée. »

Georges connaissait de réputation son nouveau chef.

Le colonel Mangin, dont le nom a été porté si dignement dans l'infanterie de marine, avait guerroyé sous toutes les latitudes. C'était un vrai chef de marsouins; dur à lui-même et aux autres; d'une énergie farouche, lorsque de sa décision pouvait dépendre le sort d'une colonne, il se montrait paternel et indulgent surtout aux jeunes gens, lorsque, au retour des colonies, il reprenait, dans un port de mer, le commandement d'un régiment.

Une heureuse surprise attendait Georges à son arrivée à Cherbourg. Dans la gare, un sergent d'infanterie de marine qui semblait l'attendre, se précipita vers lui à sa descente de vagon, et, s'arrêtant court comme s'il eût résisté au désir de se jeter dans ses bras, se raidit soudain dans un salut militaire d'une correction parfaite.

— Pépin! s'écria l'officier... Toi, ici! Ah! par exemple! quel bonheur!

Les traits du Parisien — car c'était bien lui — se détendirent.

— Bon sang! fit-il en bredouillant d'émotion, j'avais peur que tu ne... que vous ne me reconnaissiez pas, mon lieutenant.

— Ne pas te reconnaître, s'écria vivement Georges Cardignac, quand on a vu tout ce que nous avons vu ensemble, ce n'est pas possible!

Et se tournant vers Zahner :

— Je te présente, lui dit-il, le plus brave garçon que je connaisse, « mon parrain de guerre » comme je l'ai appelé jadis, car c'est lui qui m'a donné le baptême du feu. Figure-toi que, le 1er septembre 1870, la veille de

Bazeilles, pour faire connaissance avec moi, il m'a envoyé à bout portant un coup de fusil dont j'ai senti le vent... il me semble encore y être... Quelle nuit, dis, Pépin?

— Pour ça, oui, mon lieutenant; mais quelle veine d'avoir été maladroit ce soir-là! Quand je pense que j'aurais pu tuer un bel officier comme vous!

— Dis-donc, Parasol, interrompit Cardignac employant à dessein le sobriquet sous lequel était jadis connu le Parisien, est-ce que tu vas bientôt finir de me « vouvoyer » comme cela et de me donner du « mon lieutenant » à chaque phrase? Tu ne te rappelles donc plus que je t'ai prié autrefois de me tutoyer en camarade?

Pépin! s'écria Georges, oh! par exemple!

— Si je m'en souviens? Comme d'hier! Ah! mon lieutenant, vous n'étiez
pas fier et vous nous avez mis tout de suite à notre aise; mais pour recommencer à vous tutoyer aujourd'hui! non, mille fois non!... Ça m'écorcherait la
bouche, voyez-vous!... A Bazeilles, passe encore... vous étiez un enfant,
vous arriviez à la compagnie, ne sachant rien du métier : j'étais votre
ancien... je pouvais y aller carrément. Aujourd'hui, ce n'est plus la même
chose; vous voilà officier, mon officier même; car, au rapport hier, le colonel, annonçant votre arrivée, vous a placé à la 14° compagnie : c'est la
mienne. Or vous pensez bien que, si les hommes entendaient un sergent
tutoyer leur officier, ça serait raide... Et puis d'abord, voyez-vous, il y a
une raison meilleure que tout cela : je ne pourrais point!...

— Comme tu voudras, mon brave Parasol; je te comprends un peu;
mais tu ne m'en voudras pas, à moi, de reprendre avec toi le tutoiement
d'autrefois.

— Vous en vouloir, s'écria le brave garçon... je serai bien trop content!

— Alors, te voilà sergent; tu t'es donc décidé à poursuivre « tes études »,
comme tu disais en blaguant de si bon cœur, et tu as fini par apprendre à
lire?

— Il l'a bien fallu. Depuis que nous ne nous sommes vus, j'ai été refaire
un tour en Cochinchine d'abord et après au Sénégal; chez les « jaunes »,
j'ai eu la chance d'être cité à l'ordre pour une petite affaire à Tourane; alors
mon capitaine m'a dit : « Je vais te coller un instructeur pour t'apprendre
à lire, et si, dans un mois, tu ne lis pas d'une traite un article de journal,
je te renvoie au dépôt avec les mulets... Je veux que tu deviennes gradé...
Tu entends, je le veux... » Et comme il ne badinait pas, le capitaine Cassaigne, j'ai appris...

— Le capitaine Cassaigne! s'écria Georges : notre lieutenant de Bazeilles?

— Lui-même.

— Je le croyais tué à la dernière trouée que nous avons faite sur la
route de Balan.

— Moi aussi : il n'était plus avec nous quand nous nous sommes
comptés; mais les hommes comme lui, c'est blindé; avec deux balles et
trois coups de baïonnette, il s'en est tiré, et, après la guerre, nous l'avons
vu revenir à la compagnie avec un galon de plus.

27

— Et c'est à sa compagnie que je vais être?

— Dame, oui, à la mienne; que même il vous attend et avait l'air joliment content quand il a su votre nomination au rapport. Je ne serais pas étonné, voyez-vous, que ce soit lui qui ait demandé au colonel à vous avoir.

Alors moi, je lui ai dit :

— Mon capitaine, je ferai tous les trains de la journée, de demain et d'après-demain, s'il le faut, mais faut que ça soit moi qui vous l'amène !

— Alors, tu as monté la garde à la gare?

— Depuis hier; oui mon lieutenant, et y a pas plus content que moi, puisque vous voilà.

— Ah! mon brave Parasol, quelle bonne surprise; mais dis-moi... et les colonies, quand y partons-nous?

— Oh! bientôt, mon lieutenant, je crois bien, car il paraît qu'il y a du déchet dans les cadres. D'habitude, on part au bout de deux ans; dix-huit mois; mais maintenant je ne serais pas plus étonné que ça si nous filions dans un an...

— Tant mieux, s'écria Zahner : alors nous allons nous installer à Cherbourg en camp volant, car ce n'est pas pour moisir dans un port de guerre, dis, Cardignac, que nous avons demandé les marsouins.

— Et puis vous savez, mon lieutenant, interrompit Pépin qui avait repris toute sa loquacité, mais qui, en acquérant les galons d'or, avait perdu un peu de son argot faubourien, ça n'est pas drôle ici; les marins nous regardent un peu comme des mécréants. Pour ces messieurs, un habitant du « plancher des vaches » c'est rien du tout. Les fantassins de l'armée de terre, eux, n'ont pas les mêmes raisons de se gober, et pourtant ça ne les empêche pas de penser la même chose... Alors notre vraie place, voyez-vous, c'est de l'autre côté de l'eau, au soleil, avec les moricauds et les Célestes, qui, eux, sont payés pour savoir que nous valons quelque chose.

Et peut-être le sergent Pépin eût-il plus longuement développé cette idée, d'ailleurs très vraie à l'époque où elle était exprimée, il y a vingt-deux ans, que l'infanterie de marine était une arme dépréciée, lorsqu'un sous-lieutenant du 1er régiment apparut à l'entrée d'une salle d'attente, et, apercevant les nouveaux venus, se dirigea vers eux.

C'était Bertin, l'ancien de Georges et de Zahner, qui venait, suivant en cela les constantes traditions de Saint-Cyr, « piloter » ses deux recrues à leur arrivée au régiment.

Grâce à lui, les deux amis allaient trouver singulièrement facilitées les premières démarches imposées aux nouveaux promus : présentation aux camarades, visites aux officiers et à leurs femmes, choix d'un logement.

Le colonel serra vigoureusement la main du sous-lieutenant.

L'ancien que le hasard avait attribué à Georges et à Zahner était un « débrouillard » : toutes ces « corvées » allaient être menées rondement.

— A bientôt, Pépin! dit Georges en serrant chaleureusement la main du sergent : je te verrai au quartier demain; mais quand je serai installé, tu viendras me voir chez moi... et souvent.

— Ah! pour sûr, mon lieutenant, si ça ne vous ennuie pas, nous recauserons d'autrefois et je vous amènerai mon mioche.

— Ton mioche! tu es donc marié, toi? Pourquoi ne le disais-tu pas?

— Vous verrez ça, mon lieutenant; c'est une surprise!

Mais Georges venait d'apercevoir Yvan Mohiloff, debout derrière lui, les valises à la main.

— Tiens, Pépin, reprit-il, rends-moi un service : occupe-toi de ce brave garçon : c'est un engagé qui entre au régiment. Demande au major, de ma part, de l'incorporer à la 14ᵉ avec moi : je tiens à ce qu'il ne me quitte pas.

— Entendu, mon lieutenant; soyez tranquille, je m'en charge : je vais trouver le sergent-major, et il sera habillé et ficelé comme pas un d'ici à demain.

— Tu le feras mettre dans une escouade où on le laisse un peu tranquille et dont le caporal soit sérieux.

— N'ayez crainte, mon lieutenant : je vais le prendre dans ma section, et c'est moi-même qui le mettrai au port d'armes. Ne sera-t-il pas votre ordonnance plus tard?

— Justement, il ne s'est engagé que pour cela.

— Diable, vous serez bien partagé! il a l'air fort comme un taureau, ce gaillard-là... Ça fera un rude marsouin, quand je l'aurai débrouillé, et c'est précieux aux colonies, une ordonnance comme celui-là.

Laissant celui que l'on appelait toujours le « Petit Russe », et qui en réalité était un hercule râblé et musclé, aux soins de Parasol, Georges Cardignac rejoignit Zahner et son ancien.

L'accueil du colonel fut celui qu'avait fait présager sa lettre si affectueuse.

Le colonel Mangin était un petit homme nerveux, vif, tout d'une pièce, et qui secoua vigoureusement la main du jeune officier.

Mais ce fut surtout chez le capitaine Cassaigne que l'accueil fut chaud.

Georges faillit étouffer de l'accolade qu'il reçut, et il s'aperçut que cet officier, qui lui était apparu si calme pendant l'infernale tempête de Sedan, était au contraire, dans la vie privée, un cœur chaud, exubérant, plein d'en-

Vous reconnaîtrez pour sous-lieutenant
M. Georges Cardignac, ici présent.

thousiasme et d'une faconde presque méridionale; il avait d'ailleurs de qui tenir, étant de Toulouse.

Georges comprit alors que, chez l'officier, les qualités de caractère — et le calme est une des plus essentielles, puisqu'elle permet de mettre les autres en œuvre — les qualités de caractère, dis-je, s'acquièrent par une observation incessante de soi-même et une volonté tenace, le tout étayé par un profond sentiment du devoir.

Je vous le répète donc aujourd'hui encore, mes enfants : que ceux d'entre vous qui, rêvant d'entrer dans l'armée, craignent de n'y point posséder les qualités qui font le vrai chef, qui redoutent de s'y montrer timides, impressionnables, manquant d'à-propos et de coup d'œil, que ceux-là se rassurent, tout cela s'acquiert : il suffit de le vouloir.

Le capitaine Cassaigne raconta alors à Georges Cardignac comment, criblé de coups et laissé pour mort près de la briqueterie de Bazeilles, il avait été soigné par de braves gens de Balan, fait prisonnier chez eux par les Prussiens, et, dès qu'il avait été guéri, interné à Colberg, au fond de la Prusse.

Depuis la guerre, il avait fait un tour à la Nouvelle-Calédonie, un autre tour à la Martinique, mais ses préférences allaient vers le Sénégal.

— Si la France a quelque chose d'intéressant à faire, conclut-il, c'est par là, à cause de la possibilité pour elle de pénétrer jusqu'au Niger et de rejoindre ensuite cette colonie à notre Algérie. La Cochinchine, c'est trop loin. Aussi j'espère bien que mon prochain tour de départ sera pour rejoindre au Sénégal le capitaine Galliéni et le docteur Bayol, qui vont parcourir le Fouta-Djalon, et avec qui je voudrais bien faire cette intéressante reconnaissance.

— Comment faire pour y partir avec vous, mon capitaine ?

— Vous y tenez ?

— Plus que je ne puis vous le dire; moi aussi, le Sénégal, le Soudan, toute cette Afrique mystérieuse m'attirent, me fascinent, et je vous assure que je ne tiens nullement à faire ici le stage réglementaire d'un an ou deux; plus tôt je serai aux colonies, plus tôt je serai content.

— Je suis d'autant plus satisfait de vous entendre parler ainsi, Cardignac, que vous pourrez ainsi partir avec moi. Soyez tranquille : j'arrangerai cela avec le colonel.

Les premiers jours, les deux jeunes officiers furent absorbés par leurs obligations vis-à-vis de leurs chefs et de leurs camarades. C'est ainsi que, dans le cours de la semaine qui suivit leur arrivée, ils furent *reconnus* devant leurs compagnies et *reçus* par le corps d'officiers de leur régiment.

C'est un grand jour dans la vie d'un officier, mes enfants, que celui où il reçoit ainsi, pour la première fois, l'investiture devant ses subordonnés, devant ses hommes. Il y a quelque chose de solennel dans cette présentation du jeune sous-lieutenant à sa compagnie, et le cœur de Georges battit à coups précipités lorsqu'il se trouva, au port du sabre, à la gauche de son commandant. Devant lui, cent cinquante soldats d'infanterie de marine, la 14e, sa compagnie, étaient alignés immobiles, baïonnette au canon, et au port d'armes; un ban fut ouvert par les clairons...

— Sous-officiers, caporaux et soldats, proclama d'une voix grave le commandant, vous reconnaîtrez pour sous-lieutenant M. Georges Cardignac ici présent, et vous lui obéirez en tout ce qu'il vous commandera, pour le bien du service et l'exécution des règlements militaires!

Et se tournant vers Georges Cardignac, le chef de bataillon lui donna l'accolade.

De ce jour, l'autorité du jeune officier sur ses hommes était proclamée, effective; mais il n'en devait user, vous l'avez vu par la phrase sacramentelle, que « pour le bien du service et l'exécution des règlements militaires. »

Tout officier devrait toujours avoir présente à l'esprit cette formule, concise et sacrée, qui, en affirmant le droit au commandement, sauvegarde en même temps le surbordonné de l'abus de pouvoir ou de la fantaisie du chef.

Ce même soir, Georges et Zahner furent « reçus » par le corps d'officiers. C'est aussi une impression forte, que celle qu'emporte de cette solennité le débutant dans la vie militaire. Après le dîner à la pension, terminé par un toast du plus ancien lieutenant, président de table, à l'adresse des deux récipiendiaires, Georges et Zahner trouvèrent, réunis au Cercle militaire, tous les officiers du 1er régiment d'infanterie de marine, présents à Cherbourg.

Le colonel Mangin fit asseoir Georges Cardignac à sa droite, Zahner à sa gauche, et la soirée commença au milieu des propos joyeux et des conversations bruyantes, coupées par la musique du régiment. La plupart des officiers qui étaient là avaient la poitrine constellée de décorations, souvenirs de leurs campagnes lointaines; on sentait, dans la vaste salle, comme une atmosphère coloniale. Tous ces bronzés, ces basanés, avaient voyagé aux quatre coins du monde, et, au milieu d'eux, les deux jeunes sous-lieutenants, pâles, presque imberbes, offraient un contraste frappant. Combien de jeunes comme eux s'étaient assis avant eux à ces tables et avaient fondu là-bas au lourd soleil des tropiques! Qui pouvait dire combien il avait fallu de victimes à la fièvre et aux balles, pour arriver à cette sélection d'officiers, capables de guerroyer sous tous les climats!

Lorsque le champagne fut versé, le colonel, dans une chaude allocution, présenta les deux jeunes gens au corps d'officiers du 1er Régiment, porta leur santé, et, en leur honneur, but à la « camaraderie ».

— La camaraderie, dit-il, c'est notre force à nous autres ; c'est le ciment même qui assemble les éléments de ce puissant édifice qu'est l'Armée ; du petit au grand, soyons toujours bons camarades, mes enfants : c'est la camaraderie qui dissipe les petits ennuis de notre terre-à-terre en garnison, les crève-cœur, les impatiences journalières du métier ; c'est elle qui donne à nos hommes l'exemple de la solidarité et de la force dans l'union ; c'est elle surtout qui soutient le moral, dans les continents lointains, au milieu des maladies et des dangers. Les camarades! mais ils sont la famille et la patrie du marsouin! Mes jeunes camarades, soyez les bienvenus au milieu de nous!

Dès le lendemain, Georges et son ami, installés dans deux modestes chambres qu'ils avaient louées sur le même palier, dans les environs de la caserne du Val-de-Sair, entrèrent en fonctions, et Georges, pénétrant pour la première fois dans les chambres de ses hommes, fit la connaissance de « son peloton ».

Il faut avoir vécu de cette vie militaire, voyez-vous, mes enfants, pour comprendre tout ce que ce mot « mon peloton », dans la bouche d'un lieutenant ou sous-lieutenant amoureux du métier, comporte de sentiments complexes. Les soixante ou soixante-dix hommes qui constituent le peloton d'un officier sont « à lui » ; ils sont presque ses enfants ; il doit les connaître tous, non seulement par leurs noms, mais encore par leurs professions dans la vie civile ; par leurs aptitudes, par leur valeur au tir, à la marche, par les services qu'ils peuvent rendre à la collectivité ; il doit s'intéresser à tout ce qui leur arrive, joies ou deuils de famille, les conseiller quand ils s'engagent dans une mauvaise voie ou fréquentent de mauvais camarades ; les remonter quand ils sont fatigués ou découragés ; les aller voir à l'infirmerie ou à l'hô-

28

pital quand ils sont malades. Cette sollicitude, elle est de tous les instants ;
les sceptiques qui prennent encore aujourd'hui le soldat pour une machine
et ne s'occupent que d'exiger de lui des mouvements d'automate, retardent
de trente ans. L'armée d'aujourd'hui n'est plus l'armée d'avant 1870, et le
soldat français, incorporé par le service obligatoire, n'est plus le soldat de
métier de jadis. Il faut en prendre son parti et le traiter en homme.

C'est dans ces principes que le colonel Cardignac avait élevé son fils, et
Pierre Bertigny lui avait confirmé, par ses souvenirs personnels, que cette
méthode d'éducation était la bonne ; il lui avait cité l'exemple des deux officiers de peloton qu'il avait eus en Crimée : l'un préférant ses chevaux à ses
hommes, et abandonné par sa troupe à la bataille de l'Alma ; l'autre, adoré
de son peloton, et voyant se rallier à lui, au milieu du danger, non seulement les siens, mais les chasseurs du peloton voisin.

C'était également dans ces idées, toutes nouvelles alors — car l'ancienne
armée n'y était pas faite — que le capitaine Manitrez avait dressé ses Saint-
Cyriens, et Georges se consacra entièrement à sa tâche, non seulement d'instructeur mais d'éducateur.

Il n'était pas depuis deux mois à la 14e compagnie, qu'il était adoré de
tous ses hommes.

Il faut dire, pour être juste, que Pépin n'avait pas peu contribué à ce
résultat ; d'abord en racontant les débuts du jeune officier comme marsouin
dans « la Division bleue » de l'armée de Sedan, ensuite en le désignant à ses
camarades et à ses hommes comme la perle des chefs.

Le brave Pépin avait répondu, sans tarder, à l'invitation que lui avait faite
Georges Cardignac de venir le soir dans sa chambre : il était venu une première fois cérémonieusement, n'osant presque pas marcher sur le tapis
pourtant bien défraîchi, s'asseyant sur le bord des fauteuils, ce qui formait
un contraste comique avec son aplomb habituel ; mais la deuxième fois, il
était entré d'un air mystérieux, avait refermé la porte, et à mi-voix :

— Mon lieutenant, dit-il, je vous ai dit l'autre jour que je vous condui-
rais mon mioche... si vous permettez...

— Mais certainement, tu aurais dû me l'amener l'autre jour : quand t'y
décideras-tu ? Tu m'intrigues avec ce mioche-là.

— Il est là, derrière la porte, dit Pépin en souriant : je vais le chercher...
Il est encore timide, mais je vous défie bien de le faire rougir...

— Qu'est-ce que tu me chantes-là ?

Et Georges laissait libre cours à maintes suppositions bizarres, quand ouvrant la porte, Pépin appela :

— Allons, Baba, viens !

Et un petit nègre parut, un petit moricaud

Baba fit gauchement le salut militaire.

de huit à dix ans, à la peau d'un noir mat, aux oreilles larges, plates et débordantes, aux grands yeux étonnés :

— C'est cela, ton mioche ? s'écria Georges, au comble de l'étonnement.

Mais Baba, se redressant, venait de faire le salut militaire, un salut d'une gaucherie amusante ; après quoi il s'était serré contre Pépin, comme derrière un protecteur naturel.

Et il était vraiment d'un aspect réjouissant, dans son uniforme d'enfant de troupe, un uniforme de marsouin ajusté à sa taille, et auquel il ne manquait qu'une chose, les godillots !

Car Baba marchait pieds nus, et cette particularité le rendait plus comique encore...

Ce fut la remarque que fit aussitôt Georges Cardignac.

— Voyons, Pépin, tu aurais bien pu lui offrir une paire de souliers.

Mais le sergent se récria :

— Impossible, mon lieutenant ; j'ai essayé, vous pensez bien... On me regarde comme un grigou de le laisser aller pieds nus par tous les temps ; mais c'est comme cela : il n'a jamais pu s'y faire... Et ça se comprend : voyez-vous ces pieds-là ? ils sont larges comme des raquettes, avec des doigts écartés comme s'il allait jouer aux osselets. Quand j'ai vu qu'il souffrait trop d'avoir les pattes emprisonnées dans ses godillots, je n'ai pas insisté. C'est encore heureux qu'il consente à s'habiller. Le voyez-vous tout nu dans les rues de Cherbourg ?

— D'où vient-il ?

— Oh ! c'est toute une histoire. Je vous ai dit qu'il y a deux ans, j'ai fait le Sénégal ; nous avons poussé une pointe du côté des Bambaras. Ils ont là-bas un chef, Ahmadou, roi de Ségou, qui leur mène la vie dure. Comme nous revenions, en descendant en chaland le fleuve du Sénégal, nous voyons sur les rives du fleuve un village qui venait d'être incendié. Nous débarquons : des cadavres de nègres, de femmes dans toutes les cases ; c'était une bande de Maures, les pirates du Soudan, qui venaient de passer, faisant une razzia d'esclaves ; ils avaient tué ceux qui avaient résisté ou qui ne valaient pas la peine d'être vendus, et avaient emmené en captivité tout le reste. Ce pauvre gosse s'était caché dans une grande outre remplie d'huile de palmes, et avait ainsi échappé aux recherches des bandits ; c'est là que je le découvris, et quand il sortit, tout huileux, il avait l'air si drôle, si suppliant qu'il me toucha et que je l'emmenai. Son père, sa mère et son frère aîné étaient partis, emmenés en captivité, me fit-il comprendre ; il était donc seul au monde.

Il s'appelait Baba. On m'a accordé pour lui le transport gratuit sur le bateau, de Saint-Louis à Bordeaux ; je me suis chargé de son éducation. Il va à l'école chez les Frères : le colonel a prescrit qu'on lui donne une gamelle au quartier ; le capitaine m'a cédé un uniforme de marsouin, et la cantinière l'a arrangé à sa taille ; il ne lui manque donc rien. Il n'y a qu'une chose dont il ne peut se défaire : c'est du langage nègre; il connaît beaucoup de mots de français, mais il parle comme on écrit une dépêche télégraphique, et toujours à la troisième personne.

N'est-ce pas Baba, dit le sergent, se tournant vers le nègre, que tu es un petit mulet qui ne veut pas parler comme tout le monde ?

— Baba content, dit l'enfant.

Et, quand le brave Pépin repartit, en tenant paternellement son mioche par la main, Georges Cardignac sentit sa sympathie redoubler pour le digne garçon, dont le bon cœur venait encore de se révéler là, d'aussi originale façon.

Il lui devait d'ailleurs autre chose : le dressage

Cuir-de-Russie aidait Mohiloff dans ses fonctions d'ordonnance.

d'Yvan Mohiloff, qui, avec ses allures un peu massives, avait éprouvé de
sérieuses difficultés à se former aux exercices d'assouplissement qui constituent, pour le soldat français, le début de l'instruction. A force de patience,
Pépin avait fini par faire de ce colosse un « marsouin », sinon très souple et
très agile, du moins entraîné, résistant, manœuvrant avec vigueur et correction. Il avait d'ailleurs été aidé dans cette tâche par le camarade de lit du
« petit Russe », un Basque au regard éveillé, au teint bistré, brun comme
un pruneau d'Agen, et qui montrait, dans un perpétuel sourire, des dents de
jeune loup. Etchegaray, c'était son nom, était attaché à ce grand garçon,
aussi silencieux que lui-même était bavard, aussi lourd qu'il était leste ; il
lui avait montré à échafauder son paquetage, à démonter son fusil Gras, à
astiquer son équipement ; il lui avait rendu ces mille petits services, qui atté-
nuent pour le soldat les difficultés du début, et Mohiloff, peu expressif pourtant, lui en avait montré une reconnaissance attendrie. Aussi la liaison du
petit Russe avec Etchegaray avait-elle valu à ce dernier le sobriquet de
« Cuir-de-Russie », qu'il devait transporter avec lui aux colonies.

Au bout de quatre mois de service, Yvan ayant terminé ses classes, c'est-
à-dire ayant une instruction militaire individuelle suffisante, devint l'ordonnance de Georges Cardignac ; il atteignit du coup le maximum de son ambition. Son horizon avait toujours été borné par l'unique désir de servir un
Cardignac, comme si l'atavisme eût déposé dans son cerveau ce vœu de son
aïeul de Vilna.

Mais ce jour-là, au lieu d'une seule ordonnance, Georges en eut deux, car
« Cuir-de-Russie, » ne pouvant se décider à perdre son nouvel ami, passait
régulièrement, dans la petite pièce affectée aux ordonnances, tous ses instants
de loisir, et, pour faire supporter sa présence, brossait, cirait et fourbissait
avec ardeur, les effets, chaussures et armes du sous-lieutenant.

Cependant Georges Cardignac, sentant qu'il n'avait que peu de temps à
passer à Cherbourg, parcourait la ville, le port et l'arsenal, cherchant à connaître et à s'instruire. Destiné à vivre souvent avec les marins, il voulait s'ini-
tier de bonne heure aux hommes et aux choses de la marine, et Cherbourg,
cette sentinelle avancée de la France devant les côtes anglaises, lui apparaissait comme un point de premier ordre parmi les forteresses de nos côtes.

Ce qui l'avait frappé dès les premiers pas, c'était la statue équestre de
Napoléon Ier, érigée sur le port.

Il est là, face à la mer, le bras droit tendu vers l'Angleterre, et semblant, de son regard profond, indiquer à la France l'implacable adversaire. Le piédestal porte cette inscription, reproduction d'une de ses pensées maîtresses : « J'avais résolu de renouveler à Cherbourg les merveilles de l'Égypte. »

Et ce geste, ces paroles du César moderne, avaient maintes fois rendu songeur le petit-fils de Jean Tapin.

Car il se souvenait de ce qu'il avait lu sur les feuillets jaunis qui formaient les *Mémoires* de son grand-père : toutes ces guerres traversées par le petit-tambour de Valmy, toutes ces coalitions dont la dernière avait, à Waterloo, anéanti l'armée française épuisée, c'était l'Angleterre qui les avait suscitées, payées ; toutes ces masses autrichiennes, prussiennes et russes qui s'étaient ruées sur la France, c'était elle qui les avait poussées, et, à l'abri dans son île, elle n'avait eu de repos qu'après la chute du colosse impérial et l'effondrement de notre pays.

Il n'y avait que soixante ans de cela !

Dès lors, pourquoi n'était-elle plus l'Ennemie, elle qui l'était depuis des siècles ? Comment avait-on été assez aveugle pour aller avec elle en Crimée, en Chine ? pour se laisser pousser par elle en Italie, pour faire son jeu partout ?

Était-elle, en 1870, venue au secours de la France abattue ? Au contraire, elle l'avait insultée bassement dans ses journaux, dès qu'elle l'avait vue à terre ; encore une fois, pourquoi n'était-elle plus l'ennemie, et pourquoi la France s'hypnotisait-elle du côté de l'Est ?

Hélas ! mes enfants, la réponse était facile à faire, et Georges se la fit aussitôt ; un nouvel ennemi nous était né du côté du Rhin, qui nous avait ravi deux de nos plus chères provinces. Si, mieux inspiré, il ne nous avait demandé que de l'argent pour rançon de notre défaite, nous eussions pu oublier ; mais il nous avait arraché comme une partie de nous-mêmes, et c'était la perte de l'Alsace-Lorraine et l'ardent désir de la recouvrer, qui orientait maintenant toute la politique française.

Tous les efforts du pays tendaient donc à reconstituer la frontière de terre : Verdun, Toul et Épinal formaient la première barrière ; les bords de la Meuse et de la Meurthe se hérissaient de forts ; en arrière de cette première ligne, La Fère, Laon, Reims, Langres, Dijon en constituaient une seconde. Enfin Paris, devenu un camp retranché formidable, formait le réduit de la France armée. — Tout était dirigé contre le vainqueur de 1870, et, comme le disait alors un Ministre de la guerre, le pays tout entier avait le regard hypnotisé vers l'Est.

De la marine, il n'était que peu question. Pourtant quels superbes arsenaux la France possédait, et quoi de plus réconfortant que le spectacle de leur merveilleuse activité !

Vous n'ignorez pas, mes enfants, que les arsenaux sont de vastes établissements dans lesquels on construit des vaisseaux, et d'où ces vaisseaux sortent munis de tout ce qui leur est nécessaire pour naviguer et pour combattre ; c'est aussi là qu'on les répare quand ils sont endommagés, et qu'on les conserve en temps de paix, lorsqu'ils sont « désarmés », suivant l'expression consacrée. Un arsenal est donc une grande usine, renfermant des chantiers, des ateliers, des magasins, des approvisionnements de toutes sortes.

Après ceux de Toulon et de Brest, l'arsenal de Cherbourg est un des mieux outillés de notre pays, et, dès son arrivée, Georges s'était promis de le visiter en détail. Il en avait facilement obtenu l'autorisation du major-général de la flotte, pour lui et son ami Zahner.

Ce jour-là, les deux officiers commencèrent leur examen par une visite à la fameuse digue de Cherbourg, qui met la rade à l'abri des coups de l'ennemi et des flots du large.

C'est certainement, mes enfants, l'un des plus merveilleux travaux de construction maritime qui soit au monde. Songez que cette digue a près de quatre kilomètres de longueur, qu'elle porte trois forts et qu'elle a surgi du fond de la mer, créée entière par la main des hommes. Le marin qui accompagnait les deux officiers, un vieux loup de mer qui avait vu l'inauguration du port par Napoléon III, en 1858, devant la reine d'Angleterre, leur expliqua que la jetée sous-marine, supportant la muraille, avait plus de deux cents mètres à la base, et que la muraille bâtie sur cette île artificielle submergée aux deux tiers à marée haute, avait neuf mètres de hauteur sur neuf mètres de largeur : l'emploi de ciments hydrauliques en avait fait un monolithe capable de résister aux plus violentes tempêtes.

— Ça a dû coûter cher, un travail pareil, s'exclama Zahner !

— Dame, fit le vieux, la mer l'a détruite deux fois d'abord, et paraît qu'il y a là-dedans pour soixante-dix millions d'argent.

En quittant la digue, le canot doubla le fort du Homet qui, enraciné sur le roc, défend l'accès du port militaire, et, par la passe de l'avant-port, vint se ranger à quai au milieu de l'arsenal.

Il semblait aux deux amis qu'ils entraient dans un monde à part. De tous côtés s'élevait un bruit assourdissant. Sous les hangars, où de nombreuses machines-outils fonctionnaient sans arrêt, les lourds marteaux s'abattaient en résonnant sur l'acier des blindages; des chaloupes à vapeur traversaient les bassins en sifflant; des locomotives et des wagons couraient le long des quais, portant la houille et le fer jusqu'aux ateliers; des chalands, remplis de matériel, étaient déchargés à l'aide de puissantes grues placées de distance en distance; des canons s'allongeaient à terre, alignés comme à la parade, et des piles d'obus s'amoncelaient près d'eux en pyramides régulières. Dans un hangar, d'énormes approvisionnements de cordages, d'ancres et de chaînes donnaient l'impression que les flottes les plus puissantes pouvaient venir là, se ravitailler de tout.

Dans les *darses* étaient amarrés, tout près les uns des autres, les bâtiments des genres les plus divers : cuirassés, transports, garde-côtes, avisos, torpilleurs; plus loin, un navire à demi gréé, ses mâts à demi-guindés, était couvert d'échafaudages, sur lesquels s'agitait une nuée d'ouvriers, tôliers, charpentiers et calfats, et tout autour de ces navires s'entre-croisaient, dans un pêle-mêle pittoresque, canots, remorqueurs, chaloupes, baleinières et chalands, tous allant et venant dans un sens et dans l'autre. C'était auprès de ces géants de la mer, enchaînés le long des quais et immobilisés pour l'instant, une intensité de vie extraordinaire.

Un second-maître avait été donné aux deux officiers pour les guider et leur fournir les explications nécessaires. Successivement il les introduisit dans l'atelier des canots et de la mâture, dans les forges de radoub et dans les *cales couvertes* où sont mis en construction les plus grands bâtiments.

Mais ce fut surtout à la Direction d'Artillerie, et lorsqu'ils pénétrèrent dans la salle d'armes, que les deux jeunes gens manifestèrent leur admiration : cinquante mille armes de tous les modèles et de toutes les époques, disposées avec un goût parfait, s'alignaient sur des rateliers ou formaient des trophées artistiques. Les uns représentaient un arbre, une corbeille, un lustre, un jet d'eau; les autres, appliqués contre la muraille, y formaient des dessins représentant des écussons, des croix, des étoiles, des lunes, des soleils et des colonnes.

Soudain, au fond de la salle, devant un canon couché à terre et recouvert d'une épaisse couche de rouille vert-de-grisée, Zahner s'exclama :

— En voilà une de pièce! d'où peut-elle sortir pour être en pareil état?

— On l'a retirée du fond de la mer, dit le second-maître.

— C'est à croire qu'elle y a séjourné une vingtaine d'années, dit Georges.

— Vous êtes loin de compte, dit en riant le marin cicerone : elle provient d'un des vaisseaux de la flotte commandée par Tourville, et qui fut détruite à la bataille de La Hougue, par les flottes anglaises et hollandaises réunies.

La bataille de La Hougue, reprit le second-maître, est du 29 mai 1692 : ce canon a donc séjourné cent cinquante ans au fond de la mer.

Mais à la salle des modèles de la direction des travaux hydrauliques, une surprise d'autre genre attendait Georges. Une dalle en pierre grise s'étalait au milieu d'une infime variété de reproductions et de réductions d'ouvrages de toutes sortes, et le fils du colonel Cardignac allait passer en jetant sur elle un coup d'œil distrait, lorsque le marin s'arrêta et, portant la main à son béret :

— La pierre tombale de Napoléon à Sainte-Hélène, dit-il.

Et Georges éprouva comme une secousse. Ainsi, c'était sur ce morceau de pierre, brute et sans nom, que son grand-père s'était agenouillé, la veille même du jour où devait avoir lieu l'exhumation des restes du martyr de Sainte-Hélène : pendant dix-neuf ans, cette dalle avait recouvert le corps du grand Empereur, avait été balayée par les orages de son ciel d'exil.

Et une larme furtive, que nul ne vit, monta aux yeux du petit-fils de Jean Tapin : car maintes fois on lui avait raconté la visite de l'aïeul, là-bas, dans l'île perdue au milieu de l'Océan, le dur voyage qui avait brisé ce tempérament de fer; l'apparition du visage de l'Empereur, dont la mort avait respecté le masque césarien, le retour du colonel Cardignac sous la fièvre ardente, le suprême pèlerinage entre ses deux fils, l'oncle et le père de Georges soutenant les derniers pas de leur père, et la mort du vieux soldat de l'Empire, le soir même du retour des Cendres.

Tout cela remplit Georges d'une mélancolie que ne put atténuer la visite des autres parties de l'arsenal, des poudrières, des « formes » et des bastions de l'enceinte. Malgré lui, une comparaison s'établissait dans son esprit entre la période glorieuse qu'avait parcourue son grand-père et l'avenir qui les attendait, eux, les jeunes de la troisième génération. C'en était fait des grandes luttes européennes, il le sentait. Pour glaner un peu de gloire, il fallait maintenant aller la chercher sous d'autres cieux.

Et à la pensée de tout ce qu'avaient fait les hommes d'autrefois, le jeune sous-lieutenant se sentit pris d'un besoin débordant d'activité. Dès lors, il ne rêva plus que départ; il accompagnait jusqu'aux transports les détachements dont le tour de relève était venu et les camarades qui embarquaient, attendant son tour fiévreusement.

Et ce jour tardait bien.

Il arriva enfin.

Sa mère était venue passer une semaine avec lui au mois de décembre 1879; ce fut avec un éclair de joie dans le regard, qu'il l'aborda : « Mère, dit-il, nous partons dans un mois... »

Elle eut un cri déchirant : « Déjà! »

Il l'embrassa, la consola; mais en était-il bien sûr? ne prenait-il pas ses désirs pour des réalités?

Oui, il en était sûr, le capitaine Cassaigne venait de le lui dire. La 14e compagnie partait tout entière avec ses officiers, ses cadres et ses soldats instruits. C'était une chance, car, suivant leur tour d'embarquement individuel, les officiers d'infanterie de marine partent le plus souvent sans leurs hommes, et trouvent aux colonies des compagnies nouvelles, des hommes qu'ils ne connaissent pas. Combien Georges était heureux de partir avec les siens, avec son peloton!

— Et où vas-tu? demanda Valentine, entre deux sanglots.

— Où j'avais rêvé d'aller, mère : au Sénégal!

CHAPITRE VII

Le 28 janvier 1880, Georges Cardignac, descendant du train, à Bordeaux, avec le capitaine Cassaigne, veillait au débarquement des « marsouins » de son peloton, et, sabre au côté, prenait la tête de la compagnie pour se rendre au quai de Bacalan, où stationnait le paquebot. C'était le *Stamboul*, de la Cⁱᵉ Freycinet, bâtiment qui dessert la côte occidentale d'Afrique.

Une animation extraordinaire régnait sur les quais de la Garonne, ce merveilleux fleuve, qui, à cent quatre-vingt-seize kilomètres de son embouchure, est assez puissant pour livrer passage à des transatlantiques de trois mille tonneaux et donner asile à douze cents navires.

C'est toujours une heure curieuse que celui d'un départ de transport pour les pays lointains, surtout lorsque des troupes s'embarquent; car l'opération s'exécute comme un exercice, avec la plus grande régularité, et en silence, chaque homme, muni de son sac et d'une couverture, allant occuper sa place dans l'entrepont; les fusils seuls sont retirés aux soldats embarqués et mis en caisse, jusqu'à l'arrivée à destination. Entassés dans un espace de quelques mètres carrés, les hommes redoutent généralement ces longues traversées, surtout lorsqu'ils doivent franchir les régions équatoriales, ou certaines zones particulièrement torrides, comme la mer Rouge, où le thermomètre atteint cinquante et cinquante-cinq degrés à l'ombre.

Bien heureux encore, lorsque les effectifs embarqués n'obligent pas à laisser une partie des passagers sur le pont, exposée aux intempéries et aux coups de mer.

Ce ne fut pas le cas pour les « marsouins » qui s'embarquèrent ce jour-là : deux compagnies seulement, soit trois cent cinquante hommes, prirent place sur le *Stamboul*. Le hasard n'avait pas voulu séparer Zahner de Georges : c'était sa compagnie qui partait avec celle du capitaine Cassaigne; elle était commandée par un capitaine déjà âgé, sombre et peu communicatif, nommé Brémont.

— Monsieur Cardignac! appela un premier-maître, lorsque les deux compagnies au complet, furent à bord.

— C'est moi! fit notre ami.

— Le commandant vous demande sur la passerelle.

Très intrigué, Georges grimpa lestement l'étroit escalier qui conduisait au réduit d'où, la jumelle à la main, le commandant et l'officier de quart embrassent, en même temps que le vaste horizon, toute la surface du bâtiment.

Le commandant Lota, du *Stamboul*, était un Corse, à la figure franche et énergique, hâlée par les embruns, éclairée de deux yeux noirs et expressifs, ombragés par des sourcils épais; il tendit la main à Georges :

— Vous êtes le fils du colonel Cardignac?

— Oui, commandant!

— Alors, cette dépêche vous concerne. Voyez.

Et Georges lut le télégramme que voici :

« J'apprends au ministère Marine, que fils de mon vieil ami colonel Cardignac, mort à l'ennemi en 1870, embarque avec vous 28 janvier, pour Sénégal. Vous serais reconnaissant, l'accueillir comme moi-même et lui faciliter traversée.

« Amiral de Nessy. »

Ainsi, partout, le souvenir de son père, le nom de cette famille de soldats, planaient au-dessus de Georges Cardignac, le guidant, l'aidant, le conseillant; et vous reconnaîtrez, mes enfants, une des beautés de la vie militaire, dans cette solidarité durable, qui résiste au temps et qui se transmet sans altération d'une génération à l'autre.

Le jeune officier, penché sur le bastingage d'arrière, eut un long regard.

— Je vous ai fait réserver une excellente cabine, reprit le commandant du *Stamboul* : elle est loin de la machine, pour vous en éviter la chaleur et l'odeur ; loin de l'hélice pour vous en éviter les trépidations ; elle est munie de deux hublots, qui vous donneront de l'air ; et vous verrez, quand nous serons par le travers des Canaries, que ce n'est pas à dédaigner.

— Merci, mille fois merci, commandant, dit Georges ; mais mon capitaine sera peut-être moins bien que moi, et je vous serais bien reconnaissant, si...

— J'en étais sûr ; votre capitaine est bien installé : tranquillisez-vous et renoncez à l'idée de lui offrir votre cabine. Je tiens à répondre au désir de l'amiral de Nessy qui a toujours été un père pour moi.

Georges apprit alors que cet amiral, vieil ami de Jean Cardignac, son oncle, avec qui il avait été prisonnier avant la conquête d'Alger, ami également de Henri Cardignac, son père, avait été blessé devant Orléans, en novembre 1870, avait perdu le bras droit, et, depuis huit ans, était en retraite à Lorient.

Notre ami avait le temps de lui envoyer une dépêche de remerciements avant le départ du *Stamboul* : il ne manqua pas à ce devoir. Mais sa satisfaction d'avoir une belle cabine était gâtée par la pensée de savoir son ami Zahner relégué dans un réduit obscur, près des chaudières ; et ce fut d'une voix presque suppliante qu'il reprit :

— Au moins, me permettez-vous, commandant, d'avoir un ami avec moi ?

— Si vous voulez, mon jeune camarade ; il y a, dans cette cabine, une couchette au-dessus de la vôtre et un canapé transformable en couchette : place pour trois, par conséquent ; vous serez donc encore au large.

Et Georges Cardignac, qui n'avait jamais fait de traversée, put apprécier par la suite l'avantage qui lui était fait.

Quelques heures après, Mme Cardignac arriva avec le lieutenant-colonel Bertigny. Elle n'avait pu prendre le même train que Georges, ce train étant exclusivement militaire ; mais du moins serait-elle là, au moment où le bateau lèverait l'ancre.

Le cœur de Georges se serra lorsque sa mère l'embrassa en pleurant. Depuis quelques mois, ses cheveux avaient blanchi : elle avait tant pleuré déjà ! Mais, cette fois, ce n'était plus la séparation momentanée qu'elle avait connue à plusieurs reprises ; c'était une absence de deux ans au moins qui commençait.

Reviendrait-il jamais de ces climats meurtriers, où s'étiolent les plus vigoureuses santés, où les plus robustes sont parfois terrassés les premiers?

Et lorsque, vers le soir, le transport, libéré de ses amarres, glissa lentement le long du quai, sous la lente impulsion de son hélice, le jeune officier, penché sur le bastingage d'arrière, eut un long regard pour la pauvre femme en noir, qui, au bras du lieutenant-colonel Bertigny, défaillait en agitant nerveusement son mouchoir.

Lui aussi, le brave Pierre était très ému. N'était-ce pas le seul descendant des Cardignac, de cette famille à laquelle il devait tout, qui risquait de disparaître dans cet exode lointain?

Comment, ayant eu le choix d'un régiment, Georges avait-il été, de sa propre volonté, creuser, entre sa mère et lui, ce large fossé fait de déchirements répétés? Quelle fascination exerçait donc sur son âme cette perspective des guerres lointaines, et pourquoi, comme tant d'autres, n'avait-il pas choisi une bonne garnison, à courte distance de ceux qu'il aimait? N'était-ce pas un mirage qu'il poursuivait, en satisfaisant cette soif d'aventures, ce besoin incessant d'activité et de mouvement?

Toutes ces réflexions, mes enfants, Georges ne se les fit pas; il éprouvait un amer chagrin à partir loin de sa mère, et une grosse larme coula de ses yeux lorsque, au détour du bassin à flot, le point blanc formé par le mouchoir qu'elle agitait s'estompa dans l'éloignement. Mais il obéissait à l'instinctive impulsion de sa nature. Sans doute l'esprit aventureux de son aïeul, de celui qui avait chevauché pendant vingt ans à travers l'Europe, sans doute, le sang bouillant de Jean Tapin courait dans ses veines, et la douloureuse impression de ce départ ne lui fit pas une minute regretter son choix.

Pourtant, une nouvelle fâcheuse l'avait assombri.

Comme elle l'avait craint, Mᵐᵉ Cardignac venait de voir les derniers lambeaux de sa fortune disparaître dans l'effondrement de la fortune de son oncle. Ce dernier luttait héroïquement, mais les commandes n'arrivaient pas, et Valentine en était réduite maintenant à sa maigre pension de veuve. Cette pensée, qu'il laissait sa mère dans une situation aussi précaire, était des plus pénibles pour Georges. Certes il savait bien que Pierre Bertigny le remplacerait auprès d'elle et ne la laisserait manquer de rien; mais, outre que la fortune personnelle de Pierre était, elle aussi, bien diminuée depuis

la guerre, Georges savait sa mère
trop fière pour accepter quoi que
ce soit, même des obligés de son
mari.

Mais la nouveauté du spectacle, l'animation qui régnait à
bord, chassèrent vite, chez le
jeune officier, les réflexions mé-
lancoliques. Le *Stamboul* remontait en effet vers les plages africaines, non seulement des soldats,
mais encore des fonctionnaires
de toutes catégories : vice-rési-
dents, télégraphistes, magistrats,
et, avec eux, des commerçants
que tentait le trafic de l'ivoire, du
caoutchouc, de la gomme, de la
poudre d'or et de toutes ces
richesses naturelles, qui, depuis
peu, se révélaient au fond du
Soudan mystérieux.

Parmi ces derniers, le
commandant Lota fit re-
marquer à Georges et à
Zahner un passager d'un
certain âge, à l'air noble
et triste, et qui attirait
particulièrement l'atten-
tion. Les traits de son
visage révélaient une
énergie peu commune,
et toute son attitude, une
trempe d'acier et une
vigueur infatigables. Il
avait le teint bronzé des

M. d'Anthonay à bord du *Stamboul.*

coloniaux, les yeux noirs, grands et profonds, avec ce sombre de la paupière et ce reflet jaunâtre de la pupille qui trahit les premières atteintes de l'affection du foie, si fréquente aux pays chauds.

Grand, maigre, de tournure élégante, il allait et venait sur le pont, un livre à la main, en passager familiarisé avec les longues traversées, et sachant occuper les loisirs obligatoires de la vie à bord.

Du premier coup, M. d'Anthonay, c'était son nom, inspira au fils du colonel Cardignac une instinctive et respectueuse sympathie.

Le vieux gentilhomme s'en aperçut, et avec l'aisance que donne l'habitude des voyages, il aborda le jeune officier, au moment où celui-ci s'effaçait poliment pour lui céder le pas devant l'escalier qui conduisait aux cabines.

A bord, d'ailleurs, les relations s'ébauchent avec une étonnante facilité; les confidences s'échangent rapidement entre gens qui s'ignoraient absolument au départ. C'est la vie concentrée dans ce petit espace, c'est le sentiment de l'immensité environnante qui rapproche les hommes et ouvre les cœurs; et, quand Georges eut fait part à M. d'Anthonay de ses joies et de ses ambitions, ce dernier, qui l'avait écouté avec une visible sympathie, lui raconta à son tour sa vie et ses projets.

Il avait été magistrat, et il portait d'ailleurs encore l'empreinte spéciale à cette carrière, avec ses favoris courts, ses lèvres et son menton toujours soigneusement rasés. Descendant d'une vieille famille de robe, n'ayant d'autre ressource que son traitement de procureur dans une petite ville, il avait donné sa démission par suite de diverses circonstances où sa conscience s'était trouvée engagée.

Jeté soudain hors de sa voie, sans ressources personnelles, il y avait sept ans de cela, il était parti pour l'Amérique du Sud, avait appris le dur métier d'éleveur, et, avec les quelques milliers de francs qui constituaient toute sa fortune, avait acheté, aux environs de Buenos-Ayres, un petit domaine sur lequel il avait tenté l'élevage des bestiaux.

C'était justement l'époque où l'Europe commençait à devenir tributaire du Nouveau Monde pour la viande de boucherie; où de hardis spéculateurs américains embarquaient chaque semaine, à destination du Havre, de Bordeaux et de Southampton, des milliers de bœufs, sur ces énormes cargoboats aux flancs rebondis, qui couvrent aujourd'hui les mers. En quatre ans,

M. d'Anthonay avait décuplé son petit capital, et la chance, le prenant par la main, lui avait fourni l'occasion d'acquérir, dans d'excellentes conditions, les actions d'une mine d'argent dans les environs de Parana.

C'était la fortune. En deux ans le gentilhomme était devenu millionnaire; il aurait pu aller vivre de ses rentes en France, et il y songea un instant; car, au milieu de ses travaux et des satisfactions qu'il en avait retirées, une chose lui avait manqué : la société de ses compatriotes, le bonheur d'entendre parler sa langue natale, et il faut avoir été privé longtemps de ce bonheur pour l'apprécier.

Mais il avait horreur de l'oisiveté; il n'était pas de ces gentilshommes qui abritent leur paresse derrière le mensonge, en prétendant que le travail déshonore, et qui croiraient déchoir s'ils se livraient à une occupation manuelle. Il avait reconquis par lui-même une brillante situation; il prit donc le parti de transporter ses capitaux dans une colonie française, afin d'en faire bénéficier son pays et de se retrouver au milieu de ses compatriotes.

Or c'était l'époque où quelques hommes d'État français commençaient à rêver d'expansion coloniale; parmi les colonies naissantes dont on parlait le plus alors, M. d'Anthonay remarqua le Sénégal. Un travail de pénétration méthodique et continu s'y accomplissait, sous l'habile poussée des successeurs de Faidherbe, et le 5 mars 1878, l'ancien magistrat débarquait à Saint-Louis.

— Dieu m'avait bien inspiré, dit-il, quand il en fut à ce point de son récit, car je rencontrai là une famille française, intéressante au plus haut point, et qui, depuis 1870, se débattait contre la mauvaise fortune. Son chef était un Lorrain du pays annexé, ruiné par la guerre; ne voulant pas devenir Allemand, il avait émigré à Saint-Louis avec ses deux filles, deux adorables enfants, vaillantes et fortes comme leur père. Il avait d'abord essayé de fonder une industrie de tissage, en souvenance de son ancienne usine de Metz; mais comment lutter contre les cotonnades bon marché de Birmingham, dont les Anglais inondent tous les pays du monde, et même contre les tissus allemands qui commencent à leur faire concurrence; la modeste usine avait sombré et s'était transformée en un de ces bazars où s'échangent les bimbeloteries, conserves, objets d'équipement ou de toilette, nécessaires aux colonies; mais sous cette forme même, la maison Ramblot n'avait pas prospéré.

— La maison Ramblot? vous connaissez M. Ramblot et ses deux filles!...
s'écria Georges qui, depuis quelques instants, l'attention éveillée par les
détails que donnait l'ancien magistrat, voyait poindre dans son histoire les
figures connues qui avaient traversé son séjour à Dijon, pendant le mois de
novembre 1870.

L'étonnement de M. d'Anthonay égala celui du jeune homme en entendant cette exclamation.

— Certes, reprit-il, je connais cette famille : je connais M. Ramblot
comme le plus courageux des hommes; c'est un des plus infatigables pion-
niers de cette civilisation nouvelle, poussée par la France dans les profondeurs du Soudan; il ne pèche que par un défaut, et un défaut bien français : la
témérité. Ainsi, il est un des premiers qui aient poussé jusqu'au Niger, et, dans
son dernier voyage, il a pu descendre le grand fleuve africain jusqu'à Ségou.

— La capitale du sultan Ahmadou, notre allié?

— Oh! notre allié! fit M. d'Anthonay, en hochant la tête; c'est une épithète bien risquée s'appliquant à ces tyrans noirs, surtout si l'on songe que
non loin de là, de Sierra-Léone, partent sans cesse des émissaires anglais,
offrant à ces roitelets nègres de l'or et des armes pour se retourner contre
nous. Allié aujourd'hui, ennemi demain, tel m'apparaît ce fameux sultan de
Ségou, une figure peu ordinaire, j'en conviens; et j'ai trouvé M. Ramblot
bien imprudent d'avoir poussé son voyage jusque-là. Une fantaisie d'Ahmadou
pouvait lui coûter la tête. Quoi qu'il en soit, ce brave et digne homme a
fondé un comptoir à Kita, notre poste extrême dans l'Est, et il compte, l'an
prochain, si les traités signés par le colonel Borgnis-Desbordes le permettent,
en installer un autre sur le Niger même.

— Et ses deux fillettes que j'ai connues si gaies, si gentilles, en passant
à Dijon?

— Ce sont deux grandes et belles jeunes filles; l'une, Henriette, est brune
et a vingt-deux ans; c'est elle qui tient la maison de Saint-Louis, s'occupe des
achats et de la comptabilité : une maîtresse femme, je vous assure; l'autre,
Lucie, a dix-sept ans; elle est blonde et mutine, d'un caractère très résolu sous
de frêles apparences, et accompagne souvent son père dans ses explorations.

— Comme je vais être heureux de les revoir.

Et de fait, à la joie d'entrer dans l'inconnu d'une vie nouvelle et aventureuse, vint se joindre, à dater de ce jour, pour notre jeune ami, la perspec-

tive de trouver dans ces solitudes africaines des visages amis. Cette nuit-là,
dans sa cabine, il revit surtout la figure éveillée de Lucie Ramblot, avec ses
boucles blondes et ses grands yeux de pervenche; il l'entendit appelant
« mon colonel » le petit diable de Paul Cousturier qui lui commandait l'exercice, et tapant du talon, sur le parquet de sa chambre de convalescent, en
comptant : « Une! deux!... une! deux! »

Dès lors, ses entretiens avec M. d'Anthonay, pendant les longues heures
de la traversée, roulèrent sur la colonie nouvelle à laquelle l'attachaient déjà
des liens faits de souvenirs d'enfance, et l'attachement de l'ancien magistrat
s'accrut pour celui qu'il appelait déjà son « jeune ami », en découvrant en
lui, non seulement une nature ardente et avide d'émotions, mais un cœur
chaud et prêt à s'épandre en saines affections.

Le malheur qui avait brisé sa carrière, et la rude vie coloniale que la
nécessité lui avait fait embrasser, n'avaient pas blasé cet homme supérieur;
il en était seulement devenu très réservé, presque méfiant, il ne se jetait pas
à la tête des gens et se liait difficilement; mais en face de cette jeune âme,
s'ouvrant à la vie au souffle des plus nobles sentiments, il sentit son cœur
se fondre en une chaude et pénétrante affection, et s'il la témoigna en particulier à Georges, il en fit aussi bénéficier son ami Zahner, dont la rondeur
et la gaieté le déridaient franchement.

La traversée fut donc tout particulièrement intéressante pour les deux
jeunes officiers, car M. d'Anthonay connaissait tous les parages traversés,
toutes les côtes entrevues, et se plaisait à les renseigner en même temps
qu'à les instruire.

C'est ainsi que, le *Stamboul* ayant été obligé de traverser le détroit de
Gibraltar pour embarquer à Oran une compagnie de tirailleurs, il leur fit
remarquer le fameux rocher britannique, assis comme une sentinelle géante
à l'extrémité de l'Europe, et regardant l'Afrique de ses cent yeux, figurés
par les embrasures de ses « caves à canon ».

— C'est une erreur, dit-il aux deux jeunes officiers, de croire que l'Angleterre tient encore le passage et peut, comme à l'époque de la navigation
à voiles, empêcher une escadre d'entrer dans la Méditerranée. Sans doute
ses canons la menaceront, mais la vapeur permet de raser de très près la
côte d'Afrique, et à moins qu'un jour les Anglais ne s'emparent de Ceuta,
de l'autre côté du détroit ..

— Ils s'en empareront, interrompit vivement Zahner; ils s'en empareront, soyez-en sûr!

— Il faudrait que l'Espagne fût bien bas pour se laisser enlever ce poste
si important, reprit l'ancien magistrat.

— Ça ne fait rien : ils mettront la main dessus un jour, sans prévenir, par
habitude. Prendre pour eux est un besoin, un vrai besoin naturel, comme
de manger; est-ce que vous ne les avez pas vus dernièrement, au Transvaal,
prendre quelque chose qu'on ne les croyait pas capables de prendre?

— Au Transvaal, fit M. d'Anthonay; mais au contraire, ils ont été au-
dessous de tout : et je ne vois pas du tout ce qu'ils ont pris!...

— Mais si... ils ont pris la fuite! s'écria Zahner dans un franc éclat de
rire. (1)

Et malgré sa gravité, l'ancien magistrat ne put s'empêcher de prendre
sa part de la gaieté du jeune Alsacien. D'ailleurs, il n'aimait pas les Anglais
et ne s'en cachait pas, reconnaissant leurs qualités pratiques et leur esprit
de décision, mais ayant éprouvé partout leur insatiable rapacité et leur
absence totale de scrupules.

Et sur ce point encore, il sympathisa avec Georges Cardignac qui, en
digne petit-fils d'un soldat de la Grande Armée, ne voyait pas seulement
dans l'Anglais l'adversaire hypocrite et séculaire de notre pays, mais encore
le « bourreau de Sainte-Hélène ».

Un matin, les passagers du *Stamboul* s'éveillèrent au soleil radieux des
Canaries, et M. d'Anthonay montra à Georges, au-dessus des nuages brumeux,
un profil argenté, une tache d'une blancheur immaculée qui, perdue dans
l'infinité de l'azur, semblait encore s'y confondre.

— C'est le pic de Ténériffe! s'écria Georges. Que de fois j'en ai entendu
parler!

— Tu veux rire, fit Zahner..., à cette hauteur dans le ciel, une montagne!

— Parfaitement, c'est bien cela, appuya M. d'Anthonay. Le Pic de Ténériffe a trois mille sept cent seize mètres ; les Pyrénées, les Alpes, l'Himalaya

(1) Au moment où se tenait cette conversation (1880), les Anglais, ayant tenté d'annexer contre toute
justice le Transvaal aux domaines britanniques, venaient d'être battus par les Boers à *Potchefstroom*,
à *Laings'sneck* et à *Schaine-Hoogte*; quelques mois plus tard, ils allaient subir la défaite décisive de
Majuba : contraints de reconnaître alors l'indépendance de la vaillante République, ils ont mis vingt
ans à préparer une nouvelle agression, aussi injuste que la première.

sont plus élevés, c'est entendu; mais songez que leurs sommets surplombent de deux mille mètres au plus les vallées qui sont à leurs pieds. Ce pic, lui, se dresse brutalement au-dessus de la mer : voilà d'où vient votre illusion.

A ce moment, le brouillard étant dissipé, la masse imposante de la montagne entière émergea au-dessus des eaux, élevant magistralement sa cime neigeuse dans les profondeurs du ciel.

— Et notez, ajouta M. d'Anthonay, que nous en sommes encore à cent cinquante milles.

— Cent cinquante milles! près de trois cents kilomètres!

Et cette fois, les deux officiers se récrièrent d'un commun accord; leurs regards n'étaient pas habitués à de telles distances. En pays montagneux, la vue est forcément limitée par les sommets environnants : il n'y a que les immensités de la mer et du désert qui puissent donner à l'homme pareille impression d'éloignement.

Contrairement à l'usage, le *Stamboul*, qui avait perdu plusieurs jours à rallier Oran, ne fit pas escale à Ténériffe; il continua à filer à toute vapeur vers Saint-Louis.

La terre d'Afrique était encore invisible; mais la chaleur augmentait chaque jour d'intensité, annonçant un climat nouveau et la proximité du Sahara. Les vieux coloniaux qui étaient à bord parurent sur le pont avec les casques en liège et les vêtements de flanelle blanche; Georges Cardignac et Zahner les imitèrent : leur vie coloniale commençait.

Un matin, les deux amis dormaient encore profondément, quand ils furent réveillés en sursaut par des bruits inaccoutumés, glissements des lourdes chaînes sur le pont, roulements intermittents et précipités du cabestan, coups de sifflet suivis de brefs commandements. Le ciel leur apparaissait radieux à travers les hublots de la cabine, et le soleil se reflétait en rayons marbrés et tremblotants contre les cloisons blanches.

Sauter du lit, s'habiller et se précipiter sur le pont fut pour eux l'affaire d'un instant.

Déjà M. d'Anthonay, toujours très matinal, les y avait précédés et se promenait avec le docteur du bord, un gros homme à la mine réjouie, au verbe haut, à la parole chantante, entremêlée de *té* et de *vé* d'une saveur toute méridionale.

31

— C'est la terre, dit l'ancien magistrat aux deux jeunes gens.

La terre! Que de fois, depuis leur entrée dans l'infanterie de marine, ils avaient rêvé de leur nouvelle patrie, du pays des tropiques, vert et brillant sous un ciel toujours bleu. Dans leur imagination, l'Afrique ne leur apparaissait que dans le cadre merveilleux d'une végétation luxuriante.

Quelle désillusion! Ce qui s'étalait sous leurs yeux, c'était une longue bande de sable jaune et de dunes mouvantes; des solitudes monotones et tristes; des horizons infinis où n'apparaissait aucun vestige de vie.

— Le Sahara, dit M. d'Anthonay.

— Té! ajouta le docteur, c'est même un Sahara plus abominable que celui qui s'étend au sud de notre Algérie, car les Maures qui le parcourent sont les êtres les plus insociables et les plus féroces que l'on connaisse. On ne cite qu'un explorateur qui ait osé aborder cette côte inhospitalière : c'est un Français, Camille Douls, et ils lui ont fait souffrir mille tortures, le laissant des journées entières sans nourriture et sans eau.

— Ils appellent eux-mêmes leur pays : *Al edel ateuch*, le pays de la soif, reprit M. d'Anthonay : quelques-unes de leurs tribus poussent de fréquentes incursions sur la rive droite du Sénégal, et les malheureux noirs les redoutent comme le pire des fléaux.

Pendant toute la journée, le *Stamboul* longea cette côte désolée, et, vers le soir seulement, les cocotiers mirent dans ce paysage monotone la verdure de leur feuillage; puis quelques huttes en paille apparurent, bientôt suivies de milliers de cases en chaume et de cabanes aux toits pointus. Des fourmilières de noirs se montrèrent sur le rivage, et le docteur nomma les deux grandes villes formées par ces agglomérations d'indigènes; Guet N'dar et N'Dartoute. Derrière, au-dessus des sables, une vieille cité blanche, encore endormie sous l'ardent soleil, des maisons mauresques, une mosquée, une tour, une église émergèrent peu à peu.

C'était Saint-Louis.

Entre le navire et la plage, une longue arête de vagues soulevées et tourbillonnantes se brisaient les unes contre les autres avec un fracas de tonnerre.

— Est-ce qu'il faudra franchir ça? demanda Zahner, vaguement inquiet, car il n'avait qu'un goût modéré pour les mouvements de tangage et de roulis.

— Té! répondit le docteur, il le faudra
bien. Tant qu'on n'aura pas terminé la voie
ferrée qui, de Saint-Louis va à Dakar, seul
point de la côte où cette barre n'existe
pas, il n'y aura pas d'autre moyen d'aborder ici, et, à dire vrai, je ne débarque pour
mon compte que quand j'y suis tout à fait
obligé, car c'est un vilain moment à passer.
D'ailleurs, voyez, voici une pirogue qui
nous apporte les ordres du gouverneur :
té! regardez si elle
saute !

Une pirogue montée par des nègres.

Tous les passagers suivaient
déjà du regard une petite embarcation, montée par quatre noirs,
et qui venait de se détacher du rivage. Elle se lança sur la crête écu-
mante des lames, disparut comme
engloutie, puis reparut ruisselante,
bondissante et légère, par dessus
les volutes prêtes à la briser; un instant après, elle s'accrochait au navire.

— Le capitaine du port me fait savoir que la barre est particulièrement dure à franchir aujourd'hui, annonça le commandant Lota ; cependant une vingtaine de pirogues accosteront dans une heure : avis à ceux qui ne voudront pas attendre à demain matin pour débarquer.

Georges Cardignac et Zahner, après avoir pris l'agrément de leurs capitaines, se firent inscrire aussitôt parmi ceux qui tenaient à arriver à Saint-Louis le soir même, et pour ne pas les laisser partir seuls, M. d'Anthonay se décida à débarquer avec eux.

— Mais, ajouta-t-il gravement, sachez que je n'ai jamais vu un franchissement de la barre qui ne coutât une ou plusieurs vies humaines.

D'ailleurs, les deux capitaines d'infanterie de marine, après s'être concertés, décidaient eux aussi de débarquer avec leurs compagnies. En somme le débarquement était possible ; savait-on si le lendemain un coup de vent ne le rendrait pas plus dangereux encore ? Une heure après, tous trois, prenant congé de l'excellent commandant du *Stamboul*, descendaient dans une pirogue qui les attendait au pied de l'escalier de tribord, que les vagues soulevaient comme une coquille de noix.

A un signe du pilote, les noirs plongent leurs rames dans les flots, les enfoncent lentement, en se penchant avec une profonde aspiration, puis les retirent et se relèvent en aspirant bruyamment. Ils se donnent la mesure et harmonisent leurs efforts avec des sifflements prolongés. La pirogue glisse d'abord doucement. Les deux jeunes gens regardent alternativement la muraille d'écume qui s'approche, et le pilote, un noir de haute taille, qui debout, impassible, fixe les yeux sur la barre.

D'un signe, ce dernier arrête soudain les rameurs, et le frêle esquif se balance un instant au milieu des flots agités.

Car il faut saisir le moment fugitif où la pirogue pourra aborder l'obstacle, se livrer à la lame et se faire enlever par elle.

Ce moment est venu !... Le pilote pousse un cri perçant. Toutes les pagaies frappent en cadence les vagues écumantes ; les noirs redoublent d'efforts ; ils sont ruisselants de sueur. Le moment est court, mais l'impression est inoubliable : un cri de triomphe va jaillir des lèvres du pilote ; la pirogue a presque franchi la terrible barre !

Soudain, Georges le voit s'élancer sur la rame d'un jeune noir qui faiblit :

Le petit noir disparut en poussant un cri.

il est trop tard, la pirogue a prêté son flanc à une haute lame, et en moins d'une seconde, l'embarcation retournée jette à la mer ses rameurs et ses passagers.

Georges, d'ailleurs légèrement vêtu, a rapidement pris son parti de ce bain forcé : n'est-il pas excellent nageur? Évidemment, le flux et le reflux de la mer rendent la nage plus pénible; mais la terre est proche : une centaine de mètres à peine restent à franchir, et Zahner qui nage, lui aussi, comme un poisson, M. d'Anthonay qui les précède, et dont le casque blanc apparaît à quelque distance, tous trois riront de bon cœur de l'aventure, tout à l'heure.

Ne faut-il pas des émotions, pour corser la vie coloniale, et quelle plus curieuse émotion que cette culbute générale, ce naufrage en miniature, en guise d'arrivée au port?

Oui, mais pour Georges, l'émotion va devenir de l'angoisse.

Et quelle angoisse!

A quelques brasses de lui nage le jeune nègre qui a été l'auteur involontaire du naufrage. C'est encore un enfant, quinze ans à peine, avec des cheveux crépus et laineux, et il nage avec une telle aisance que le haut de son corps sort de l'eau à chaque brasse.

Soudain, Georges le voit tourner la tête de son côté, et l'entend pousser un cri guttural... Qu'y a-t-il donc? Georges, lui, ne voit rien que les volutes d'eau blanche et verte, au milieu desquelles il passe d'un vigoureux élan.

Mais le petit noir accélère ses mouvements, bat l'eau désespérément, et soudain, près de lui, une masse noire surgit, hideuse, luisante, semblable à un quartier de rocher poli par le glissement incessant des vagues; cette masse évolue, se retourne, et Georges, les yeux agrandis par l'épouvante, aperçoit une formidable rangée de dents, une gueule qui s'ouvre, énorme, en forme de demi-lune.

Il reconnaît le requin; car dans les récits qu'il a lus, il se rappelle cette particularité que le terrible squale, pour happer sa proie, est obligé de se retourner sur le dos, à cause de la disposition de sa gueule, placée à la partie inférieure de sa tête.

Ce souvenir lui revient au milieu d'un sentiment d'angoisse indicible : il veut pousser un cri, il ne le peut; la terreur, une terreur folle lui emplit le cerveau, bourdonne dans ses oreilles : quelle mort!

Mais la scène tragique dont il est le témoin affolé ne dure pas trois secondes : la gueule du monstre s'est refermée. Le pauvre petit noir, happé par le « tyran des mers », comme les navigateurs appellent le requin, disparaît en jetant un cri rauque. Presque aussitôt, un bouillonnement se montre à la surface des vagues, une large tache rouge monte des profondeurs où s'achève le drame, et s'étale sur l'écume neigeuse, où se jouent les reflets irisés du soleil couchant.

Soudain, comme un adieu, une queue formidable sort de la mer à quelques mètres de Georges, bat la surface avec une violence qui fait jaillir l'eau de tous côtés en une pluie scintillante ; cette menace, la pensée qu'un autre requin va peut-être surgir à ses côtés, rendent soudain à Georges paralysé ses moyens d'action. Galvanisé, il se remet à nager avec énergie ; le voilà sorti du remous où s'est déroulée la scène abominable et mystérieuse. Mystérieuse, car nul autre que lui n'en a été le témoin ; il s'en aperçoit bien en abordant, car M. d'Anthonay est là souriant, qui le regarde prendre pied, de l'air d'un homme habitué à ces petites misères de la vie coloniale, et Zahner qui se secoue comme un chien mouillé, lui envoie, pour n'en pas perdre l'habitude, une plaisanterie un peu lourde :

— Tu arrives bon dernier ; il aurait peut-être fallu un remorqueur à Monsieur !...

Mais tous deux s'aperçoivent en même temps de l'expression convulsée de Georges... et tous deux sont secoués du même frisson, lorsque, étendant le bras vers la redoutable barre, il prononce ce seul mot :

— Un requin !...

D'ailleurs, toute explication est inutile. A quelque distance de là, les noirs qui viennent de tirer sur la plage la pirogue que la mer leur a renvoyée, s'empressent autour d'un débris sanglant qu'une lame vient d'apporter.

C'est une jambe noire, celle de l'infortuné : elle semble avoir été coupée par une scie. Aucun étonnement d'ailleurs ne se peint sur les faces aplaties de ces pauvres êtres. C'est que la mort, la mort même la plus hideuse, n'a pas pour eux l'aspect terrifiant qu'elle revêt à nos yeux.

La vie humaine est si peu de chose dans leur pays : ce qui vient d'arriver, c'est l'accident qui demain se reproduira pour tel ou tel d'entre eux ; et, en quelques minutes, grattant avec leurs mains le sable mouvant, deux d'entre eux y ont enfoui le membre coupé. Tout à l'heure peut-être la mer l'aura de nouveau découvert, et un autre requin l'emportera. Ne voit-on pas de ces squales s'échouer sur le sable, en poursuivant une proie, et regagner la mer à la vague suivante?

D'ailleurs toute la côte en est infestée. Que signifient en effet les gestes, les chants, les contorsions de ce noir, dont les cris viennent de redoubler à la découverte du lugubre débris? Il est là sur le rivage, aux trois quarts nu; autour du rein, il porte une peau de léopard, à laquelle pendent des queues de chat sauvage; sur la tête une espèce de casque, également en peau, surmonté de plumes : c'est un *féticheur* qui cherche à calmer le démon de la mer par ses incantations.

— Le requin, répète Georges très pâle, l'avez-vous vu?

Nul ne lui répond, et la parole se fige sur les lèvres de Zahner qui n'a jamais vu sur le visage de son ami semblable impression d'angoisse : mais M. d'Anthonay qui a compris, prend dans ses bras le jeune officier, et sans dire un mot, le serre contre sa poitrine; son affection pour cet enfant qui vient d'échapper à la plus affreuse des morts, se double du danger couru. Il ne songe pas à s'étonner de la terreur qui se reflète ainsi dans le regard de son jeune ami.

L'âme humaine, capable des plus grands héroïsmes, en face de périls prévus, en face de la mort apparaissant sous sa forme habituelle, sur un champ de bataille par exemple, l'âme humaine peut être soudain terrassée par la brutalité d'apparition d'une mort aussi inattendue et aussi affreuse.

Mais le pilote, qui a compris, s'est approché, et, dans un rire qui épanouit sa large face aux yeux jaunes, au nez aplati, à la bouche lippue :

— Moi content, dit-il; requin aimer beaucoup petit noir, aimer aussi petit blanc; mais petit noir tout nu : bonne odeur, manger mieux petit noir. Moi content pour petit blanc!

C'est l'oraison funèbre du malheureux pagayeur; nul d'ailleurs ne songe plus à lui; les frêles embarcations vont et viennent, franchissant le redoutable mur liquide, débarquant les « marsouins » qui se forment par compagnies sur le rivage.

Au loin le *Stamboul* immobile, avec le pavillon tricolore à l'arrière, est entouré d'une petite flottille de pirogues et de chalands à fond plat pour le débarquement des marchandises. Le soleil disparaît dans les flots, en un disque rouge énorme, jetant sur la blancheur de Saint-Louis des tons pourpres, et projetant à la surface de la mer une longue traînée de paillettes éblouissantes.

Et les deux officiers d'infanterie de marine prennent possession de cette terre d'Afrique : c'est bien l'*Africa portentosa* des Romains; c'est-à-dire le continent mystérieux, où grouillent les monstres, où tout est danger. Il semble que, dès son premier pas, la Providence, en sauvant Georges d'un imminent péril, ait voulu lui rappeler que la vie du « marsouin » est partout et à chaque instant menacée : non seulement par les peuplades barbares que la France veut amener à la civilisation, mais encore par les ennemis naturels, engendrés par le climat : animaux sauvages errant dans la brousse; fièvre livide dormant au fond des marécages; soleil écrasant qui fait bouillir les crânes et use les plus viriles énergies !

CHAPITRE VIII

Lorsque Georges Cardignac débarqua à Saint-Louis, en février 1880, la capitale du Sénégal était loin d'être la belle et grande ville qu'elle est devenue aujourd'hui.

Construite presque entièrement à la mauresque, c'est-à-dire formée de maisons à terrasses, sur la blancheur desquelles tranchaient quelques rares cocotiers, elle occupait une île de sable, qui sépare le Sénégal en deux bras, à vingt-cinq kilomètres environ de son embouchure.

A l'est de l'île, un pont de bateaux reliait la ville à la terre ferme; à l'ouest, un autre pont sur pilotis, jeté sur le petit bras du fleuve, donnait accès à la longue bande de sable que les passagers du *Stamboul* avaient aperçue du large.

Le palais du Gouverneur, grand bâtiment carré à toiture plate, occupait le milieu de la ville; dès le lendemain de leur arrivée, les officiers des deux compagnies d'infanterie de marine s'y rendirent, ayant revêtu la tenue d'Europe, modifiée seulement par le casque colonial qui, au Sénégal, ne se quitte jamais.

Le colonel Borgnis-Desbordes, qui remplissait les fonctions de commandant supérieur, reçut les nouveaux venus avec une grande cordialité.

— Soyez doublement les bienvenus, messieurs, leur dit-il; le renfort que vous m'amenez formera prochainement le noyau d'une colonne que j'ai l'intention de pousser vers le Haut-Fleuve; ça remue là-bas! Ahmadou, le sultan de Ségou, commence à violer ses promesses; un autre adversaire, nommé Samory, manifeste, paraît-il, dans le sud, des dispositions hostiles; les populations que nous ne protégeons pas suffisamment contre ces incursions se tournent contre nous; il faut, pour parer à tout cela, que l'an prochain nous ayons pris pied sur le Niger; une fois sur le Niger navigable, une fois nos canonnières démontables transportées à Bammakou, l'espace est à nous. Ségou, le Macina, et enfin Tombouctou, la mystérieuse capitale du Sahara, tomberont l'un après l'autre entre nos mains comme des fruits mûrs.

En sortant du palais du Gouverneur, encore tout heureux des perspectives de prochaine campagne que le colonel Borgnis-Desbordes venait de lui faire entrevoir, Georges Cardignac rencontra M. d'Anthonay.

L'anxiété qui se peignait sur les traits de l'ancien magistrat le frappa aussitôt.

— Auriez-vous de mauvaises nouvelles? demanda le jeune officier.

— Très mauvaises, répondit M. d'Anthonay d'une voix altérée; M. Ramblot, qui est parti de Bafoulabé à la fin de janvier, et qui devrait être rentré depuis vingt jours au moins à Kita, où il a accompagné le capitaine Galliéni, n'a pas reparu, et je viens de recevoir de sa fille Lucie qui l'a accompagné jusqu'à Kita seulement, deux lettres désespérées me disant son anxiété; en même temps que cette lettre, j'en ai trouvé une du commandant du poste de Kita me confirmant qu'on n'a aucune nouvelle de cet excellent homme, malgré toutes les recherches poussées dans la direction du Niger.

— Il était donc seul?

— Non, il avait avec lui une petite caravane d'une dizaine de noirs et quelques porteurs chargés de guinée (1), l'objet d'échange le plus avantageux dans cette région. Mais il était le seul blanc de cette caravane, et maintes fois je lui avais reproché son excès d'audace; mais il me répondait avec un calme de Romain : « Qui ne risque rien, n'a'rien. »

— Pauvre M. Ramblot! Qu'a-t-il pu lui arriver? Que redoutez-vous pour lui? demanda Georges, que cette nouvelle venait d'impressionner douloureusement.

— Je me perds en conjectures : est-il prisonnier? c'est ce qu'il y a de plus à craindre à mon sens. Est-il simplement égaré? A-t-il poussé plus loin

_____

(1) Sorte de toile de coton.

qu'il n'en avait l'intention, et se trouve-t-il aujourd'hui à une distance telle dans l'intérieur qu'il ne puisse donner de ses nouvelles ? C'est peu probable ; les messagers nègres parcourent d'énormes distances en courant, et l'un d'eux serait déjà revenu à Kita. Or nous avons le télégraphe avec Bafoulabé, qui est à quatre jours de marche seulement de Kita, et je serais déjà avisé de l'arrivée d'un messager.

— Vous dites qu'il s'est dirigé du côté du Niger ?

— Oui ; c'est le troisième voyage qu'il accomplissait de ce côté, et, dans le dernier, il avait poussé au nord de Bammakou ; cette fois-ci, il est parti vers le sud, du côté du Ouassoulou, où commande un certain Samory : le résultat était tentant, car on lui avait signalé une forêt de caoutchouc sur la rive droite du Niger, dans la région de Kénira qui s'étend entre le Baoulé et le Niger. Or le caoutchouc est, en ce moment, un de nos articles d'exportation les plus demandés. M. Ramblot a donc pensé qu'il pouvait beaucoup risquer pour beaucoup gagner.

— Le Ouassoulou, cette région dont vous parlez et où règne Samory, a-t-il reconnu notre influence ?

— Non ; tout ce qui est de l'autre côté du Niger nous échappe complètement ; je crois qu'une mission a été envoyée à Samory l'an dernier, et que ce potentat noir a reconnu le protectorat français ; mais ce n'est là qu'une garantie illusoire et cela n'empêche pas les razzias d'esclaves de se pratiquer journellement dans toute la région.

— Vraiment, reprit Georges Cardignac, dont l'anxiété allait croissant, vous craignez que M. Ramblot n'ait été enlevé par des marchands d'esclaves ?

— Tout est possible, et je suis dans l'angoisse la plus vive ; aussi je vais de ce pas trouver le lieutenant-colonel Borgnis-Desbordes ; lui seul peut exercer une action quelconque à pareille distance.

— Je vais avec vous, dit soudain Georges Cardignac.

Et dans cet élan qui le poussait à s'intéresser plus qu'il ne l'aurait cru lui-même, à cette famille perdue de vue depuis dix ans, il y avait comme une secrète divination des joies et des affections qui devaient plus tard le payer de ses efforts et de ses fatigues.

Le lieutenant-colonel Borgnis-Desbordes connaissait beaucoup M. d'Anthonay, et l'estimait comme un des Français dont il était de l'intérêt de la

colonie de soutenir le plus activement les tentatives de transactions commer-
ciales ; il connaissait aussi M. Ramblot, dont il appréciait particulièrement
l'activité et l'esprit d'initiative, et qui avait maintes fois facilité à ses colonnes
l'œuvre de pénétration sur la rive droite du Sénégal, en lui envoyant des
renseignements sur la topographie du pays. Aussi montra-t-il une véritable
anxiété lorsque l'ancien magistrat lui fit part de ses craintes sur le sort du
hardi commerçant. Se dirigeant vers une vaste carte qui garnissait l'un des
panneaux de son cabinet, il se fit montrer la direction qu'avait dû prendre
la petite caravane organisée par M. Ramblot, et au bout d'un instant de
réflexion :

— Ce que je redoute le plus pour lui, dit-il, c'est la rencontre des Maures ;
cette région du Ouassoulou est déjà fort éloignée du centre de leurs incursions, mais comme ils ont dépeuplé la plupart des villages de la rive droite
du Sénégal, ils doivent éprouver le besoin de pousser plus loin pour trouver
des villages peuplés et des populations moins méfiantes ; il n'y aurait donc
rien d'étonnant à ce que leurs traitants eussent atteint le Ouassoulou ; ils ne
se soucient pas plus de Samory que du plus minuscule des roitelets nègres,
et, leur coup fait, ils seront remontés vers le nord avec leurs captifs.

— Alors, vous supposez que M. Ramblot serait entre leurs mains ?

— C'est une supposition que je n'appuie sur rien, n'ayant pas plus de
nouvelles que vous : il peut tout aussi bien être entre les mains de Samory
lui-même, ce qui vaudrait mieux, car ce serait une question de rançon. Peut-
être dans quelques jours recevrai-je une dépêche du commandant du poste
de Kita, qui a évidemment dû envoyer des émissaires à sa recherche. Je vous
les communiquerai.

— Je n'aurai jamais la patience de les attendre, mon colonel ; je préfère
voir par moi-même et, pour cela, profiter du convoi qui remonte jusqu'à
Médine et qui part demain.

— Mais que comptez-vous faire ?

— Rien, sans votre aide, je le sais ; mais je connais votre cœur : je sais
que cette aide vous ne la refuserez pas à des Français, venus dans ce pays
comme dans une seconde patrie ; je suis donc sûr qu'un mot de vous au commandant du poste de Médine me précédera.

Le colonel réfléchissait.

— Savez-vous que c'est une véritable expédition que vous me demandezlà? Une petite colonne qu'il faudra envoyer dans le Ouassoulou où nous n'avons jamais pénétré, puisque nous n'avons pas atteint et encore moins franchi le Niger.

— N'avez-vous pas tous les pouvoirs nécessaires pour en décider l'organisation, mon colonel? Quant aux dépenses qu'elle nécessitera, approvisionnements, moyens de transports, permettez-moi de vous le dire, je les prends tous à ma charge.....

— Hum! hum! fit le colonel, vous croyez que les choses s'arrangent ainsi. Il nous faut ménager les Malinkés, les Bambaras et les Mandings qui forment le fond de la population de la région, et surtout ne pas inquiéter Ahmadou qui ne veut supporter aucune tentative du côté du Niger. En ce moment, le capitaine Galliéni et le docteur Bayol sont en mission auprès de lui, avec une trentaine de tirailleurs seulement : c'est une mission pacifique dont j'attends les plus grands résultats, et que l'annonce d'une expédition militaire pourrait compromettre..... Ahmadou nous déteste, et comme

Combien avez-vous d'années de présence aux colonies ? demanda ironiquement le colonel.

Toucouleur et comme musulman ; mais il nous craint depuis que nous avons poussé jusqu'à Kita. Celui que je redoute le plus, je vous le répète, c'est ce nouvel ennemi, Samory, ce conquérant du Ouassoulou, qui s'est taillé un véritable royaume dans le Haut-Niger. C'est donc contre lui que j'organise la colonne dont je vous ai parlé, mais elle ne sera prête que dans plusieurs mois.

— Permettez-moi de la précéder, dit M. d'Anthonay ; je suis en relations de commerce avec des Maures de Bafoulabé et de Médine qui connaissent le pays entre Sénégal et Niger, et peut-être mon action ne vous sera-t-elle pas inutile.

— Vous laisser vous engager sans l'appui d'aucune force dans ce guêpier, encore si peu connu entre les deux fleuves, c'est vous exposer au sort de M. Ramblot, reprit vivement le colonel ; je ne le puis ni ne le dois.

— Alors, donnez-moi une escorte, si faible soit-elle ; vous savez quel est le prestige que nous devons, dans tout ce pays, à la puissance de nos fusils : elle suffira à me permettre d'avancer : en m'avançant je prendrai des renseignements et je ne tarderai pas à être fixé sur le sort de notre infortuné compatriote.

Et comme le commandant supérieur, très perplexe, réfléchissait :

— Mon colonel, fit délibérément Georges Cardignac, permettez-moi de vous demander le commandement de cette escorte.

Le colonel Borgnis-Desbordes leva la tête : il considéra un instant cette figure juvénile qu'il se souvenait d'avoir vue le matin même, parmi les nouveaux venus de France, et soudain traduisant son impression par un geste d'impatience accompagné d'un haussement d'épaules :

— Combien avez-vous d'années de présence aux colonies ? demanda-t-il, ironique et froid.

— Je suis arrivé ce matin, mon colonel ; je n'ai pas encore servi aux colonies, c'est vrai, mais je croyais.....

Le commandant supérieur lui coupa la parole d'un ton sec :

— Il y a un peu d'outrecuidance dans votre demande alors, mon jeune camarade, je m'étonne que vous ne le sentiez pas : avant de songer à conduire une troupe dans l'intérieur, il faut vous faire au climat, apprendre quelques-uns des idiomes indigènes et savoir quelque chose du pays. Ce sont des vérités que vous auriez pu m'éviter la peine de vous apprendre. .

Georges, interloqué, ne trouva pas un mot à répondre, mais une larme jaillit de ses yeux.

M. d'Anthonay, touché jusqu'au fond de l'âme, de la généreuse intervention du jeune homme et attristé du reproche qu'elle lui attirait, prit la parole et, d'un ton ferme et convaincu, raconta au commandant supérieur ce qu'il savait du passé militaire du jeune officier. Pendant qu'il parlait, le pli qui barrait le front de son interlocuteur disparut et lorsqu'il eut terminé :

— Allons, allons, fit le colonel, j'ai été un peu dur pour votre jeune ami : j'ignorais tout ce que vous venez de m'en dire et surtout sa belle conduite en 1870, garantie évidente de ce qu'il pourra faire ici : mais il n'en est pas moins, sinon trop jeune, du moins beaucoup trop ignorant des choses coloniales pour commander, même à cinquante hommes, si ces hommes forment une colonne isolée dans la brousse; car vous n'ignorez pas, vous, monsieur, qui connaissez ce pays, quelle responsabilité pèse sur le chef qui doit assurer leur ravitaillement, leur direction, leur discipline en cas de danger. Voyez Galliéni qui est maître en la matière, que de difficultés il rencontre dans sa mission à Ségou. J'ignore même s'il pourra y arriver : c'est pour l'appuyer que j'avais l'intention de pousser une colonne, vers le mois de juin, sur le Niger. Voici donc ce que je vais faire : je vais envoyer à mi-chemin la compagnie dont fait partie M. Cardignac; le capitaine Cassaigne qui la commande est un vieux colonial en qui j'ai la plus entière confiance; je lui adjoindrai une centaine de vigoureux Bambaras, recrutés précisément sur les confins du pays où vous allez; il s'installera en un point que je lui indiquerai et d'où il pourra rayonner pour vous chercher les renseignements nécessaires.

— Merci, mon colonel, dit l'ancien magistrat d'un ton pénétré : je savais bien que vous ne laisseriez pas impuni un attentat contre un de nos compatriotes. Si M. Ramblot peut être sauvé, il le sera, et il le sera grâce à vous.

Grand fut l'étonnement du capitaine Cassaigne lorsque, appelé chez le commandant supérieur, il y apprit qu'il partait dès le lendemain en colonne et prendrait le commandement de la flottille qui allait remonter le Sénégal. Sa joie égala son étonnement, car ce qu'il redoutait le plus, c'était de se voir enlizé pour plusieurs mois à Saint-Louis, dans cette vie déprimante de garnison où l'on subit les rudes atteintes du climat sans avoir l'indépendance de la vie de campagne; et quand il sut qu'il devait en partie ce commandement

33

Pépin sauta de joie en apprenant qu'on « démarrait ».

inattendu à l'heureuse initiative de son sous-lieutenant, son affection pour le jeune homme s'en accrut.

— Seulement, dit-il à Georges, il y a dans notre petite colonne une corvée qui vous incombe parce vous êtes le plus jeune et que c'est la règle : c'est la direction de la *popote*. Munissez-vous donc de tout ce qu'il vous faut : vos camarades vous donneront là-dessus toutes les indications nécessaires : nous avons les cantines à vivres et les ustensiles : procurez-vous les vivres et ingrédients de toutes sortes. Moi, je vais donner les ordres à la compagnie pour l'embarquement, faire toucher les vivres, les cartouches et le campement.

Quelques instants après, Georges rencontra le sergent « Pépin » qui sauta de joie en apprenant qu'on « démarrait » dès le lendemain.

Derrière lui, Baba, les yeux écarquillés de plaisir, écoutait, comprenant qu'on allait s'enfoncer dans le pays et qu'il allait revoir des villages nègres, des cases, toutes sortes de choses dont le souvenir confus était resté gravé dans sa petite cervelle.

— Mon lieutenant, dit

aussitôt Pépin à Georges Cardignac, lorsque celui-ci lui eut fait connaître qu'il était chargé de la « popote », si vous voulez je vais emmener votre petit Russe avec moi, et je vous « ferai » vos provisions, car vous savez, il faut tout emporter de Saint-Louis : une fois dans la brousse vous ne trouverez plus seulement un grain de moutarde.

— Entendu, mon brave Pépin, puisque tu veux bien t'en charger.

— Est-ce que vous avez pensé à emporter un fusil de chasse, mon lieutenant ?

— Ah ! dame ! non : je n'y ai pas songé un instant : j'ai la tente, le lit à cantines, la table à X, le pliant, mon seau en toile et ma pharmacie de poche, mais je n'ai ni fusil ni cartouches.

— Je vais vous trouver tout cela chez les frères Gardette, le magasin le mieux monté de Saint-Louis ; il y a de tout dans leur bazar, et si vous vouliez venir avec moi pour choisir…

— Je t'y rejoindrai.

Georges en effet avait hâte de retrouver M. d'Anthonay et de revoir, à l'entrepôt installé par lui à Saint-Louis, la jeune fille qu'il avait connue enfant à Dijon, Henriette Ramblot.

Il la trouva tout en larmes, sous le coup de l'anxiété la plus vive. Elle était brune, grande, élancée, avec un air sérieux et mélancolique qui la faisait paraître plus âgée qu'elle ne l'était réellement. Le jeune officier ne reconnut que vaguement en elle la gamine, qui était venue si souvent et si gentiment le distraire auprès de son lit de blessé à Dijon : elle au contraire le reconnut : elle eut assez de force pour le lui dire et lui rappeler, au milieu de ses pleurs, les souvenirs qui lui étaient restés de l'année terrible. Georges essaya de lui rendre courage en l'assurant qu'il allait s'employer corps et âme à la recherche de son père. M. d'Anthonay, de son côté, finit par la persuader que M. Ramblot était certainement sain et sauf, les gens d'Ahmadou ou de Samory n'ignorant pas qu'ils pourraient tirer de lui une grosse rançon.

— Et quelle qu'elle soit, ajouta l'ancien magistrat, elle sera payée, vous le savez bien. Rien ne m'arrêtera pour rendre votre père à votre affection.

Henriette Ramblot le remercia d'un regard, qui disait assez toute l'affectueuse reconnaissance qu'elle avait vouée à cet homme au cœur si noble, et elle s'occupa activement des préparatifs de son départ, en réunissant tout ce qui était nécessaire à M. d'Anthonay pour une absence de plusieurs mois.

Lorsque Georges Cardignac rejoignit Parasol, au bazar des frères Gardette, il le trouva occupé à réunir dans une caisse un certain nombre de boîtes de conserves.

— Fameux, ça, mon lieutenant, dit-il en lui montrant une sorte de galette, de la taille d'une enveloppe ordinaire : voilà un plat de légumes et ici une compote de fruits comprimés ; quand ça a gonflé dans l'eau et que c'est cuit, il y en a pour six personnes, et vous voyez, ça ne tient pas de place ; on mettrait ça dans son portefeuille : c'est à ne pas croire.

Le choix d'un fusil fut ce qui intéressa le plus Georges Cardignac, car Pépin l'éblouissait en lui parlant du gibier qui pullulait sur les deux rives du Sénégal, et quand, après les pintades, les outardes, les sénégali et les perruches vertes, le sergent eut énuméré les autruches, les caïmans, les hippopotames et les grands fauves des forêts soudanaises, Georges demanda aussitôt à l'employé qui le servait une centaine de cartouches à balles.

— Pas besoin, mon lieutenant, fit Pépin ; pour ces grosses bêtes-là, nous avons nos fusils Gras.

Quand il eut terminé ses acquisitions et que Mohiloff, suivi du petit moricaud Baba, ployant sous le faix d'une caisse de conserves, eut emporté toutes ces provisions, Georges Cardignac se disposa à rejoindre sa compagnie; mais Pépin le retint.

— Mon lieutenant, dit-il, si vous voulez voir défiler ici les types qui forment le fond de la population du Sénégal, vous n'avez qu'à observer un instant. Il y a de tout ici, et M. Gardette, qui les connaît tous, va vous les présenter. Il y en a d'amusants, vous verrez,... et puis il faut savoir distinguer ici un Maure d'un noir ; ces gaillards-là se détestent et je me suis laissé dire que le grand talent du général Faidherbe, l'ancien gouverneur qui a tout fait ici de ce qui existe, était de s'appuyer sur les noirs pour venir à bout des musulmans ; ce qu'il y a de sûr, c'est que quand nous avons l'un pour nous, l'autre se met tout de suite contre nous.

Georges, que la variété des types et des costumes avait déjà frappé dans les rues de Saint-Louis et que la verve de Pépin amusait, s'assit dans un coin de la boutique.

— Tenez, dit le sergent en montrant un noir de haute taille, aux traits réguliers, à la barbe noire et frisée qui venait d'entrer, portant haut la tête: celui-là, c'est un Yoloff de marque, un musulman.

Aussitôt une bande de noirs l'entoura.

M. Gardette aîné, le co-propriétaire du bazar, était un brave homme, d'une grande prévenance vis-à-vis des officiers qui étaient ses principaux clients ; il présenta le noir au jeune homme, et le Yoloff, par mille congratulations, se montra enchanté. Mais son costume, un long bou-bou (voile en guinée blanche) retombant en large culotte bouffante, simple comme celui de ses congénères, paraissait l'humilier beaucoup, car il s'excusa de ne pas être beau. Alors il raconta avec volubilité qu'il se nommait Bodian, qu'il venait de Bakel et avait gagné beaucoup d'argent : il montra sa bourse et commença ses achats. Un costume de velours vert orné de brandebourgs et doublé de satin, une toque de velours grenat soutachée d'or, des bottes rouges à glands d'or et brodées en fil métallique, une canne à pomme d'argent, une ombrelle et des lunettes bleues, telle fut l'accoutrement d'opéra comique dont il sortit affublé de la boutique du traitant. Presque aussitôt une bande de noirs crasseux lui emboîta le pas dans la rue, en lui criant à tue-tête qu'il était beau, qu'il était riche, qu'il était généreux : un griot (1) se planta devant lui, faisant mille salamalecs et contorsions, l'accablant de louanges.

Et le Yoloff, la tête haute, gonflé d'orgueil, distribuait à tous de la monnaie à pleines mains.

— Voici le Yoloff, dit M. Gardette. Il a peiné pendant des années pour gagner un peu d'argent, en vendant des marchandises dans le Haut-Fleuve : il n'a plus qu'une ambition, revenir ici. Il commence par y faire des dépenses folles, puis distribue peu à peu ce qui lui reste à ses adulateurs. Dans quelques jours, il reviendra me rendre toutes les pièces du costume et repartira en voyage, prêt à supporter de nouvelles fatigues, pour revenir ensuite émerveiller ses amis de Saint-Louis.

Mais au même moment, Georges fut frappé par l'entrée d'une jeune femme vraiment belle et gracieuse. Ses traits étaient réguliers, son teint bronzé, sa taille mince et délicate, ses yeux languissants.

Elle appela le traitant d'une voix douce, pour faire choix d'un bijou.

A ses cheveux longs et épais elle avait attaché des boutons de cuivre, et portait aux oreilles des anneaux d'or ; à ses bras et à ses pieds brillaient des bracelets de cuivre luisant. Un homme l'accompagnait, semblable à elle,

---

(1) Noirs dont le rôle est de flatter les chefs et d'en devenir les favoris.

avec des traits européens, un teint bronze rouge et des cheveux épais : il
était vêtu d'une culotte qui lui descendait jusqu'aux genoux, d'un simple
pagne sur les épaules et attirait l'attention par la noblesse de son attitude
et de sa démarche.

— Ce sont des Peulhs, dit le traitant quand ils furent partis. Le général
Faidherbe, qui a beaucoup étudié toutes les races du Sénégal quand il commandait ici avant la guerre, prétend qu'ils descendent des anciens Égyptiens,
et que leur type ressemble exactement à ceux des figures qu'on trouve gra-
vées ou peintes sur les tombeaux des Pharaons...

— Qu'est-ce que ces sachets en cuir qu'ils portent autour du cou ? interrompit Georges.

— Les Peulhs, répondit le traitant, sont des musulmans fanatiques ;
dans ces sachets, qui ont vingt épaisseurs de cuir, ils renferment des versets
du Coran : c'est ce qu'ils appellent des *gris-gris*, c'est-à-dire des amulettes
qui les préservent de tous les maux, car ils ont des gris-gris contre les balles,
contre la fièvre, contre les animaux sauvages, et rien ne peut les empêcher
de croire à leur efficacité.

Et tenez, poursuivit le traitant en montrant une négresse qui venait d'entrer avec un enfant campé à cheval sur ses reins, voilà une femme Toucouleur, c'est-à-dire issue des deux races Yoloff et Peulhs. Les Toucouleurs sont
des musulmans ombrageux, jaloux de leur indépendance, et vous les connaîtrez mieux sur le Haut-Fleuve où ils sont en perpétuelle agitation.

Georges Cardignac eût volontiers prolongé sa station dans cette boutique,
où l'indication : *Entrée libre*, jointe au luxe criard de l'étalage, attirait tout
ce que Saint-Louis renferme de « signares » (1) et de marchands ; mais il avait
promis à son ami Zahner de passer avec lui ces dernières heures, et il le
rejoignit au baraquement de l'infanterie de marine.

Zahner, lui aussi, s'occupait de ses préparatifs de départ ; mais la destinée
qui les avait jusqu'ici réunis, les envoyait soudain dans des régions bien différentes, car le jeune Alsacien avait, le matin même, reçu l'ordre de se
tenir prêt à partir pour le Congo français, qu'un intrépide explorateur venait,
sans tirer un coup de fusil, d'acquérir à la France.

Cet explorateur, dont le nom restera comme un des plus purs de notre

(1) Signares : corruption du mot seigneur. C'est l'aristocratie noire de Saint-Louis. Les blancs les
appellent vulgairement *mulots*.

PETIT

histoire coloniale, c'est celui
d'un officier de marine, M. Sa-
vorgnan de Brazza.

Parti du Gabon en 1875, en
compagnie de M. Ballay, médecin de marine, avec douze Sénégalais pour toute escorte, il
avait remonté le cours de
l'Ogoué, parcouru plus de
quatre mille kilomètres, dont
plus du tiers à pied, et dans
deux voyages successifs, qui
avaient duré cinq ans, porté le
drapeau français jusqu'au grand
fleuve du Congo. Mais au lieu
de marquer sa trace dans ces
régions par des massacres et
des incendies, comme l'Américain Stanley, qui traversait
l'Afrique à la même époque en
mitraillant les deux rives du
Congo, il les avait conquises
pacifiquement par la seule force
de la persuasion, et, aujour-
d'hui, nous possédons au nord
du grand fleuve africain un territoire plus grand que la France
elle-même.

Or c'est en partant de cette
côte d'Afrique où avait abordé
M. de Brazza, qu'a été tentée
récemment l'expédition, à jamais glorieuse, qui consistait à
atteindre le Nil à Fachoda en
suivant le cours de l'Oubanghi,

A bord du *Faidherbe.*

34

affluent de droite du Congo. Ouvrez un atlas, mes enfants, et étudiez ce parcours extraordinaire, effectué, lui aussi, sans tirer un coup de fusil, par le lieutenant-colonel Marchand. Les plus petits d'entre vous ne peuvent ignorer ces grandes choses, et, au début de ce siècle, l'étude de la géographie est une des premières qui doive être imposée aux petits Français.

Regardez ce vaste territoire marqué par les points de Libreville, France-ville et Brazzaville, et dont le sommet se dirige en une double pointe, d'une part sur le Tchad, de l'autre sur le Soudan égyptien. C'est vers ces régions, encore en grande partie inexplorées, qu'allait se diriger Zahner, et, penchés sur un atlas jusqu'à une heure avancée de la nuit, les deux amis firent mille projets, en constatant qu'un jour viendrait peut-être où les trois groupes de possessions françaises en Afrique : Algérie, Soudan et Congo, viendraient se souder l'un à l'autre, en ce point mystérieux du lac Tchad où quelques rares voyageurs seulement étaient alors parvenus.

Ce rêve des deux officiers, mes enfants, il n'a fallu que dix-huit ans pour le réaliser, et aujourd'hui un bateau à vapeur promène le drapeau tricolore sur ce Tchad ou *Tsadé*, devenu français sur les deux tiers de ses rivages.

— Nous nous écrirons !

Telle fut la promesse qu'échangèrent en se quittant les deux camarades de promotion.

Le lendemain, un petit vapeur de faible tirant d'eau, le *Faidherbe*, quittait les quais de Saint-Louis, traînant lentement et péniblement à sa remorque une douzaine de chalands, qui apparaissaient à la traîne comme une minuscule forêt de mâts.

Sur les huit premiers de ces chalands étaient répartis les « marsouins » de la compagnie du capitaine Cassaigne ; deux autres donnaient asile à une foule bigarrée : tirailleurs paresseusement étendus sur leurs badios (couvertures), négresses allumant le feu des cuisines et préparant le couscous, marabouts exécutant leurs salams (saluts de prière) avec de grands gestes et de profondes prosternations, télégraphistes qui rejoignaient leur poste du Haut-Fleuve et tuaient le temps en jouant aux cartes.

Les derniers chalands étaient encombrés des caisses et des bagages de la colonne, de marchandises attendues dans les postes et d'approvisionnements de toutes sortes ; des laptots ou marins indigènes du Sénégal, juchés au sommet de cet amoncellement de colis, tenaient flegmatiquement les longues barres du gouvernail.

M. d'Anthonay et les officiers d'infanterie de marine étaient installés sur le *Faidherbe;* avec eux voyageaient un Père blanc des missionnaires de Carthage, nommé Bourbon, envoyé en mission dans la région du Niger, et un agent des postes, nommé Gauthier, grand chasseur, qui, un fusil Winchester à la main, cherchait sur les rives, avec une attention de Peau-Rouge, un crocodile à tirer. Le Sénégal déroulait aux yeux des passagers de longues bandes brillantes de sable, interminables et monotones, que semblaient rendre plus arides encore les troncs grisâtres de quelques palmiers desséchés.

Vers le soir, apparurent sur la rive droite les tentes brunes de quelques campements maures, tranchant nettement sur le sable. Un convoi de chameaux passa le long des berges, et les grands corps de ces animaux se profilèrent sur les profondeurs orangées du ciel, comme de fantastiques ombres chinoises.

Le « subrécargue » ou commandant du *Faidherbe* était un Bordelais, petit homme vif et nerveux, que dix ans de navigation sur le Sénégal avaient desséché jusqu'aux os, et qui se prêtait de bonne grâce aux questions intéressées de Georges, avide de s'instruire.

Ce fut par lui que le jeune officier fut mis au courant de cette question si curieuse du régime de la navigation sur le Sénégal.

— Pendant les mois d'août, de septembre et d'octobre, lui dit le vieux marin, le Sénégal, grossi par les pluies de l'hivernage, coule à pleins bords, et en quelques jours son niveau s'élève de huit à dix mètres. Cette immense cuve, dont vous voyez les bords desséchés, se remplit, déborde, forme des lacs immenses et livre passage à tous les avisos et remorqueurs de la colonie. C'est la saison où affluent les approvisionnements à l'intérieur; tous les chalands et bateaux disponibles sont réquisitionnés; de grands vapeurs de Bordeaux franchissent même la barre et remontent jusqu'à Kayes; mais ils n'y moisissent pas et se retirent rapidement, car un retard de quelques heures suffirait à les échouer sur le sable. Le fleuve se vide en effet aussi vite qu'il s'est rempli, et à la saison où nous sommes, vous aurez toutes les peines du monde à arriver à Kayes en chaland.

— Alors, demanda Georges, il nous faudra prendre la voie de terre avant Kayes?

— Non pas; notre *Faidherbe* vous abandonnera à Matam, parce que la hauteur des eaux ne lui permettra pas d'aller plus loin; mais les chalands continueront leur route par eau jusqu'à Kayes, traînés par des noirs.

— Des noirs? Où les prendra-t-on?

— Dans les villages riverains; ils sont habitués à ce service et sont régulièrement réquisitionnés et payés; c'est ce qu'on appelle marcher *à la cordelle*.

Le soir même, d'ailleurs, le convoi croisa des chalands de commerce, lourdement chargés à destination de Saint-Louis et ainsi remorqués. Des nègres les halaient de la berge, au moyen d'une longue corde, attachée en tête du mât. Ils marchaient en file, la corde sur l'épaule, s'encourageant à tirer à l'aide de modulations bizarres. Quelques-uns de ces bateaux descendaient le fleuve à la voile, et les laptots indigènes qui les montaient lançaient à leurs camarades du convoi leurs bruyantes et interminables salutations.

Le lendemain, le pays avait changé d'aspect.

A la blancheur de Saint-Louis, aux sables brûlés et déserts, avaient succédé la verdure et la végétation; la mort avait fait place à la vie; des milliers d'oiseaux aux brillantes couleurs gazouillaient dans les branchages; des pélicans, des marabouts, troublés par le halètement insolite du vapeur, s'élevaient lentement avec de grands bruits d'ailes et planaient un instant au-dessus du convoi avant d'aller s'abattre dans les plaines marécageuses qui bordaient le fleuve. Les caïmans avaient fait leur apparition : engourdis par le sommeil, ils dormaient paresseusement sur les berges; de temps en temps, un coup de fusil à l'adresse du plus gros d'entre eux partait du *Faidherbe* : c'était M. Gauthier, le Nemrod du service postal, qui tirait. Le saurien sautait brusquement dans le fleuve, touché, ou le plus souvent manqué, et les journées s'écoulaient interminables, sous un soleil pesant.

Le soir, un peu de fraîcheur montait vers les passagers; mais c'était aussi l'heure où les effluves des rives marécageuses, pompés par la chaleur du jour, s'étalaient sur les Européens non acclimatés, leur insufflant la fièvre; par bonheur pour Georges, il avait auprès de lui un ami vigilant, décidé à lui éviter toute imprudence. Pépin était toujours là à point, lorsque le convoi faisait halte à la tombée de la nuit, pour empêcher son lieutenant de s'étendre sous les lauriers roses ou de se mettre à l'eau.

Il s'agissait d'une chasse à l'hippopotame.

Tous les soirs, en effet, on campait sur une des rives; les laptots s'enfonçaient aussitôt dans la broussaille ou sous les arbres, pour faire la provision de bois du lendemain, car la machine à vapeur du *Faidherbe* usait de ce genre de combustible, qui n'a sur le charbon qu'un seul avantage, mais un avantage inappréciable en Afrique : celui de se trouver partout et de ne rien coûter.

Quelquefois Georges, avide d'émotions, entraînait son capitaine à la chasse, et Mohiloff, qui le suivait comme son ombre, faillit un jour rester dans l'une de ces expéditions. Il s'agissait d'une chasse à l'hippopotame; le capitaine Cassaigne venait de tirer inutilement deux coups de fusil sur l'un de ces énormes pachydermes, lorsque soudain le petit canot dans lequel les trois hommes étaient montés fut soulevé comme une plume par l'animal furieux. Mohiloff fut assez sérieusement bousculé, et les trois naufragés furent en hâte recueillis par une embarcation envoyée du rivage. « Cuir de Russie » donna même à Mohiloff une preuve de camaraderie peu commune en accourant le premier et en se jetant à l'eau pour l'aider à se soutenir; or, je vous l'ai dit, les caïmans pullulent dans le Sénégal, et pendant les quelques minutes que dura ce bain forcé, Georges ne put s'empêcher de se rappeler la fin tragique du petit nègre, dévoré par un requin sous ses yeux, quelques jours auparavant. Habitué à ces aventures, le laptot naufragé, accroché à la barque chavirée, battait l'eau avec un de ses avirons, pour empêcher les redoutables sauriens d'approcher.

Ce fut la seule chasse de cette nature que tenta Georges Cardignac; peu à peu d'ailleurs il devait reconnaître qu'il n'est pas permis, dans ces régions où le danger est partout, de l'affronter uniquement pour y trouver une distraction. L'officier aux colonies a charge d'âmes, et les périls qu'il court pour remplir ses devoirs à toute heure sont assez nombreux pour qu'il n'en cherche pas d'autres par dilettantisme.

M. d'Anthonay, lui, ne prenait aucune part aux distractions par lesquelles les officiers du bord essayaient de tuer le temps, pendant cette longue navigation. Sombre et soucieux, il maudissait la lenteur du *Faidherbe* et supputait les longs jours pendant lesquels, à partir de Kayes, il faudrait encore marcher pour atteindre le fort de Kita, le dernier point alors occupé par les Français, entre le Sénégal et le Niger.

Dans tous les postes où aborda le convoi, à Richard-Toll, à Dagana, à Podor, à Mafou, à Saldé, il courait anxieux au bureau télégraphique et se mettait aussitôt en communication avec Saint-Louis.

Mais le gouverneur ne savait rien, et Henriette Ramblot qui, de son côté, transmettait à M. d'Anthonay, dans chacun de ces postes, les dépêches de sa sœur, lui apprenait qu'elle n'avait vu revenir aucun des émissaires envoyés à l'intérieur, pour recueillir des indices sur la disparition du malheureux Français.

Tout espoir s'évanouissait donc de plus en plus, et lorsque le *Faidherbe*, incapable de pousser plus avant parce que sa quille frôlait le sable, abandonna le convoi à Matam pour redescendre le fleuve, les jours d'attente parurent interminables à l'ancien magistrat. Pendant douze jours encore, les chalands, remorqués par les noirs, glissèrent lentement sur les eaux jaunâtres du Sénégal; le convoi passa devant Bakel, un des postes importants du Haut-Sénégal, et arriva à Kayes, sorte de chantier, aux allures de campement, où les cases nègres côtoient les bâtiments européens en construction.

A Kayes, allaient bientôt commencer les travaux du chemin de fer destiné à relier nos postes au Niger. Là, cessait la navigabilité du fleuve, et la petite colonne allait enfin quitter la voie fluviale pour prendre la voie de terre et gagner Kita.

Georges Cardignac attendait avec impatience ce moment, et les « marsouins », entassés sur les chalands et ankylosés par cette immobilité forcée, souhaitaient ardemment, eux aussi, de pouvoir enfin se dégourdir les jambes. En six jours la petite colonne fut prête à partir, et pourtant, que de détails à organiser! et combien peu s'en doutent les coloniaux en chambre qui se figurent qu'un chef s'engage dans les profondeurs du Soudan sans autre souci que celui de commander : « En avant, marche! »

Le premier soin du capitaine Cassaigne avait été, aidé en cela des officiers, des sous-officiers et de l'interprète du poste de Kayes, de recruter des *porteurs*, car vous pensez bien, mes enfants, que les soldats d'infanterie de marine ne pourraient cheminer, sous le soleil équatorial, courbés sous le poids du sac que vous voyez sur le dos de notre soldat de France.

Ce sac, qui contient du linge et des chaussures de rechange, deux jours de vivres en conserves, haricots, sel, sucre et café, des cartouches, un ustensile de campement pour faire la cuisine, une hachette pour couper le bois, une couverture pour la nuit, une tente abri avec ses montants, enfin quantité de petits objets indispensables comme fil, aiguilles, boutons, savon, graisse, nécessaire d'armes, sous-pieds de rechange, etc., ce sac, mes enfants, qui est pour le soldat en campagne à la fois sa maison, son mobilier, sa garde-robe et son garde-manger et ne pèse pas moins de quinze à vingt kilogrammes, ce sont des nègres qui le portent : le soldat français ne conserve par devers lui que son fusil, ses cartouches, son bidon rempli de café et sa musette contenant un repas froid.

Rien que pour porter ce précieux « barda » (c'est ainsi que le soldat d'Afrique appelle son sac, du nom que les Arabes donnent au bât du mulet), il fallut une centaine de porteurs à la colonne.

Une autre centaine fut chargée des munitions d'infanterie, d'un approvisionnement de dynamite et de fusées, des cent fusils destinés aux tirailleurs noirs recrutés dans le pays Bambara, et d'un petit canon de montagne que le commandant supérieur avait confié au capitaine Cassaigne, avec six caissons de munitions, renfermant cent quatre-vingts obus.

Avec sa longue habitude du Sénégal, il savait en effet que la colonne pourrait un jour se trouver obligée de donner l'assaut à un de ces villages nègres fortifiés, nommés *tatas*, dans le rempart desquels le canon seul peut ouvrir une brèche : d'ailleurs, « le grand moukala » (ainsi appelle-t-on le canon en pays musulman), est aussi redouté des maures que des fétichistes.

Mais ce qui nécessitait le plus grand nombre de porteurs, c'était l'ensemble des approvisionnements de bouche. Le capitaine Cassaigne comptait bien vivre sur le pays en achetant des bœufs, des moutons, des volailles, du mil, du maïs et en acceptant du couscous des villages alliés; mais il fallait prévoir qu'on traverserait des solitudes dénuées de toutes ressources, ou des contrées dévastées par ce Samory qui ne laissait derrière lui que désert et incendie; il était donc de la plus élémentaire prudence d'emporter un mois de vivres pour la colonne. Trois cents porteurs furent recrutés dans ce but, chacun d'eux recevant pour sa part une charge uniforme de trente-cinq à quarante kilogrammes, dont il était responsable et qu'il ne pouvait abandonner, sans risquer dans sa fuite de recevoir un coup de fusil.

Enfin, à ces « charges » s'adjoignit un certain stock de cadeaux, destinés à des chefs indigènes, dont il était plus prudent et plus politique de s'assurer l'alliance que de forcer l'obéissance. Ces cadeaux consistaient en fusils de chasse, revolvers, étoffes aux couleurs voyantes, colliers de perles fausses, verroteries, miroirs, savons et flacons d'odeurs; le capitaine Cassaigne avait même fait confectionner devant lui deux petites caisses, renfermant des objets sur la nature desquels il gardait le secret.

Les porteurs marchent en file indienne.

Quand les porteurs furent recrutés et les charges réparties, il appela son sous-lieutenant.

— Mon cher Cardignac, lui dit-il, une autre corvée vous incombe encore et toujours, parce qu'il est d'usage qu'elle incombe au plus jeune; ce convoi avec ses trois cent cinquante porteurs et ses soixante ânes, c'est vous qui en avez le commandement. Lourde besogne et grosse responsabilité, je le sais; mais je vous connais, elles ne vous effraieront pas. Je vous donne comme arrière-garde, pour escorter le convoi et avoir l'œil sur les porteurs, vingt-cinq hommes que je remplacerai à Kita par des tirailleurs. Vous avez à surveiller leur départ et leur mise en marche le matin au réveil, ce qui n'est pas une petite affaire, car dans ces sentiers à peine frayés ils ne peuvent marcher qu'à la file indienne; et, comme ils ignorent ce que veut dire l'observation des distances, ils s'espaceront souvent sur deux ou trois kilomètres de longueur; il faudra pousser les traînards, rattraper ou remplacer les déserteurs, faire ranger les charges au camp le soir en arrivant; exercer une surveillance de tous les instants... Voilà votre besogne, peut-être pendant deux ou trois mois. En considération de cette corvée, je vous décharge du soin de la popote que va prendre votre camarade Flandin.

Flandin était le lieutenant de la compagnie. C'était un taciturne dont l'estomac était délabré par dix ans de colonies; il avait gagné tous ses grades dans l'infanterie de marine et jalousait un peu son jeune camarade Saint-Cyrien, arrivé officier à un âge où lui-même était à peine sergent. Mais il était précieux par sa connaissance des dialectes sénégalais, son expérience de la troupe et de la vie en colonne. Le capitaine Cassaigne devait lui donner, à Kita, le commandement des tirailleurs noirs que s'occupait de recruter le commandant du poste.

Le Père blanc, que nous avons vu sur le *Faidherbe*, accompagnait la colonne; il se dirigeait en effet vers le pays des Mandings, où une mission catholique était parvenue à s'installer, et il devait quitter la colonne à Kita pour se diriger vers le sud. Il montait un petit mulet de La Plata et était suivi de deux noirs, portant, avec ses bagages personnels, d'ailleurs très rudimentaires, certains objets du culte qui lui permirent de dire la messe en plein air, le lendemain du départ.

Enfin M. d'Anthonay, autorisé à suivre la colonne, s'était organisé une petite caravane personnelle, composée d'un interprète et de dix Kassonkés, noirs superbes, qu'il avait engagés moyennant quarante francs par mois; lui aussi emportait des cadeaux, et, la veille du départ, il montra à Georges Cardignac une caisse, renforcée par des armatures de fer, et que portait un petit mulet.

— La rançon de M. Ramblot, fit-il; s'il arrivait quelque chose, je vous la recommande.

Et devant le regard interrogateur du jeune officier :

— J'emporte là trente mille francs en pièces de cinq francs : cela représente cent cinquante kilogrammes d'argent; mais il n'y avait pas moyen de faire autrement.

— Je croyais qu'à l'intérieur de l'Afrique les monnaies européennes n'avaient plus cours.

— C'est exact; elles sont remplacées, pour les échanges quotidiens, par des « cauris » ou coquillages dont il faut quelques centaines pour faire cinquante centimes, et surtout par le sel en barres dont la valeur augmente à mesure qu'on pénètre dans l'intérieur. Mais les chefs, le sultan de Ségou, par exemple, connaissent parfaitement la valeur de nos monnaies et savent s'en servir pour acheter aux Anglais des fusils, de la poudre et du rhum. C'est pourquoi, à tout hasard, je me suis muni de cette somme. D'ailleurs, elle est en sûreté, car, si vous le permettez, je marcherai avec vous au convoi, et nous pourrons profiter de nos longues heures de marche pour apprendre la langue de tous ces braves noirs, avec qui vous allez vivre longtemps.

Georges applaudit à cette idée : il avait encore présente à la mémoire la réflexion du commandant supérieur de Saint-Louis, lui rappelant qu'il était nécessaire d'apprendre les dialectes soudanais, avant de songer à conduire une colonne dans la région du Haut-Fleuve; maintenant d'ailleurs qu'il se rendait compte de la multiplicité des organes qu'il fallait créer et des ressources qu'il avait fallu réunir pour permettre à cent cinquante Français de se mettre en route, il ne trouvait plus excessive l'expression « d'outrecuidance » que le « grand chef » lui avait envoyée en échange de sa demande de commandement.

Malgré les soucis et les fatigues que lui promettait la conduite de son convoi, il était cependant heureux, car à cette charge correspondait un avantage inappréciable : il était monté; on lui avait délivré à Kayes un petit cheval à crinière épaisse, bas sur jambes et court d'encolure, qui lui avait paru de prime abord le type de la rossinante la plus parfaite. Mais, dès la première heure, il avait été frappé de l'allure régulière de sa monture, de la sûreté de sa marche, et il s'en était remis à elle, en lui laissant la bride sur le cou, du soin de franchir les passages difficiles, gués, rochers à fleur d'eau, escarpements de toutes sortes. Il l'avait appelée Lutin.

Le 17 avril, la colonne se mettait en marche à travers un pays facile, et, quelques heures après, elle passait au pied du fort de Médine, poste situé seulement à douze kilomètres de Kayes ; là elle se renforça d'une unité des plus importantes : je veux dire d'un médecin.

Le docteur Hervey, qui devait faire le service à la petite colonne, était un savant et un chercheur dont la journée entière était occupée à enrichir un herbier et à faire collection de minéraux. Armé d'un petit marteau de géologue, il scrutait les roches, s'extasiant sur la richesse du minerai de fer, qui, tout le long du fleuve, affleure le sol ; il parlait avec enthousiasme des mines d'or de Bambouk, connues des Portugais dès le quatorzième siècle, et qu'il se flattait de pouvoir retrouver quelque jour. Mais ce qui l'intéressait le plus, c'était la conformation cranienne des différentes races de nègres du Soudan, et il n'était pas rare de le voir tomber en arrêt sur un noir, mesurer le tour de son crâne et son angle facial, ou braquer sur lui un appareil photographique.

Les premiers jours de marche furent peu pénibles : le chemin était frayé le long du fleuve, les villages étaient nombreux, et, jusqu'à Kita, on pouvait être assuré contre toute agression. Cependant les précautions d'usage étaient régulièrement prises, car déjà la réputation de déloyauté de Samory était connue de tous.

Le lieutenant Flandin ouvrait la marche avec une avant-garde de cinquante hommes ; puis venait le capitaine Cassaigne avec son interprète : Mousso Déré, un personnage important, vêtu à l'arabe et monté sur une mule. Le gros de la compagnie suivait l'état-major ; puis, sur une longueur interminable, s'étendait la file des porteurs, divisés en compagnies de cent hommes ; chacune d'elles était placée sous les ordres d'un chef Bambara, ayant pour insigne de commandement une lourde matraque. De temps en temps, il en caressait les épaules et les mollets des traînards de sa bande, et, sans protester, les porteurs ainsi stimulés sautaient à travers les hautes herbes, leur charge sur la tête, pour rattraper leurs distances.

Pendant les premières journées, Georges chevaucha d'un bout à l'autre de la colonne pour surveiller la marche de son convoi, n'ayant guère le temps de converser avec M. d'Anthonay. Heureusement pour lui, Pépin, toujours à l'affût des services à rendre, avait obtenu le commandement des vingt-cinq hommes d'arrière-garde, et fut pour lui un auxiliaire précieux en poussant les traînards et en recueillant les charges abandonnées.

Quant à Baba, il ne cessait de gambader depuis le départ, car il avait trouvé un compagnon dans la personne d'un nègre porteur, d'une vingtaine d'années, qui parlait le même idiome que lui : dans son mystérieux instinct, l'enfant noir avait-il compris que ce compagnon, envoyé par le hasard, venait du même village que lui? Toujours est-il que bientôt il ne quitta plus Mambi, c'était le nom du jeune nègre, et devint pour sa femme Sata le plus obligeant des domestiques : tranquillisé à son égard en le voyant adopté par ce noir ménage, Pépin ne s'occupait plus de lui.

Et ce ménage n'était pas le seul de la colonne : il y en avait comme celui-là plus de deux cents.

C'est même là un des côtés les plus pittoresques de la marche des colonnes de pénétration au Soudan. Tous ces porteurs, engagés par nos officiers, sont eux-mêmes suivis, pendant les étapes, par leurs femmes portant sur leur tête la provision de mil et de maïs, ainsi que la calebasse et le pilon de bois qui serviront le soir à la confection du couscous; souvent même un enfant, assis à cheval sur leurs reins, le corps serré dans un pagne attaché sur la poitrine, augmente leur charge, et cependant elles vont, infatigables, pendant des kilomètres et des kilomètres. Leur troupeau sans ordre suit la colonne à quelque distance; à l'arrivée au gîte, quand les porteurs, sous la surveillance des chefs de groupe, ont été déposer leurs charges au parc où ils viendront les reprendre le lendemain, les femmes arrivent, installent leur rudimentaire cuisine et, à quelque distance du camp des blancs, s'étale un bivouac grouillant d'où partent des appels rauques, des gazouillements d'enfants et des mélopées plaintives; la nuit venue, les noirs fatigués s'endorment autour des feux; les « marsouins » s'étendent sous la petite tente et les sentinelles seules veillent au milieu des mille bruits mystérieux de la nature africaine.

Le lendemain, la première
lueur du jour réveille les noirs
qui s'étirent, engourdis par la
fraîcheur de la nuit, et se met-
tent aussitôt à manger; les animaux à qui le mil est distribué,
le broient avec un bruit de
meule; les cuisiniers des es-
couades font bouillir l'eau du
café et les marsouins sortent de
leur abri : le petit village de
toile disparaît en quelques instants, et souvent les tentes sont
repliées et les sacs refaits avant
que le clairon de garde ait
sonné le « coup de langue » du
réveil. Le soldat en colonne se
couche de bonne heure et se
lève de même.

C'est le moment où on bâte
et où on selle les animaux; les
premiers jours surtout, l'opération se fait au milieu d'une
confusion comme les noirs seuls
savent en créer dans tout ce
qu'ils font : c'est un bridon qu'on
ne trouve pas, une corde de bât
perdue, un mulet qui, blessé
sur le dos, ne veut pas accepter
son fardeau et rue déses-
pérément. Puis les noirs
reprennent leurs charges,
et avant qu'ils soient partis
et que le long serpent formé
par la colonne se soit étalé

Le convoi des captifs.

dans la brousse, les heures se passent, les cris et les commandements se croisent et, plus d'une fois, il arriva que Georges Cardignac n'avait pas même quitté le campement de la veille, que déjà l'avant-garde atteignait le suivant.

Le 6 mars, la colonne arrivait à Bafoulabé, le dernier poste organisé sur le Sénégal lui-même, traversait sur un bac le Bafing, affluent large de trois cents mètres, traversait Badumbé et marchait droit sur Kita.

Pas plus dans ces postes que dans les précédents, M. d'Anthonay n'avait reçu de nouvelles, et malgré tous les efforts qu'il faisait pour ne pas laisser percer sa tristesse, Georges Cardignac le voyait s'assombrir de jour en jour.

Rien ne prédispose aux épanchements du cœur comme le spectacle de la nature sauvage et grandiose : la région que traversait la colonne, d'abord ondulée et verdoyante, avait fait place à des escarpements surplombant les rives du Backoy, à des montagnes taillées à pic comme de hautes murailles, en approchant de la région montagneuse de Kita et de la ligne de partage des eaux entre le Sénégal et le Niger; dans ce décor grandiose du Soudan africain M. d'Anthonay fit part à son jeune ami de ses projets et de ses regrets.

Il était sans famille, sans affection, sa vie avait été remplie au début par les soucis professionnels comme magistrat et plus tard par la lutte pour l'existence, celle que les Anglais appellent le « struggle for life » et qui avait consisté dans la réédification de sa fortune à l'étranger.

Maintenant que ce but était atteint, il s'apercevait que la fortune ne pouvait à elle seule constituer le bonheur vrai et qu'il n'en jouirait pleinement qu'en la partageant et en faisant des heureux autour de lui. — Or quelle famille était plus digne de ce bonheur inattendu que celle du vaillant Lorrain, si durement éprouvé en 1870? Il avait donc résolu, non seulement d'instituer les deux filles de M. Ramblot ses héritières, mais encore de donner à leur père, dès maintenant et sans attendre, la part de fortune qui leur reviendrait après lui.

Puis était survenue la dépêche par laquelle M. Ramblot lui annonçait la découverte d'une forêt de caoutchouc sur la rive gauche du Niger, et, par une fatalité qu'il appelait un égoïsme inconcevable, il avait retardé l'exécution de son projet, voyant dans cette découverte un moyen d'ajouter quelques centaines de mille francs à ceux qu'il avait déjà.

Et c'était ce calcul qu'il maudissait à cette heure.

— Voyez-vous, dit-il à Georges en chevauchant auprès de lui, l'homme, quand une généreuse inspiration lui vient, ne devrait pas la discuter avec lui-même, mais la mettre immédiatement à exécution, car l'égoïsme, qui est le fond de sa nature, reprend immédiatement le dessus; il y a six mois que cette idée de donation m'est venue, si je l'avais réalisée de suite, je n'aurais pas le remords d'avoir exposé cet homme courageux à une mort affreuse ou à un esclavage pire que la mort elle-même. Quel bonheur apportera maintenant la fortune à ces deux enfants, si le misérable souci de l'accroître en a fait des orphelins? Quoi que je fasse, elles pourront toujours se dire avec raison que c'est à mon service que leur père est mort, et, en leur assurant l'avenir matériel, je n'aurai réparé que dans une mesure infiniment petite le mal dont je suis la cause originelle : non seulement je n'aurai pas fait des heureux comme je le pouvais, comme je le devais, mais je sentirai constamment peser sur moi une lugubre responsabilité.

Et Georges, très ému, vit une larme perler à la paupière de l'ancien magistrat.

Enfin à l'horizon apparurent les montagnes qui forment le massif de Kita; c'est à Kita qu'on allait retrouver Lucie Ramblot, là aussi que la colonne devait recevoir son complément de tirailleurs bambaras, achever son organisation, compléter ses approvisionnements : c'était donc un repos de quelques jours en perspective et les marsouins précipitèrent leur marche : le chant des coqs, les aboiements des chiens décélaient dans la brousse les villages indigènes dont les petits toits gris et pointus se confondaient avec les rochers.

Au crépuscule, le fort apparut à un coude du chemin : des noirs arrivaient de tous côtés autour de la colonne, car c'était jour de marché, et de petits ânes emportaient d'un trot menu les marchandises qui avaient été étalées sur le plateau pendant la journée : armes arabes, peaux, sel en barres de vingt à vingt-cinq kilos (qui représentent une valeur de cent cinquante à deux cents francs), chaussures en cuir jaune et rouge, pagnes de Ségou, instruments aratoires primitifs, couteaux et bijoux.

Mais ce spectacle si original, ni M. d'Anthonay, ni Georges ne s'en occupaient : ce qu'ils cherchaient au sommet du glacis qui se profilait au pied des remparts du fort, c'était une silhouette de femme, celle de Lucie Ramblot.

36

Elle connaissait leur arrivée : comment ne la voyait-on pas ?

Soudain un tableau tel que Georges Cardignac n'en avait jamais vu se déroula à leurs yeux.

Sortant d'un pli de terrain, une longue théorie de noirs que dominaient quelques Maures à cheval se dirigeait vers eux et les croisa.

C'était un convoi de *captifs*.

Les nègres qui le composaient, attachés les uns aux autres par une chaîne et un large anneau formant ceinture, n'avaient plus rien d'humain. Ils n'étaient même plus noirs et la poussière des longs trajets à travers les solitudes africaines avait accumulé sur leur peau une couche terreuse couleur d'ardoise : de pauvres petits négrillons de sept à dix ans couraient péniblement, les jambes gonflées, derrière ce bétail humain, et les traitants maures, suivant à cheval, aiguillonnaient les traînards avec la plus révoltante brutalité.

— Oh ! fit Georges dont le cœur se souleva : comment de pareilles atrocités peuvent-elles encore se passer en territoire français ?

Le capitaine Cassaigne avait fait distribuer, au passage, à quelques-uns de ces malheureux le fond d'une caisse de biscuits ; il entendit la réflexion de Georges.

— Vous n'oubliez qu'une chose, mon jeune camarade, lui dit-il, c'est que nous ne sommes pas ici en territoire français : tous les noirs qui acceptent notre domination sont garantis contre l'esclavage, puisque nous les protégeons, et c'est ce qui, peu à peu, amènera à nous la population fétichiste ; mais sur les bords du Niger, des bandits comme Samory, comme jadis El-Hadj-Omar, exécutent de véritables dévastations systématiques et emmènent en esclavage des populations entières ; les traitants du Sénégal, en leur achetant des esclaves, sauvent donc ainsi des milliers d'êtres, qui mourraient de faim et sèmeraient leurs cadavres partout.

— Mais, mon capitaine, objecta Georges avec fougue, en montrant le pavillon tricolore qu'un tirailleur portait en tête de la colonne : là où flotte notre drapeau, là est la France, et la France proscrit l'esclavage partout où elle passe.

— C'est parfaitement vrai, mais pour le proscrire, il faut qu'elle ait la force ; or, dans cette région que nous sommes des premiers à parcourir, elle ne l'a pas encore : de ce pays entre Sénégal et Niger nous ne possédons que

le plateau acheté par Galliéni
l'année dernière, et ce fortin
primitif de Kita qu'il a construit à son sommet. Si nous
voulions, du premier coup,
réformer les mœurs de ces
mahométans qui ne vivent
que d'esclavage, nous au-
rions de suite un soulèvement sur le dos.

— Eh bien ! fit Georges,
nous le réprimerions !... est-
ce que cent cinquante Français avec un canon ne sont
pas capables de passer partout ?

— J'aime à vous voir ces
convictions-là, répondit en
riant le capitaine Cassaigne,
mais vous oubliez qu'une colonne, pour pouvoir se battre,
a besoin de manger : que ce
n'est pas un mince souci, que
de trouver chaque jour de
quoi nourrir plusieurs centaines de combattants et non
combattants. Quand nous aurons épuisé nos vivres de
réserve, où trouverons-nous
ensuite du mil et des trou-
peaux, si les habitants sont
soulevés contre nous, aban-
donnent leurs villages et font
le vide derrière eux ; il faudra
alors, arrivant du Sénégal,

PAUL DE SÉMANT

Une dizaine de petits nègres s'accrochaient à sa robe.

de longs convois de ravitaillement, et notre petite colonne sera transformée
en véritable expédition. Et puis que deviendrait le capitaine Galliéni,
actuellement à Ségou comme négociateur? Ahmadou, qui est musulman
farouche, le retiendrait irrévocablement prisonnier en apprenant que nous
avons délivré des esclaves appartenant à des musulmans, sur un territoire
qu'il peut revendiquer! Enfin nos grands chefs, le gouverneur de Saint-
Louis et les ministres de France, qui voient les choses de plus haut, préfèrent
éviter tout soulèvement pour n'être pas obligés de le réprimer : en patien-
tant ils comptent que les noirs, nous voyant opposés à cet abominable trafic
de chair humaine, « de bois d'ébène » comme disent les traitants, deviendront nos meilleurs auxiliaires contre les musulmans, nos ennemis et les
leurs. Toute la politique du Soudan est là.

— Alors la politique est une bien vilaine chose, répliqua Georges dont
l'exaspération généreuse ne se rendait pas à toutes ces raisons ; car en attendant qu'elle produise ces effets trop lointains, nous sommes, nous, les représentants d'un grand pays, obligés de supporter ces spectacles dégradants,
de laisser des êtres humains souffrir devant nous les pires tortures... Et
parmi eux il y a des enfants, vous avez vu, mon capitaine, ces pauvres petits !
Sans doute les mères ont été vendues d'un côté, les enfants de l'autre...
Oh !... c'est odieux, odieux !

Mais comme il se retournait pour revoir encore le lamentable troupeau,
l'exclamation s'éteignit sur ses lèvres ; descendu de sa mule, le Père blanc
conversait avec un des Maures conducteurs de la funèbre caravane, et il
n'était pas difficile de deviner quelle affaire il traitait avec lui.

Une dizaine de petits nègres étaient en effet rassemblés autour de sa robe
blanche, accroupis, serrés les uns contre les autres, comme des pinsons dans
un nid, et, un sac à la main, le missionnaire d'Afrique comptait des douros
devant le traitant, la main tendue.

— Voyez, dit le capitaine Cassaigne en montrant à Georges le touchant
tableau : voilà le seul antidote de l'esclavage en Afrique ; c'est la Société
anti-esclavagiste qui l'envoie ici par l'entremise de ses missionnaires, les
hommes les plus admirables et les explorateurs les plus intrépides que je
connaisse, car ils ont pénétré partout, dans la région des Grands Lacs, au
Tanganika, aux sources du Nil, et partout ils ont racheté, élevé, sauvé des
milliers d'enfants comme ceux-ci.

— Quel est l'homme qui a fondé cette œuvre et qui se montre à lui seul
supérieur à un grand pays comme le nôtre? demanda Georges.

— C'est l'archevêque d'Alger, Mgr Lavigerie, une grande figure s'il en fut.
Ces enfants que vous voyez vont apprendre la culture ou un
métier manuel : les plus intelligents, les fils de chefs, feront
leurs études de médecine et tous deviendront les auxiliaires les
plus dévoués de notre politique au Soudan.

Mais le capitaine s'interrompit; sur le chemin
mal frayé qui montait au plateau, un lieutenant de spahis soudanais à tunique
rouge, venait d'ap-
paraître à cheval,
galopant au devant

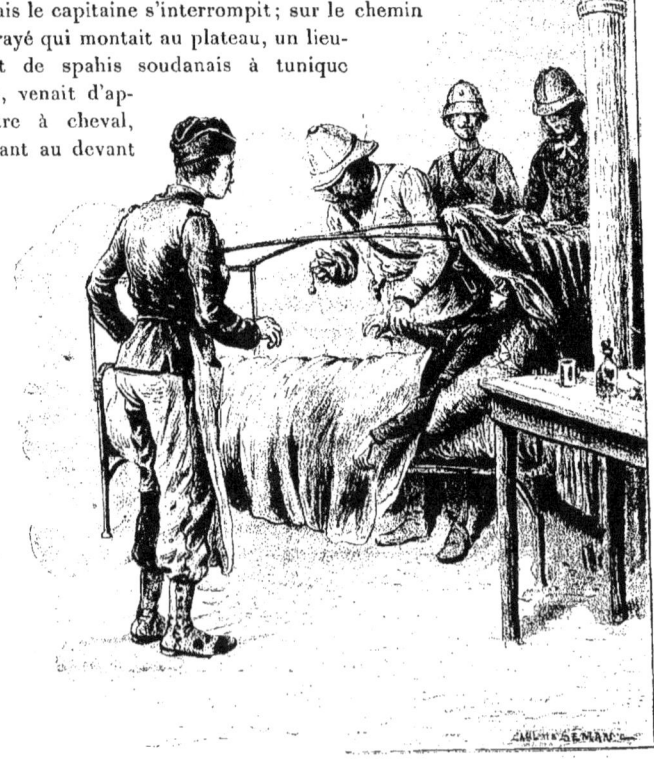

Le docteur tâtait le pouls de la malade.

de la colonne : derrière lui un adjudant d'artillerie et deux noirs spahis, enfoncés dans de hautes selles arabes, suivaient dans un nuage de poussière.

C'était le commandant du poste rudimentaire de Kita, fondé quelques mois auparavant, lors de son passage, par le capitaine Galliéni.

Les présentations faites et les serrements de main échangés:

— Avez-vous des nouvelles de M. Ramblot? demanda le capitaine Cassaigne.

— Oui, depuis hier. On ne sait encore en quel point il est enfermé, mais il paraît certain qu'il est aux mains de Samory. C'est un ancien tirailleur algérien, passé au service de l'Almany (1) qui nous a envoyé un message secret pour nous prévenir ; sans doute il complètera ce renseignement en faisant connaître le village où il est captif, mais sa pauvre enfant, Mlle Ramblot, est bien mal.

— Bien mal! que voulez-vous dire?

Georges Cardignac s'était approché ; en entendant les derniers mots du lieutenant de spahis, il devint très pâle; sans l'avoir vue, il se sentait une immense pitié pour cette vaillante enfant.

— Oui, poursuivit l'officier; elle a été prise, il y a quelques jours, à la suite de toutes ces émotions, d'un accès de fièvre chaude, et est en ce moment entre la vie et la mort. Le pis est que nous n'avons pas de médecin : nous avons enterré le nôtre, le pauvre docteur Binet, la semaine dernière, et le brigadier d'infirmerie qui la soigne n'y connaît évidemment pas grand' chose.

— Vite, Cardignac, dit le capitaine, allez prévenir M. d'Anthonay et surtout le docteur Hervey; M. Ramblot est vivant, c'est bien ; mais si nous le retrouvons et qu'il ne revoie plus sa fille au retour, il maudira sa liberté. Courez vite !

Quelques minutes après, Georges Cardignac, suivi du docteur, arrivait au galop à l'entrée du fort de Kita ; sur un baobab gigantesque, un loustic de la petite garnison avait, sur deux écriteaux, dessiné deux flèches, que surmontaient deux inscriptions grossièrement tracées à la main.

L'une d'elles, tournée vers la vallée du Sénégal, portait: *Route de France*, l'autre tournée vers le Niger : *Route du Cimetière !*

(1) Titre donné à Samory.

CHAPITRE IX

OU GEORGES CARDIGNAC ÉPROUVE UNE SURPRISE PEU ORDINAIRE

Quand il vous arrive d'entendre parler de « forts », je suis sûr, mes enfants, que votre esprit évoque immédiatement les hautes murailles de pierre, ordonnancées avec art par Vauban, et dont vous avez pu contempler souvent des spécimens, aujourd'hui démodés. Vous reconstituez alors, dans votre imagination, des talus corrects aux verts gazonnements, des glacis réguliers ; vous évoquez la silhouette d'un lourd canon de bronze, allongeant sa gueule menaçante au travers d'une embrasure, et vous piquez à côté — pour en compléter le pittoresque — un petit pioupiou rouge et bleu qui, l'arme au bras, fait les cent pas sur le plan incliné de la plongée, tout en examinant l'horizon.

Mais en même temps, ce mot « un fort » ramène également votre pensée vers le jouet de ce nom, le fort de carton à belles tours et à pont-levis à chaînes (c'est naturellement aux petits garçons que je m'adresse) dont tous, dis-je, vous avez eu — ou espérez — un spécimen, afin d'organiser de grandes guerres avec vos soldats de plomb.

Eh bien ! mes enfants, si vous aviez accompagné la colonne dont faisait partie notre ami Georges Cardignac, vous auriez sans doute éprouvé une sérieuse désillusion quand on vous eût montré le fort provisoire de Kita, car ce fort-là n'avait, avec ceux que vous connaissez, qu'une très vague ressemblance.

C'était un assez vaste rectangle, à hautes murailles, que flanquaient, aux angles et sur les faces, des tourelles en saillies.

Il était néanmoins disposé avec science. Les champs de tir étaient bien aménagés. Les glacis permettaient de balayer fort loin l'assaillant qui en eût tenté l'approche ; mais, en tant que construction, la pierre de taille y brillait... par son absence !

Les murs étaient construits en pieux, entre lesquels un aggloméré de cailloux et de terre battue avait été disposé par les noirs, réquisitionnés pour ce travail.

Au demeurant, le fort provisoire de Kita semblait un village nègre ; un peu mieux construit, un peu plus régulier, et voilà tout ! Au milieu de l'enceinte se dressait un observatoire, un « mirador » façonné en bambou, et dominé par le drapeau de la France. Les soldats du fort de Kita dénommaient ce mirador « l'Observatoire ».

Comme logement : quatre paillottes, couvertes en herbe sèche, abritant les douze spahis et les trente Sénégalais qui composaient la garnison ; enfin, deux autres paillottes servaient de logis à l'officier commandant ; mais, on l'a vu, il en avait cédé une à la pauvre Lucie Ramblot, terrassée par la fièvre.

C'est là que, guidés par le commandant du fort, Georges et M. d'Anthonay, précédés du docteur Hervey, pénétrèrent avec un serrement de cœur.

Sur une couchette, la jeune fille était étendue. Ses joues empourprées, ses yeux dilatés, les frissons qui secouaient son corps décelaient l'ardeur de la fièvre. Une moustiquaire de gaze la préservait de l'atteinte des mouches et des moustiques, et non loin d'elle, un soldat, le caporal d'infirmerie, cumulant pour l'instant les fonctions de médecin et d'infirmier, préparait une potion. Mais dans ce mince visage émacié par la fièvre, aucun trait ne survivait de ceux que Georges Cardignac avait connus. Seuls les cheveux blonds aux fauves reflets épandus sur l'oreiller rappelaient au jeune homme la fillette qui à Dijon venait distraire le franc-tireur d'alors par un gentil babil, ou qui, la physionomie grave, l'écoutait dicter à Paul Cousturier son journal de guerre.

Dix ans avaient passé qui avaient transformé l'enfant en une belle jeune fille, car malgré la fièvre qui la consumait, elle était ravissante avec son front très pur, sa bouche petite et arquée, ses longs cils et son regard profond.

A sa vue, un flot de souvenirs se heurtait dans le cerveau de Georges qui demeurait silencieux et rêveur, côte à côte avec M. d'Anthonay, sur les traits énergiques duquel on pouvait lire une désolation immense.

Cependant, le docteur Hervey, écartant la moustiquaire, tâtait le pouls de la malade, tout en consultant l'aiguille à secondes de son chronomètre.

L'infirmier s'était rapproché.

— Vous avez administré du sulfate de quinine? questionna le docteur.

— Oui, monsieur le major... C'était l'ordonnance du docteur Binet.

Le docteur Hervey hocha la tête et dit :

— Dame ! Il n'y avait que ça à faire !... C'est encore heureux que vous en ayez eu.

— Ah ! monsieur le docteur ! ce n'est pas pour dire ! mais il ne m'en reste que pour deux jours !

— Nous en avons, nous ! s'écria Georges intervenant; n'est-ce pas docteur ?

— Oui, lieutenant... Nous avons même du bromhydrate de quinine !... Je cours en chercher...

— Est-ce grave? questionna M. d'Anthonay.

— Peuh !... Pas trop, j'espère ! Mais elle a tout de même des pulsations anormales ! je vais tâcher d'enrayer le mal.

Et le docteur sortit.

Georges et M. d'Anthonay, se rapprochant, s'étaient placés des deux côtés de la couchette, et l'ancien magistrat, passant sa longue main sur le front brûlant de la malade, se mit à l'appeler doucement.

— Lucie!... Lucie!... Dormez-vous?... M'entendez-vous?...

Oui! Elle entendait,... elle ne dormait pas! Et même, la fièvre qui enserrait son cerveau ne l'avait pas encore amenée au point culminant du délire; car Lucie Ramblot tourna la tête vers cette voix amie : ses yeux un peu égarés se fixèrent et la malade murmura :

— Ah!... Monsieur d'Anthonay!... Monsieur d'Anthonay!... Merci! merci!... Et père?

— Nous allons le délivrer, mademoiselle ! s'écria Georges.

Emporté par l'émotion qui lui étreignait l'âme, le jeune homme avait

37

lancé cette phrase sans réfléchir, sous le coup d'une impulsion tout instinctive; et en même temps qu'il l'articulait, Lucie s'était redressée... Elle
tourna vers l'officier ses prunelles dilatées... fixa péniblement son regard.

Elle semblait chercher dans le lointain de ses souvenirs.

Mais comment eût-elle pu deviner dans ce jeune officier au visage déjà
bronzé, à la moustache noire, le petit franc-tireur blessé, qui avait éveillé
jadis dans son âme d'enfant une pitié si admirative?

— Georges Cardignac!... Dijon! vous souvient-il?

Il avait parlé à mi-voix, penché vers elle, très ému.

Une lueur passa dans les yeux dilatés de la malade : oui, elle se souvenait, et soulevant avec peine sa main amaigrie, elle la tendit au jeune
homme!

Mais l'effort qu'elle venait de faire avait excédé ses forces, et sa tête
retomba sur l'oreiller.

— Oh! mon Dieu! fit Georges, je n'aurais pas dû lui parler,... qu'ai-je
fait?

— Une imprudence, en effet, dit le docteur, car les émotions ne lui
valent rien, du moins en ce moment... Je vais être obligé de vous consigner
à la porte, mon jeune camarade.

Mais la malade avait compris ces derniers mots, malgré son épuisement;
car ses yeux se rouvrirent un instant, et le docteur n'eut pas de peine à lire
dans le regard tourné sur lui un reproche à son adresse.

— Diable, fit-il en souriant, il paraît que ma menace produit autant
d'effet sur elle que sur vous; je ne m'en plains pas, car cela me prouve
qu'elle est moins bas que je ne le croyais.

Il eût été bien difficile d'ailleurs au médecin de tenir rigoureusement la
main à l'observation de sa consigne, car, ce jour-là et les jours suivants,
Georges profita de toutes ses heures libres pour s'instituer le gardien de la
jeune fille.

Une immense sympathie s'était éveillée en lui, dont il n'était plus le
maître. Pouvant disposer de la plus grande partie de la journée, puisque
son camarade Flandin s'occupait de l'organisation de la troupe noire qui
devait renforcer la colonne, il était sans cesse ramené vers cette paillotte
où souffrait Lucie. Il y entrait avec des précautions infinies, et quand, le
troisième jour, la fièvre céda devant la médication énergique du docteur, il

lut dans le regard moins voilé de la malade quelque chose de très doux.

Le cinquième jour tout danger avait disparu : il ne restait plus à combattre qu'une grande faiblesse, et M. d'Anthonay, rassuré maintenant du côté de l'enfant, ne cessait de répéter en parlant du père :

— Si seulement des nouvelles arrivaient!...

Ce jour-là, elle interrogea plus anxieusement que d'habitude : savait-on quelque chose?

Georges trouva, pour lui donner de l'espoir, des accents chaleureux : puisqu'un ancien tirailleur français n'avait pas hésité à envoyer un premier message, il en renverrait certainement un second, sachant qu'il serait récompensé, et, puisque M. Ramblot vivait, puisqu'il avait été épargné jusque-là, il n'y avait pas de raison pour qu'il fût sacrifié par Samory, qui vraisemblablement cherchait, en se servant d'un intermédiaire, à tirer rançon de son prisonnier.

— Et la rançon, ajouta M. d'Anthonay, je l'ai apportée avec moi...

Mais Georges affirma avec fougue que, quand on connaîtrait le lieu où M. Ramblot était prisonnier, le plus sûr serait de marcher rapidement et secrètement pour opérer sa délivrance de vive force; car si on discutait, si on « palabrait », on donnait aux noirs, allumés par l'apport d'une forte somme, l'idée d'exiger toujours plus et de déplacer leur prisonnier comme un appeau. Quant à lui, Georges, il se chargeait avec son seul peloton de le ramener sain et sauf, dût-il l'aller chercher au milieu des bandes de l'Almany!

Elle l'écoutait, les yeux brillants, et M. d'Anthonay, enveloppant les deux jeunes gens d'un regard souriant, allait répondre en faisant valoir quelques arguments plus rassis, lorsqu'un spahi souleva la toile qui fermait l'entrée de la paillotte.

— Messieurs!... Le commandant du fort vous réclame!... Il paraît qu'il y a des nouvelles!

Le docteur Hervey, qui rentrait en même temps, répéta ces mots à la volée et se hâta vers la table où il déposa les fioles et les paquets qu'il apportait.

Laissant alors Lucie Ramblot aux soins du médecin, M. d'Anthonay et Georges Cardignac se rendirent jusqu'au gourbi du commandant. Le capitaine Cassaigne s'y trouvait déjà.

— Il y a du bon! dit ce dernier en les apercevant.

— Oh! du bon!... c'est beaucoup dire, mon capitaine, répliqua le lieutenant de spahis; mais enfin nous possédons une indication.

En même temps il tendait à M. d'Anthonay un chiffon de papier d'emballage.

L'ancien magistrat le saisit nerveusement et le parcourut avec rapidité, pendant que Georges Cardignac regardait par dessus son épaule.

Le jeune homme en fut — comme on dit — pour ses frais de curiosité, car la lettre (s'il est possible de dénommer ainsi ce griffonnage) était écrite en caractères arabes mal formés, et conçue en un patois bizarre, où l'arabe proprement dit se mariait étrangement au dialecte nègre du Bissandougou.

Mais ce n'était point là une difficulté pour M. d'Anthonay qui était maintenant familiarisé avec les divers langages de la région.

— Qui vous a transmis cette missive, lieutenant? demanda-t-il après avoir terminé sa lecture.

L'officier de spahis indiqua dans le coin du gourbi un nègre, revêtu d'une gandourah rayée, coiffé d'un haut bonnet bleu, et qui, accroupi sur ses talons, les coudes aux genoux, attendait impassible.

— Voici le messager, dit le lieutenant.

— Bon! riposta l'ancien magistrat. C'est un indigène des environs de Kineira, et il nous a apporté ce renseignement de la part d'un sofa du Bissandougou. Mais je vous avoue que je n'ai qu'une confiance très relative en la parole de ce personnage qui est — somme toute — vassal de Samory.

— Sans doute, fit le capitaine Cassaigne intervenant. Mais ce sofa, qui dit se nommer Ben-Ahmed, est un musulman. Il a, paraît-il, servi autrefois dans nos rangs. C'est du moins l'explication que nous a fourni le messager.

— Ce n'est pas précisément une recommandation, riposta M. d'Anthonay; ce sofa serait donc un déserteur et je m'en méfierais...

— Pourtant, dit Georges, on peut toujours voir.

— Je suis de votre avis, mon jeune camarade, dit le capitaine Cassaigne, et pour nous résumer, voici la situation et les mesures que nous avons prises de concert avec M. le commandant de Kita.

Le dit Ben-Ahmed nous déclare qu'il sait le lieu de détention du captif blanc, enlevé par une bande de Samory. Il ajoute qu'il lui veut du bien, et que s'il n'a pas envoyé plus tôt sa proposition, c'est uniquement par crainte de son chef qui eût pu lui faire payer fort cher son intervention; mais

qu'ayant appris l'ar-
rivée de notre co-
lonne, il compte sur
nous pour le pro-
téger.

Le capitaine fit
une pause, puis
hochant sceptique-
ment la tête :

— Je sais bien,
continua-t-il, que ce
roman nègre vous
a un petit air pas-
sablement baroque,
et qu'en matière de
relations avec les
indigènes du pays,
on doit toujours se
méfier d'un piège.
En fait, je ne m'ex-
plique pas du tout
le motif qui atten-
drit ainsi l'âme de
ce Ben-Ahmed et
l'invite à vouloir du
bien à ce pauvre

L'officier de spahis désigna
un nègre.

M. Ramblot, qu'il ne connaît pas, puisque dans
la lettre il ne le désigne que sous le nom de « captif
blanc ». Pourtant, en cette circonstance, notre devoir
est tout tracé, et nous allons nous mettre en rapport avec
le Ben-Ahmed...

— Ah! bravo! s'écria Georges.

— Lieutenant, ne vous emballez pas, riposta en souriant le capitaine,
car enfin vous ne savez pas encore si mon intention n'est pas de vous laisser
ici à la garde du fort.

— Oh! vous ne feriez pas cela, mon capitaine!

Et Georges avait pris un air si navré en prononçant ces mots, que tous les assistants ne purent — malgré la gravité des circonstances — tenir leur sérieux.

— Rassurez-vous, mon jeune camarade, dit enfin le lieutenant de spahis, le capitaine a voulu vous faire « mousser » un peu ; mais, au contraire, c'est vous qu'il emmène et c'est le lieutenant Flandin qui reste ici.

— Ah! merci, merci! fit Georges rayonnant.

— Donc, reprit le capitaine Cassaigne, Flandin reste ici avec deux sections. Nous partons avec le reste et notre canon. De plus, le commandant de Kita nous fournit cent tirailleurs Bambaras qui seront payés en captifs.

— Hein! s'exclama Georges en sursautant, en captifs? dites-vous, mon capitaine.

— Oui, mon enfant. Il va falloir vous acclimater tout doucement aux mœurs étranges du continent noir. Il n'y a pas à tortiller ni à dire, « mon bel ami », c'est comme ça et non autrement. Et, au fond, c'est une excellente opération, je vous en ai déjà touché un mot l'autre jour.

— Comment cela ?

— Oui, les captifs rentrent ainsi dans le giron de la Protection française ; ils constituent pour la suite une pépinière de travailleurs agricoles et aussi de soldats, et nous n'avons pas d'argent à débourser... Double économie!

— C'est juste, mon capitaine ; mais comme vous le disiez, il faut s'y faire, et je constate que les mêmes choses changent vraiment d'aspect selon les latitudes.

— Oui, l'optique morale change rudement. En tous cas, le départ est pour après-demain. Organisez votre affaire, car vous devez commencer à vous y connaître.

— Et où allons-nous?

— Nous piquons droit au sud, sur Niagossala et Siguiri. Là, nous traversons le fleuve et gagnons Kineira où, paraît-il, nous attend le dénommé Ben-Ahmed. Au surplus, c'est ce jeune singe (il désigna le messager noir) qui va nous servir à la fois de guide et d'otage.

— D'otage?

— Tiens, parbleu! s'il avait l'air de vouloir nous « monter le coup », ça ne serait pas long. V'lan ! V'lan !

Le capitaine Cassaigne ponctua d'un geste auquel il n'y avait pas à se méprendre.

Et c'est ainsi que le surlendemain, bien avant le lever du jour, la colonne Cassaigne faisait « par le flanc », s'a ongeant dans la direction du sud et, au bout de quelques kilomètres, voyait le mirador du fort de Kita disparaître derrière un repli de terrain. Inutile d'ajouter, n'est-ce pas, que M. d'Anthonay en faisait partie. Il suivait à l'arrière-garde, surveillant lui-même son mulet, porteur de la rançon de M. Ramblot.

A cheval sur « Lutin », Georges se laissait bercer par une rêverie attristée. Son regard fixe et vague ne s'arrêtait point aux sites pittoresques et accidentés, tout remplis d'une végétation touffue. A peine avait-il même à s'occuper de la marche de sa colonne qui, bien reposée depuis trois jours, avalait allègrement des lieues et des lieues.

A travers la brume légère qui, sous l'action solaire, s'élevait en buée chaude au-dessus des hautes herbes, le jeune homme voyait lui sourire un fin et pâle visage de jeune fille : le visage de Lucie. Il lui semblait entendre, dans le souffle brûlant du vent d'Afrique, une voix douce et faible lui murmurer :

— Merci !... merci de tenter cette délivrance !... En le sauvant... ce pauvre père, vous m'aurez sauvée moi aussi !

Et n'était-ce point une réalité ? N'était-ce point la voix même de Lucie qui parvenait à Georges à travers la distance?... Non sans doute. Mais c'en était l'écho qui persistait à son oreille, car c'était sur ces paroles d'espérance qu'ils s'étaient quittés la veille au soir.

Domptée par les soins énergiques et dévoués de l'excellent docteur Hervey, la fièvre, la hideuse et terrifiante fièvre d'Afrique, avait fui : définitivement tout danger immédiat était écarté.

— Seulement !... Pas d'émotions violentes, avait réitéré le docteur.

Souriant, il avait ajouté, en désignant du regard Georges, qui n'avait guère quitté la malade pendant ces cinq jours et avait à peine songé à prendre un peu de repos :

— Si, à ma potion au bromhydrate, on pouvait ajouter une bonne petite joie, ce serait parfait; mais ça n'est pas dans mes attributions, cette médication concerne surtout MM. les militaires.

— Oh ! mademoiselle Lucie, s'était écrié Georges. Je vous jure de vous la donner cette joie-là. Je vous le ramènerai,... soyez-en sûre !

La malade l'avait remercié d'un sourire et murmuré la phrase qui voletait encore à son oreille.

Et c'est avec cette douce vision que Georges chevauchait maintenant dans la brousse.

Les souvenirs d'enfance évoqués, le charme pénétrant de cette belle jeune fille, redevenue son amie dans ces circonstances tragiques, le désir de lui apporter une consolation et la vie en délivrant son père, tout cela décuplait, pour le jeune sous-lieutenant de marsouins, le bonheur de faire campagne réelle contre un ennemi sérieux, et rehaussait encore à ses propres yeux les beaux côtés de la mission civilisatrice à laquelle il prenait part comme soldat.

De Kita à Niagassola il y eut trois lourdes étapes. En arrivant dans cette localité, la colonne trouva une population noire un peu effarée, mais non agressive.

Après des pourparlers, on obtint le séjour et des vivres ; puis on piqua sur Siguiri.

Au demeurant, bien qu'on marchât en pays, sinon hostile, du moins à peu près insoumis, la colonne Cassaigne n'éprouva, il faut le reconnaître, aucune difficulté sérieuse et n'eut pas à « faire parler la poudre ».

A Siguiri on passa le fleuve en pirogue, ce qui constitua un véritable travail et prit une journée entière : puis, une fois établi sur la rive droite, le capitaine Cassaigne résolut de prendre des mesures de surveillance encore plus sévères que d'habitude, car on entrait dans la zone d'action — on pourrait dire dans la zone de ravage — de l'Almany redouté, du fameux Samory.

Le messager noir de Ben-Ahmed avait bien, il est vrai, déclaré qu'il n'y avait aucune attaque à redouter, aucun danger à courir, ajoutant que son maître lui avait dit à lui-même : « Les blancs sont bono, les Français bono bezzef » (1).

— Mon garçon, riposta le vieil officier, ce n'est pas aux vieux singes que les jeunes macaques apprennent à faire la grimace ! Je suis persuadé des bonnes intentions de ton patron ; mais, dans mon pays, on cite deux dictons bons à retenir. Premier dicton : « L'enfer est pavé de bonnes intentions .»

1) Bezzef (beaucoup).

Deuxième dicton : « Garde-
toi... Je me garde ». Tu as
saisi ! Et maintenant en
route ! Cardignac ! vous allez
nous organiser, avec votre
section, un gentil petit service d'avant-garde. Ouvrez
l'œil... et le bon !

— Entendu, mon capi-
taine !

Du coup, Georges fut
tout à son service. Chas-
sant toute évocation étrangère à son devoir de chef
— si douce fût-elle — il
concentra toute son attention, toute sa volonté, toute
sa puissance d'observation,
dans la conduite de son
détachement.

Il était bien secondé du
reste, car suivant l'habitude
c'était la section de Pépin
qu'il emmenait avec lui ; et,
derrière le sergent, Baba
marchait, pour ainsi dire
dans son ombre, car son
nouveau camarade, Mambi,
et sa femme étaient restés
au fort de Kita. Le petit
nègre s'était donc trouvé
aux prises avec une grosse
difficulté de conscience.
Devait-il rester avec sa
nouvelle relation amicale

Baba en colonne.

18

ou partir avec l'ancienne affection? Ce fut cette dernière qui l'emporta ;
Baba avait suivi Pépin. Mais ce n'était plus le Baba de Cherbourg : un pagne
blanc replié lui faisait une culotte à la zouave, il portait un gilet arabe, don
de Pépin, et, de l'uniforme, il n'avait gardé que le képi, additionné d'un
mouchoir en guise de couvre-nuque. De plus, il portait au bout d'un
bambou, un pavillon aux trois couleurs.

Et l'enfant, torse et pieds nus, marchait crânement dans la brousse, sans
que ni cailloux ni épines pussent réussir à entamer la semelle de corne
naturelle qu'il possédait sous ses énormes pieds.

Or, comme on approchait de Kineira, dont on apercevait au loin le dôme
des cases au-dessus d'un fort groupe de palmiers nains, un bruit étrange
s'éleva, sortant justement du bois formé par les dits palmiers.

— Halte ! commanda Cardignac.

En même temps, il donnait rapidement ses ordres, et tout son monde se
déployant prit, dans les hautes herbes, la position du combat.

Ce fut fait avec une précision et une rapidité extrêmes. Une section de
Saint-Cyriens n'eût pas mieux manœuvré que les marsouins de Cardignac.

Quant à lui-même, placé à cheval en arrière de sa ligne et dressé sur ses
étriers, il sondait l'horizon de sa lorgnette. Près de lui, un caporal, le doigt
sur la détente et le canon de son fusil dirigé sur le messager nègre, ne perdait
pas ce dernier de vue. Mais l'ambassadeur de Ben-Ahmed ne bronchait pas.
Au contraire, il découvrait dans un large sourire ses dents d'émail, et il
baragouinait dans son jargon des phrases incompréhensibles pour Cardignac,
mais évidemment joyeuses.

Soudain, une troupe bariolée émergea du bois de palmiers, et le bruit
s'accentua, ponctué de coups de tam-tam, de chants et de la sourde trépidation des tambourins.

— Attention ! ordonna Cardignac, non sans une légère émotion. Attention ! et surtout que personne ne tire sans mon commandement.

Mais le messager s'agitait. Du doigt il indiquait en tête du groupe qui
s'avançait un noir d'assez grande taille, vêtu de bleu, coiffé de rouge et portant un burnous rayé. Il chevauchait un cheval blanc, couvert d'oripeaux
bizarres. Deux nègres, montés sur des ânes, le flanquaient à droite et à
gauche, maintenant un large parasol au-dessus du cavalier. Évidemment,
c'était là un grand chef, et le messager se mit à hurler son nom.

Il accourut comme un dératé.

— Ben-Ahmed!... Bono! Ben-Ahmed!

Au surplus, rien dans l'attitude des arrivants n'indiquait la moindre hostilité; bien au contraire. La troupe s'arrêta à environ trois cents mètres, et fait anormal chez ces nègres non habitués aux règles de la civilisation, on vit une sorte de griot, couvert de coquillages et d'une peau de panthère, s'avancer, porteur du drapeau blanc des parlementaires.

— Tiens ! Tiens ! dit Pépin, on dirait qu'ils la connaissent, ces moricauds-là.

— Oui ! c'est ma foi bizarre ! murmura Cardignac. Allons ! continua-t-il, tout le monde debout et l'arme au pied. Je vais voir ce qu'ils nous veulent.

— Méfions-nous quand même, observa judicieusement Pépin. Si ça ne vous fait rien, mon lieutenant, je vous accompagne.

— Soit ! Viens! Le sergent Brette va prendre le commandement.

— C'est ça ! Et tu sais ! Pas de blagues, Brette, insista le Parisien. Si tu voyais que les lascars veulent nous faire bobo... Aïe ! Tape dans le tas ! A la baïonnette !

— Compris !

Alors, portant son cheval en avant de sa ligne, Georges s'avança. Pépin marchait près de son chef et avait arboré, au bout de sa baïonnette, un morceau de flanelle blanche. Derrière, Baba leur emboîtait gravement le pas. Ils rejoignirent ainsi le parlementaire nègre, le griot au drapeau blanc, qui se mit à danser une sarabande des plus joyeuses et les devança dans la direction du chef, qui attendait avec gravité, entouré de ses musiciens et de nègres armés de fusils.

Mais, comme ils approchaient, Pépin s'étonna.

— Ah ça ! fit-il, ce mâtin-là est habillé en turco !

— Oui ! ma foi ! répondit Georges, qui regardait le chef noir de tous ses yeux.

Et quand il fut arrivé à dix mètres, le jeune sous-lieutenant poussa une exclamation de surprise. Ses traits revêtirent une expression de stupeur indicible.

— Ah ça ! Mais ! murmura-t-il... Je ne me trompe pas... C'est Barka !

De son côté, le chef noir, costumé en turco, se trémoussait sur sa selle; puis, soudain, sautant à bas de sa monture, il se mit à courir comme un dératé vers Georges Cardignac en hurlant à pleine voix :

— Ci ça qu'est drôle!... Ci toi li p'tit turco d'Monbiliard!... Ci toi toujours l'médaille m'litaire! Li officier à présent! Bono! Bono! Bono bezzef!

Et, se précipitant vers notre camarade qui riait franchement, il lui saisit la main, puis se mit à danser aussi frénétiquement qu'il l'avait fait autrefois dans la cuisine de M. Ramblot, le tout à la grande stupéfaction de Pépin qui, moitié riant, moitié inquiet, murmurait :

— Ah ça! Ah ça! Il est maboul (1), ce négro-là! Va falloir lui donner une douche et lui faire prendre l'omnibus de Charenton!

Mais Pépin se trompait! Barka n'était point « maboul », mais simplement rempli d'une joie intense.

Car c'était bien Barka, en chair et en os, que le hasard venait d'amener si bizarrement à la rencontre de Georges Cardignac.

(1) Maboul, mot d'argot militaire emprunté à l'arabe et qui veut dire fou ou toqué.

CHAPITRE X

Ce ne fut pas sans peine que Georges Cardignac parvint à s'arracher à l'amitié un peu encombrante de l'ancien turco.

L'officier avait en effet mis pied à terre, et Barka, lui saisissant les mains, s'était mis à danser une gigue joyeuse qu'il accompagnait d'exclamations arabes. Moitié riant, moitié ennuyé, notre ami le « petit marsouin » se voyait contraint de suivre le mouvement... Ça ne pouvait pas durer!

— Allons! mon brave, fit-il en se dégageant, en voilà assez pour une fois! Calme-toi! N'oublie pas que tu es aujourd'hui presque un monarque, et que tu dois conserver ta dignité vis-à-vis de tes noirs!

— Ci ça qui j'men moque! par exemple! riposta l'Arabe; si sont pas contents, ci que j'leur fais donner l'bastonnade!

— Diable! tu as des procédés un peu vifs!

— Ci comme ça qui faut faire! Sans ça z'obéissent pas!

— Ah bah! Je vois que tu n'as pas réussi à leur inculquer les principes que tu as reçus au régiment... Mais il ne s'agit pas de cela pour le moment, car nous ne sommes pas venus ici pour nous amuser.

Et s'adressant à Pépin.

— Il faut envoyer prévenir le capitaine.

— C'est fait, mon lieutenant! Baba est parti pour annoncer que nous sommes en pays de connaissance.

— Bon! attendons la colonne, et nous allons faire une entrée triomphale dans les États de mon ancien camarade de 1870.

Effectivement, une heure plus tard, la colonne française, groupée en bon ordre et précédée de ses clairons, faisait son entrée dans Kineira.

Barka chevauchait son bidet blanc ayant le capitaine à sa droite et Georges à sa gauche; devant eux, Baba portait orgueilleusement son pavillon tricolore, et sur les flancs, les nègres du turco-roi dansaient, hurlaient des chants discordants, et tapaient à tour de bras sur leurs tambours d'écorce.

Puis l'installation du camp français organisée, le capitaine Cassaigne, Georges, MM. d'Anthonay et Pépin s'occupèrent immédiatement de questionner Barka qui, on l'a vu, avait changé de nom en coiffant la couronne royale, et s'était fait appeler simplement Ben-Ahmed, c'est-à-dire fils d'Ahmed, ce qui lui donnait aux yeux de ses sujets comme un air de prophète.

L'ancien « téraïour » expliqua aux officiers qu'il n'était point déserteur, comme l'avait cru M. d'Anthonay. Son temps de service en Algérie terminé, l'Arabe, qui avait le goût des aventures, s'était fait envoyer aux tirailleurs sénégalais. Il y avait fait un stage d'engagement de deux années; puis, ayant appris à connaître le pays, Barka avait « travaillé à son compte » : c'est-à-dire que, levant une bande de chenapans nègres, il avait pratiqué comme pratiquaient, hélas! à cette époque tous les chefs de tribus, et procédé à la guerre de pillage sans s'inquiéter le moins du monde de ce qui pouvait être juste ou injuste, car la morale européenne et Barka ne se fréquentaient pas.

Ne lui en sachons pas trop mauvais gré! Ce n'était pas tout à fait sa faute!

Bref! mons Barka avait fini par s'adjuger de force la suprématie dans le district de Kineira. Pour s'assurer une tranquillité relative, il s'était mis en rapport avec l'Almany Samory, lui payait une redevance et l'aidait de temps à autres dans ses razzias d'esclaves. Il n'était point, à proprement parler, un des « sofas » de Samory, mais simplement un allié intermittent qui, au fond, détestait son grand chef et ne le servait que par crainte.

Dans de telles conditions, on peut se demander quel motif mystérieux et puissant l'avait invité à prendre en mains les intérêts du pauvre M. Ramblot, réellement enlevé par une bande du terrible Almany.

Barka en fournit une explication au moins inattendue.

— Ti t'rappelles, dit-il, s'adressant plus particulièrement à Georges, ti t'rappelles... à Dijon, z'étais ordonnance du lieutenant.

— Oui! de mon ami Paul Augier.

— Ci ça même! Et z'avons logé chez Sidi Ramblot.

— Tiens! C'est ma foi vrai! Et même... je me souviens très bien que tu t'es grisé comme un régiment de Polonais!

— Vui!... Vui! s'exclama Barka riant à se tordre. C'itait di bon vin! Bono! Bono Bono bezzef!... et pi froumage! Et pi... bono kahoua (café)!... Et pi di marc!

Et à cette énumération évocatrice, Barka arrondit les yeux, avança les lèvres et se passa voluptueusement la main sur l'estomac.

Malgré leurs préoccupations, les quatre spectateurs éclatèrent de rire.

— Mazette! dit le capitaine, tu es un singulier musulman, tout pour ta bouche... rien pour ton salut!... Et le Prophète, qu'est-ce que tu en fais dans tout ça? — Li prophète pas z'en

C'itait di bon vin!

39

PAUL DE SÉMANT

vouloir à Barka, riposta l'Arabe. Li sait bien que c'est tout d'même bon meslem (musulman).

— Enfin! dit M. d'Anthonay, tu as au moins la reconnaissance du ventre.

— Vui!... Sidi Ramblot bon garçon! Li donner bon dîner à Barka, ci pour ça je l'ai reconnu!

— Diable! opina Georges. A quoi tient la destinée! Sans ce fameux repas... qui sait si nous aurions jamais retrouvé notre malheureux ami!... Mais où est-il?

— Dans un tata (1), tout près Kérouané!

— Est-il fortement occupé?

— Z'y sont bien trois mille!

— Trois mille hommes?... Tu exagères

— Non! j'dis l'vérité!

— Diable! Diable! murmura le capitaine Cassaigne. Ça va être dur!

— Oh! nous en viendrons à bout, fit Georges; n'avons-nous pas notre canon?

— D'accord! dit alors M. d'Anthonay, mais si notre marche en avant est éventée par l'ennemi, ces brigands sont capables de massacrer leur prisonnier! Ne ferions-nous pas mieux de parlementer et d'offrir la rançon que j'apporte?

C'était en effet, mes enfants, une situation des plus difficiles, et certes, les chefs de la colonne française étaient perplexes.

Il y eut un silence que le capitaine Cassaigne rompit le premier.

— Essayons donc, tout d'abord, de la conciliation, fit-il. Barka! Tu vas envoyer là-bas un messager avec les propositions suivantes... A propos! quel chef commande le tata?

— Ci Lakdar... un sofa.

— Tu le connais? Est-il bien armé?

— Vui!... z'a des moukalas anglais!

— Eh bien! tu vas lui faire dire que, s'il ramène ici M. Ramblot, on lui comptera contre la remise du prisonnier...

— Trente mille francs!... articula M. d'Anthonay qui termina la phrase.

(1) Poste nègre fortifié.

— Mais que s'il ne ramène pas M. Ramblot sous huitaine, reprit le capitaine, je lui rase son tata et je flanque tout son monde par terre.

— Ci faut pas dire ça! répliqua Barka; i faut seulement offrir l'argent!

— C'est vrai ma foi! Ce mâtin de Barka est un vrai diplomate! conclut le capitaine.

Le messager partit donc, et ce furent pour nos amis des jours d'attente fiévreuse que ceux qu'il passa en mission.

Enfin, le sixième jour après son départ, il revint avec une mauvaise nouvelle. Lakdar refusait les trente mille francs : il en voulait cent mille! Et de plus il exigeait le retrait de la colonne française au-delà de Siguiri.

Mais d'autre part le messager déclarait avoir vu M. Ramblot bien portant, enfermé dans une case entourée d'un enclos et attenante au réduit du tata. Fort intelligent, le messager avait bien examiné la position des lieux et donna à cet égard des renseignements précieux pour les chefs de la colonne française. Il avait fait mieux!... Trompant la surveillance dont il avait été l'objet, il avait réussi à causer avec le captif au travers de la palissade, et il rapportait de cette courte entrevue de la confiance pour ses amis.

Énergique, résolu, ne connaissant pas la peur, M. Ramblot faisait dire à M. d'Anthonay que le messager lui avait signalé comme faisant partie de la colonne de délivrance : « Gardez les trente mille francs et marchez! J'ai les moyens de me barricader au dernier moment dans ma prison et de tenir jusqu'au bout. Mais il importe de cacher à l'ennemi votre marche en avant, et d'attaquer à la fois par le massif du Djebel-Daro et par l'est, car j'ai entendu dire que Samory envoyait un renfort par là. Il a en effet appris l'arrivée de votre colonne. Donc pas de temps à perdre! »

On n'en perdit pas, je puis vous l'assurer, mes enfants!

Le stoïcisme de M. Ramblot avait galvanisé ses amis et Barka lui-même.

Il faut dire que ce dernier avait, pendant la semaine qui venait de s'écouler, *signé un traité* avec le capitaine Cassaigne qui, en l'espèce, représentait le Gouvernement français.

Ce traité stipulait : que le territoire commandé par Barka restait sous sa domination, et que l'ancien turco conservait ses prérogatives, mais qu'il devenait l'allié de la France; que les troupes françaises auraient accès sur son territoire et que le drapeau tricolore y serait arboré en permanence.

Bref, ce traité constituait une véritable annexion du territoire au Soudan, une réelle conquête pacifique.

Et je vous dirai — par parenthèse — mes enfants, que c'est ainsi que se sont faites la plupart de nos acquisitions coloniales africaines.

Des colonnes de police, de petites expéditions envoyées dans un but particulier (tel le cas de M. Ramblot) et même parfois des colonnes de simple exploration, amenaient ainsi des contacts avec des populations insoumises. Basée sur la force, sur le fusil et le canon, qui en cette matière imposaient le respect, l'action diplomatique de nos officiers et de nos explorateurs faisait le reste. Mais il est bon — en passant — de vous faire voir quel noble rôle est dévolu ainsi à nos officiers coloniaux. Songez à ce qu'il leur faut de tact, d'intelligence et en même temps d'énergie, sans compter le sens inné de la diplomatie, pour mener à bien de pareilles tâches. Aussi ne sauriez-vous trop les admirer et les chérir! Ils dépensent le meilleur d'eux-mêmes pour le bien de la Patrie. Ils risquent leur vie à chaque pas, simplement, modestement, comme l'a fait ce prototype du soldat et de l'homme bien équilibré qu'est le colonel Marchand!

Glorifions-le donc, lui et tous ses camarades qui ont tant fait pour nous tous!... et qui sont prêts à le faire encore partout où la France aura besoin d'eux!

Donc, par le traité signé, Barka se trouvait rentrer dans le giron de la mère Patrie, un instant oubliée; et rendons-lui cette justice de dire qu'il en fut enchanté. Au fond, son intérêt personnel s'alliait avec notre propre intérêt, car la protection du drapeau tricolore soustrayait Barka à l'action du fameux Samory, et je vous avoue qu'*in petto*, Mons Barka s'en réjouissait très fort.

Aussi ne se fit-il pas prier pour apporter à la colonne française l'appoint d'un millier de guerriers. Il est vrai qu'ils n'avaient pour la plupart que de mauvais fusils; mais enfin c'était toujours ça! De plus, la troupe d'attaque se trouvait, par ses soins, munie d'un convoi nombreux et bien organisé.

La marche fut donc rapide.

A Bissandougou, suivant un plan adopté à l'avance, la colonne se scinda en deux branches, formant une pince qui devait se resserrer sur Kerouané.

Le capitaine, avec le gros de sa colonne et les troupes de Barka, devait longer le contrefort de collines qui se détachent du massif principal, bordant au nord la République de Libéria et masquant Kerouané du côté de l'est.

Quant à Georges Cardignac, qu'accompagnait M. d'Anthonay, il prenait le commandement du reste du détachement et du canon. Son objectif était d'attaquer par l'ouest, en s'appuyant à la chaîne de montagnes dont fait partie le Djebel-Daro.

Tout fut prévu, comme heure de départ et d'arrivée, et en même temps les mesures furent prises pour que la marche restât secrète autant que possible, et que l'ennemi n'eût pas vent de notre approche.

Mais en pareille circonstance, surtout quand on marche en pays inexploré et hostile, il se produit fatalement des incidents qu'un chef ne peut prévoir ni éviter, malgré la meilleure bonne volonté et la plus grande vigilance.

C'est ainsi que Georges Cardignac, alors qu'il était près d'arriver à l'endroit convenu par le plan, se trouva retardé par un marigot (1) où ses mulets, porteurs de l'artillerie, s'embourbèrent.

Deux y périrent, un autre eut la jambe broyée par un caïman; on eut toutes les peines du monde à les débâter de leurs caissons, et quand ce fut fait, on dut organiser des civières pour faire porter à bras d'hommes les charges de munitions.

Enfin on put se remettre en route, et, contournant en pleine montagne les sources d'un petit affluent du Niger, Georges et sa troupe finirent par atteindre au sud-ouest de Kerouané le point précis d'où ils devaient participer à l'attaque; mais la petite colonne était déjà fort en retard... car là-bas l'action était engagée!

Effectivement, derrière un massif rocheux, couvert d'une végétation touffue, on pouvait percevoir le bruit de la fusillade. Le massif lui-même masquait à Georges la vue de Kerouané. Par suite, l'aspect de la bataille qui s'y livrait lui échappait, et un sentiment de poignante angoisse lui serra le cœur.

Rapidement, il escalada non sans peine les roches abruptes, et, arrivé au sommet, la vallée lui apparut avec tous les incidents du combat.

(1) Sorte de marais.

Le village lui-même était déjà enlevé par la colonne Cassaigne, mais le « tata », situé à environ un demi-kilomètre, résistait avec une grande énergie. Les défenseurs nègres tiraient sur toutes les faces, par les brèches des palissades, et tenaient tête à nos soldats, aux tirailleurs Bambaras et au contingent de Barka, dont Georges put reconnaître au loin la silhouette. L'ancien turco, descendu de cheval, s'agitait derrière ses hommes et les maintenait rigoureusement au feu.

— Un bon point à Barka! pensa Georges.

Mais en même temps il eut un frisson, en songeant à M. Ramblot dont il apercevait, dans sa lorgnette, la case-prison décrite par le messager.

— Il résiste!... Il se défend! ne put s'empêcher de crier le jeune homme.

— Oui, mon lieutenant, articula Pépin, qui, toujours flanqué de Baba, s'était hissé à côté de son chef. Il a dû se procurer une arme à feu, car on voit que, par intermittences, il tire de l'intérieur.

C'était vrai : un groupe de noirs entourait la case du captif et cherchait à y donner l'assaut; mais, à chaque tentative des nègres, plusieurs tombaient, tués ou blessés par le prisonnier, invisible et retranché dans son réduit.

Vous vous rendez bien compte, mes enfants, que les explications que je vous donne sur l'examen de la situation par Georges Cardignac, j'ai mis plus de temps à les écrire que Georges n'en mit à faire cet examen qui dura quelques secondes à peine.

En même temps, notre officier prenait une détermination rapide; et, jugeant de l'œil la position et les distances, il organisait son plan de participation à l'attaque.

— Pépin, ordonna-t-il, tout le contingent blanc, sauf une section, ici!... sous tes ordres!... Tu vas le placer là, près de ce groupe de bananiers. Quant à la distance?...

— Six à sept cents mètres, dit Pépin.

— Oui! à peu près! Feux de salves, bien réglés, à tir reposé, sur le tata lui-même; il faut que la gerbe de balles arrive en plein milieu par dessus les nôtres. Tu les domines suffisamment d'ici pour faire des feux étagés sans danger pour les camarades.

— Compris!

L'ordre fut exécuté lestement,
comme savent le faire nos marsouins, et le feu commença, guidé
avec méthode par le brave sergent.

— Et maintenant, le canon !...
ici ! ordonna l'officier.

Mais c'était là que résidait la
plus grande difficulté : et le jeune
sous-lieutenant constata avec désespoir que jamais les mulets ne
réussiraient à gravir cette côte de
roches escarpées.

On le tenta pourtant ; et sous
l'impulsion énergique de leur
chef, les artilleurs et les noirs,
se formant autour des mulets porteurs en une véritable grappe, se
mirent à les hisser de force sur
la pente de l'escarpement.

Leurs efforts furent vains ! Le
mulet qui portait l'affût se dé-
fendit avec vigueur, et, au cours
de ses mouvements désordonnés,
perdit pied ! La bête et un noir
roulèrent ensemble au bas d'un
rocher de cinq mètres de haut !

L'animal s'était tué net, et le
noir, grièvement blessé, hurlait
désespérément.

— Malédiction !
gronda notre ami
Georges, il faut
pourtant y arriver !

Bondissant jus-

La bête et le noir roulèrent ensemble.

qu'au mulet tué, il s'assura que, fort heureusement, l'affût n'était pas endommagé, et soudain une idée... une inspiration lui vint!

— A bras! cria-t-il. Enlevez-moi tout cela à bras!... Allons! Du nerf, les hommes!... Préparez des cordages!

Déjà on se précipitait, quand une voix extraordinairement calme articula près de l'officier :

— Pas la peine! mon lieutenant. Je me charge de ça!

Georges se retourna brusquement!... c'était Mohiloff qui avait parlé.

Le Russe avait sa figure placide de tous les jours. L'exaltation de son chef et de ses camarades n'avait point gagné ses nerfs. Il souriait douce- ment sous sa moustache filasse; et, sans ajouter un mot, il se dirigea vers le petit canon qu'on venait d'enlever du bât.

Il y eut un instant de stupeur parmi les assistants, qui durent se deman- der si le Russe n'était pas un peu fou.

Mais non!... Il s'était penché et, saisissant le canon par la bouche, il l'avait mis debout, sans effort apparent.

— Maintenant, dit-il, toi, Cuir de Russie, et vous, les deux artilleurs, empoignez-le par la culasse et chargez d'un coup sur mon épaule, tout comme si ça serait un sac de blé.

— Il est épatant tout de même, c't'ami Mohiloff! opina Cuir de Russie. Mon vieux! tu sais! c'est pas pour dire, mais je ne voudrais pas, té! que tu m'appliquerais une torgnole!... Avec des épaules de mouton comme tu en as une au bout de chaque bras... Ah! non alorsss!!!

Mais, tout en poussant cette plaisanterie, Cuir de Russie et les artilleurs avaient obéi à l'injonction du Russe, qui, raidissant ses jarrets d'athlète, avait maintenant la pièce bien en équilibre sur son épaule.

Une rumeur d'admiration parcourut l'assistance; les nègres battirent des mains, tant il est vrai que la force calme, sans brutalité, impose tou- jours le respect à la foule.

Et certes! Mohiloff en était la plus puissante incarnation! Il réalisait intégralement le type moderne de l'Hercule des anciens!

Alors, tranquillement, posément, avec un calme, une prudence et une méthode extraordinaires, il commença l'ascension des roches.

C'était sa vie qu'il risquait à chaque mouvement; mais son visage d'homme du Nord ne révélait aucune crainte.

Mohiloff montait lentement, mais sans arrêt.

43

A peine la contraction des maxillaires disait-elle l'effort puissant que le Russe développait... Et aussi, par instants, un soupir plus grave s'échappait de sa vaste poitrine.

Calant ses pieds, s'accrochant de la main gauche aux aspérités rocheuses ou aux branches, Mohiloff montait lentement mais sans arrêt.

En bas, Georges et ses hommes suivaient avec angoisse ce miracle d'effort, de force et de volonté tenaces, et soudain ils poussèrent tous un cri terrible!

Une branche sèche, à laquelle Mohiloff avait cru pouvoir trouver un appui venait d'éclater sous ses doigts!...

Il y eut une seconde — que dis-je! un dixième de seconde horriblement douloureux!

Sous la secousse, le jeune Russe avait en effet fléchi!... Son corps eut une oscillation, et le canon pencha terriblement en arrière; mais il se rattrapa de la main gauche à une branche solide; puis, de son poing droit, crispé sur la pièce de canon, Mohiloff redressa le lourd cylindre d'acier; ses reins de taureau se raidirent... D'une secousse il s'arc-bouta sur les jarrets, et, tournant légèrement sa face où, néanmoins, perlaient de larges gouttes de sueur, il dit paisiblement :

— Ce n'est rien! mon lieutenant!... La prochaine fois, j'y ferai attention.

Et il continua sa rude montée, aux acclamations frénétiques de ses camarades!...

... Enfin! le sommet est atteint! Cuir de Russie et les artilleurs ont gravi à leur tour l'escarpement... La pièce est déposée à terre et, toujours calme, toujours paisible, Mohiloff redescend, se fait charger l'affût sur les épaules et recommence le tour de force prestigieux qu'il vient d'accomplir!

Pour finir c'est le tour des roues; — et le canon peut être mis en batterie au sommet du rocher.

Mais pendant ce temps, Georges n'est pas resté inactif. Le long de la pente, il a organisé une chaîne pour transborder une à une les charges des caissons.

Vous avez sans doute vu parfois, mes enfants, des maçons ou des couvreurs qui, installés sur de hautes échelles, se passent de l'un à l'autre des briques ou des piles d'ardoises. Eh bien! C'est le même procédé qu'employa notre ami Georges pour faire hisser par ses noirs les charges du canon sur la hauteur.

Ce fut donc une manœuvre relativement rapide, étant donnée la difficulté du terrain : et comme Georges, après avoir félicité son brave Mohiloff, véri-fiait lui-même le pointage du premier coup de sa pièce, il aperçut, dévalant des collines bordant Kerouané à l'est, un flot de nègres qui descendaient les pentes en tiraillant et en poussant des hurlements sauvages!

Du renfort arrivait à l'ennemi. C'étaient les troupes d'un lieutenant de Samory, annoncé par le messager secret de M. Ramblot, qui venaient porter secours au tata, bloqué par la colonne Cassaigne!

Du reste, un courrier envoyé par ce dernier arriva, presque au même moment, pour prévenir Cardignac et réclamer l'intervention de l'artillerie.

Ah! Georges ne fut pas long à modifier le pointage de sa pièce; et le premier coup, tiré bien en avant de la troupe noire assaillante, vint tomber juste en plein milieu!

A la chute de l'obus, qui, en éclatant, broya une dizaine des leurs, les nègres avaient eu un court instant d'hésitation; mais ils repartirent de plus belle. Malgré les obus qui se succédaient de minute en minute, ils arrivèrent comme un torrent, comme une avalanche, et prirent contact avec les troupes du capitaine Cassaigne.

En ceci le hasard fit mal les choses. Si le choc des assaillants eût été reçu par les marsouins, il est probable que ces derniers — bien que pris entre deux feux — eussent résisté et qu'ils auraient fini par refouler leurs agresseurs. Mais ce fut justement sur des hommes appartenant au « roi » Barka, que vinrent buter les arrivants. L'élan donné d'un côté, le manque de discipline de l'autre amenèrent une vive reculade. Le flot ennemi sub-mergea nos auxiliaires noirs; la confusion s'étendit aux tirailleurs Bam-baras, et le désordre se fût transformé en désastre si le capitaine Cassaigne n'eût réparé en partie le malheur.

Les marsouins, rencontrant les fuyards, s'adossèrent à la muraille à demi détruite du village et tinrent bon.

Là-haut, le canon de Georges continuait à tirer, non pas sur le « tata » mais sur le nouvel ennemi; et, laissant au maréchal des logis d'artillerie de marine le soin de continuer la partie, Georges, prenant la tête de son monde, dévala la pente grand train, pour porter secours à son capitaine.

Il était temps, croyez-le, mes enfants! car si brave, si solide que soit une troupe, il arrive un instant où la fatigue paralyse l'ardeur de la résistance, et où le nombre submerge quand même le courage.

L'arrivée de la troupe de secours se produisit à ce moment précis et galvanisa la colonne Cassaigne épuisée.

Pépin et Georges en tête, les marsouins entrèrent comme un coin dans la vague mouvante des noirs.

— En avant!... A la baïonnette! s'écria le capitaine de la même voix qu'il avait à Bazeilles... En avant!

Alors il se produisit parmi les nègres un grand remous. Ce ne fut pas un combat, mais une espèce de tourbillon, dominé par des hurlements indescriptibles; une mêlée farouche, traversée de jets de sang, de cris de rage, de heurts de baïonnettes et du choc assourdi des crosses frappant des crânes.

Comment les nôtres arrivèrent-ils sur le « tata », abandonné par eux un instant auparavant?

Comment, après le franchissement de l'enceinte, effondrée par le canon qui se taisait maintenant, se retrouvèrent-ils dans la cour, devant les murs en pisé du « tata » lui-même?... Pas un seul d'entre eux, chefs ou soldats, n'eût pu expliquer comment cela s'était produit. Il en est ainsi dans les minutes terribles du corps à corps!

Et maintenant, pendant que les nègres de Barka et une partie de nos hommes poursuivaient les fuyards, une poignée des nôtres, conduits par Georges et le capitaine, donnait l'assaut à la forteresse nègre.

Ce fut court — cinq minutes!... mais cela parut terriblement long à M. d'Anthonay qui, revolver au poing, attendait, effacé contre la muraille, qu'une brèche fût pratiquée à la pioche dans l'enceinte de terre battue.

Quatre soldats furent blessés au cours de cette opération; mais enfin un large pan du mur s'écroula, et Georges s'y engouffra le premier, revolver au poing. Les autres le suivirent, et une lutte abominable, autant qu'elle fut courte, eut lieu presque dans les ténèbres,... puis soudain tout bruit cessa!... la place était nette!

— Ouf! dit Pépin en s'essuyant le front. Ç'a été dur... mais ça y est!... Mais c'est mon Baba? où diable est-il?

— Il était là, il n'y a pas une demi-minute, dit Georges; je l'ai aperçu! Il tenait toujours son fanion!

— Est-ce qu'il serait tué? dit le sergent inquiet.

Mais non! Baba n'avait pas une égratignure, et, trouvant dans un coin un escalier en échelle, le gamin l'avait gravi jusqu'à une plate-forme, et il venait de planter nos trois couleurs sur le tata, définitivement conquis. Du dehors, on l'acclamait ferme!

Georges et Pépin sortirent, et, joignant leurs bravos à ceux des hommes de la colonne, se dirigèrent en hâte vers la case de M. Ramblot, située au fond de la cour, en arrière du fort.

Mais en arrivant près de la muraille, ils éprouvèrent une angoisse atroce; car ces appels leur parvenaient de l'intérieur :

— A moi! A moi!... Ah! brigand!... Si j'avais encore des cartouches!... A moi!

— Bon sang! hurla Pépin. Un outil!... une pioche!... quelque chose pour démolir la baraque. Ah! tonnerre de Lorient!

Il cherchait l'outil en question; mais, ne trouvant rien, il saisit à deux mains son fusil par le canon et se mit à taper comme un furieux, dans la muraille.

La crosse cassa net; toutefois le sergent continua son ouvrage avec le tronçon du fusil qui lui restait : la muraille tenait bon! Heureusement Baba qui venait de redescendre arriva, porteur d'un pic; des marsouins le rejoignirent avec des outils, et, deux minutes plus tard le mur de la case s'effondrait.

D'un seul bond, tous franchirent les décombres et un spectacle atroce leur apparut!

A terre se roulaient deux hommes, si étroitement enlacés qu'ils semblaient ne faire qu'un seul et même être vivant.

C'étaient M. Ramblot et un nègre à face féroce, que ses tatouages, ses ornements de coquillages et la peau de léopard qui le couvrait indiquaient comme un griot. Les deux hommes ne criaient pas; mais un souffle rugissant râlait dans leurs deux poitrines, au cours de cette lutte pour la vie.

Les poings de M. Ramblot enserraient les poignets du griot, écartant le coutelas à dents de scie dont le nègre avait pourtant réussi à lui porter un coup sur le sommet de la tête.

Dans la violence de leurs mouvements, ils roulaient l'un sur l'autre. Tantôt c'était M. Ramblot, tantôt c'était le griot qui touchait terre.

Le malheureux colon avait ses vêtements en lambeaux. Des filets de sang coulaient sur son visage.

La scène était si épouvantablement tragique, si affreuse dans sa brutale horreur, que Georges avait eu malgré lui un sursaut d'épouvante. Mais Pépin

Deux hommes se roulaient.

plus blasé que son chef sur les tableaux cruels de la guerre d'Afrique, n'avait pas hésité une seconde.

Se servant de son tronçon de fusil comme d'une massue, il en avait appliqué un coup terrible sur le front du griot qui, les yeux hors des orbites, roula sur le côté... assommé. Puis, sans même en demander l'autorisation, il prit dans la main de Georges, muet d'épouvante, le revolver encore chargé, et froidement, pour être bien sûr que la bête féroce n'en reviendrait pas, il visa l'oreille, tout près, et lui fit sauter la cervelle!

M. Ramblot était sauvé!

— Mâtin de mâtin! dit alors le sergent, voilà la besogne terminée; mais vrai!... une minute de plus!... nous ne trouvions plus personne!

Je vous laisse à penser, mes enfants, quelle fut la joie de tous et en particulier de Georges et de M. d'Anthonay, quand le pauvre M. Ramblot sortit de sa case, ensanglanté, presque sans vêtements, la barbe et les cheveux incultes... mais vivant!

Et je vous laisse juges de la surprise de ce dernier, quand il sut qu'il devait en partie sa délivrance à Georges Cardignac, qu'il n'avait pas reconnu tout d'abord.

Mais où sa surprise devint de la stupéfaction, c'est lorsqu'il apprit que Barka était son réel sauveur, et cela grâce au bon dîner d'autrefois.

Ce soir-là, dans le cantonnement improvisé sur les ruines du « tata » démoli, il y eut autour de la table de l'état-major de la colonne Cassaigne, de la joie, et aussi des larmes.

Joie de la délivrance, et larmes d'inquiétude en pensant à Lucie. M. Ramblot ne fut pas le seul à en verser, car Georges Cardignac lui-même, pris d'une tristesse poignante au souvenir de son amie d'enfance, peut-être encore en danger, sentit sa paupière se mouiller.

Vivement il se leva, prétextant une ronde à faire, et sortit pour cacher son émotion.

— Mon capitaine, dit-il, quand au bout de quelques minutes il revint s'asseoir sur son pliant de campagne, mon capitaine, j'aurais quelque chose à vous demander.

— Dites, mon jeune et brave ami.

— Ce serait l'autorisation d'envoyer un courrier à Mlle Lucie.

— Bonne idée, mon cher Georges, s'écria M. Ramblot. Bonne idée! Je vais lui écrire une lettre annonçant que je suis en bonne santé; car je suis bien portant, sauf mon estafilade, et ces canailles de nègres ne m'ont pas, somme toute, rendu trop malheureux.

— C'est parfait! conclut le capitaine. Notre honorable allié, M. Barka, fournira un homme sûr, et, en même temps que votre lettre, il emportera mon rapport pour le Gouverneur.

— Ci ça qu'est facile! opina Barka, ji va circer moi-même li noir bono pour porti l'carta.

Mais quand il revint, une heure après, son visage exprimait une inquiétude telle que tout le monde s'en aperçut. De plus il avait ôté sa chechia et. grattait énergiquement sa tête rasée, ce qui était l'indice chez lui des plus graves préoccupations.

— Qu'as-tu donc? lui demanda le capitaine Cassaigne.

Les explications de l'ancien tirailleur furent brèves, mais elles justifiaient pleinement ses inquiétudes : il était allé faire un tour du côté de la place du village où, par son ordre, on décapitait tranquillement les prisonniers faits dans le combat, et l'un d'eux, avant de s'agenouiller devant le bourreau, avait déclaré que la tête du rebelle Ben-Ahmed ne tarderait pas à rouler à son tour sous le yatagan de l'Almany, car ce dernier s'avançait en personne, pour soutenir ses sofas d'avant-garde, et n'était plus qu'à deux journées de marche du tata.

— Et ji li connais, c'ti canaille de Samory, conclut l'ancien turco en empoignant son « mahomet » à pleine main, comme s'il eût à l'avance prié Allah de l'enlever par cette mèche de cheveux dans son paradis, ji li connais : toujours li marche avec sofas bezzef,... jamais li pardonne!

— Allons, Barka, dit Georges, ne te fais pas de bile pour cela : est-ce que nous ne sommes pas là, nous autres?

Mais le « téraïour » hocha la tête et par une mimique des plus expressives fit comprendre que, si réellement l'Almany s'avançait avec l'armée régulière munie de fusils Winchester qu'il avait formée, ce n'était pas une troupe de cent cinquante blancs qui allait l'arrêter.

Le mieux était donc de rétrograder au plus tôt vers Kincira; et encore Barka ne serait-il guère plus en sûreté dans sa « capitale » qu'à Kérouané, car, en apprenant ce qui s'était passé, Samory, ivre de vengeance, ne manquerait pas de pousser jusque-là. Il s'était donc, lui, Barka, em_ barqué dans une mauvaise affaire, et ses gros yeux allaient alternativement de Georges au capitaine Cassaigne pour leur demander un moyen de le sortir de là.

De son côté le capitaine réfléchissait qu'il était maintenant à sept ou huit

jours de marche de l'autre côté du Niger, et que ce fleuve était la seule
barrière efficace à mettre entre lui et le célèbre ravageur. La faible colonne
qu'il commandait ne pouvait en effet résister aux milliers de guerriers qui
s'approchaient, d'autant plus que son approvisionnement de munitions avait
été sérieusement entamé, et que Georges avait été, en particulier, si prodigue
d'obus qu'il n'en restait plus dans les coffres que quarante-cinq pour la pièce
de 80 de montagne.

Enfin il se disait que les instructions du gouverneur lui recommandaient
la plus grande prudence; car un désastre de l'autre côté du Niger aurait
une répercussion considérable dans tout le Soudan, et autant le coup de
main hardi, exécuté sur Kérouané, allait grandir sérieusement aux yeux des
noirs l'influence française, autant un échec, le suivant immédiatement, retar-
derait la pénétration, poursuivie méthodiquement par les chefs de notre
empire colonial d'Afrique.

— Nous partirons demain à l'aube, déclara le commandant de la colonne,
et nous exécuterons deux marches forcées pour mettre un intervalle sérieux
entre Samory et nous. Cardignac, je vous charge, avant de partir, d'incen-
dier tout le village. Pour que l'exemple soit complet et que le souvenir
s'en garde dans toute la région, il faut que rien ne reste debout : vous
ferez sauter tout ce que le feu ne pourrait détruire.

Et comme, à l'annonce de cette mission, « le petit marsouin » faisait
une grimace significative.

— Ma captain, intervint Barka, lisse-moi fire : moi ji connais : demain
matin quand nous partir, tùtti le bled (pays) rasi comme ça!

Il montrait le creux de sa main et ajouta :

— Li soffa Lakdar tué dans li tata; bien gentil li Lakdar : il a laissé à
moi quatre moukères (1) joulies, joulies : tu verras : moukères bien contentes partir avec Barka demain pour Kineira.

Georges ne put s'empêcher de rire :

— Mais tu vas avoir un véritable harem, Barka : il me semble avoir déjà
vu dans ta case là-bas trois femmes qui pilaient le mil et tissaient des tapis :
ne sont-elles pas à toi?

— A moi, çi ça!

(1) Femmes.

— Mais je croyais que le prophète permettait quatre femmes au plus à tout bon musulman.

— Moi, meslem bono, tout di même, déclara l'ancien turco qui en pre-

Darka faisant son entrée triomphale.

nait décidément fort à son aise avec les prescriptions du Coran.

Et presque aussitôt il ajouta :

— Li grand seigneur di Stamboul, li avoir di moukères... brr...!

Et il fit un geste circulaire embrassant toute la cour intérieure du tata, pour montrer que le nombre des femmes du sultan de Constantinople était tel que tout cet espace n'arriverait pas à les loger.

— Le voilà qui se compare au Grand-Turc, dit le capitaine Cassaigne
en riant à son tour. Mais il faut avouer que c'est une singulière destinée que
celle de ces malheureuses négresses, aujourd'hui femmes légitimes de Lakdar,
demain femmes non moins légitimes de Barka qu'elles n'ont jamais vu.

— Moukères bien contentes, affirma l'ancien « téraïour ».

— Parbleu, fit le capitaine Cassaigne en riant plus fort : c'est toi qui le
dis : mais écoute, Barka, je vais te faire ou plutôt faire à tes femmes, aux
anciennes ou aux nouvelles, comme tu voudras, un joli cadeau : comme je
comptais négocier plutôt que combattre, j'avais apporté avec moi quelques
articles de Paris qui font toujours leur petit effet sur les négresses : j'ai
constaté cela cent fois : offre-les leur de ma part : tu trouveras ces cadeaux
dans une caisse que j'ai laissée dans ta « capitale » à Kineira.

— Quis qui ci ? demanda le monarque intrigué.

— Tu verras, je veux te laisser la surprise : mais sois tranquille, tu
connais ces objets-là et tu montreras à tes femmes la manière de s'en
servir. En attendant, allons nous reposer quelques heures, nous en avons
tous besoin.

Le lendemain matin, la colonne, suivie de tous les survivants du tata,
que Barka incorporait à ses sujets d'après le seul droit du plus fort, la
colonne refaisait en sens inverse le chemin parcouru, et trois jours après, à
la nuit tombée, elle arrivait à Kineira.

Pendant que les Européens s'installaient au camp pour un repos bien
gagné, Barka, entouré de ses principaux chefs, y faisait une entrée triomphale, à la lueur de torches, formées de racines de la liane caoutchouc
imbibées de résine, et, toute la nuit, le bruit des « darboukas » et les
« you-you » des femmes célébrèrent, dans une orgie de vacarme, la victoire
dont le « roi Ahmed » s'attribuait modestement le principal mérite.

Avant de prendre congé, ce soir-là, du capitaine Cassaigne, Barka n'avait
pas d'ailleurs manqué de *clami*, c'est-à-dire de réclamer, la caisse de
cadeaux qui lui avait été promise, et, précédé de deux noirs qui la portaient
respectueusement comme ils eussent fait d'un fétiche, il avait pénétré,
suivi de ses nouvelles épouses, dans ce qu'il appelait maintenant son
« harem ».

Le lendemain matin, au moment où tout le monde reposait encore au
camp, un messager arriva couvert de sueur : il venait du Nord.

Six négresses montaient des ânes tenus par des négrillons.

Conduit à la tente du commandant de la colonne, il lui présenta un pli dont la lecture fit aussitôt bondir de sa couchette le capitaine Cassaigne.

Il était signé *Gallieni*, daté de Nyamina sur le Niger et était ainsi conçu :

« J'apprends fortuitement la présence de votre colonne au-delà de Siguiri : ayez toute confiance dans le messager que je vous envoie, et ne perdez pas une heure pour vous mettre en route : il y va du salut de ma mission et de notre influence sur le Niger. Considérez donc l'ordre que je vous envoie comme émanant du Gouverneur lui-même :

« La situation est la suivante :

« Ahmadou, sultan de Ségou, après avoir retenu pendant plusieurs mois notre mission, le lieutenant Vallière et moi, avec nos cinquante tirailleurs d'escorte, nous a laissés partir, après avoir signé un traité (1) par lequel il autorisait les Français à fonder des comptoirs et à ouvrir des routes dans son royaume : de plus, il a accepté le protectorat de la France avec entretien d'un résident à Ségou, et il nous accorde le droit de navigation sur le Haut-Niger.

« C'est donc la réussite *complète* de notre mission : à aucun prix ce résultat ne peut être compromis.

« Or je suis informé qu'à la suite de l'arrivée d'un certain docteur anglais venu de Sierra-Leone, Ahmadou s'est ravisé, et que, considérant notre petit nombre, il a résolu de nous arrêter avant notre retour à Kita, pour nous reprendre, au besoin par la force, le traité en bonne et due forme dont je suis porteur et qui est revêtu de son sceau.

« La présence d'une colonne française seule peut lui donner à réfléchir.

« Descendez donc immédiatement sur Bammakou, où nous bâtirons plus tard un poste sur le Niger : je vais m'y fortifier en vous attendant, car je ne puis plus gagner Kita directement d'ici ; j'en suis déjà coupé par des contingents ennemis envoyés de Koundou. Dans cinq jours vous pouvez m'avoir rejoint, et, par un chemin qui vient de m'être indiqué, nous pourrons ensemble gagner le Baoulé, et directement Badoumbé sans repasser par Kita.

(1) Ce traité, un des plus importants qui aient été passés au Soudan, a mis en relief pour la première fois le nom du futur gouverneur de Madagascar.

« Ainsi échapperons-nous au péril de voir tant d'efforts perdus : je compte formellement sur vous.

« Capitaine GALLIENI. »

Quand Georges Cardignac eut pris connaissance de la dépêche que lui tendait son capitaine, une larme furtive monta à ses yeux :

— Alors nous ne repasserons pas par Kita, fit-il en essayant d'affermir sa voix.

— Vous le voyez, dit le capitaine Cassaigne, que ses préoccupations nouvelles empêchaient de deviner la secrète émotion du jeune officier; préparez donc tout pour le départ. Vous restez, bien entendu, chargé du convoi : il faudra que notre nouvel allié Barka vous fournisse, avant de partir, un troupeau sur pied. D'ailleurs il ne doit pas être loin, car tout ce bruit de tambourins et de flûtes ne peut annoncer que lui. Aime-t-il le bruit, cet animal-là! Faites-lui savoir que j'ai à lui parler sans retard.

Mais notre ami n'eut pas besoin d'aller chercher l'ancien turco : celui-ci arrivait plus bruyant, plus pompeux que jamais, et suivi d'un cortège tel que jamais n'en rêva directeur d'opérette.

Sur des ânes, recouverts de peaux de léopards, et que des négrillons, aussi peu vêtus que possible, tenaient soigneusement par la bride, six négresses étaient montées à califourchon.

Rompant avec cet usage musulman qui prescrit aux femmes de se cacher la figure, comme il avait d'ailleurs rompu avec tant d'autres, Barka venait présenter ses femmes, anciennes et nouvelles, au commandant de la colonne.

Mais dans quel attirail? Là était le secret du contenu de la caisse emportée par le capitaine Cassaigne.

Coiffées de chapeaux extravagants, tels qu'on en portait il y a quarante ou cinquante ans, chapeaux cabriolets, chapeaux tyroliens et autres, surmontés de panaches de plumes blanches ou rouges et ornés de rubans aux couleurs criardes, les épouses royales montraient les figures les plus épanouies qu'on pût concevoir, et il était bien impossible, en voyant leur joie, de deviner quelles étaient, parmi elles, celles qui avaient changé de maître depuis quatre jours.

Mais ce qui les rendait les plus grotesques du monde, c'étaient les corsets ornés de fausses dentelles, les jupons multicolores et les bas écarlates dont elles étaient affublées.

Aucun travestissement de carnaval ne peut en donner une idée.

Une foule de nègres suivaient, dont les visages reflétaient la plus vive admiration, et des griots précédaient cette bande de grands enfants, en chantant les louanges du maître qui avait doté ses royales épouses de ces richesses sans pareilles.

Quant à Barka lui-même, son bonheur était sans mélange, et quand il ouvrit la bouche pour remercier le capitaine Cassaigne de ses merveilleux cadeaux, celui-ci crut remarquer que l'ancien turco avait absorbé, plus que de raison, certain vin de palme fermenté, dont il avait, dans sa cave, une abondante provision.

Mais l'officier ne lui donna pas le temps d'achever les salamalecs qui, dans le discours de

Barka était comique d'expression.

42

tout mùsulman qui se respecte, tiennent la place la plus considérable : en quelques mots, il lui notifia que la colonne allait quitter le matin même Kincira, pour se diriger sur Bammakou à marches forcées.

Cette nouvelle eut le don de dégriser immédiatement le monarque.

— Ti t'en va, comme ça ! bégaya-t-il.

— Il le faut.

— Et li canaille di Samory !... li venir tout di suite, lui coupir cabèche à Barka.

Il y eut un silence : M. d'Anthonay, attiré par le bruit, venait d'arriver, et Georges l'avait mis au courant des dispositions nouvelles que créait l'ordre du capitaine Galliéni.

L'émotion qui perçait dans les paroles du jeune officier n'échappa pas au vieux magistrat ; mais Georges Cardignac, malgré toutes les confidences qu'il avait reçues de l'excellent homme et peut-être en raison de ces confidences même, n'avait pas encore osé s'ouvrir auprès de lui des secrètes pensées qui grandissaient au fond de son cœur, quand il pensait à la pauvre enfant mourante au fort de Kita.

Connaissant la délicatesse innée de notre ami Georges, vous avez même déjà deviné, mes enfants, que depuis le jour où M. d'Anthonay lui avait appris ses projets de donation en faveur des deux jeunes filles, le jeune homme éprouvait comme une gêne intime à se laisser bercer par l'espérance d'une union possible avec Lucie Ramblot ; dans tous les cas, il n'en avait jamais ouvert la bouche, et M. d'Anthonay, devinant ce qui se passait dans l'âme de son jeune ami, avait observé la même discrétion.

M. d'Anthonay allait donc demander au commandant de la colonne par quels moyens M. Ramblot et lui-même allaient pouvoir gagner isolément le fort de Kita, lorsque les hurlements de Barka redoublèrent, accompagnés des lamentations de sa suite, à laquelle il venait de jeter, en quelques phrases gutturales, la nouvelle du sort qui les attendait.

Durant quelques instants, ce fut une cacophonie effroyable, entremêlée des you-you des « moukères », seule manifestation des femmes musulmanes dans la douleur comme dans la joie, et ponctuée de l'exclamation royale énergiquement répétée comme un refrain :

— C'ti canaille di Samory !

Enfin le capitaine Cassaigne obtint le silence et, non sans difficultés,

essaya de faire comprendre à l'ancien tirailleur que son intérêt immédiat
l'obligeait, lui aussi, à quitter sans retard Kineira, à franchir le Niger avec tout
son peuple et à venir se mettre sous la protection directe des postes français.

Mais le turco se récria : abandonner ce village que ses captifs avaient construit, ces plantations de bananes et d'arachides si prospères, ce royaume
enfin que les sofas voisins lui enviaient! C'était d'abord un coup terrible pour
son prestige, ensuite une perte sèche considérable.

Mais alors M. d'Anthonay intervint.

— Barka, dit-il, c'est à toi que nous devons d'avoir pu retrouver et délivrer M. Ramblot; il n'est pas juste que tu aies perdu ton royaume sans com-
pensation ; je t'offre donc la rançon que j'avais préparée pour sa délivrance
et qui, grâce à ton aide, est devenue inutile : elle est de 30.000 francs ; ils
sont là dans ma tente et t'appartiennent.

Le visage de l'ancien tirailleur exprima soudain la plus profonde stupeur
et ses yeux semblèrent jaillir hors de leurs orbites.

— 30.000 francs, fit-il ; quis qui ci pour les douros?

— Combien 30.000 francs représentent-ils de douros ? traduisit le capitaine Cassaigne: cela fait 6.000 douros, Barka.

— 6.000 douros !

Et en répétant ce chiffre qui lui représentait un amas de pièces de cinq
francs tel qu'il n'en avait jamais vu, même en rêve, le « téraïour » était
comique d'expression. Avec une mobilité dont le caractère du nègre offre de
si fréquents exemples, il passa de rechef à la joie la plus intense : avec
6.000 douros et la concession de territoire que ne manquerait pas de lui
faire le gouvernement français, il allait être le potentat le plus fortuné du
Soudan. L'exode de tous ses sujets ne le préoccupait nullement; c'était
l'habitude de ces peuples de se transporter d'une patrie dévastée dans une
région inconnue, et Samory lui en avait donné l'exemple en poussant
devant lui, de l'autre côté du Baoulé, des milliers d'hommes, de femmes et
d'enfants ; de plus, Barka avait ainsi l'inappréciable avantage de n'être plus
le voisin immédiat de l'Almany, toujours tenté par les richesses de ses vas-
saux, et tout à la satisfaction de la nouvelle destinée qui s'ouvrait devant lui,
le roi Ben-Ahmed serra vigoureusement la main de M. d'Anthonay.

Puis il jeta à droite et à gauche quelques phrases brèves pour transformer et mettre à l'unisson des siens les sentiments de ses sujets. En quelques

minutes la volte-face fut opérée : les négresses modulèrent d'autres you-you, les griots reprirent leurs flûtes et les simples nègres se remirent à gamba der d'allégresse.

Puis les nouvelles conventions furent arrêtées entre le capitaine Cassaigne et l'ex-roi de Kineira : toute la population, escortée par les guerriers, allait abandonner ses pénates, et Barka lui-même allait, pour les soustraire à la rapacité de Samory, faire flamber ses cases et ses plantations, avec le même empressement que celui dont il avait fait preuve en pays ennemi, quelques jours auparavant.

Une quinzaine de malingres et de blessés de l'infanterie de marine, auxquels se joindraient M. d'Anthonay et M. Ramblot, partiraient avec ce troupeau humain, pour alléger la compagnie de marsouins, à laquelle on allait demander de nouvelles marches forcées.

Seulement tout cela formait une grosse colonne, et il fallait un officier pour la conduire à Kita : le capitaine Cassaigne se tourna vers Georges Cardignac.

Mais notre ami n'eut pas une minute d'hésitation : il refoula la douce vision qui lui apparaissait au bout du long ruban de route aboutissant à Kita, et d'une voix maintenant affermie :

— Mon capitaine, dit-il, je crois que M. Flandin, en ce moment un peu souffrant dans sa tente, est plus fatigué que moi... Je ne désire rien tant que vous suivre...

— C'est bien aussi ce que je pensais, dit le capitaine Cassaigne en jetant au jeune officier un regard d'affectueuse sympathie.

Et plus bas, il ajouta :

— Je suis d'autant plus heureux de votre réponse que j'ai pour vous une proposition pour la croix à laquelle le capitaine Galliéni pourra donner la sanction de son autorité. Je ne serai donc pas fâché de vous présenter à lui. Ce soir même, Cardignac, nous partons.

A la tombée du jour, la colonne s'ébranla d'un pas rapide vers le Nord : elle était à cent dix kilomètres de Bammakou qu'elle allait secourir ; Baba seul, parti en maraude dans un village voisin, manquait à l'appel.

Georges Cardignac, vous vous en doutez bien, mes enfants, avait le cœur gros ; car son affection, muette et grandissante pour Lucie Ramblot, s'enveloppait d'un double regret : celui de partir sans avoir de nouvelles de la

jeune fille et celui de n'être pas témoin de son bonheur à l'arrivée de
M. Ramblot.

Mais, en faisant ses adieux à ce dernier, il n'avait pas laissé échapper
une seule parole qui pût lui montrer quels sentiments l'agitaient ; il ne s'ouvrit pas davantage à M. d'Anthonay qui l'embrassa avec effusion en lui donnant rendez-vous à Saint-Louis, et, toujours flanqué de Pépin, il prit la
tête de l'avant-garde, s'astreignant à ne pas se retourner, et comprimant
son émotion pour ne songer qu'à son devoir militaire, devoir qui prime tout,
les satisfactions personnelles et les joies du cœur.

CHAPITRE XI

Dix mois après les événements que je viens de vous raconter, mes enfants, le 2 juin 1882, Georges Cardignac quittait le Sénégal pour n'y plus revenir.

Et votre étonnement sera grand si vous vous souvenez de l'enthousiasme avec lequel il était parti pour ce pays mystérieux appelé à devenir un des plus beaux joyaux de la couronne coloniale de la France, depuis qu'il a comme prolongement les régions peuplées et fécondes du Soudan.

La lettre suivante, qu'il écrivit à sa mère lorsqu'il s'embarqua à Saint-Louis, vous expliquera mieux que je ne pourrais le faire, à quels sentiments intimes et en même temps à quelle fatalité il obéit ce jour-là :

« Saint-Louis, 26 mai 1882.

« Ma chère et bonne maman,

« Je t'avais fait part de mes rêves : ils resteront à l'état de rêve ; c'est fini !

« Je n'ai revu ni Mlles Ramblot, ni leur père, ni M. d'Anthonay. Quand, après la rude campagne de sept mois que nous venons de terminer avec le colonel Borgnis-Desbordes, la colonne est rentrée à Saint-Louis, j'ai appris qu'ils étaient repartis tous les quatre pour la France, par un des derniers bateaux. La santé de M. d'Anthonay, très ébranlée, m'a dit le gérant de son entrepôt, les avait obligés à quitter l'Afrique plus tôt qu'ils ne l'eussent voulu.

« N'étant pas repassé par Kita, je n'avais pu avoir sur eux de renseignements précis ; je savais seulement, par une lettre de M. Ramblot, arrivée à la colonne Galliéni en octobre, que sa fille Lucie était complètement rétablie ; je savais aussi, par une autre lettre de M. d'Anthonay, qu'elle avait conservé la plus vive reconnaissance à celui qu'elle regardait comme le sauveur de son père, en quoi elle m'attribuait un mérite exagéré. Puis j'étais resté sans nouvelles pendant trois mois ; je n'en avais pas été autrement étonné d'ailleurs, car nous naviguions dans des contrées où les courriers nous atteignaient rarement ; mais, il y a quinze jours, j'ai reçu une lettre de Flandin, le lieutenant de la compagnie ; cette lettre avait deux mois de date. Flandin, malade et épuisé, nous avait quittés pour remonter à Kita avec les malingres et les blessés, pendant que nous forcions de marche sur Bammakou : il avait donc vu les Ramblot réunis et m'en donnait des nouvelles.

« Ils avaient été contraints, ainsi que M. d'Anthonay, à prolonger leur séjour à Kita, parce que ce fort était coupé du haut Sénégal par les partisans d'Ahmadou ; de plus, cette lettre m'apprenait que la fille aînée de M. Ramblot était arrivée à Kita, avant l'interruption des communications, avec un médecin civil de Saint-Louis, pour soigner sa sœur Lucie, et que l'on parlait couramment du mariage de la fille de M. Ramblot avec ce médecin, largement défrayé de son voyage par M. d'Anthonay. Évidemment cet homme n'a pu voir cette adorable jeune fille, la soigner, passer des heures auprès d'elle, sans éprouver les mêmes émotions que moi... Flandin, dans sa lettre, me présente la chose sous une autre forme et écrit brutalement, en parlant de ce docteur : « Le gaillard va épouser un fameux sac d'écus. »

« Cette seule phrase, vois-tu, mère, atténue bien fort la douleur cuisante que m'a causée cette nouvelle.

« Pour rien au monde, je n'aurais voulu qu'elle s'appliquât à moi.

« J'aurais tout tenté pour retrouver Lucie Ramblot pauvre ; cette fortune inattendue qui lui arrive, en m'empêchant de confier mes espérances à M. d'Anthonay, a éloigné cette jeune fille de moi plus sûrement que le temps et les distances.

« Aujourd'hui, elle va épouser celui qui l'a guérie ; rien de plus juste, et comme je ne lui ai jamais rien avoué, que je n'ai rien dit à son père, enfin que M. d'Anthonay, s'il m'a deviné, n'a jamais rien su de positif sur mes intentions, j'aurais mauvaise grâce à m'en étonner.

« Mais cela ne fait rien ; j'ai gros cœur tout de même, ma chère et bonne maman ; à toi, je peux bien l'avouer. Tu ne m'aurais pas approuvé, je le sais, parce que tu désires que je ne me marie pas trop jeune ; mais tu m'aurais donné ton consentement tout de même, en voyant combien elle était belle, bonne, vaillante !... C'est le bonheur que je laisse échapper, sans doute ; que la volonté de Dieu soit faite !

« Ce qui est certain, vois-tu, c'est que je ne peux plus me voir, même en peinture, au Sénégal. Tout ici me la rappellerait. On vient de demander des volontaires pour former une compagnie de débarquement à bord du *Redoutable*, qui part pour l'Égypte. J'ai demandé à en faire partie et Pépin, quand il a su ma détermination, a fait la même demande. Nous embarquons dans quelques jours, mais nous ne toucherons pas à Toulon, nous arrêterons seulement à Alger.

« Qu'allons-nous faire en Égypte ? je n'en sais rien. On dit que nous allons conquérir le pays, de compte à demi avec les Anglais. Cela m'étonne beaucoup, les Anglais ayant l'habitude de se réserver la part du lion. Peut-être allons-nous tirer les marrons du feu pour eux, comme nous l'avons fait à Sébastopol. Dans tous les cas, cette expédition va être pour moi la diversion nécessaire et tu ne seras plus jalouse, chère et bonne maman, car il est probable que je vais voir s'évanouir peu à peu la douce image qui venait si souvent dans mes rêveries, voisiner avec la tienne. Tu resteras ainsi ma seule, ma véritable affection.

                                                           « Ton GEORGES.

« P.-S. — Le trésorier m'a compté au retour de la colonne 2.700 francs, et après avoir réglé ma popote, mis de côté 500 francs pour renouveler ma garde-robe, il me reste 1.500 francs que je t'envoie. Tu ne vas pas refuser cela à ton Georges, si heureux de te rendre un tout petit peu de ce bien-être dont tu l'as entouré. Tu lui ferais trop de peine. Je t'écrirai d'Alger. »

La veille de son embarquement, Georges reçut une lettre de son ami Andrit ; elle était datée de Franceville, poste que M. de Brazza venait de fonder

                                                                    43

dans le Congo français, avant d'installer sur la rive droite du grand fleuve la station de Brazzaville.

« Tu t'étonneras de me savoir ici, écrivait le jeune officier de la légion : tu seras plus étonné encore en apprenant que j'y remplace ce pauvre Zahner qui n'a pu résister au climat et que j'ai embarqué, il y a trois mois, pour la France, très anémié. J'étais resté en correspondance suivie avec lui.

« C'est lui qui, se sentant malade, m'a proposé à M. de Brazza pour remplir le poste de commandant d'escorte qu'il était obligé d'abandonner.

« J'ai accepté : ma santé est, je l'espère, à l'abri des fièvres, et comme je ne vois aucune expédition coloniale en perspective pour le moment, j'ai voulu connaître d'autres régions que le Sud Oranais. Ce n'est pas toi, grand voyageur, qui me désapprouveras. »

Le jeune officier exposait ensuite en détail à son ami les péripéties du voyage d'exploration qu'il venait d'effectuer, dans ce pays soumis à la France, sans qu'un seul coup de fusil eût été tiré. Il lui racontait en particulier la manière adroite dont M. de Brazza s'était attiré l'alliance et l'amitié du roi Makoko, chef de la puissante tribu des Batékès.

Quand l'exploration serait terminée, le petit Andrit reviendrait à la côte, et probablement accompagnerait en France le chef de l'expédition, qui devait y faire ratifier par les Chambres les traités passés au Congo.

En terminant, Émile Andrit demandait à Georges de lui écrire longuement, et notre ami, confus de n'avoir pas mieux tenu la promesse faite à son camarade de promotion, lui écrivit avant de s'embarquer une longue lettre, dans laquelle il ne put s'empêcher de lui raconter en détail l'idylle qui s'était ébauchée pour lui au Soudan et la déception qui l'avait terminée.

Le 10 juillet 1882, Georges Cardignac arrivé par le transport *la Loire*, en rade d'Alexandrie, montait à bord du cuirassé *le Redoutable*, sur lequel était formée la compagnie de débarquement dont il faisait partie.

En route, il avait appris que la démonstration navale, faite par la France et l'Angleterre, avait pour but d'obliger le Khédive d'Égypte à renvoyer son Ministre de la guerre, un certain Arabi Pacha, dont le programme, résumé dans ces deux mots « l'Égypte aux Égyptiens », consistait à éloigner les Européens de toutes les charges qu'ils occupaient dans l'administration égyptienne.

Le lendemain de son arrivée, Georges était réveillé par de formidables détonations, et, montant immédiatement sur le pont, il assistait à ce spectacle inouï :

La flotte anglaise bombardant Alexandrie où avait eu lieu, la veille, une collision fomentée par les Anglais eux-mêmes, et la flotte française assistant en spectatrice muette à cette intervention.

Retenez bien cette date du 11 juillet 1882, mes enfants, car elle marque la renonciation de la France à son rôle séculaire en Égypte.

Il vous souvient certainement de la conquête du pays des Pharaons par Bonaparte en 1798 (1); sachez que depuis cette époque, et, bien que les Français eussent été obligés d'évacuer leur conquête après l'assassinat de Kléber, les Égyptiens avaient conservé du sé-

(1) Voir *Jean Tapin*.

Georges Cardignac quittait le Sénégal pour n'y plus revenir.

jour des Français dans leur pays une empreinte presque indélébile. Il appartenait donc à la France de soutenir le prestige de son nom, et, en y renon-
çant en 1882, par une abdication inexplicable, le ministère français d'alors
faisait place libre à l'action de l'Angleterre.

Celle-ci n'a pas manqué d'en profiter, comme bien vous pensez ; et
même à votre âge il n'est pas permis d'ignorer ces choses-là, car elles sont ou
seront la cause de grands événements dans le monde. Apprenez donc
qu'après le bombardement d'Alexandrie et le débarquement des troupes
anglaises, la rébellion égyptienne fut vaincue par la cavalerie de Saint
Georges (1), c'est-à-dire par l'intervention de l'or anglais, beaucoup plus
que par le talent militaire de lord Wolseley, et que, depuis, l'Angleterre
occupe militairement l'Égypte. En vain a-t-elle fait la promesse de l'évacuer
quand l'ordre y serait rétabli : il est rétabli depuis quinze ans, et elle ne
s'en va pas ; et elle ne s'en ira plus !

Elle ne s'en ira plus, parce qu'elle aspire à la domination de l'Afrique,
du nord au sud ; parce qu'elle va relier, par un chemin de fer, Alexandrie au
Cap, et c'est même pour réaliser ce plan qu'elle a volé aux Boers du Transvaal et de l'Orange leur indépendance et leurs mines d'or ; c'est encore pour
le réaliser que nous avons dû évacuer Fachoda qui se trouvait sur le trajet
de cette gigantesque voie ferrée.

De ce court résumé, que j'ai tenu à vous faire d'une des plus graves
questions de ce temps, naîtra évidemment dans votre esprit cette réflexion
que l'Angleterre est un peuple bien puissant et bien audacieux pour mettre
ainsi la main sur des continents entiers. C'est vrai, mes enfants, mais il
faut ajouter qu'il est également sans scrupules ; et, vous qui êtes jeunes,
vous verrez l'Angleterre, si puissante qu'elle soit aujourd'hui, s'effondrer
sous le poids des injustices dont elle a parsemé le monde !

Et Georges, direz-vous ? Georges sentit profondément à ce moment la
déchéance de notre pays, et il en souffrit comme tout bon Français doit
souffrir de ce qui diminue le prestige de sa patrie. Il n'eut pas le temps
d'ailleurs de voir la tournure que prenaient les événements ; car la flotte
française, n'ayant plus rien à faire devant Alexandrie, reçut l'ordre de
rentrer à Toulon.

(1) L'Angleterre a comme effigie sur certaines de ses monnaies saint Georges à cheval terrassant
le dragon : d'où le dicton.

Notre ami allait donc, pensez-vous, revoir la France, embrasser sa mère, revoir ses amis?

Non, mes enfants, la destinée en avait disposé autrement, et la compagnie dont il faisait partie, quittant *le Redoutable* pour remonter sur le transport *la Saône*, recevait, le 18 juillet, l'ordre de se rendre en Cochinchine.

Georges Cardignac en ressentit, il faut bien l'avouer, un léger coup au cœur, car il avait gardé au fond de lui-même un vague espoir que chaque jour écoulé renforçait; il se disait que, si le mariage de Lucie Ramblot était décidé, il ne manquerait pas d'en avoir confirmation, au moins par une lettre de faire-part : il ne pouvait être oublié à ce point; qu'il n'eût rien reçu jusqu'à présent, il ne s'en étonnait pas, car à sa mère seule il avait fait part de son embarquement pour l'Égypte, et ses amis le croyaient encore au Sénégal.

Maintenant il lui fallait renoncer à l'espoir de les revoir avant longtemps, car les séjours en Cochinchine étaient toujours de deux années au moins! Il ne devait pas non plus compter avant plusieurs mois sur les lettres qui le cherchaient au Soudan, car ces pauvres lettres allaient faire plus d'un chassé-croisé avant d'être dirigées sur l'Extrême-Orient. Refoulant donc de nouveau, au fond de son cœur, la douce vision que la perspective d'un retour en France avait fait renaître, Georges Cardignac ne songea plus qu'à se bien comporter dans le nouveau pays où l'envoyait son étoile errante de « marsouin ».

Il ne devait d'ailleurs y arriver qu'en mars 1883, ayant été débarqué sur un point de la côte d'Afrique qui, depuis, est devenu un poste important de notre domaine colonial, parce qu'il ouvre des communications avec l'Abyssinie. Je veux parler d'Obock, où Georges passa quatre mois sous un climat torride, sans autre distraction que les lettres de sa mère, sans nouvelles de ses amis du Sénégal et finissant par se croire oublié d'eux. Enfin, après ce stage pénible sur les bords de la mer Rouge, il partit pour Saïgon.

En 1882, mes enfants, la France avait en Cochinchine les trois provinces de Saïgon, Bienhoa et Mytho; elle exerçait, depuis 1863, son protectorat sur le Cambodge, et, grâce au courage extraordinaire du lieutenant de vaisseau Francis Garnier et d'un négociant explorateur nommé Dupuis, elle avait pris pied au Tonkin, en 1873, par la prise d'Hanoï. La même année, Francis Garnier succombait dans une embuscade ; mais le roi d'Annam, acceptant à son tour, en 1874, le protectorat de la France, nous confirmait la possession du Tonkin dans sa partie méridionale nommée Delta, formée par l'épanouissement des bouches du fleuve Rouge.

Le *Tonkin*, dont le nom signifie « capitale de l'Orient », était une des plus riches provinces de l'Annam; il produit du riz, du coton, du thé, du tabac, la canne à sucre, le mûrier, le ricin, l'indigo, la gomme. Tu-Duc, le roi d'Annam, ne s'était résigné qu'à contre-cœur à nous le céder. D'ailleurs, la Chine qui avait sur l'Annam des droits de suzeraineté, le poussait secrètement à la résistance, et quand Georges débarqua à Saïgon, le commandant Rivière, qui avait repris Hanoï d'assaut, y résistait à grand'peine aux pirates chinois qui, sous le nom de Pavillons-Noirs, infestaient tout le pays.

En mettant le pied en Cochinchine, Georges Cardignac y trouva sa nomination de lieutenant, et vous penserez comme moi, mes enfants, que c'était récompenser bien tardivement sa belle conduite au Sénégal. Car en somme sa promotion, quoique faite au choix, ne l'avançait guère plus que si elle eût été faite à l'ancienneté (1).

Mais la vie militaire est ainsi faite, et il faut, en l'embrassant, se prémunir contre tout découragement. L'avancement ne suit pas toujours le mérite, parce que les chefs ne peuvent tout voir et tout savoir, et que les blessés accaparent tout naturellement les premières récompenses. Or notre ami avait eu la chance de ne pas avoir une seule égratignure pendant toute cette campagne, et la proposition pour la croix qu'avait faite pour lui son capitaine, au lendemain de la délivrance de M. Ramblot, était restée lettre morte. De plus, il avait eu le tort de quitter le Sénégal au moment où cette proposition eût peut-être été renouvelée.

Dans une colonie nouvelle, avec de nouveaux chefs, tout était à recommencer.

Par bonheur, Georges allait avoir des chefs de premier ordre, et l'Extrême-

---

(1) Ces deux mots : choix et ancienneté qui n'ont pour les profanes qu'une signification peu précise, doivent être entendus comme suit : Jusqu'au grade de capitaine inclus, deux officiers sur trois passent à l'ancienneté et un au choix. Pour le grade de chef de bataillon, un passe à l'ancienneté sur deux et un au choix ; pour les grades supérieurs, il n'y a plus que l'avancement au choix.

Orient, dont personne ne parlait alors, allait devenir le théâtre d'une guerre longue et glorieuse. L'opportunité de cette guerre, très discutée alors, parce qu'elle exigeait de durs sacrifices et fut accompagnée de quelques revers, ne l'est plus aujourd'hui, parce que tout le monde sait que le Tonkin est un pays riche, susceptible de devenir une colonie prospère.

Dans cette conquête, Georges Cardignac allait être parmi les ouvriers de la première heure.

Est-il besoin de vous dire, mes enfants, que Mohiloff avait suivi son lieutenant, et remplissait auprès de lui les mêmes fonctions d'ordonnance qu'au Dahomey, toujours silencieux, mais aussi toujours prêt à payer de sa personne comme il l'avait fait à l'attaque du « tata » de Kérouané. Son seul chagrin avait été de laisser là-bas Cuir-de-Russie, dont la bonne camaraderie lui avait facilité les débuts du service militaire, et à qui il avait voué une solide amitié.

Cuir-de-Russie n'avait pas été moins ému, et, avant de quitter son ami, lui avait jeté un : « On se reverra » des plus convaincus.

Le 19 mai 1883, le commandant Rivière, dans une sortie contre les Pavillons-Noirs, fut tué et sa tête promenée en triomphe dans tout l'Annam. La France, qui n'avait fait jusque-là que des envois de troupe insignifiants, s'émut et le sentiment national exigea que cette mort fût vengée.

Des renforts furent aussitôt envoyés de Saïgon à Hanoï, capitale du Tonkin, et parmi eux, la compagnie d'infanterie de marine à laquelle venaient d'être attachés Georges Cardignac et son inséparable Pépin.

Elle était commandée par le capitaine Bauche et, dès son arrivée, elle allait coopérer à l'un des plus beaux faits d'armes de cette guerre du Tonkin ; je veux parler, mes enfants, de la prise de Son-Tay, par l'amiral Courbet.

Le vaillant marin dont je viens d'écrire le nom, et qui devait mourir d'épuisement à bord du *Bayard*, deux ans après, venait d'être nommé en effet commandant des troupes de terre et de mer au Tonkin, et la prise de la puissante citadelle de Son-Tay s'imposait sans retard, pour mettre fin à l'insolence des Pavillons-Noirs qui en avaient fait leur place d'armes principale, et qui n'étaient d'ailleurs aussi audacieux que parce qu'ils se sentaient soutenus par la Chine elle-même.

Pour vous donner une idée de cette insolence, je vous copie ici, mes enfants, la curieuse proclamation que Liu-Vinh-Phuoc, leur chef, avait fait afficher jusque sur l'une des portes de la citadelle d'Hanoï, et que Georges lut en débarquant. Vous y verrez que les peuples les plus lointains y connaissaient nos défaites de 1870, et y faisaient de cruelles allusions.

« Le guerrier robuste Liu fait la déclaration suivante aux Français :

« Vous n'êtes que des brigands hors la loi.

« Vous avez été battus comme des femmes et les autres nations ne font pas le moindre cas de vous.

« Vous avez le cœur d'un vil animal et votre conduite est celle des bêtes fauves.

« Vos crimes sont aussi nombreux que les cheveux de votre tête.

« Toute la population est irritée et le ciel crie vengeance.

« Aujourd'hui encore, j'ai reçu des ordres pour vous faire la guerre; j'ai conduit mes troupes à Phuoc-Hai-Duc ; mes drapeaux et mes lances obscurcissent le ciel ; mes fusils et mes sabres sont aussi nombreux que les arbres d'une forêt.

« Mais je ne veux pas causer de peine aux habitants de Hanoï, et je ne prendrai pas pour lieu de combat leur territoire. C'est pourquoi je vous fais savoir que, si vous êtes assez forts, vous n'avez qu'à conduire vos troupes de baudets à Son-Tay pour qu'elles se mesurent avec moi. — Si vous avez peur, si vous n'avez pas assez de courage pour y venir, eh bien ! coupez et prenez les têtes du Consul, du Commandant en chef, du Chef de bataillon, des Capitaines, et envoyez-les-moi à ma résidence. Rendez ensuite les citadelles, retournez en Europe, et j'aurai alors assez de pitié pour ne pas vous poursuivre et vous massacrer.

« Si vous tardez trop à venir, ou si vous ne venez pas, je ferai descendre mon armée et je viendrai vous tuer tous jusqu'au dernier.

« En conséquence, réfléchissez bien.

« Cachet de Liu-Vinh-Phuoc. »

Pour répondre à de telles provocations, il fallait un succès éclatant, et, avec l'infanterie de marine, on avait envoyé à l'amiral Courbet un millier de marins, deux bataillons de turcos, un bataillon de la légion et un escadron de chasseurs d'Afrique.

C'était une petite armée ; une partie, sous les ordres du colonel Bichot,

lut embarquée sur la flottille pour remonter le fleuve Rouge ; l'autre, sous
les ordres du colonel Belin, suivit la voie de terre.

Or, le matin même du départ, Georges Cardignac avait reçu un ordre
l'affectant, pendant toute la durée de l'expédition, à la compagnie de « tirailleurs annamites » commandée par le capitaine Doucet, dont le lieutenant
était mort quelques jours auparavant, d'une attaque de dysenterie aiguë.

Il devait rejoindre son nouveau poste le jour même, autorisé seulement
à emmener avec lui son soldat ordonnance.

Cette nouvelle contraria Georges Cardignac ; non qu'il regrettât sa compagnie, car il ne connaissait pas encore ses nouveaux « marsouins » — comme
il arrive souvent aux colonies, où les officiers changent fréquemment de
compagnie — mais parce qu'il avait une assez pitoyable idée de ces soldats
indigènes, recrutés en Cochinchine, et qu'il n'avait jamais vus à l'œuvre.

Il est de fait que, si on les jugeait seulement sur leur extérieur, on n'était
guère favorablement impressionné. Quelle différence, aux yeux de Georges
surtout, entre les Soudanais aux muscles noirs et vigoureux qu'il venait de
quitter, et ces chétifs représentants de la race au teint jaune et aux yeux
bridés !

Rien de plus pittoresque, mais aussi rien de moins militaire que l'aspect
d'une troupe de tirailleurs annamites.

Petits, maigres et n'ayant pas un poil de barbe, ces irréguliers auxiliaires
avaient gardé leur coiffure nationale, c'est-à-dire les cheveux longs, roulés
en chignon sur le sommet de la tête et retenus par un peigne d'écaille, aux
arêtes montées en argent. Là-dessus, ils portaient un petit chapeau rond,
presque plat, fait de bambou verni, et orné, à la mandarine, d'un bouton de
cuivre : ils en nouaient les brides rouges sous leur chignon, de sorte que les
bouts en pendaient dans le dos, à la façon des : « Suivez-moi, jeune homme »,
que les Parisiennes ont portés quelque temps. De leur veste bleu marine
s'échappait, par devant, l'extrémité d'une large ceinture rouge, et leur pantalon de soie noire, à la mode annamite, ressemblait à une jupe. Au lieu de
sac, ils avaient une longue musette, portée en sautoir par-dessus leur couverture roulée.

Leur coiffure, leur visage glabre, leurs membres grêles, leur petite taille,
cette ceinture et ce semblant de jupon, tout concourait à les faire ressembler
à un bataillon de demoiselles.

Tirailleur annamite.

— Ça pas soldats ; ça femmes ! disaient les turcos, avant de les avoir vus
monter à l'assaut de Son-Tay.

Leur nom, en langue annamite, est :
« Lintaps » (soldats exercés).

Et Georges, un peu désemparé
d'avoir à commander à de si bizarres
soldats, ne put s'empêcher de faire part
de sa déception à Pépin qui, de son
côté, restant avec les « marsouins »,
avait gros cœur de voir partir son lieutenant sans pouvoir le suivre.

Heureusement ce n'était pas pour
longtemps.

Mais le sergent qui, on s'en souvient, avait à son actif quelques campagnes en Cochinchine, connaissait les
tirailleurs annamites.

— Il n'y a qu'à marcher devant ; ils suivent bien, allez,
mon lieutenant ! Seulement, vous
savez, ça n'est pas ici comme en
Afrique ; ne vous lancez pas sans
avoir fait reconnaître le terrain
devant vous : ces maudits jaunes
de Chinois sont rudement plus
malins que les noirs pour vous
mettre des bâtons dans les jambes : ils s'y connaissent comme
pas un en matière de fortification.

— Ils font donc des
tranchées comme nous
autres ?

— Eux !... ils remuent

la terre comme des fourmis ; mais leurs tranchées, ce n'est pas ça qui est dangereux, parce qu'ils les font toujours en ligne droite.

— Alors il suffit de ne pas les aborder de front.

— C'est ça même, mon lieutenant, et alors ils déguerpissent comme des couards de premier calibre ; mais ils ont bien d'autres obstacles que les tranchées pour nous arrêter : d'abord, dans leur pays, l'eau est à discrétion ; et, à chaque pas, on peut s'attendre à trouver devant soi un « arroyo » profond : ensuite, ce qu'il y a de plus dangereux, de plus impénétrable, ce sont leurs haies de bambous.

— Impénétrables, allons donc !

— C'est comme je vous le dis, mon lieutenant ; d'abord les obus de l'artillerie les traversent sans les déranger ; c'est un fouillis impossible, de deux mètres d'épaisseur, quelquefois plus. Si on coupe les bambous à coups de hache (ce qui n'est pas commode, quand on reçoit des coups de fusil à bout portant), ils forment, en tombant, une barrière aussi infranchissable que la première. Si on les arrache enfin, on s'embarrasse et on se déchire les jambes dans leurs pieds aiguisés et durcis au feu.

— Diable, par où les aborder alors ? Dans ce Son-Tay où nous allons, par où entrer ?

— Par la porte, mon lieutenant, il n'y a pas d'autre moyen ; et, vous savez, ce sont des portes solides, épaisses, avec un tas de bricoles derrière ; on n'en vient à bout que par le canon ou les pétards.

Le capitaine Doucet, qui commandait la compagnie de tirailleurs annamites, ajouta aux renseignements de Pépin quelques indications sur les Pavillons-Noirs.

— C'est une bande de brigands qui arrive de Chine, dit-il. Elle est recrutée avec soin parmi les pires gredins et se compose d'hommes superbes, passant leur temps à se battre, armés de fusils des modèles les plus perfectionnés, tirant avec un calme et un sang-froid remarquables, au lieu d'user sans profit, comme le font les Chinois de Chine, des quantités considérables de munitions. Ils en sont d'ailleurs abondamment pourvus.

— Mais par qui?

— Pouvez-vous le demander, mon jeune camarade? Par les Anglais. Est-ce que les Anglais n'ont pas, là tout près, à Hong-Kong, une de ces nombreuses stations navales, d'où ils peuvent faire passer à nos ennemis, et en particulier aux Chinois, fusils, canons et munitions?

— Vous avez raison, mon capitaine : j'aurais dû le deviner tout de suite ; les Anglais jouent en Asie le même rôle qu'en Afrique où, par Sierra-Leone, ils faisaient parvenir, à Ahmadou et à Samory, les chassepots qu'ils avaient achetés à vil prix aux Allemands après la guerre. Seulement, en vendant des armes aux Chinois — car les Pavillons-Noirs et les Chinois c'est la même chose, — ils m'ont tout l'air de leur fournir des verges pour être fouettés ; car je me suis laissé dire que les Célestes détestent tous les étrangers, les Anglais comme les autres, et n'attendent qu'une occasion pour les jeter tous à la mer.

— C'est ça qui est égal aux commerçants anglais! Les affaires d'abord! Si quelque jour leurs propres soldats reçoivent des balles de Winchester ou de Martini-Henry, ce sera pain bénit; mais, en attendant, c'est nous qui allons en recevoir, et je vous souhaite bonne chance, mon jeune camarade, pour les quelques jours que nous allons passer ensemble. On m'a dit le plus grand bien de vous, au sujet de votre conduite au Sénégal; vous devez trouver que ce pays-là ne lui ressemble guère.

De fait, le Tonkin n'avait rien du climat et de la végétation de l'Afrique française; la température en était moins élevée, en ce sens que le thermomètre n'atteignait pas les quarante-cinq ou quarante-six degrés à l'ombre que l'on constate souvent au Sénégal; il ne dépassait pas trente-cinq degrés; mais la chaleur était lourde, humide, et, les nuits étant aussi chaudes que les jours, le sommeil y était pénible et le repos moins réparateur; mais, au lieu des immenses solitudes du Soudan, l'œil embrassait de vastes plaines couvertes de rizières, d'innombrables villages noyés dans la verdure et d'où émergeaient des pagodes aux toits recourbés, enfin des récoltes de maïs et de cannes à sucre.

Tel fut le paysage qui se déroula aux yeux de notre ami Georges, lorsque, le 14 décembre 1883, le peloton de tirailleurs annamites, qu'il précédait sur une chaussée entourée de marécages, arriva en vue de Son-Tay.

— Voilà la citadelle, fit un vieux sergent chevronné qui marchait à côté de Georges.

Et comme il montrait au-dessus des mûriers, des cocotiers et des bana-

niers, une tour très haute, surmon-
tant un bastion de pierre construit
à l'européenne, et près d'elle une
pagode recouverte de laque
rouge, un coup de canon partit
sur la droite.

C'était la flottille qui ouvrait
le feu sur Son-Tay.

Dès que l'effet des obus, effet
surtout moral, eut été jugé suffi-
sant, les marsouins s'élancèrent,
flanqués des tirailleurs annamites et des auxiliaires tonkinois, troupe de récente forma-
tion qui, ce jour-là, fit
grand honneur aux offi-
ciers qui l'avait formée.

En arrière d'eux, les
tirailleurs algé-
riens, placés en
réserve, étaient
maintenus à
grand'peine par
leurs officiers, car
ils étaient pour
la première fois
au contact des
« jaunes » et brû-
laient du désir de
se mesurer avec
eux.

Mais une fusil-
lade terrible ac-
cueille les assail-

Pavillons-Noirs.

lants; les Pavillons-Noirs nous opposent une résistance désespérée; les obstacles s'accumulent devant le principal rempart de Phu-Xa, — ainsi nomme-t-on la citadelle de Son-Tay. Deux fois les soldats d'infanterie de marine échouent contre l'attaque d'un rempart de bambous, renforcé de buissons épineux, et deux fois ils reviennent à la charge; les tirailleurs, enfin lâchés, ne parviennent pas plus que les « marsouins » à pénétrer dans l'intérieur de la place. Leur commandant Jouneau est blessé; deux capitaines d'infanterie de marine sont tués et avec eux le capitaine Doucet, des tirailleurs annamites, celui qui, tout à l'heure, souhaitait bonne chance à son lieutenant provisoire.

Georges Cardignac court, le revolver au poing, à la tête de son peloton, lorsqu'on vient lui annoncer la mort de son capitaine. Le commandement de la compagnie lui revient ainsi à une heure critique, et un instant il se demande si son devoir n'exige pas qu'il se porte vers le second peloton, qui suit à une centaine de mètres en arrière, et où le capitaine se tenait avant d'être touché.

Normalement, c'est sa place.

Mais un des enseignements qu'il a reçus de son capitaine, à Saint-Cyr, lui revient en mémoire. « Pour un chef militaire, disait souvent le capitaine Manitrez à ses élèves, l'exercice du commandement, au combat surtout, consiste tout d'abord dans l'*exemple*. »

Et, en effet, il est probable qu'en voyant leur lieutenant reculer sous la grêle de balles qui tombe autour d'eux, ses Annamites, l'œil fixé sur lui, en feront tout de suite autant. Georges se contraint donc au calme, « la plus belle qualité du chef au combat », était-il écrit dans les mémoires de Jean Tapin, et, appelant le sergent chevronné qui le suit :

— Allez dire au deuxième peloton de me rejoindre, ordonne-t-il d'une voix tranquille.

Cependant les pertes augmentent; une bande de Pavillons-Noirs survient sur le flanc de la colonne de gauche et oblige le commandant Belin à détacher un bataillon entier pour lui tenir tête. Le mouvement général s'en trouve ralenti, et, malgré l'ardeur des fusiliers marins, la nuit arrive sans que les ouvrages du bord du fleuve aient été enlevés.

Le point le plus avancé, atteint par les Français, est le point de jonction

Attaque d'un rempart de bambous.

des digues : c'est là que se trouvent la légion étrangère et les tirailleurs annamites de Georges. A tout prix, il faut conserver le terrain si péniblement conquis, pour n'avoir pas à le traverser de nouveau le lendemain.

Quatre pièces de quatre arrivent, envoyées par l'amiral Courbet, avec l'ordre de tenir coûte que coûte. Le colonel de Maussion fait commencer un retranchement par les « zéphyrs » pour abriter, contre le tir qui ne cesse pas, les hommes qui vont passer leur nuit à deux cents mètres à peine des Pavillons-Noirs. Georges veut en faire autant le long d'une haie de bambous qu'il a enlevée à la nuit tombante, et en avant de laquelle sa compagnie est déployée.

Mais les tirailleurs annamites n'ont pas d'outils.

Quelques maisons bordent une digue à cinquante mètres de là ; l'une d'elles est en flammes ; mais peut-être, dans les autres, trouvera-t-on de ces outils dont les Chinois se servent pour l'entretien des canaux et la culture des rizières.

— Dix hommes avec moi ! demande Georges au vieux sous-officier.

Celui-ci réunit les tirailleurs demandés, Georges prend leur tête et, suivant son habitude, Mohiloff, sans attendre d'ordres, marche sur ses traces ; le jour tombe de plus en plus, mais les lueurs de l'incendie voisin suffisent à guider la petite troupe ; aucun ennemi n'apparaît. Georges n'a pas encore vu de près un seul de ces Pavillons-Noirs dont on parle tant ; s'il lui en tombe un sous la main, il ne le manquera pas, et, le revolver au poing, il s'avance en rampant.

La porte cochère d'une des maisons s'ouvre devant lui, défoncée. Après un instant d'attente, Georges y pénètre ; le vestibule dans lequel il se trouve est dans l'obscurité, mais un tirailleur, qui a suivi le lieutenant et qui connaît la disposition intérieure de ces maisons chinoises, pousse une seconde porte qui fait face à l'entrée, et le détachement se trouve dans une petite cour carrée, où l'obscurité s'épaissit de plus en plus.

La maison semble abandonnée ; mais il sera bien difficile de trouver des outils dans ces pièces obscures. Il est d'ailleurs prudent de les fouiller tout d'abord avec soin. Des tirailleurs ont déniché, dans un coin, des nattes en paille de riz ; ils en ont rapidement fait des torches, les allument, et la cour soudain est vivement illuminée.

Tout à coup, Georges pousse un cri, un cri effrayant, car il vient d'apercevoir, accrochées au mur, trois masses noires, qu'il a reconnues, à la lueur des torches, pour des cadavres abominablement contorsionnés. Il s'approche : point de doute, ce sont des légionnaires français prisonniers, que les Pavillons-Noirs ont fait périr, quelques heures auparavant, dans d'atroces supplices.

Un bâton passe sous leurs bras ramenés derrière le dos, et, à ce même bâton, les jambes, repliées en arrière et brisées à coups de barre de fer, sont attachées, elles aussi : dans cette position, chacun de ces malheureux a été enfilé, comme un oiseau à la brochette, sur une énorme lame d'acier, recourbée comme un cimeterre et encastrée dans le mur; les figures grimaçantes, angoissées, sinistres, sont mutilées ; les oreilles, le nez, la langue ont été coupés.

Le spectacle est hideux.

Les Annamites regardent, silencieux; eux connaissent, pour les avoir pratiquées, les abominables tortures chinoises; nulle race au monde ne s'y connaît comme la race jaune pour faire précéder la mort des supplices les plus raffinés.

Une fureur sauvage empoigne Georges Cardignac; pendant que le sergent et les tirailleurs se répandent dans les pièces de la maison à la recherche des outils, il reste seul dans la cour, marchant de long en large, jetant des exclamations indignées.

Que faire? Décrocher ces malheureux serait une besogne pieuse, mais à laquelle il n'a pas le temps de se livrer; besogne inutile du reste, car ils ont succombé et ce sera l'œuvre du lendemain; d'ailleurs la cour est retombée dans une demi-obscurité, éclairée seulement par une torche tombée à terre.

Tout à coup, dans un angle de la cour, au centre d'une vaste niche, lui apparaît une figure hideuse; celle d'un énorme poussah à la figure grimaçante, aux yeux énormes, au ventre rebondi, aux bras étendus, bariolés de vermillon : c'est Bouddha, le dieu chinois. Tout autour de la niche où il est encastré, des inscriptions chinoises, des peintures grossières aux formes bizarres, représentant des oiseaux et des dragons, courent sur le mur laqué de blanc.

Au pied de l'idole, un brûle-parfum en bronze noir voisine avec un gong de cuivre, et une grosse lanterne en papier peint se balance au-dessus du dieu, qui semble fixer sur Georges son hideux sourire.

Georges poussa un cri, un cri effrayant.

Le jeune officier est dans une exaltation croissante. C'est donc à cette divinité sanguinaire que sont offerts ces abominables sacrifices ; la maison dans laquelle le hasard l'a conduit, est contiguë à une pagode, et il a entendu dire maintes fois que c'est dans leurs pagodes que les Chinois supplicient leurs prisonniers.

Georges Cardignac a besoin de passer sa colère sur quelque chose, et, montant sur le socle qui sert de base au Bouddha assis, les jambes repliées, il lui envoie, à travers la face, un coup de sabre qui fait voler le nez en éclats.

Mais au moment où il va frapper de nouveau, il se sent happé par le bras. Dans l'ombre de la niche, une tête bien vivante, celle-là, éclairée de deux yeux féroces, vient d'émerger soudain ; puis une seconde, derrière elle. Georges Cardignac n'a le temps ni de se défendre, ni de pousser un cri, car un tissu épais s'enroule autour de son cou et l'étrangle à demi ; il se sent entraîné derrière la statue du dieu ; une lueur lui apparaît, c'est une porte secrète qui s'ouvre, et derrière laquelle ses deux agresseurs l'entraînent.

Une affreuse angoisse le traverse : prisonnier ! Il est prisonnier à son tour, et les horribles supplices dont il vient d'avoir sous les yeux le détail horrible, il va les subir lui-même dans un instant. Il lâche son sabre, car il étouffe, et, de ses deux mains crispées, soulevant le bâillon qui lui emprisonne la tête, il pousse un cri, un cri terrible.

Mais il se sent perdu, et à son cri d'angoisse succède un appel que vous connaissez bien, mes enfants, car c'est celui qui monte à vos lèvres dès que vous souffrez d'un mal quelconque ou quand vous avez un gros chagrin :

— Maman !

Hélas ! elle est bien loin pour l'entendre, la pauvre mère !

Mais si elle n'entend pas, un autre a entendu.

Une trombe arrive, s'engouffre dans l'étroite ouverture, et Georges, à demi-étranglé, la sent passer sur lui. Un coup retentit, un coup de massue, frappé sur un crâne, et l'un de ses agresseurs roule à terre en poussant un cri sourd. Quant à l'autre, il est atteint presque en même temps par ce sauveur inattendu. Georges, se relevant, reconnaît Mohiloff. Le géant russe tient le deuxième Chinois à la gorge ; il enferme, dans l'étau de ses deux mains puissantes, le cou du bandit et serre brusquement : la langue sort, les yeux roulent dans leurs orbites, et, sans un mot, Mohiloff jette sa seconde victime sur la première.

— Ah! mon brave Mohiloff, sans toi!...

Mais Mohiloff n'a pas fini; les deux brigands pourraient en revenir; et, tirant sa baïonnette dont il n'a pas eu la pensée et peut-être même le temps de se servir, il la leur plante successivement dans la gorge.

Alors le jeune officier peut voir de près ces fameux Pavillons-Noirs. Étendus à terre, ils lui paraissent d'une taille démesurée : ils n'ont rien en effet des chétifs Annamites, sinon la couleur de la peau. Celle-ci est d'un jaune foncé, presque brun; la face est plate et bestiale; les pommettes saillantes; le nez épaté. Ils sont vêtus d'une braie, serrée à la taille par une ceinture dans laquelle passe la gaine d'un large poignard recourbé.

Georges l'a échappé belle, et quand il est de retour à l'emplacement de la compagnie avec sa petite troupe :

— Embrasse-moi, dit Georges au jeune Russe, je te dois la vie : tu es maintenant comme mon frère.

Pour la première fois, le visage impassible du silencieux Mohiloff se détend ; une grosse larme roule sur sa joue : il est profondément ému.

Pendant toute la nuit les troupes françaises se tinrent sur la défensive. Enhardis par l'obscurité, furieux de leur défaite, les Pavillons-Noirs ne cessèrent de harceler nos lignes, mais ne purent entamer nos positions. Pendant les dernières heures de la nuit, ils évacuèrent tous les ouvrages du bord du fleuve et se renfermèrent dans l'enceinte intérieure de Son-Tay.

Le surlendemain seulement cette enceinte était enlevée et la place tombait en notre pouvoir. Le succès était chèrement payé : vingt-six officiers et quatre cents hommes étaient tués ou blessés.

Georges avait de nouveau donné avec la plus grande bravoure; mais aussi, avec sa chance habituelle, il n'avait pas une égratignure, et il dut se contenter, comme proposition, de cette appréciation élogieuse qui lui fut adressée dans une revue quelques jours après :

« Vous avez parfaitement commandé votre compagnie, lieutenant; toutes mes félicitations : je n'oublierai pas votre nom. »

Il est vrai que ces paroles tombaient de la bouche de l'Amiral Courbet, et valaient, aux yeux du jeune officier, la plus enviée des récompenses.

CHAPITRE XII

MAUVAIS CAMARADE

Quelques jours après la prise de Son-Tay, Georges Cardignac reçut enfin une lettre de M. Ramblot. On était au 20 décembre 1883. La lettre venait de Nice.

Partie de France depuis le mois de mars, elle avait cherché le « petit marsouin » au Sénégal, où ses amis le croyaient encore ; à Obock, où il était passé ; à Saïgon, où il n'était plus, et elle arriva à Hanoï, noire de timbres à dates et inscriptions de toutes sortes.

De cette lettre ressortait d'abord une certitude pour Georges : c'est que le mariage dont le lieutenant Flandin lui avait parlé était un fait accompli, et que M. Ramblot lui-même en avait fait part au jeune officier dans une lettre qui ne lui était pas parvenue. Car, dans celle qui lui arrivait enfin, après tant de péripéties, M. Ramblot lui parlait de son gendre, le docteur Hermant, comme d'un homme dont il lui avait fait précédemment l'éloge, en lui annonçant son entrée dans sa famille.

Les officiers de marine et d'infanterie de marine sont d'ailleurs habitués, dès qu'ils s'éloignent de France, non seulement à ces retards prolongés dans l'arrivée de leurs courriers, mais encore à la perte de leurs lettres ; car le service de la poste, assuré en campagne par le personnel de la « Trésorerie aux armées », est obligé, pour faire parvenir le courrier dans certaines garnisons éloignées des colonies, de le confier à des auxiliaires indigènes, et Georges Cardignac s'étonna d'autant moins de la perte de cette lettre qu'il avait jadis longtemps attendue, que de Saïgon il avait été envoyé, pendant trois mois, dans la petite île de Poulo-Condor, pour y commander le détachement qui y surveille le dépôt de condamnés.

La lettre de M. Ramblot devait dater de cette époque, et Georges, en recevant confirmation d'une nouvelle à laquelle il avait essayé longtemps de ne pas croire, éprouva un violent serrement de cœur : il comprit alors que l'oubli n'avait pu encore se faire en lui, malgré les pérégrinations et les émotions de la vie de campagne.

Mais une autre nouvelle, apportée par cette même lettre, l'impressionna douloureusement, tout en lui donnant l'explication du silence de M. d'Anthonay à son égard; silence qu'il ne s'expliquait pas davantage, car l'ancien magistrat lui avait montré une affection plus solide et plus profonde que celles qui naissent habituellement des rencontres de voyage.

« Notre généreux bienfaiteur, écrivait M. Ramblot, est au plus mal, et quand vous recevrez cette lettre, qui sait si nous n'aurons pas perdu cet homme au grand cœur, à qui nous devons tant. Il parle souvent de vous, mais il souffre horriblement et ne peut plus se livrer à la moindre occupation. Le professeur Delorme m'a dit qu'il ne pouvait être sauvé que par une opération, que sa faiblesse actuelle ne lui permettrait probablement pas de supporter.

« Dans tous les cas, il a prescrit à notre cher malade le climat du midi et c'est pourquoi nous sommes tous réunis à Nice, l'entourant de tous les soins que nécessite sa cruelle maladie.

« C'est pourquoi aussi je n'ai pu, à mon grand regret, aller présenter mes hommages à Madame votre mère, à Versailles, comme j'en avais l'intention; lui dire tout le bien que je pense de vous et toute la gratitude que je vous dois.

« Qu'il est loin déjà le temps où j'ai eu l'honneur de la recevoir chez moi.

« J'espère bien cependant, un jour ou l'autre, accomplir ce que je considère comme un devoir, et lui présenter à nouveau mes deux grandes filles, qu'elle aura du mal à reconnaître, mais qui n'ont oublié, ni l'une ni l'autre, leur petit ami d'enfance, devenu le sauveur de leur père. »

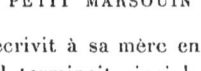

Le soir même, Georges écrivit à sa mère en lui envoyant cette lettre. Il terminait ainsi la sienne :

« Vois-tu, ma chère mère, la Providence a bien fait les choses en éloignant de toi cette famille qui m'était devenue si chère. Il vaut mieux que nos relations avec elle ne se poursuivent pas, car, je le sens bien, je souffrirais trop, en retrouvant mariée celle dont l'image m'a bercé au Sénégal pendant mes sept mois de colonne et m'a suivi jusqu'ici. »

Georges, commandé de service, faisait une ronde.

Il n'eut pas le temps d'ailleurs de s'abandonner aux rêveries que tous ces souvenirs remuaient en lui; car, après Son-Tay, le corps expéditionnaire dut prendre Bac-Ninh, puis Hong-Hoa et Tuyen-Quan.

Georges Cardignac prit part à plusieurs de ces opérations, et, dans l'une d'elles, il eut à débattre, avec sa conscience, la solution d'un problème que je vais vous exposer, mes enfants; chacun de vous pourra, en s'interrogeant, savoir s'il eût agi comme notre ami Georges, et la suite vous dira si la solution adoptée par lui était bonne.

C'était quelques jours avant la prise de Tuyen-Quan. Georges Cardignac avait quitté les tirailleurs annamites et repris son peloton de marsouins, dans la compagnie du capitaine Bauche. Il avait d'ailleurs trouvé ce peloton diminué de quinze hommes tués, blessés et quelques-uns « disparus ».

Le mot « disparu », dans cette guerre contre les barbares les plus cruels qui soient au monde, équivalait d'ailleurs au mot « tué »; car on ne pouvait faire qu'une supposition au sujet des malheureux soldats qui s'étaient écartés de la colonne ou n'avaient pas reparu après un combat : c'est qu'ils avaient subi le sort abominable que les Chinois réservent à tous leurs prisonniers sans exception, sort dont l'aventure de Georges à la prise de Son-Tay vous a donné une lugubre idée.

Vous allez voir pourtant, mes enfants, que tous les disparus n'étaient pas prisonniers.

Un jour, après une longue marche dans la vallée de la rivière Claire, le camp français était installé au bord de l'eau. Commandé par le colonel Duchêne, il comprenait un bataillon de la légion étrangère et deux compagnies de tirailleurs algériens. En fait de marsouins, il ne comportait que le peloton de Cardignac; mais ce peloton était réparti sur les canonnières, *la Trombe*, *l'Éclair*, *le Yatagan* et *le Revolver* qui escortaient la colonne le long de la rivière, en traînant derrière elles un long convoi de jonques chargées de vivres. Les marsouins, comme il arrive souvent aux colonies, y aidaient les équipages et assuraient, contre les pirates cachés dans les couverts de la rive, la sécurité du convoi. Le soir venu, ils descendaient à terre et campaient au bivouac, avec la colonne.

Ce jour-là, Georges, commandé de service, devait faire une ronde au petit jour pour s'assurer de la vigilance des sentinelles.

Il partit seul, son revolver en bandoulière : l'aurore pointait du côté des montagnes, et quand il eut terminé le tour complet de la ligne des sentinelles — car dans cette marche le bivouac, formé en carré, se gardait de tous les côtés, — le soleil allait paraître et ses premiers rayons se reflétaient dans l'eau rapide et peu profonde où *la Trombe*, à l'ancre, tenait la tête de la flottille.

Georges rentrait en suivant le bord de la rivière, l'œil aux aguets par habitude, lorsqu'il remarqua, à quelque distance, des roseaux animés d'un léger tremblement.

Or il n'y avait pas un souffle dans l'air, et d'autres roseaux, situés dans le voisinage de ceux-ci, ne remuaient pas.

Persuadé qu'un Pavillon-Noir était embusqué là, le corps caché dans l'eau, Georges avec un sang-froid que lui avait donné l'habitude de l'imprévu dans la vie coloniale, ne ralentit pas son pas, sembla porter ses regards dans une autre direction, et, dès qu'il fut près des roseaux suspects, dirigea sur eux le canon de son revolver.

Au même moment une tête en émergeait; une tête qui n'avait rien d'annamite, mais qui offrait cependant cette particularité d'être rasée complètement.

Et quelle fut la surprise de Georges en entendant cette phrase à mi-voix et en bon français :

— Ne tirez pas, allez, mon lieutenant!

Puis l'homme à qui appartenait cette tête glabre et très pâle sortit du fleuve, couvert de vase, vêtu de loques dont la couleur avait disparu, pieds nus et sans armes.

Il fit deux pas dans la direction de l'officier, tendit les mains vers lui d'un air suppliant et tomba à genoux.

— Mon lieutenant, dit-il, ne me perdez pas, je vous en supplie!

Au comble de l'étonnement, Georges avait replacé son revolver dans son étui.

— Mais, fit-il, qui êtes-vous?

— Vous ne me reconnaissez pas, mon lieutenant; j'étais de votre peloton à Hanoï.

— De mon peloton?... Vous êtes de l'infanterie de marine?

— Oui, mon lieutenant.

— Déserteur alors?

L'homme ne répondit rien et se cacha la tête dans ses mains.

Mais son silence parlait pour lui.

— Votre nom? demanda sèchement l'officier, à qui cette figure, rendue méconnaissable par la disparition de la barbe et par la malpropreté, ne rappelait rien.

— François Rousseau, 9° escouade.

Georges alors se souvint : il ne connaissait pas encore tous ses « marsouins », comme il avait connu ceux de la compagnie

Ne me perdez pas, je vous en supplie.

Cassaigne au Sénégal; mais ce nom-là, il l'avait retenu, car c'était celui
d'un des plus mauvais sujets de la compagnie. Rousseau s'était bien conduit
pendant les trois premiers mois de son séjour au Corps, à Toulon; puis,
coup sur coup, il avait subi de nombreuses punitions pour rentrées tardives
au quartier et mauvaise tenue; ensuite, à Saïgon, pour indiscipline et
réponses inconvenantes à ses gradés.

Si bien que son sergent-major, en le portant manquant à l'appel, à la
suite d'un léger engagement à Haï-Dzuong, n'avait pu s'empêcher d'ajouter :

— Celui-là, ce n'est pas une perte !

Et voilà que, couronnant une vie d'indiscipline par la faute suprême, la
désertion, au lieu de la racheter par une mort glorieuse, la mort à l'ennemi,
Rousseau s'était enfui chez les Pavillons-Noirs.

Si la désertion est un crime, dans quelque circonstance qu'elle se produise, quel nom lui donner lorsqu'elle est effectuée dans de pareilles conditions?

Quel rôle épouvantable avait dû jouer ce misérable chez les Chinois; il
avait dû être contraint, non seulement de tirer sur ses anciens camarades,
mais encore de guider, de renseigner nos cruels ennemis, et de jouer parmi
eux le rôle qu'y tenaient journellement les bandits anglais ou allemands,
écume de ces deux nations, qui leur avaient offert leurs services.

Et d'ailleurs que faisait-il là, embusqué à dix mètres de *la Trombe*, à
deux cents mètres à peine du camp? Il ne pouvait qu'espionner, et, pour un
être aussi abject, à la fois déserteur et espion, le poteau d'exécution n'était
pas un châtiment assez infamant!

Toutes ces réflexions traversèrent rapidement l'esprit de Georges Cardignac pendant qu'il examinait le misérable, et leur conclusion se traduisit
par cet ordre :

— Suivez-moi immédiatement.

Mais l'ancien « marsouin » ne bougea pas.

— Tuez-moi ici vous-même, mon lieutenant, dit-il d'une voix sourde;
mais auparavant, écoutez-moi. Je vais vous parler comme on doit parler à
Dieu, au moment de comparaître devant lui, c'est-à-dire avec une absolue
sincérité.

Étonné de trouver ce langage choisi dans une pareille bouche, Georges
examina le déserteur avec plus d'attention. Son front haut respirait l'intel-

ligence : il avait les traits réguliers et une aisance de maintien qui perçait
même dans son attitude humiliée.

Autour d'eux, nul bruit ne troublait le lever de l'aurore; plongé dans le
sommeil, le camp se reposait des pénibles fatigues de la veille, car c'était
jour de repos, et, sur la canonnière immobile, au milieu de l'eau miroitante,
nul mouvement n'apparaissait.

— Parlez, dit l'officier.

Alors, d'une voix qui s'affermissait peu à peu, obligé de s'interrompre
de distance en distance pour ne pas éclater en sanglots, le déserteur parla.

— Mon père, dit-il, était préfet; je n'ai pas connu ma mère et peut-être
le secret de ma lamentable destinée provient-il de ce que ses caresses et ses
conseils m'ont manqué, car, très lancé dans la politique, mon père ne pouvait guère s'occuper de moi. Quand, après mon baccalauréat ès-sciences,
il me vit refusé à Saint-Cyr, il se désintéressa complètement de ce que je
pouvais devenir. Pour moi je n'avais qu'une affection au monde : une sœur
que j'adorais et qui m'aimait, elle aussi, de tout son cœur. Pauvre Marthe,
que va-t-elle devenir quand elle saura la vérité?

Il s'arrêta un instant et reprit :

— Je m'engageai. On commençait à parler du Tonkin; je me dis que
j'aurais chance d'arriver plus vite à l'épaulette en faisant campagne, et, il y
a un an, je débarquai à Saïgon.

Mais déjà à Toulon, j'avais fait la connaissance de celui qui allait être
mon mauvais génie : un nommé Brochin qui, me voyant de l'argent,
s'attacha à moi dès mon arrivée.

— Brochin! s'exclama Georges Cardignac, mais j'ai ce nom-là dans mon
peloton : c'est celui-là?

— Ah! fit le déserteur d'une voix sourde; il est encore là!... avec
vous!... Eh bien, oui, mon lieutenant, c'est lui qui m'a perdu sans se perdre
lui-même, et qui, en ce moment, j'en suis sûr, porte très allègrement le
poids du crime qu'il m'a suggéré; et pourtant, autant que moi, je vous le
jure, il mériterait d'être fusillé!

Il se tut de nouveau et, d'une voix sourde :

— Ah! mon lieutenant, reprit-il, les mauvais camarades, quel mal ils
font au jeune soldat qui arrive! comme je comprends aujourd'hui ce que
nous disait notre capitaine à l'arrivée : « Méfiez-vous des mauvais soldats;

choisissez bien vos camarades »; nulle part ailleurs mieux que dans l'armée
ne se vérifie le proverbe : « Dis-moi qui tu hantes, je te dirai qui tu es. »

Il est bien inutile que je vous reparle de toutes mes fautes à la compagnie, mon lieutenant; vous avez vu mon livret, il est tout noir. Chaque
jour je descendais d'un cran plus bas, et, chaque jour, affolé par des punitions nouvelles, je m'affermissais dans des idées de rébellion; déjà une fois
Brochin m'avait parlé de désertion, me disant que les Chinois faisaient
grand cas des Européens qui venaient à eux, qu'ils leur donnaient un grade
et une forte solde. Je n'avais plus d'argent : mon père m'avait coupé les
vivres à la suite d'une lettre que lui avait écrite le capitaine; mais la première fois que Brochin me fit cette proposition, je la rejetai avec horreur;
j'étais un indiscipliné, un mauvais soldat, mais un infâme, non. Peu à peu
cependant il fit pénétrer l'idée dans mon cerveau et, un jour que je m'étais
mis sous le coup d'une punition grave, il revint à la charge :

— Tu vas encore tirer quinze jours de prison, me dit-il. A ta place,
bien sûr que je ne les ferais pas!

J'étais dans un état d'exaltation indicible, et prenant de suite mon parti :

— Je veux bien filer, lui dis-je; mais je ne veux pas partir tout seul.

— Qu'à cela ne tienne : je pars avec toi. Il y a longtemps que j'attends
cette occasion-là! J'en ai assez de ce gueux de métier.

Nous nous donnâmes rendez-vous près d'une pagode, à quelques lieues
d'Hanoï. Pas un instant il ne m'était venu à l'esprit que Brochin songeât à
se débarrasser de moi, soit parce que je n'avais plus d'argent, soit pour
l'abominable plaisir de me déshonorer.

Un Annamite interprète, à qui j'avais fait part de mon projet, s'était
engagé à nous conduire à Liu-Vinh-Phuoc. Justement, ce soir-là, les pirates
attaquèrent notre poste d'Haï-Dzuong. Dans la confusion de l'action et au
moment où ils s'enfuyaient, je pus m'échapper sans être remarqué. Brochin
était près de moi : « Je te suis, me dit-il; prends un peu d'avance. »

J'arrivai seul au rendez-vous! j'attendis plusieurs heures. Brochin, satisfait de m'avoir perdu tout à fait, ne vint pas. J'hésitai longtemps; mais
l'Annamite, qui devait toucher une prime de Liu-Vinh-Phuoc insista, et
seul j'arrivai au camp des Pavillons-Noirs.

Ah! mon lieutenant, quel souvenir que celui-là! Quelle honte, quelle
honte m'accable quand je m'y reporte!

En ce point de son récit, le déserteur s'interrompit; de grosses larmes coulaient le long de ses joues; sa douleur était si sincère que le pli qui barrait le front de Georges Cardignac, depuis le début de ce récit, disparut.

— Il y a aujourd'hui sept mois que j'ai quitté la compagnie, mon lieutenant, reprit Rousseau, et je ne vous raconterai pas en détail tout ce que j'ai souffert. Laissez-moi seulement vous jurer, si toutefois ma parole peut encore trouver grâce à vos yeux, que jamais je n'ai tiré un coup de fusil sur mes anciens camarades. Dans les différentes actions auxquelles j'ai dû assister, je tirais en l'air quand j'étais obligé de faire feu, et j'ai prétexté l'ignorance pour n'être utilisé, ni aux ouvrages de fortifications, ni au service d'espionnage qui, chez les Chinois, tient une place considérable.

Au bout de trois mois de cette abominable existence, j'étais décidé à revenir au camp français, coûte que coûte; mais, à ce moment, Liu-Vinh-Phuoc nous emmena du côté du Yunnam pour y recevoir, du gouvernement chinois, le grade de tu-tung (1). Depuis quelques jours seulement nous avons repris contact avec les postes français. J'ai quitté le camp des Pavillons-Noirs à la nuit tombante, hier soir, car il est à peine à dix kilomètres d'ici, et, en suivant le cours de la rivière, je suis arrivé jusqu'à vous. Mais j'ai eu peur de tomber entre les mains d'une patrouille quelconque, de mes anciens camarades, peut-être... Je voulais ne me livrer qu'à un officier, et je me suis caché en attendant l'occasion... Jugez de ma joie en vous reconnaissant; car je vous ai reconnu de suite, mon lieutenant; un jour que j'avais été puni, vous m'avez pris à part et vous m'avez donné quelques conseils... J'y ai souvent pensé depuis. Ah! si je vous avais écouté!...

Et un nouveau sanglot souleva la poitrine du malheureux.

Mais il se ressaisit vite et soudain son visage revêtit une expression de dureté qui contrastait étrangement avec son attendrissement précédent. Il se releva et s'avançant vers l'officier :

— Mon lieutenant, reprit-il, ma vie est finie; je voudrais reprendre ma place parmi mes camarades que je ne le pourrais pas. Mourir à l'ennemi en bon Français, cela m'est désormais interdit; mais je puis accomplir une œuvre méritoire et je vous conjure de me laisser faire. Là-bas, dans les tranchées chinoises, j'y songeais jour et nuit. Je ne veux pas qu'un autre

(1) Général.

soit perdu comme je l'ai été par le misérable qui m'a déshonoré à tout jamais... En me vengeant de lui, je vengerai tous ceux — car je ne suis pas le seul — dont il a empoisonné la vie et flétri le cœur... Ne me comprenez-vous pas?

— Que voulez-vous dire?

— Ne craignez rien, mon lieutenant : si bas que je sois tombé, je ne suis pas un assassin; mais le duel est permis dans l'armée, entre soldats qui ont échangé des injures ou des coups; c'est le colonel qui l'autorise et quelquefois même il oblige à aller sur le terrain deux hommes qui se sont battus dans une chambre, pour ôter aux autres, par un exemple, l'envie de les imiter. Un duel entre Brochin et moi est cent fois justifié. S'il me tue, il me débarrassera d'une vie qui m'est odieuse; si je le tue, je débarrasserai la compagnie d'un sujet dangereux. Après quoi je trouverai bien moyen d'aller me faire tuer moi-même par les Chinois un jour de bataille. Je vous demande en grâce d'autoriser ce duel.

— C'est donc pour vous venger que vous êtes revenu? demanda Georges.

— Pour me venger, pour faire disparaître un être néfaste et dangereux, et aussi, si je le puis encore, pour me réhabiliter, oui, mon lieutenant, voilà pourquoi je suis revenu.

— Vous savez bien que je ne puis me prêter à ce que vous me demandez là.

— Oh! mon lieutenant, pourquoi? nous ne sommes pas en France ici; et, à moins que Brochin ne soit devenu aujourd'hui un bon soldat...

— Non; hier encore il a fait la route à l'arrière-garde, avec les hommes punis de cellule.

— Et un beau matin il désertera pour de bon, entraînant avec lui un autre malheureux comme moi. Oh! mon lieutenant, laissez faire, je vous en supplie. Le duel sera loyal, je vous le jure : c'est la justice de Dieu d'autrefois, cela!

Pendant qu'il parlait, plusieurs faits graves dont on avait ignoré les auteurs revenaient en mémoire à Georges. Certes, il savait ce Brochin un mauvais sujet; mais il ne le supposait pas capable d'actes aussi infamants que celui de pousser à la désertion de malheureux égarés. S'il avait commis ce crime, il était capable de tout.

Et l'officier se rappela qu'un jour, pendant que Brochin était en sentinelle, des mulets avaient été volés au convoi sans qu'il eût donné l'alarme.

47

Était-il de connivence avec l'ennemi? On pouvait tout supposer. Un autre jour, pendant qu'il était de planton chez l'officier payeur, la caisse, contenant le boni des compagnies, avait subi des tentatives d'effraction. Enfin il fréquentait beaucoup les Annamites, avait appris beaucoup de mots de leur langue, et, depuis quelque temps, dépensait pas mal d'argent.

Dès lors cet homme, qu'aucun fait précis n'avait dévoilé jusqu'alors, apparut à Georges comme un danger permanent dans cette colonne, enfoncée très avant dans un pays semé d'embûches, et la venue de ce déserteur-justicier lui sembla en quelque sorte providentielle.

D'autre part, la solution que proposait ce dernier était en dehors de toutes les règles connues. Partout ailleurs qu'en présence de l'ennemi, et dans les conditions spéciales où elle se présentait, le jeune officier l'eût écartée sans hésitation, car son devoir eût été tout tracé : livrer le déserteur à la justice militaire et signaler le misérable Brochin à ses chefs, afin qu'envoyé dans une compagnie de discipline, il fût hors d'état de nuire. Mais là, en plein pays ennemi, à la veille d'un combat, combien la situation était différente, et combien différente aussi la ligne de conduite que traçait au jeune officier, livré à lui-même, l'idée sacrée de justice!

Quand il releva la tête, son parti était pris. Il jeta les yeux autour de lui, et, montrant au déserteur, à trois cents mètres de là, une touffe de bambous sur le bord de la rivière Claire :

— Allez m'attendre là, dit-il, et ne vous montrez que quand je vous appellerai.

Puis, revenant au camp, il réveilla Pépin.

— Tu vas commander Brochin pour faire une ronde avec toi, lui dit-il.

— Brochin, cette fripouille, la seule canaille de la compagnie! J'en aimerais mieux un autre, mon lieutenant, si ça vous est égal!

— Non, c'est celui-là qu'il me faut. Je te dirai tout à l'heure pourquoi.

Et, retournant à sa tente, l'officier y trouva le Russe qui l'attendait.

— Prends ton fusil, Mohiloff, lui dit-il; nous allons faire une ronde du côté de la rivière avec Pépin et Brochin.

Le géant eut la même réflexion que le sergent.

— Brochin! mais il est en prison, mon lieutenant! Est-ce qu'il peut être commandé de service?

— Je le fais commander exprès ; tu
verras pourquoi, et, en même temps, je te
confie le soin de le surveiller. Aie l'œil
sur lui, et s'il veut filer...

L'officier termina sa phrase par un
geste énergique.

— J'ai compris, dit Mohiloff ; c'est
un gaillard que j'étranglerais sans aucun
scrupule, car il est capable de tout et tout
le monde le déteste à la
compagnie.

Alors, les tiges s'écartèrent et le déserteur parut.

Dix minutes après, les quatre hommes franchissaient la ligne des faisceaux ; Georges échangeait, cent mètres plus loin, le mot de ralliement avec
une sentinelle et faisait signe à Mohiloff et à Brochin de rester quelques pas
en arrière.

Ce dernier était de fort méchante humeur d'avoir été réveillé. C'était un
homme au regard sournois, au front bas, à la démarche traînante, et quand
il fut seul avec Mohiloff, il se répandit en invectives et en réflexions grossières.

Silencieux, le géant ne sourcilla point.

En avant d'eux, Georges Cardignac et le sergent Pépin causaient à voix
basse.

A quelque distance de la touffe de bambous, l'officier s'arrêta :

— Brochin ! appela-t-il.

Lentement, le soldat s'approcha, l'œil mauvais.

— Donnez votre fusil au sergent et conservez votre baïonnette.

Des mots d'indiscipline montèrent aux lèvres de Brochin ; mais, sous le
regard fixe et volontaire de son lieutenant, il obéit.

— Maintenant, suivez-moi !

Quand il ı e furent plus qu'à quelques pas des bambous, le sergent et
Mohiloff suivant de près :

— Rousseau ! appela l'officier d'une voix forte.

Alors, les tiges s'écartèrent et le déserteur parut.

Au milieu de son visage hâve et creusé par la souffrance, son regard étincelait : il se fixa sur son ennemi et ne le quitta plus.

— Tu me reconnais, Brochin ? demanda-t-il d'une voix rauque.

Le soldat ne répondit point. Pétrifié par cette apparition, il semblait
cloué au sol, regardant alternativement l'officier et son ancien camarade
qu'il avait reconnu de suite...

Que lui voulait-on et pourquoi l'avait-on amené là ?

Sans doute, il était loin de s'attendre à ce qui allait suivre, car soudain
ses traits se détendirent, et il ricana :

— Eh ben !... de quoi ?... On s'est donc fait repincer, mon pauvre vieux ?...

Mais Georges avait hâte de dénouer cette atroce situation, et se plaçant
entre les deux hommes :

— Brochin, dit-il, vous êtes un misérable ; c'est vous qui avez perdu ce malheureux, qui l'avez poussé à la désertion, qui en avez fait ce qu'il est : un Français déshonoré.

— Ah! il vous a raconté cela, interrompit le soldat, en continuant à ricaner... Il en a une couche : eh bien! et puis après! Il n'avait qu'à ne pas m'écouter. Du moment que je ne « me suis pas tiré » avec lui, qu'est-ce que vous avez à vouloir me mêler à cette affaire-là?

— Vous avouez donc que c'est sur vos conseils qu'il a déserté! En agissant ainsi, vous lui avez volé l'honneur; vous lui avez donc fait la plus sanglante des injures. Vous allez lui en rendre raison, ici même, tout de suite!...

— Ah ça! fit le soldat en regardant autour de lui et quittant son air gouailleur, qu'est-ce qu'on me veut ce matin?

— Mohiloff, ordonna Georges, donne ta baïonnette à Rousseau; tu seras le témoin de Brochin. Ça ne te flatte guère, je le sais; mais il faut que le combat soit loyal. Toi, Pépin, tu seras celui de Rousseau. Je me charge de la direction du combat. Brochin, ôtez votre vareuse, afin que les conditions soient égales, et préparez-vous.

Déjà, le déserteur avait tiré la baïonnette de son fourreau; il fit un pas sur son adversaire.

Ce dernier avait enfin compris : il pâlit affreusement.

— C'est un guet-apens! bégaya-t-il.

— Êtes-vous prêt? demanda l'officier.

Brochin continuait à regarder autour de lui, se disant sans doute que, s'il pouvait s'enfuir vers le camp, il échapperait à cette lutte avec un adversaire qu'il sentait implacable. Cette rencontre était en dehors de toute règle, et le colonel Duchêne, commandant de la colonne, ne permettrait pas qu'elle eût lieu.

Mais la poigne de Mohiloff, son témoin, s'abattit sur son épaule. Il sentit que toute tentative de ce genre était inutile et fit face à son adversaire, qui, les lèvres serrées, le bras agité d'un léger tremblement nerveux, attendait le signal.

— Les gens de votre espèce sont généralement lâches et vous ne faites pas exception, dit Georges. On fusille des malheureux qui n'ont pas fait le mal que vous avez fait. Encore une fois, êtes-vous prêt?

— Oui, déclara Brochin sourdement.

Et décidé, puisqu'il ne pouvait faire autrement, à se défendre de son mieux, il se mit en garde.

Georges Cardignac saisit les pointes des deux baïonnettes, les réunit dans sa main droite, et d'une voix grave :

— Allez, dit-il.

Contrairement à ce qu'on aurait pu supposer, ce fut Brochin qui attaqua. Son adversaire, après tout, n'était qu'un « bleu » (1), tandis que lui, était « de la classe » (2). De plus, Rousseau, émacié par les souffrances qu'il avait dû endurer, ne devait pas être solide sur ses jambes. Si Brochin pouvait en avoir raison de suite, lui enfiler le bras ou le poignet, l'affaire prendrait fin forcément, comme il est d'usage, et il se tirerait à bon compte de ce mauvais pas.

Mais à peine avait-il fait sur l'arme de son adversaire un premier battement pour l'écarter de la ligne du corps, qu'un autre battement, sec et irrésistible, lui répondit, et la baïonnette, lui échappant des mains, sauta à dix pas.

Rousseau se précipita aussitôt, la saisit par la lame et la tendit à son adversaire.

Tous deux se remirent en garde : Brochin, plus prudent ; Rousseau, le fixant obstinément comme s'il eût voulu l'hypnotiser en faisant, avec une lenteur calculée, certaines passes préparatoires.

La situation était impressionnante au plus haut degré, car, visiblement, le déserteur voulait éviter les blessures insignifiantes qui terminent presque tous les duels sans rien résoudre, et ne voulait frapper qu'à coup sûr.

Tout à coup, il bondit, et dans un éclair, les trois témoins de cette scène dramatique virent la lame triangulaire disparaître tout entière dans la poitrine de Brochin.

Ils s'approchèrent, l'homme était déjà mort : le cœur avait été perforé.

Le déserteur jeta sa baïonnette : une large tache rouge zébrait son bras droit, mais il ne songeait guère à étancher le sang de cette blessure. Ses traits s'étaient détendus.

— Maintenant, mon lieutenant, dit-il, faites de moi ce que vous voudrez...

— Vous allez attendre ici, lui dit l'officier, les vêtements de toile que je vais vous faire envoyer ; puis à dix heures, lorsque les soldats d'infanterie

(1) Jeune soldat de la dernière classe.
(2) C'est-à-dire était dans sa dernière année de service.

La lame avait pénétré dans la poitrine de Brochin.

de marine seront remontés à bord des canonnières et que personne ne pourra plus vous reconnaître dans le camp, vous suivrez Mohiloff qui vous amènera à moi. Je connais le commandant Dominé, il vous acceptera comme engagé dans son bataillon.

— Engagé ? répéta le déserteur avec une expression de stupeur indicible.

— Oui, engagé à la légion étrangère où on ne vous demandera ni votre nom, ni votre âge, ni même votre nationalité, à la légion où nul ne s'enquiert du passé d'un homme, si cet homme veut y accomplir fidèlement et courageusement son devoir de soldat.

— Oh! mon lieutenant, mon lieutenant, je puis donc encore me réhabiliter, porter l'uniforme; oh! soyez béni!

Et, se précipitant aux genoux de l'officier, il lui saisit la main et l'appuya contre son front brûlant.

— Oui, vous le pouvez, dit l'officier; mais Rousseau, porté « disparu », il y a sept mois, a dû être depuis signalé en France comme « tué à l'ennemi »; pour sa famille, pour ses amis, il est donc mort noblement et ne doit plus revivre ; à partir d'aujourd'hui, vous vous nommez Erkmann, et vous êtes Alsacien.

— Merci, mon lieutenant, et soyez tranquille : Erkmann ira bientôt rejoindre Rousseau ; mais, du moins, Rousseau n'aura plus volé la mention qu'on a mise là-bas, en France, à côté de son nom: *Tué à l'ennemi!* Vous verrez !

— C'est affaire avec votre conscience, dit l'officier.

Le lendemain, la marche fut reprise vers Tuyen-Quan, où la colonne allait entrer le jour même, et Georges, analysant les événements tragiques auxquels il avait présidé, *ne se reprocha rien*, car les décisions qu'il avait prises lui avaient été inspirées par l'amour de la justice et l'intérêt de sa patrie; il avait servi la justice en permettant à un coupable repentant de s'amender et en châtiant un indigne ; il avait servi sa patrie en substituant un bon à un mauvais soldat

Certes, mes enfants, le combat singulier qu'il avait autorisé eût été un moyen condamnable en toute autre circonstance; mais aux situations exceptionnelles, il faut des solutions exceptionnelles, et plus tard, lorsque Georges Cardignac raconta au commandant Dominé le drame sanglant qui avait pré-

48

ludé à l'engagement d'Erkmann dans son bataillon, cet officier supérieur, un bon juge s'il en fût en matière de devoir militaire, lui répondit : « J'aurais agi comme vous. »

Tuyen-Quan enlevé, le colonel Duchesne y laissa une garnison composée de deux compagnies de la légion étrangère et d'une compagnie de tirailleurs tonkinois, avec une trentaine d'artilleurs et huit sapeurs du génie, le tout sous les ordres du commandant Dominé, puis il ramena le reste de la colonne à Hanoï.

On était en mai 1884 ; battu partout, le gouvernement de Pékin venait d'acquérir la conviction que malgré ses canons Krupp, achetés aux Allemands, et les fusils se chargeant par la culasse cédés par les Anglais, il ne pouvait résister aux Français ; il demanda donc la paix, et les conventions en furent arrêtées par le fameux vice-roi Li-Hung-Chang et le capitaine de frégate aujourd'hui amiral Fournier.

Ce fut le traité de Tien-Tsin.

Mais il était à peine signé depuis un mois, que les Chinois avec leur duplicité habituelle faisaient tomber dans un guet-apens, à Bac-Lé, une colonne française commandée par le colonel Dugenne. Elle s'en tira avec de grosses pertes. Heureusement, un vaillant officier, le capitaine Laperrine qui commandait l'escadron des chasseurs d'Afrique, réussit au prix d'efforts surhumains à sauver les blessés. Il devait mourir quelques mois plus tard, à son retour en France, des fièvres contractées là-bas au milieu des marais. Avec plus de sang-froid de la part des dix mille Chinois qui avaient entouré la colonne Dugenne, elle eût été cernée et détruite. La trahison des Chinois remettait donc tout en question.

Comment d'ailleurs attendre de la loyauté, d'une nation qui pose dans ses règlements militaires les principes suivants :

« Si vous n'êtes pas cinq fois plus fort que l'ennemi, il faut le vaincre par la ruse ; semez la discorde dans son armée, débauchez ses officiers, envoyez de fausses dépêches à son général en chef et calomniez ce général devant ses inférieurs ; amollissez le courage des soldats par la volupté, ne ménagez ni offres, ni présents, ni caresses, et en même temps trompez tout le monde. — Une victoire ainsi obtenue vaut mieux que le triomphe par le fer. »

Ces règles, que rougirait d'appliquer toute autre nation, sont extraites d'un ouvrage militaire chinois devenu classique ; elles datent de plusieurs siècles, mais les récents événements de Chine ont prouvé qu'elles avaient gardé toute leur force aux yeux de ce peuple figé dans son immobilité et rebelle à tout progrès.

Il est bon d'ailleurs que vous sachiez, mes enfants, que dans cet immense empire de quatre cents millions d'habitants, plus vaste et plus peuplé que l'Europe, le métier des armes n'a jamais été en honneur : chez les Chinois, *le lettré*, l'homme qui manie

Le capitaine Laperrine réussit à sauver les blessés.

la plume ou, pour être plus exact, le pinceau, jouit seul de la considération publique; après lui viennent en ordre décroissant les agriculteurs, puis les manufacturiers et enfin les commerçants. Le soldat dont le rôle en tout pays consiste à assurer la sécurité des autres classes, à conserver l'intégrité du sol national, le soldat chez eux ne vient qu'en cinquième ligne et occupe le bas de l'échelle : il passe pour un parasite, un inutile, et de fait n'étant soutenu par aucun idéal, étranger aux vertus guerrières qui font la force des peuples d'Europe, le soldat chinois ne connaît que deux procédés au combat : la ruse ou la fuite.

C'est ainsi que, dans une période qui embrasse plusieurs milliers d'années, l'histoire de la Chine ne mentionne qu'un seul héros ayant acquis la réputation d'homme de guerre. C'est l'empereur Tsin-Schi-Hwang-Ti; et notez qu'il vivait *deux cents ans avant Jésus-Christ.*

Aussi, voyez, mes enfants, ce que devient une nation, fût-elle la plus nombreuse du globe, lorsqu'elle ne s'appuie pas sur une armée digne de ce nom. Elle tombe en décomposition : un jour vient où, constatant sa faiblesse, chacun de ses voisins s'en attribue un morceau : elle est dépecée et disparaît. C'est le sort qui attend le Céleste-Empire et qui depuis longtemps eût été le sien si les nations européennes, jalouses les unes des autres, n'eussent maintenu debout par leur jalousie même le colosse jaune vermoulu.

A la suite du guet-apens de Bac-Lé, la guerre fut *officiellement* déclarée à la Chine, car — admirez les subtilités diplomatiques — jusqu'alors la France n'était en guerre qu'avec les Pavillons-Noirs : tout le monde savait que les armées chinoises du Yunnan et du Kouang-Si étaient engagées contre nous; mais par une « chinoiserie » — le mot vient de lui-même sous la plume — dont on trouve peu d'exemples, la Chine officielle n'avait pas été jusque-là en état de guerre avec la France et le fameux Li-Hung-Chang n'avait jamais cessé de négocier.

Lorsque cet état de guerre fut enfin déclaré, l'amiral Courbet rentra en scène, et ce fut alors qu'il accomplit ce coup de vigueur et d'audace qui consacra sa réputation.

Remontant la rivière Min, il brûla Fou-Tcheou, le principal arsenal du Céleste-Empire, et détruisit l'escadre chinoise. Si on l'eût laissé faire, il eût été dicter à la Chine les conditions de la paix dans le golfe de Petchili, c'est-à-dire dans le voisinage de Pékin. Mais on lui imposa le blocus et la prise de Formose qui ne menaient à rien, car les Chinois se souciaient peu de cette grande île qu'ils ont cédée depuis aux Japonais. L'Amiral s'épuisa donc en vains efforts à Kélung et à Tamsui avec des forces insuffisantes, y usa sa flotte et finit par y mourir de fatigue et aussi de chagrin.

Pendant que l'amiral Courbet infligeait à la Chine ces sanglantes leçons, que faisait l'armée de terre au Tonkin? Sous les ordres du général Brière de l'Isle, elle marchait sur Lang-Son, la ville la plus proche de la frontière de Chine, et y entrait après sept jours de combats victorieux. Mais vaincus à l'est du Tonkin, les Chinois, grâce à leur grand nombre, couvraient au contraire tout l'Occident du pays et, un soir, arriva à Lang-Son un messager venant de Tuyen-Quan et porteur d'une lettre du commandant Dominé chargé, vous l'avez vu, de la défense de cette place.

Avec six cent huit hommes de la légion étrangère et des tirailleurs tonkinois, le vaillant officier était, depuis le 24 novembre 1884, c'est-à-dire depuis trois mois, enveloppé par des forces vingt fois supérieures : toute l'armée chinoise du Yunnan et les Pavillons-Noirs du fameux Liu-Winh-Phuoc.

S'il succombait, notre prestige au Tonkin en recevait un coup dont la répercussion se ferait sentir sur toute la campagne.

A tout prix il fallait donc le secourir.

Aussitôt, laissant à Lang-Son une de ses deux brigades, celle du général Négrier, le général Brière de l'Isle en personne, à la tête de la brigade Giovaninelli, se porta, à marches forcées sur Tuyen-Quan.

La compagnie de Georges Cardignac faisait partie de cette brigade; elle prit sa part des combats furieux qui furent nécessaires pour rompre le cercle de tranchées, de redoutes et d'obstacles formidables que Liu-Winh-Phuoc avait accumulés autour de la citadelle de Tuyen-Quan pour l'empêcher d'être secourue.

Un dernier assaut eut lieu le 2 mars; il fut meurtrier : en moins d'une demi-heure, cent soixante-quatre marsouins, sur trois cent vingt, et douze officiers étaient couchés sur les talus des retranchements ennemis; une compagnie entière tomba dans une mine que les Chinois avaient disposée avec une adresse diabolique et sauta; nos soldats passèrent une nuit terrible à deux cents mètres de l'ennemi, sous une pluie intense et une grêle de projec-

tiles; au petit jour, un dernier effort fut tenté; marsouins et turcos s'élancèrent sur les lignes ennemies avec une force telle qu'ils arrivèrent dans
les retranchements, malgré les « fougasses » et les mines qui éclataient sous
leurs pas; les Pavillons-Noirs s'enfuirent.

On put alors se rendre compte des travaux qui enserraient la vaillante
garnison et des assauts furieux qu'elle avait subis.

Depuis cent jours pleins, elle était investie; depuis trente-six jours, elle
subissait un siège en règle; et depuis dix-huit jours, la brèche était ouverte
dans les murs sans bastions de la citadelle; elle avait repoussé sept assauts,
infligé à l'ennemi des pertes énormes et perdu elle-même le tiers de son
effectif.

Aussi jamais drapeau ne parut plus glorieux, plus resplendissant, que le
pavillon noirci et troué que la colonne du général Brière de l'Isle aperçut
en arrivant au sommet du blockhaus que le commandant Dominé avait fait
construire au milieu de la citadelle.

Rien de plus émouvant non plus que l'entrée du général en chef dans la
forteresse délivrée. Le commandant Dominé l'attendait debout au sommet
de la brèche principale. Le général Brière de l'Isle mit pied à terre et l'embrassa, profondément ému.

Lorsqu'il eut reçu de lui le compte rendu des présents, des blessés et
des morts, compte rendu fait simplement et sans phrases, le général
demanda :

— Qu'auriez-vous fait si nous n'étions pas arrivés à temps?

Le commandant Dominé montra le blockhaus que dominait le drapeau :

— J'ai fait transporter toutes les poudres là-haut, ces jours derniers,
répondit-il; à la dernière minute, nous nous serions tous ensevelis là-des-
sous...

Voilà, mes enfants, un exemple saisissant entre tous de dévouement au
devoir militaire.

Vous lirez d'ailleurs plus tard le *Journal du siège de Tuyen-Quan*, car le
Ministre de la Guerre a ordonné qu'il fût publié « dans son éloquente simplicité », et ceux d'entre vous qui veulent entrer dans l'armée puiseront dans
le récit de ces exploits dignes de Plutarque, la meilleure des leçons de
choses.

Une compagnie entière succomba dans une mine.

Vous peindre les effusions qui eurent lieu entre sauveurs et sauvés, ce jour-là, est chose impossible : les officiers s'embrassaient, les soldats dansaient, les clairons lançaient aux échos leurs notes les plus gaies : une joie sans mélange dilatait tous les cœurs.

— Vive les marsouins ! criaient les légionnaires.

— Vive la légion ! répondaient les marsouins.

Et bras dessus bras dessous, ils parcouraient le terrain bouleversé par les explosions, se montrant les entonnoirs et les brèches, et aussi la canonnière *Mitrailleuse* qui, pendant ce long siège, n'avait pas quitté son poste de combat au milieu de la rivière Claire et avait contribué puissamment à la défense.

Soudain, au milieu des rangs confondus, deux officiers, deux lieutenants, poussèrent ensemble le même cri de joie et se jetèrent dans les bras l'un de l'autre.

— Cardignac !

— Andrit !

— Toi ici ?

— Quel bonheur !

Et les deux camarades de promotion s'embrassèrent de nouveau.

— Tu n'as donc pas reçu ma lettre, demanda le petit Andrit : je t'annonçais pourtant mon arrivée au Tonkin à la fin de novembre.

— Je n'ai rien reçu : décidément la poste est bien mal faite ; depuis quand es-tu à Tuyen-Quan ?

— J'y suis arrivé avec la colonne de renforts, la dernière qui ait pénétré dans la place, et comme nous avons été coupés de suite du reste du monde, je n'ai pu te faire savoir que j'étais ici.

— Et le Congo, tu l'as donc lâché ?

— Oui, M. de Brazza est un pacifique : avec lui pas de coups de fusil à tirer ; il procède par persuasion et il nous transformait tout doucement en explorateurs et en diplomates. Le métier m'a plu quelque temps ; mais, tu sais, j'ai le tempérament batailleur ; j'aime le changement, et, en apprenant qu'on se battait par ici, surtout que tu y étais, j'ai fait demandes sur demandes pour y être envoyé.

— Et du premier coup tu tombes dans un véritable champ de lauriers ! Veinard, va !

49

— C'est vrai; je suis proposé pour la croix. J'ai eu une légère blessure, ce qu'on peut appeler la blessure heureuse; mais toi, Cardignac, après tes exploits du Sénégal, comment ne l'as-tu pas encore, cette croix? Et le rêve dont tu me parlais en quittant l'Afrique? Évanoui pour toujours? Vraiment?

— Pour toujours, répondit Georges tristement; ce qui ne m'empêche pas d'en avoir souvent le cœur plein.

Et à son tour, notre ami raconta ses pérégrinations, ses aventures, ses tristesses même; puis Andrit le prit par le bras.

— Va, dit-il, un officier, un marsouin surtout doit rester célibataire! La Providence a bien fait les choses. N'y pense plus. D'ailleurs ce n'est pas le jour d'être triste. Viens; je vais te faire les honneurs de notre maison, je veux dire de la citadelle.

Ensemble ils parcoururent le terre-plein de l'ouvrage et les nombreuses tranchées qui reliaient entre elles les différentes parties de la place. Mais ce fut surtout dans les rameaux de mines, poussés par les Chinois jusque sous les murs de la forteresse, que le petit marsouin s'émerveilla.

— Quelle atroce guerre que cette guerre souterraine? déclara-t-il : maintes fois les mineurs chinois et nos sapeurs devaient se rencontrer, et alors?...

— Alors, c'étaient des luttes corps à corps dans l'obscurité. Le plus malin était celui qui entendait l'autre le premier. Alors il cessait de piocher, laissait son adversaire abattre sans s'en douter la dernière paroi qui séparait les deux rameaux, et tirait sur lui un coup de feu à bout portant. Quand on avait le temps et qu'on connaissait la direction d'une mine chinoise, on procédait par *camouflets*.

— Ah, oui, je me souviens des « camouflets ». Il en était question dans notre cours de « barbette », à Saint-Cyr : c'est une contre-mine, qui éclate à quelques mètres d'un rameau ennemi et qui y aplatit les mineurs comme des galettes. Tout cela est peut-être très intéressant, mais décidément j'aime mieux la guerre au soleil.

Ils remontèrent sur le terre-plein, visitèrent les casernements de la légion et des tirailleurs tonkinois, tous criblés de projectiles, et soudain, entrant dans une salle plus vaste que les autres et à demi enterrée sous les talus qui la préservaient des coups de canon, le petit Andrit se découvrit :

— Notre ambulance, dit-il.

Là, personne ne riait plus.

Une centaine de blessés étaient étendus sur des nattes et serrés les uns contre les autres.

Dans le fond de la salle, le général Brière de l'Isle, le colonel Giovaninelli, le commandant Dominé étaient arrêtés devant un blessé que, par faveur spéciale, on avait pu installer dans un lit.

Les deux officiers s'approchèrent douce-ment :

— C'est le sergent Bobillot, dit Andrit : notre sergent du génie. Ah! le brave garçon! C'est lui qui a dirigé tous les travaux de contre-attaque que nous venons de parcourir.

Le sergent Bobillot dirigeait les travaux de défense.

Et, à voix basse, il expliqua à son ami que ce sous-officier, avec huit sapeurs du génie et une centaine d'outils seulement, avait été l'âme de la défense ; qu'il avait construit un ouvrage extérieur ; confectionné des milliers de gabions et donné des preuves d'intelligence et d'énergie qui avaient fait l'admiration de la garnison.

— Seulement, conclut-il, le pauvre garçon n'en reviendra pas : il a été blessé grièvement en faisant une ronde, il y a huit jours. Il a fallu l'arracher au rempart ; il ne voulait pas abandonner son poste. Si l'histoire était juste, elle mettrait son nom à côté de celui de Blandan (1).

Mais Andrit se tut et une grande émotion envahit les deux jeunes gens. Le général Brière de l'Isle venait d'attacher la croix de la Légion d'honneur sur la poitrine du sergent Bobillot... On entendit le blessé murmurer :

— Oh ! merci, mon général ; je suis bien heureux... bien heureux !...

C'étaient les dernières paroles qu'il devait prononcer.

Le général et son état-major sortirent.

— Bon courage, mon enfant, fit, de sa grosse voix, le colonel Giovaninelli en franchissant la porte, et à bientôt le bateau pour France !

Andrit et Cardignac allaient sortir à leur tour, lorsque, sur l'une des nattes, un blessé se souleva, appelant fiévreusement :

— Mon lieutenant ! oh ! mon lieutenant !

— Rousseau ! s'écria Georges allant aussitôt vers lui, vous ici !

Mais le blessé hocha la tête·

— Rousseau, dit-il d'une voix faible, personne ne le connaît ici... C'est Erkmann : demandez plutôt au lieutenant.

Il désignait Andrit et celui-ci dit à son ami :

— Tu connais ce légionnaire ?

— Oui.

— Mais tu l'as appelé d'un nom qui n'est pas le sien ?

— Es-tu sûr que ce ne soit pas le sien ?

— C'est vrai : avec les légionnaires on ne sait jamais. Le plus souvent, en s'engageant, ils tirent une barre sur le passé, et j'ai eu sans m'en douter, dans ma section, en sortant de Saint-Cyr, un Allemand qui avait été lieutenant dans la Garde, avait triché au jeu et déserté. Dans tous les cas, pour

(1) Bobillot a comme Blandan, le héros de Beni-Mered (1842), sa statue à Paris.

moi, celui-ci s'appelle Erkmann, et c'est le plus brave soldat que j'aie jamais vu. Dix fois il a bravé la mort avec un sang-froid que nous admirions tous, et dix fois je lui ai dit de moins s'exposer. Il a été jeté en l'air, à cette fameuse explosion du 22 février qui nous a coûté deux officiers et vingt hommes. A peine la fumée était-elle dissipée, que nous l'avons vu se relever, et, couvert de sang, aller chercher le corps du capitaine Moulinay que l'explosion avait lancé près des tranchées chinoises. C'est en le rapportant sur ses épaules qu'il a été touché.

— Grièvement? demanda Georges.

— Il a l'épaule fracassée par une de ces balles de fusils de rempart, qui sont grosses comme des biscayens, et avec cela une lésion grave au poumon...

— Le médecin espère-t-il? demanda notre ami à voix basse.

Un geste vague fut la réponse du lieutenant de la légion; mais sous le regard interrogateur du blessé, il ajouta :

— Dans tous les cas, la médaille militaire sera pour lui le meilleur baume; et il l'aura un des premiers de la compagnie : le commandant l'a proposé.

— Veux-tu me laisser seul avec lui, demanda Georges qui lisait dans le regard du blessé le désir de parler.

Mais le légionnaire secoua la tête :

— J'aimerais mieux que mon nouveau lieutenant sût, comme vous, toute la vérité, dit-il.

Alors il refit, devant le petit Andrit, la confession de sa désertion, et quand il eut terminé :

— Maintenant que vous me connaissez, mon lieutenant, dit-il à l'ami de Georges, vous voyez qu'il ne faut plus songer à la médaille militaire pour moi : elle ne peut trouver place sur la poitrine d'un déserteur. Si vous le voulez bien, faites-la donner à mon caporal, un brave homme qui l'a dix fois gagnée sans avoir eu la chance d'être touché. Moi, la seule récompense que j'ambitionnerais, ce serait de... seulement c'est impossible.

— Demandez toujours, dit Georges.

— Ce serait de redevenir moi-même, de rentrer dans l'infanterie de marine, de pouvoir écrire aux miens que je vis, ce que je n'oserai jamais faire sous mon nom d'emprunt.

Georges Cardignac réfléchit un instant et prenant la main du blessé :

— Il n'y a qu'un homme qui puisse vous rayer des contrôles de la légion et vous rétablir sur ceux de l'infanterie de marine sans que le conseil de guerre intervienne, dit-il; c'est le général en chef; il est ici : je vais le voir et lui avouer tout : laissez-moi faire...

Quand les deux amis sortirent de l'ambulance, Andrit dit à son ami :

— C'est une faveur qu'on peut lui accorder sans difficulté, quand même tout le corps de l'Intendance la trouverait irrégulière, car il ne sera pas plutôt reporté sur les contrôles de son régiment que la mort l'en aura rayé.

— Et moi je crois au contraire que le bonheur lui rendra la force de vivre.

— Je le souhaite autant que toi, et ce malheureux me remet en mémoire le proverbe latin dont nous parlaient nos professeurs : *Summum jus, summa injuria* (1). Vois un peu : si tu avais voulu lui appliquer la règle stricte, quand il s'est livré à toi, il eût passé en conseil de guerre et n'aurait pu évidemment se conduire héroïquement ici comme il vient de le faire.

— Sans compter, ajouta Georges, que son mauvais génie Brochin aurait probablement fait un mauvais coup.

Quand tous deux revinrent à l'ambulance le soir même, Georges Cardignac était rayonnant.

— C'est fait, dit-il au blessé; vous recouvrez aujourd'hui votre personnalité. Rousseau est ressuscité : vous serez porté « disparu » sur les contrôles de la légion à la date d'aujourd'hui, 3 mars, et *rentré au corps*, à la même date, sur les contrôles du 3ᵉ régiment d'infanterie de marine. Vous serez censé avoir été fait prisonnier à Haï-Dzuong et délivré à Tuyen-Quan. Le général veut seulement que vous changiez de corps, pour vous éviter la rencontre de vos anciens camarades, dans une compagnie où vous avez eu de nombreuses punitions. Le 3ᵉ régiment d'infanterie de marine est à Rochefort : à votre retour en France, vous y serez envoyé.

La figure du blessé s'éclaira :

— Mon lieutenant, dit-il, je vous dois l'honneur. Toute ma vie je vous bénirai. Je veux vivre... Je vivrai, et, dans ma nouvelle compagnie, à l'arrivée des recrues, je me vouerai chaque année à la même tâche : écarter de leur route... *le mauvais camarade!*

---

1. L'excès de justice peut devenir la suprême injustice.

CHAPITRE XIII

DEUX REVENANTS

Lorsque la colonne, ramenant avec elle les glorieux débris de la garnison de Tuyen-Quan, arriva à Hanoï, elle y trouva un télégramme du gouvernement, approuvant la proposition du général en chef en faveur des officiers, sous-officiers et soldats qui avaient pris part au siège, et leur transmettant les félicitations du pays. Le commandant Dominé était nommé lieutenant-colonel.

Georges Cardignac eut la chance de voir, un des premiers, la liste des heureux, et parmi eux le nom d'Andrit.

Il ne fit qu'un bond jusqu'à la citadelle où était casernée la légion.

— Décoré, tu es décoré! s'écria-t-il, en pénétrant, sans crier gare, dans la chambre de son ami, qui, alité à la suite des fatigues du siège, sommeillait profondément.

Et je vous laisse à penser quel réveil ce fut pour le jeune officier. Dressé sur son séant, il croyait rêver; car, si la croix fait plaisir à tout âge, combien elle paraît belle et radieuse sur une jeune poitrine. Ne proclame-t-elle pas à tous en effet qu'elle a été gagnée, non par la durée des services, mais par une blessure ou une action d'éclat?

— Te souviens-tu, dit Georges, qu'à Saint-Cyr tu m'enviais ma médaille? Eh bien, te voilà décoré avant moi! La Providence fait bien les choses.

— Elle les eût bien mieux faites encore si elle nous avait apporté la

croix à tous deux le même jour. Pourquoi ta proposition à toi n'a-t-elle pas
encore eu de suite?

— Parce que les défenseurs de Tuyen-Quan méritaient de passer les
premiers.

— Dans tous les cas, j'aurai bientôt à te féliciter, toi aussi, j'en suis sûr.

C'était d'ailleurs le jour des félicitations; car, le soir même, Pépin
aborda Georges, et, après l'avoir salué plus réglementairement que jamais,
bredouilla quelques paroles inintelligibles.

Georges Cardignac étonné (car Pépin, s'il n'était pas de première force
en orthographe, n'avait pas sa langue dans sa poche), le regarda avec
attention, croyant que « pour une fois » il s'était oublié à la cantine du
bataillon; mais, raffermissant sa voix, le brave « Parasol » articula :

— Je viens d'être nommé adjudant; c'est à l'ordre!

Adjudant, le bâton de maréchal du sous-officier. Depuis plusieurs
années, le digne garçon l'eût obtenu, ce grade si envié, s'il eût eu une
instruction générale un peu plus développée et s'il eût poursuivi régulièrement ses « études »; mais est-ce dans la brousse africaine ou au milieu des
rizières tonkinoises qu'on a le temps d'apprendre les « cas d'égalité des
triangles » et les « accords des participes? »

Enfin il y arrivait tout de même, et cela à la fin de son temps de service;
il allait donc « commissionner » pour aller un peu au-delà de ses quinze ans
et avoir ainsi la retraite d'adjudant; puis il demanderait un des emplois
civils, réservés aux sous-officiers retraités.

Mais comme il achevait d'exposer à Georges ses projets et ses ambitions,
il s'interrompit soudain, et, se donnant un grand coup sur la poitrine, geste
qui lui était familier quand il avait une histoire énorme à raconter :

— Et moi qui allais oublier de vous dire ça! fit-il.

— Quoi donc?

— Devinez, mon lieutenant, qui je viens de reconnaître, tout à l'heure,
dans les bureaux de l'État-Major où j'étais de planton! — mon dernier
planton de sergent! — ajouta-t-il en relevant les pointes de ses moustaches.

— Comment veux-tu que je devine ça?... Un de mes amis peut-être?

— Vous tombez à pic, mon lieutenant! s'écria Pépin dans un éclat de
rire. Eh bien!... non, c'est trop drôle!... Mais il ne faut pas vous fâcher si

je vous fais languir : je veux que vous le reconnaissiez vous-même... C'est à
deux pas ; voulez-vous venir avec moi?

Georges intrigué sui-
vit Pépin.

Les bureaux de l'État-
Major étaient installés
dans un bastion de l'im-
mense citadelle d'Hanoï,
près de la demi-lune. Au
moment où l'officier pas-
sait près du planton
de service, la porte
du dit bureau s'ou-
vrit et un homme
parut, qui, sans les
voir, reprit la direc-
tion de la ville, en
assujettissant sur sa
tête une casquette
plate de voyage.

Et Georges Car-
dignac eut à son
tour un geste de
prodigieux étonne-
ment, car, dans ce
grand corps, vêtu d'un long mac-
farlane à carreaux et portant en sautoir une lorgnette et une sacoche, qui
venait-il de reconnaître, comme s'il
l'eût quitté la veille? Kolwitz!

Décoré! tu es décoré!

Oui, mes enfants, Kolwitz, son Anglais de Bazeilles, à qui il avait, lui,
Georges, brûlé la politesse en s'enfuyant; mais dont Pépin avait aussi brûlé
les vêtements d'un coup de fusil, tiré à bout portant.

Le « reporter » était à peine changé : son visage était un peu plus
flasque; son nez plus busqué; ses dents plus jaunes; ses favoris toujours en

50

patte de lapin, mais de lapin blanc. Sa vue reporta Georges à quinze ans en arrière.

— Il ne m'a pas reconnu ce matin, bien que je l'aie regardé sous le nez, déclara Pépin. Ça ne m'étonne pas du tout. Moi, il m'a vu dix secondes; juste le temps qu'il m'a fallu pour l'ajuster, le tirer et... le manquer. Vous souvenez-vous, mon lieutenant, comme il tricotait des jambes en se sauvant et en répétant : « Je porté plainte à mon consul! » Il prononçait « mon consoul! » Était-il cocasse!

— Si je m'en souviens! Tu te tordais si bien de rire que tu en as oublié de recharger. Pourtant ça n'était pas drôle : les Bavarois accouraient en masse du fond de la rue. Mais que diable ce vieux brigand vient-il faire ici? au Tonkin?...

— Je me demande s'il vous reconnaîtrait, reprit Pépin. Comme il vous a vu de près et qu'il a passé plusieurs heures avec vous, ça se pourrait bien.

— Mais encore une fois, reprit Georges, quelle sale besogne vient faire ici ce gaillard qui, en 1870, comprenait son métier de journaliste en marchant avec les Allemands, un revolver à la main?

Il ne tarda pas à être fixé à cet égard et sa stupeur augmenta.

Le dit Kolwitz était accrédité à l'État-Major du corps expéditionnaire comme correspondant de trois journaux anglais, et il venait chercher une relation du siège de Tuyen-Quan pour l'envoyer à ses journaux.

L'officier d'État-Major, le capitaine Peiro, qui connaissait Cardignac et qui lui donnait ces détails, ajouta :

— C'est un original, à la silhouette un peu drôle; mais il est rare, surtout par le temps qui court, de trouver un Anglais aussi sincèrement ami de la France que celui-là. Grâce à lui, nous faisons passer dans la presse anglaise les articles les plus favorables à notre politique, et cela vaut bien quelques politesses.

— Les Anglais pourtant, dans cette guerre-ci, aident les Chinois tant qu'ils peuvent, objecta Georges; à chaque instant nous en avons des preuves.

— Nous le savons, c'est pour cela que le général en chef estime tout particulièrement celui-ci et l'admet quelquefois même à sa table : c'est une exception.

— Alors, zuze un peu si ce n'était pas une exception! s'écria Pépin avec son accent de gamin de Paris, lorsque le capitaine Peiro se fut éloigné.

— Sommes-nous assez naïfs toujours! dit Georges. Je suis sûr qu'il a suffi à cette canaille de protester de son affection pour la France pour se voir ouvrir toutes les portes. La méfiance n'est décidément pas dans nos cordes.

Et le jeune officier se demandait comment il convenait de démasquer le journaliste, qui ne pouvait jouer au camp français que le rôle d'espion, lorsque, le lendemain même, le hasard lui en fournit l'occasion.

Il était invité à dîner chez le général Brière de l'Isle, comme ayant été l'objet d'une proposition pendant la marche sur Tuyen-Quan.

La première figure qu'il rencontra, en se rendant à cette invitation, fut celle de l'insulaire. Seulement Kolwitz avait, pour la circonstance, revêtu un frac noir et une cravate blanche. Avec sa haute taille, son port de tête assuré, il avait presque grand air, et la stupeur de notre ami augmenta en découvrant un liséré rouge à sa boutonnière.

Mais cette découverte ne le détourna pas du projet qu'il avait conçu; seulement il se promit de faire en sorte qu'aucun scandale public n'en résultât, car un chef est toujours défavorablement impressionné lorsqu'on lui prouve publiquement qu'il s'est lourdement trompé.

Georges constata d'abord, en se postant à plusieurs reprises devant l'insulaire, que celui-ci ne le reconnaissait pas. Rien d'étonnant d'ailleurs à cela.

Entre le Georges rose et imberbe de 1870 et le lieutenant de marsouins au teint bronzé, à la moustache finement relevée de 1885, il n'y avait qu'une ressemblance assez lointaine.

Il laissa donc passer le dîner: Kolwitz se carrait entre le chef d'État-Major et le directeur des Douanes françaises, et, à plusieurs reprises, Georges l'entendit faire à haute voix l'éloge des opérations qui venaient de prendre fin.

— C'était vraiment admirable, disait-il au chef d'État-Major, la bouche en accent circonflexe, les yeux demi-clos, et je trouvais seulement notre « Wolseley » comparable à votre chief.

Il prononçait « Wolseley » avec componction, comme s'il eût invoqué Dieu le Père.

— Canaille! murmura Georges.

Et il attendit le moment où le général Brière de l'Isle viendrait, comme il le faisait fort aimablement pour tous ses invités, lui adresser la parole.

Ce moment arriva lorsque le café fut versé sous une véranda qui dominait le fleuve Rouge. Quand le général en chef eut adressé au jeune officier les félicitations d'usage :

— Mon général, dit Georges, serais-je indiscret en vous demandant de me présenter à ce monsieur Kolwitz ?

— Qu'à cela ne tienne, mon jeune camarade.

La présentation faite sans que l'Anglais eût manifesté le moindre signe indiquant qu'il reconnaissait le jeune homme, Georges Cardignac lui dit à brûle-pourpoint :

— Vous ne me reconnaissez pas, Kolwitz ?

Le général eut un haut-le-corps : ce « Kolwitz » tout court, vis-à-vis d'une des sommités de la presse internationale, le stupéfiait ; mais Georges, regardant fixement l'insulaire et faisant un pas vers lui, continua :

— Vous souvient-il de Bazeilles et de ce jeune Français que vous avez fait passer pour votre secrétaire aux avant-postes allemands, parce que vous espériez tirer de lui quelques documents sur la bataille de Saint-Privat ? Vous souvient-il de ce laisser-passer signé Fritz, qui vous fit saluer très bas par l'officier allemand, chef de poste ? Vous souvient-il enfin des coups de revolver que vous avez tirés sur ce jeune Français, c'est-à-dire sur moi, en arrivant avec les Bavarois dans Bazeilles, le lendemain, croyant nous surprendre ?... Vous souvient-il de tout cela... Kolwitz ?

L'Anglais avait d'abord ouvert une bouche énorme, comme pour s'apprêter à rire d'une formidable méprise ; mais, soit que la dernière phrase évoquée lui eût rappelé le moment pénible où il s'était enfui, son macfarlane enflammé par le coup de fusil de Pépin, souvenir brûlant, s'il en fût, soit que, pris à l'improviste, il n'eût pas son esprit d'à-propos habituel, il resta coi, les yeux fixes.

Se tournant alors vers le général de plus en plus stupéfait :

— Mon général, dit Georges, pardonnez-moi l'incorrection que je commets devant vous : j'ai choisi d'ailleurs le moment où elle n'avait aucun témoin ; mais cette manière de procéder était nécessaire pour démasquer ce drôle qui, sous le masque du journaliste, fait tous les métiers. Il n'oserait

protester d'ailleurs et vous répondre que je me trompe, car un sergent de ma
compagnie, qui est ici et que je pourrais vous amener dans un instant, l'a vu
comme moi à Bazeilles, à la tête des Bavarois, lui a tiré
dessus et l'a reconnu hier en même temps que moi.

Le visage de l'Anglais était devenu verdâtre : les poings
serrés, Kolwitz marcha droit sur le jeune homme, et tous
deux, les yeux dans les yeux, se regardèrent un instant sans
parler.

— Je croyais bien que vô avez appelé moâ un
drôle? fit enfin le
journaliste d'une
voix sourde.

— Certes, oui,
répondit Georges
en croisant les
bras, et c'est par
déférence pour le
général que je
n'ai pas employé
d'autre mot. Vous
savez depuis long-
temps quel est ce-
lui qui s'applique
au métier que vous
faites!...

— C'était

Les poings serrés, Kolwitz marcha sur le jeune homme.

bien, fit Kolwitz, en scandant ses mots : vô allez recevoir les témoins de moâ !

Mais le général, que l'attitude du journaliste étonnait maintenant plus encore que l'accusation ne l'avait surpris, intervint à son tour.

— Monsieur, dit-il froidement à l'Anglais, vous venez d'être l'objet, de la part d'un de mes officiers, d'une imputation de la dernière gravité. Il ne s'agit pas de faire diversion. Si cette imputation est fausse, M. Cardignac sera sévèrement puni : si elle est exacte, vous voudrez bien prendre le premier pa, quebot pour Hong-Kong ou Ceylan, et sans bruit, dans votre intérêt même !...

Kolwitz tourna alors son rictus vers le général Brière de l'Isle.

— C'était perfête, dit-il ; je constaté que la courtoisie françèse elle était bas,... bien bas !..... Notre « Wolseley », loui, il était courtois ; beaucoup courtois, général !

Et, tirant son claque, qu'il ouvrit d'un geste sec et hautain, Kolwitz gagna la porte.

Quand il eut disparu :

— Vous auriez peut-être mieux fait de me raconter tout cela à part-avant le dîner, au lieu de l'aplatir comme cela devant moi, dit le général à Georges ; car il ne nous pardonnera point cela et va nous éreinter dans ses journaux. Mais c'est égal, je ne vous en veux pas, car cet animal-là nous avait tous empaumés, et nous étions loin de nous douter que nous avions affaire à une pareille fripouille.

Faisant alors asseoir Georges près de lui, le général lui fit raconter les péripéties de cette histoire, déjà vieille de quinze ans, mais dont les détails étaient aussi présents à la mémoire du jeune officier que le premier jour.

Inutile de vous dire, mes enfants, que jamais notre ami Georges ne vit paraître les témoins de Kolwitz ; le gaillard avait seulement voulu se ménager une sortie : mais ce serait mal connaître le personnage que de croire qu'il fut démonté par cette fâcheuse histoire ; il quitta le Tonkin, c'est vrai, mais il n'en resta pas moins correspondant, à Paris, des principaux journaux anglais, hostiles à notre pays ; seulement, pour parer à une expulsion toujours possible, il eut un trait de génie : il se fit naturaliser Français !...

Quelques jours après cet incident, une lettre arriva à Georges et, en reconnaissant l'écriture de la suscription, il ouvrit fébrilement l'enveloppe, car depuis longtemps il n'avait revu cette écriture longue et penchée.

Elle était de M. d'Anthonay.

« Mon cher enfant, écrivait l'ancien magistrat, je renais. Grâce à Dieu, l'opération que je devais subir et qu'on avait reculée jusqu'à présent, s'est faite sans amener les troubles graves que l'on redoutait pour mon pauvre organisme anémié, et, après deux mois de convalescence, je sens les forces me revenir. Le siège de mon mal a disparu ; je puis espérer.

« Maintenant que la vie semble me sourire, que je suis entouré d'amis affectueux qui, après me l'avoir rendue supportable, vont l'embellir et la charmer, ma pensée me reporte vers vous, mon jeune ami, si vaillant, si sympathique. — Votre séjour aux colonies a maintenant dépassé de beaucoup la moyenne exigée. Revenez-nous : j'ai près de moi, comme garde-malade, une charmante enfant qui n'a pas oublié un seul jour le petit sous-lieutenant entrevu au Soudan et qui joint ses instances aux miennes.

« Votre mère d'ailleurs a dû déjà vous parler bien souvent du désir que je vous exprime au nom de tous vos amis de Nice et, en particulier, de M. Ramblot. — Avec elle, je vous le redis : « Revenez-nous. »

Cette lettre causa à Georges une émotion inexprimable. Que voulait dire M. d'Anthonay ? Évidemment, la charmante enfant dont il parlait était une des deux filles de M. Ramblot ; mais il ne pouvait être question que d'Henriette, puisque Lucie était mariée avec le docteur qui l'avait soignée. Or Henriette, bien qu'elle fût belle, d'une beauté brune et sévère, n'avait pas attiré l'attention du jeune officier. Celle qu'il revoyait sans cesse était blonde, pâle, aux boucles folles, aux doux yeux bleus.

Huit jours après l'arrivée de cette lettre, il en reçut une autre, celle-là de sa mère, et il y trouva l'expression du même désir.

« Reviens, mon Georges, disait Mme Valentine Cardignac ; depuis que tu es parti, mes cheveux sont devenus tout blancs. Tu m'avais parlé, au départ, d'une absence de trois ans ; en voilà cinq que tu m'as quittée. Tu me parlais, dans ta dernière lettre, d'attendre ta croix ; mais moi, c'est mon Georges que je veux embrasser, décoré ou non. Reviens. »

Alors le jeune homme ne balança plus.

Il avait renoncé, l'année précédente, à être rapatrié, comme c'était son droit, parce qu'il ne voulait pas quitter le Tonkin au moment où les opérations sérieuses allaient y commencer; il ne voulut donc pas demander son rapatriement, mais il sollicita un congé de six mois et l'obtint sans peine.

Pépin qui, lui non plus, n'abusait pas des congés, puisque depuis six ans il n'avait pas mis les pieds en France, demanda la même faveur et se la vit accorder le même jour.

Le bateau qui devait emmener le jeune officier allait arriver de France le 28 mars et repartait du Tonkin le 2 avril. C'était *l'Oxus*, des Messageries Maritimes, et, avec la curiosité bien naturelle au passager qui veut connaître d'avance le bateau sur lequel il est appelé à vivre pendant quarante jours, Georges s'arrangea pour se trouver en baie d'Along à l'arrivée du paquebot. Il monta donc sur la canonnière-aviso, *le Parseval*, qui faisait le service entre la baie d'Along et Haïphong, et aborda *l'Oxus* lorsqu'il jeta l'ancre dans la baie, un des plus beaux sites qui soient au monde, avec ses rochers balsatiques couverts de végétation.

En mettant le pied sur le pont, le premier passager qu'il aperçut fut un grand jeune homme brun, aux traits accusés, et qui, avec son chapeau de feutre à larges bords, son veston de velours, sa cravate flottante, son pantalon large et bouffant, donnait immédiatement l'impression de l'artiste en voyage; cette impression était confirmée par la vue du carton qu'il portait en sautoir, carton qu'on devinait bourré de dessins. De son côté, le passager concentrait son attention sur le jeune lieutenant d'infanterie de marine, et soudain son visage s'épanouit: deux noms jaillirent en même temps :

— Georges !

— Paul !

Les deux amis d'enfance se précipitèrent dans les bras l'un de l'autre.

Le nouveau venu n'était autre en effet que Paul Cousturier, le jeune collégien que vous avez vu au début de ce récit, faisant le désespoir de Jeannette Balourdin, la vieille gouvernante, et désertant la maison paternelle pour aller tirer sur les Prussiens.

— Qu'est-ce que tu viens faire par ici? demanda notre ami, au comble de l'étonnement.

— Eh, mon pauvre Georges, que veux-tu? Puisque tu ne te décides pas à comprendre qu'on t'attends là-bas, je viens te chercher.

— Tu viens me chercher?

— C'est comme ça: tous ceux qui t'aiment sont peinés et surpris de te

voir prolonger ainsi ton séjour aux colonies.
Il n'y a pas un marsouin qui n'ait le droit
de venir respirer l'air de France au moins
une fois tous les trois ans : toi, tu t'en
passes. De plus, tout marsouin
qui change de colonie en pro-
fite pour faire un
petit tour à Paris ;
toi, tu files d'Afri-
que en Asie, et tu
brûles l'Europe ab-
solument comme si
cette partie du
monde ne t'intéres-
sait plus du tout.
Et pourtant il y a
là-bas quelque part,
d'abord ton excel-
lente mère, que j'ai
été saluer à Ver-
sailles avant mon
départ, et qui se dis-
posait à partir pour
Nice, ensuite...

— Pour Nice! in-
terrompit Georges.

— Oui, pour
Nice, où je suis
allé moi-même re-
voir nos bons amis les Ramblot.
Ceux-là, tu ne les a pas oubliés, j'espère bien ?

Georges eut un « Oh! non! » si
spontané que Paul sourit.

— Il y a aussi, poursuivit le peintre,

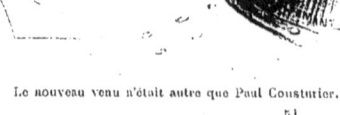

Le nouveau venu n'était autre que Paul Cousturier.

un excellent homme dont j'ai fait la connaissance, qui t'aime comme son fils, et que j'ai vu faisant sa première sortie à la suite d'une grave opération.

— M. d'Anthonay : j'ai reçu par le dernier bateau une lettre de lui.

— Ce n'est pas tout, reprit Paul Cousturier en souriant malicieusement ; il y avait encore là une ravissante enfant à qui jadis j'ai inculqué « les principes du port d'armes », à une époque où elle m'appelait sérieusement « son colonel ». Or j'ai constaté, avant de partir, qu'elle se soucie comme d'une guigne de son ancien « colonel », et qu'en revanche elle pense beaucoup au jeune lieutenant que tu sais.

— Que veux-tu dire ? bégaya Georges.

— Allons, fit Paul, redevenu sérieux, tu ne vas pas me faire croire que tu as oublié cette charmante enfant. Il paraît que, pendant sa maladie, tu l'as soignée toute une semaine comme une vraie sœur de charité. Tu as donc eu le temps de t'apercevoir que la jolie fillette d'autrefois est devenue une ravissante jeune fille, blonde comme les blés, et dont les yeux font rêver à un coin du ciel.

— Blonde ! fit vivement le jeune officier ; c'est de Mlle Lucie Ramblot que tu parles... Mais... elle est mariée...

Il prononça ce mot d'une voix étranglée.

— Lucie mariée ? s'exclama Paul. Ah ça, d'où sors-tu ? C'est Henriette qui est mariée !

— Henriette, mais non ? Ce n'est pas possible... Le docteur civil qui a soigné Lucie, mourante de fièvre au fort de Kita... c'est ce docteur qui l'a épousée...

— Pas du tout ; il a épousé Henriette, avec laquelle il avait fait le voyage de Saint-Louis à Kita... Où as-tu vu qu'il avait épousé sa malade.

— Où j'ai vu cela ? murmura Georges...

Et il fut littéralement abasourdi par cette question.

Au fait, où avait-il vu cela ?

Il n'en savait plus rien.

Comment cette méprise avait-elle pu s'emparer de son esprit et s'y incruster à ce point ? Il rassembla ses souvenirs : le lieutenant Flandin lui avait écrit : « En épousant Mlle Ramblot, le docteur épouse un gros sac d'écus. » Mais en effet il n'avait pas nommé la jeune fille, et c'était lui, Georges, qui, ne pouvant s'imaginer qu'il pût être question d'Henriette, s'était mis dans la tête qu'il s'agissait de Lucie, la malade, sauvée par ce médecin... Épouser son sauveur, c'était si naturel !

Mais comment cette méprise avait-elle pu durer aussi longtemps ?

D'abord, à cause de la perte de la lettre de M. Ramblot, qui annonçait ce mariage, et qui eût détrompé immédiatement le jeune homme ; ensuite, parce que, dans les lettres suivantes, dont la rareté s'expliquait par la rareté même des lettres de Georges, M. Ramblot transmettait toujours ensemble les souvenirs et sympathies de ses deux filles. Le digne homme en effet ignorait absolument les sentiments de Georges, et Lucie, les ignorant comme lui, avait gardé son secret jusqu'au jour où, devant Paul, parlant d'aller au Tonkin, elle s'était trahie.

— Alors, reprit Paul, lorsqu'il eut fait comprendre sans ambages à son ami qu'un petit cœur battait pour lui en France, tu saisis maintenant que je n'ai pas hésité à m'embarquer, promettant à tout le monde de te ramener. Il faut te dire aussi que, depuis ton départ, j'ai été sacré peintre par une troisième médaille au Salon...

Georges, tout à ses pensées, n'avait apporté aucune attention à la nouvelle que lui donnait son ami ; il fallut que Paul réitérât.

— Une troisième médaille, entends-tu, toi qui me traitait jadis de barbouilleur d'enseignes !

— Peste ! fit Georges, une médaille ! mes compliments ; pourquoi ne m'as-tu pas écrit ça ! Moi qui croyais que tu étais adonné pour toujours à la caricature et aux journaux illustrés.

— C'est que tu ne connais pas ma belle passion pour l'Orient, pour ses beaux ciels, ses minarets, ses oasis, ses blancs éclatants, ses horizons violets, ses couchers de soleil incomparables... Je suis devenu un orientaliste de la dernière école, et, pour enfoncer les confrères, qui font tout au plus un voyage en Grèce ou en Égypte, de loin en loin, je me suis dit : « Le Tonkin, c'est l'Extrême-Orient. — Je vais donc être un extrême-orientaliste, rapporter des croquis de jaunes... Jaune sur bleu, mon cher, voilà la mode aujourd'hui. »

Georges sourit de la faconde de son ami : Paul n'avait pas changé ; sa verve ancienne s'était tournée vers la peinture, mais c'était toujours bien le cœur chaud, prompt à l'enthousiasme, d'autrefois.

Cependant, comme le jeune officier venait de lui demander des nouvelles de son père, de l'oncle Henri, de tous ceux près desquels il avait vécu quelques semaines pendant l'année terrible, le sourire disparut aussitôt sur les lèvres du peintre.

Depuis quelques années il était presque seul : mort, le père, le vaillant médecin militaire qui avait ruiné sa santé dans les ambulances du 18ᵉ Corps en 1870 ; morte aussi sa bonne et excellente maman ; morte aussi, quelques mois après, la pauvre Jeannette Balourdin, la vieille gouvernante qu'il avait si souvent jadis effrayée par ses imprudentes espiègleries ; et c'était une des raisons pour lesquelles l'ami de Georges avait essayé de tromper sa solitude en cherchant des émotions de voyage. Quant à l'oncle Henri Cousturier, dont les semonces et les taloches n'avaient autrefois aucune prise sur le petit diable qu'était Paul, il vivait toujours ; vieilli, certes ! mais l'air jeune quand même, et dans les honneurs ! Il était en effet officier de l'instruction publique et maire de sa petite commune en Seine-et-Oise.

Quand Georges, à son tour, annonça qu'il s'était décidé à demander un congé de six mois, le peintre applaudit ; mais quand ce dernier entendit son ami ajouter que ce congé allait commencer tout de suite et que tous deux allaient se rembarquer sur l'Oxus quatre jours après, il ne put dissimuler une grimace, indice de grave déception.

— Dame ! expliqua-t-il, j'avais compté passer avec toi ici au moins une quinzaine... le temps de rapporter quelques esquisses ; tandis qu'en quatre jours... j'aurai à peine le temps de coucher sur la toile ces rochers basaltiques, cette baie splendide... Et puis, je te l'avoue, tirer tout de suite quatre-vingts jours de mer, comme ça, sans interruption...

— En quatre jours, tu vas pouvoir te reposer, et j'aurai toujours le temps de te montrer Hanoï, notre capitale, reprit Georges, qui maintenant ne voulait plus entendre parler d'ajourner son départ.

Mais au moment où tous deux, le soir même, franchissaient la porte de la citadelle d'Hanoï, Pépin apparut les traits bouleversés, et Georges qui le savait de nature peu impressionnable l'interrogea anxieusement.

— Ce qu'il y a, mon lieutenant, il y a que nous ne partons plus !

— Qu'est-ce que tu me chantes-là ? Le général s'est ravisé ?

— Toutes les permissions sont supprimées : les Chinois nous arrivent dessus au galop, à ce qu'il paraît.

Le général de Négrier avait fait le coup de feu comme un soldat.

— Les Chinois! A Hanoï! c'est de la démence. Tout était tranquille ici et on ne parlait de rien hier soir.

— Des dépêches sont arrivées : le général de Négrier vient d'être tué; sa brigade démolie; cent mille Chinois dévalent de Lang-Son.

— Le général de Négrier tué! C'est cela qui serait un désastre! fit Georges Cardignac devenu soudain très pâle.

Et, laissant là Paul Cousturier, il se précipita à l'État-Major.

Une grande émotion y régnait. Les nouvelles étaient des plus inquiétantes en effet : la brigade Négrier, laissée seule à Lang-Son, pendant que la brigade Giovaninelli se hâtait vers Tuyen-Quan, avait subi un véritable désastre.

Après s'être emparée de la porte de Chine, elle avait été accablée par l'armée du Kouang-Si : 60.000 Chinois avaient entouré les 1.500 Français valides qui restaient debout dans cette brigade, et le courage avait dû céder au nombre. Lang-Son venait d'être évacué, et l'armée française en déroute battait en retraite sur le Delta, poussée, l'épée dans les reins, par les Chinois victorieux.

— Et le général de Négrier? demanda Georges.

— Il est blessé d'une balle à la poitrine ; mais la dépêche ajoute qu'on espère le sauver.

Le jeune officier respira; avec tous ceux qui connaissaient le vaillant général, il estimait qu'à lui seul, il valait plusieurs milliers d'hommes, tant son nom imposait aux Chinois, et que rien n'était perdu s'il survivait.

Mais une grande agitation régnait dans la ville. Les Annamites cachaient à peine leur joie; les Français étaient atterrés.

— Eh bien, dit Georges à son ami Paul, lorsqu'il le retrouva, tes vœux sont exaucés, car Pépin avait raison : nous ne partons plus.

— Plus du tout!

— Tant que la situation ne sera pas rétablie, tout au moins; il est bien certain que le moment de quitter le Tonkin n'est pas celui où les Chinois menacent de nous en faire partir en nous jetant à l'eau.

Et Paul Cousturier fit une nouvelle grimace, car l'alternative qui s'ouvrait de ne plus partir du tout ne lui souriait pas plus que celle de partir tout de suite. Mais le goût du petit batailleur de jadis pour les aventures domina bien vite les préoccupations de l'artiste.

D'ailleurs le bataillon de Georges venait de recevoir l'ordre de se mettre en marche. Le général Brière de l'Isle emmenait vers Lang-Son toutes les forces dont il pouvait disposer, pour réparer le désastre et empêcher l'envahissement du Delta.

Le matin même, Georges était prêt à partir pour la France : en moins d'une heure sa cantine fut refaite et il se trouva prêt à repartir pour la Chine.

La vie de l'officier est émaillée de ces imprévus-là.

— Et toi, qu'est-ce que tu vas faire en m'attendant? demanda-t-il à Paul Cousturier.

— Moi? Mais tu penses bien que je ne vais pas moisir dans cette capitale où les indigènes nous regardent de travers et nous souhaitent un tas de vilaines choses. Je pars avec toi, par là-bas, du côté de la Chine.

— Tu veux suivre la colonne?

— Ma foi, oui; tu connais le général Brière de l'Isle : tu peux bien lui demander l'autorisation, pour un peintre, de suivre les opérations. On autorise bien les journalistes : tu lui parleras de ma troisième médaille.

— Ah! tu crois cela! Eh bien, si je veux être secoué, je n'ai qu'à aller le trouver en ce moment pour lui demander ça; mais tu ne réfléchis donc pas qu'il doit être comme un crin, mon pauvre Paul! Songe donc, là-bas, à Paris, on voulait une victoire à la veille des élections. Elle avait été ordonnée à échéance fixe; elle était attendue, escomptée, et voilà que c'est le contraire qui leur arrive! Le ministère est capable de sauter (1) et le pauvre général Brière de l'Isle va être le bouc émissaire de la situation.

— Mais on ne peut s'en prendre à lui, puisqu'il était occupé à débloquer Tuyen-Quan.

— On ne peut pas s'en prendre non plus au général de Négrier, puisqu'il est blessé : mais sois tranquille, on trouvera un bouc; en France, quand ça va mal, on ne peut pas s'en passer (2).

— Dans tous les cas, moi, je te suis. Voilà! c'est décidé! Comment appelles-tu ces indigènes qui portent les bagages?

— Des coolies.

(1) Il sauta en effet.
(2) On le trouva dans la personne du lieutenant-colonel Herbinger, qu'un conseil d'enquête innocenta à son retour en France, mais que la douleur tua quelques mois après.

— Combien les paye-t-on?

— Six à sept piastres par mois : vingt-cinq à trente francs, si tu aimes mieux.

— Parfait! mes moyens me permettent de m'en offrir deux : je te demande seulement de me les procurer, car il me serait bien impossible de les trouver moi-même, et si l'un d'eux parle un peu français, ça ne fera pas de mal.

— Mais où et comment mangeras-tu?

— Je vais me munir de conserves : je n'aurai ainsi aucune cuisine à faire.

— Et où coucheras-tu?

— J'achète une tente, parbleu!... Et puis, sois tranquille, je l'apprivoiserai, moi, ton général. Quand je lui aurai offert une petite pochade dans laquelle je l'introduirai en une pose heureusement étudiée, il m'attachera à son état-major. Laisse faire... dans six mois je mettrai sur mes cartes : « Peintre du corps expéditionnaire du Tonkin. » Tous les Orientalistes en crèveront de dépit.

Le soir même, Paul Cousturier, flanqué de deux coolies qu'il ne perdait d'ailleurs pas de vue, car il leur trouvait des faces patibulaires, cheminait derrière les marsouins.

Quand on arriva aux Sept-Pagodes, des nouvelles plus rassurantes arrivèrent du théâtre des opérations.

Il y avait eu retraite, il est vrai; mais il n'y avait pas eu poursuite.

Exténués par les nombreux combats livrés aux environs de Lang-Son pour « donner de l'air » à cette place et refouler les Chinois au-delà de la frontière, les soldats du général de Négrier n'étaient plus que mille, lorsque, le 23, leur chef les avait lancés contre les Célestes qui débordaient de partout.

Mais après avoir enlevé une première, puis une seconde, puis une troisième ligne de retranchements — car les Chinois, je vous l'ai dit, sont de grands remueurs de terre — ils avaient été submergés dans la masse.

Partis neuf cent vingt-cinq, le 22 mars, ils n'étaient plus que cinq cent soixante-quinze le 24. Même avec un Négrier à leur tête, cinq cent soixante-quinze Français ne pouvaient venir à bout d'une armée.

Il avait donc fallu reculer sur Lang-Son. Le général, qui avait fait le coup de feu comme un soldat et n'avait cessé d'étonner les plus braves, avait marché le dernier, à l'arrière-garde, s'assurant que personne ne restait derrière lui, et, sous un feu épouvantable, il avait réussi à faire enlever tous ses blessés.

Car on savait trop quel sort leur réservaient les barbares qui suivaient.

Aussi la panique, la redoutable panique, celle qui transforme en bandes affolées les meilleures troupes, n'avait pas été bien loin, et c'est ici que se place un trait qui vous prouvera, mes enfants, ce que peut un chef sur ses soldats, dans les moments critiques, lorsqu'il est aimé d'eux.

C'était à l'heure où le dernier assaut nous avait coûté si cher, à Cua-Aï, à la Porte de Chine.

Les hommes, exténués de fatigue, mourant de faim et affectés par la disparition de tant de leurs camarades, s'étaient laissés tomber dans la boue, incapables, semblait-il, d'un nouvel effort.

Les pauvres diables se plaignaient avec des gémissements, pareils à ces murmures dont le bruit peut perdre une armée.

Le général de Négrier entendit et s'approcha : il était pâle.

— Silence! cria-t-il.

Sa voix vibrait étrangement. Le silence se fit solennel et les hommes se redressèrent, respectueux et repris.

On aurait dans cette ombre entendu une mouche.

C'était poignant et très beau.

— Soldats! continua le général, on ne doit entendre ici que la voix de vos officiers. C'est surtout à de pareilles heures, qu'ayant montré votre bravoure, vous devez montrer votre discipline... Voici l'ordre de marche : la brigade va rentrer à Dong-Dang!

Sans un mot, les hommes se remirent en route, émus et tellement subjugués qu'ils retenaient leur fourreau de sabre et leur bidon pour ne pas faire de bruit.(1).

Le lendemain la colonne s'était retrouvée à Lang-Son, et, des renforts ayant rejoint, son effectif était remonté à trois mille cinq cents hommes. La journée du 26 ayant été calme, on en avait profité pour évacuer tous les blessés sur Chu, et, le 27, on s'était reformé. Le 28, les Chinois avaient attaqué, disposés en forme de V, non pas comme Bugeaud à la bataille de l'Isly, avec la pointe du V en avant; mais au contraire avec ses deux branches

_____

(1) Extrait de la lettre d'un officier, témoin oculaire.

s'ouvrant sur Lang-Son, pour dépasser la place et se refermer derrière elle.

Pendant toute la journée la brigade avait tenu tête et vaillamment : des milliers de Chinois avaient été balayés par la mitraille, et la journée s'annonçait comme une brillante revanche de celle du 24, lorsque, à trois heures de l'après-midi, le général de Négrier, s'étant exposé suivant son habitude, avait reçu une balle à la poitrine.

La blessure n'était pas grave heureusement : la balle s'était amortie contre un carnet qu'elle avait traversé; mais le général, transporté à l'ambulance, n'en devait pas moins abandonner le commandement, et comme, seul, à cette heure difficile, il soutenait le moral de tous, que la fatigue était extrême et les Chinois de plus en plus nombreux, l'ordre était venu de battre en retraite.

Lang-Son évacué, la brigade avait reculé successivement sur Than-Moï et Dong-Son, puis sur Chu et sur Kep.

Ce fut là que le général Brière de l'Isle et le général Giovaninelli la rejoignirent, précédant, sur la canonnière le *Moulun*, les renforts qui arrivaient à marche forcée.

Paul Cousturier avait suivi bravement le bataillon de marsouins dont faisait partie Georges Cardignac. Les officiers l'avaient bien regardé de travers le premier jour, se demandant s'ils n'avaient pas affaire à un nouveau Kolwitz, dont l'histoire était maintenant connue de tous; mais Georges l'avait présenté à ses camarades et à ses chefs le soir même, à l'arrivée au bivouac, et la belle humeur, l'inaltérable confiance et le talent de l'artiste lui avaient acquis aussitôt droit de cité au bataillon. Non seulement il n'avait pas eu à s'occuper de cuisine, mais il avait été tout de suite invité à la popote de la compagnie Bauche, qui était celle de Georges, et il s'apprêtait à prendre des croquis de batailles, ce qui n'était pas ordinaire, lorsqu'une nouvelle aussi inattendue que celle de la retraite de Lang-Son parvint au quartier général.

La paix venait d'être conclue avec la Chine.

Ce traité de Tien-Tsin, qu'elle avait violé en attaquant traîtreusement nos troupes à Bac-Lé, et sur lequel elle ergotait depuis dix mois avec toute l'astuce dont Li-Hung-Chang était capable, elle l'acceptait à présent.

Mais personne au camp n'ajouta foi à cette nouvelle, transmise officiellement cependant de Paris.

— C'est que le Tsung-li-Yamen (1) ignore l'affaire de Lang-Son, déclara le capitaine Bauche le soir, à la popote; quand il sera renseigné, il rompra tous les pourparlers et ça recommencera de plus belle. Avec l'habitude qu'ont les Célestes de s'asseoir sur les traités qui les gênent, nous pouvons nous préparer...

De fait on se prépara, et pourtant c'était vrai : la paix était réellement signée. La Chine connaissait le succès passager qu'elle venait de remporter; mais elle était lasse d'une guerre inutile : son trésor était vide et elle était bien sûre que la France, désireuse de venger ce recul, allait, suivant les demandes réitérées de l'Amiral Courbet, lui porter des coups au cœur, c'est-à-dire dans le voisinage immédiat de Pékin.

Quand on dut se rendre à l'évidence, qui fut le plus désappointé? Ce fut encore Paul Cousturier.

Il avait rêvé d'un tableau formidable; des masses chinoises emplissant toute la toile, hérissées de piques et de bannières multicolores; au premier plan, de gros mandarins vêtus de soie jaune; le tout s'enfuyant à corps perdu vers la Porte de Chine et sa pagode éventrée. Au-dessus de cette multitude grouillante, s'entassant pour passer dans l'étroite ouverture, des obus éclatant auraient seuls décelé la présence des Français; peut-être aurait-il consenti à mettre dans un coin une tête de marsouin, une seule, afin de transmettre à la postérité les traits de son ami Georges; mais il hésitait. Combien plus original serait ce tableau de bataille où n'apparaîtraient que les vaincus, et où les vainqueurs se devineraient, s'approcheraient sans qu'on les vit autrement que par les yeux de l'imagination. Une trouvaille quoi!

— Je connais mieux que cela pourtant, dit Georges quand son ami lui eut fait part de sa conception.

— Vraiment.

— Oui, je connais un tableau dans lequel l'artiste a dépensé encore plus d'imagination que toi : c'est celui de la poursuite des Hébreux par les Égyptiens à travers la mer Rouge.

— Eh bien?

— Eh bien le peintre a choisi le moment où les Hébreux sont déjà passés et où les Égyptiens ne sont pas encore arrivés : alors, on ne voit personne.

(1) Grand Conseil qui s'occupe des affaires extérieures de l'État chinois. Ce terme correspond à celui de « Quai d'Orsay » employé en France.

— Mais la mer?

— On ne la voit pas non plus puisqu'elle s'est retirée aussi...

— Tu te payes ma tête, fit Paul en riant; mais c'est égal : avoue que je manque une occasion incompa-rable ; un tableau de bataille dont les croquis eussent été pris pendant l'action, c'était l'acqui-sition obligatoire par l'État, l'exposition au Ministère de la Guerre, l'admission au Luxem-bourg peut-être?...

— Allons, Perrette, conclut Georges, ton pot au lait est cassé et tu continues à rêver?... Pensons plutôt à notre départ pour la France : sais-tu bien que nous pouvons être embarqués dans quinze jours?

— Parbleu! je vois bien que tu ne demandes que cela, toi! Tu as pris pour point de direc-tion deux jolis yeux bleus, et le reste t'est bien égal.

Paul Cousturier avait raison, mes enfants; à cette heure, une véri-table nostalgie s'était emparée du « petit mar-souin » et je crois bien que, si les Chinois avaient repris les armes, il les eût maudits tout haut.

Tous ces braves pleuraient comme des enfants.

Il y a temps pour tout, n'est-il pas vrai, et après cinq ans de colonies, de traversées, de marches et de combats presque ininterrompus, Georges

Cardignac avait bien un peu le droit de penser à son bonheur à lui et d'essayer de le saisir à l'heure où il s'offrait.

Et pourtant c'était l'artiste que le sort allait favoriser, non en lui fournissant matière à un tableau de bataille — la guerre du Tonkin était close, bien close — mais en lui donnant l'occasion unique de faire, d'après nature, le tableau le plus émouvant qu'il eût rêvé.

Vous allez savoir lequel.

Ce ne fut pas quinze jours, mais deux mois qui s'écoulèrent entre la fin des hostilités et la signature de la permission de Georges Cardignac. Craignant toujours un retour offensif et une trahison des Célestes, le général Brière de l'Isle n'avait voulu laisser partir aucun officier valide, avant l'arrivée du nouveau général en chef et des renforts qu'il amenait.

Plus heureux que Georges, parce qu'il était rapatrié à titre de convalescence, Andrit avait pris le bateau de la quinzaine précédente.

Le général de Courcy venait d'être nommé commandant en chef du corps expéditionnaire.

Il arriva à Hanoï le 9 juin, avec le général Warnet, son chef d'état-major, et le général Jamont, commandant l'artillerie du Tonkin.

Or, deux jours après, le 11 juin, on apprenait la nouvelle de la mort de l'amiral Courbet.

Le vaillant homme de guerre, qui avait porté à la Chine les coups les plus sensibles, le marin qui avait su se faire adorer du plus humble de ses matelots, venait de succomber, à bord du *Bayard*, le vaisseau qu'il avait conduit si brillamment au feu.

Ce jour-là, 11 juin, à cinq heures, il donnait encore des ordres; à neuf heures, terrassé par la dysenterie, il expirait dans sa cabine, entouré de tous ses capitaines, et, en même temps que les bâtiments des escadres avaient mis leur pavillon en berne, une douleur inexprimable s'était emparée des officiers et des équipages.

Les marins sollicitèrent la faveur de contempler une dernière fois les traits de leur glorieux chef. Lorsque le corps eut été embaumé et placé sur sa couchette de campagne, ils furent admis à défiler devant lui.

Et ces braves gens qui, pendant la campagne, avaient tant de fois, sans frémir, vu la mort de près, pleuraient tous comme des enfants : « On n'entendait que des sanglots, on ne voyait que des larmes, et *le Bayard* était devenu comme un immense cercueil autour duquel on ne parlait que tout bas. » (1)

Le Gouvernement décida que la dépouille de l'Amiral Courbet serait ramenée en France aux frais de l'État, sur le vaisseau qui avait, pendant les longs mois de cette dure campagne, porté son pavillon.

Le cuirassé quitta Shanghaï pour Toulon.

Quelques jours après, Georges Cardignac, enfin nanti de sa permission, Paul Cousturier, dont l'album s'était, pendant ces trois mois de répit, couvert d'esquisses orientales, enfin Pépin qui, lui, était rapatrié définitivement, prenaient tous trois passage sur *le Tarn*, qui, indépendamment d'un nombre respectable de permissionnaires, emmenait de nombreux blessés, à destination de Marseille.

Il est à peine utile d'ajouter que Mohiloff, l'ombre inséparable de Georges, était également parmi les passagers. De tous ceux qui étaient là, il était le seul qui ne rapportât rien, et il faut bien avouer qu'il était le dernier à y songer. Pour cette nature calme et fataliste que remplissait seul le besoin d'affection et de dévouement à son jeune maître, un galon n'avait pas grande valeur.

Georges d'ailleurs n'avait pu le faire nommer à la première classe, car le règlement interdit à un officier de prendre comme ordonnanee un soldat de première classe, et, en acceptant ce premier galon, il eût fallu que le « petit Russe » résignât son emploi. Or cet emploi était la seule raison de sa présence aux marsouins. Il s'était battu bravement, mais sans emballement, et il lui était arrivé souvent de regarder avec étonnement ces soldats français (si différents de ses compatriotes) qui ne pouvaient marcher sans chanter, attaquer sans courir et se battre sans avoir aux lèvres le mot pour rire.

Le 12 août, après une traversée marquée seulement par les chaleurs intolérables de la mer Rouge, le transport franchit le canal de Suez.

Au moment où il débouchait des lacs Amers, le bruit de détonations lointaines parvint aux oreilles des passagers.

— Qu'y a-t-il de nouveau? fit Georges, se souvenant du bombardement d'Alexandrie. Est-ce que John Bull ferait encore des siennes par ici?

Mais l'hypothèse d'un bombardement ou d'une action de guerre quel-

(1) Récit d'un officier.

conque fut rapidement abandonnée à bord du bâtiment, car les coups de canon s'espaçaient régulièrement. Quand *le Tarn* arriva à Port-Saïd, point ne fut besoin d'explication pour comprendre ce qui se passait.

Le Bayard qui avait marché à vitesse ralentie, comme s'il eût craint de réveiller par la trépidation de son hélice le grand mort qu'il portait, *le Bayard* venait d'entrer en rade de Port-Saïd. *Le Seignelay*, venu exprès d'Alexandrie pour rendre les honneurs à la dépouille de l'amiral Courbet, et le stationnaire égyptien, suivant le même cérémonial, faisaient alterner leurs coups de canon; les bâtiments de guerre et de commerce présents en rade, les consulats français et étrangers avaient mis leurs pavillons en berne, et *le Bayard*, ses vergues en pantenne, jetait l'ancre derrière la jetée.

— Si seulement *le Tarn* pouvait s'arrêter ici en même temps, fit le peintre qui paraissait soucieux.

Une heure après, le vœu de l'artiste était exaucé : *le Tarn* jetait l'ancre à son tour, et, sans mot dire, Paul Cousturier, sautant dans une des nombreuses barques qui, venues du quai, entouraient le transport, se fit conduire à terre.

Quand il revint à bord, deux heures après, il brandissait triomphalement un papier et ne laissa pas à Georges le temps de parler.

— Va fermer ta cantine, et plus vite que ça! lui dit-il : nous embarquons sur *le Bayard* pour le restant de la traversée.

— Tous les deux? s'exclama Georges.

— Tous les deux, bien sûr. Est-ce que j'aurais intrigué pour moi tout seul, voyons?

— Mais avec quelle autorisation?

— Avec l'autorisation du capitaine de vaisseau, chef d'état-major de l'Amiral, le capitaine de Maigret; mais comme je ne le connais pas, ni toi non plus probablement, j'ai eu recours à un intermédiaire que je connais, M. Saint-René Taillandier, chargé d'affaires de France en Égypte. C'est un aimable homme : il était justement à bord du *Bayard* et a fait la démarche immédiatement.

— Mais encore, quelle raison as-tu pu donner?

— Ma troisième médaille, parbleu! Tu t'imagines que ça ne sert à rien, toi, ces choses-là! Tu vois que ça ouvre quelquefois de belles portes. Gracieusement, bien entendu, j'ai offert d'exécuter, pour le « carré » du *Bayard*, un

Paul Cousturier, profondément ému, se mit à l'œuvre.

tableau de la chapelle ardente pendant les six ou sept jours qui nous séparent de Toulon; c'est à ce titre qu'on m'accepte, et toi par dessus le marché.

— Et Pépin? et Mohiloff?

— Ni Pépin, ni Mohiloff ne sont compris dans l'arrangement : on ne peut pas penser à tout; et puis, tu sais, qui trop embrasse... Mais écoute, il vaut mieux qu'ils prennent l'avance : *le Tarn* va précéder *le Bayard* de vingt-quatre heures : inutile donc d'envoyer des dépêches à tous ceux qui nous attendent à Marseille. Pépin et Mohiloff vont faire office de fourriers : ils se trouveront là pour donner les premières nouvelles, narrer notre transbordement et diriger toute la smala sur Toulon; car c'est une vraie smala que tu vas trouver au débarcadère.

— Tu arranges tout à merveille; j'ai eu un instant la même idée que toi; monter sur *le Bayard*, c'était tentant, mais jamais je n'aurais eu le...

Et comme Georges cherchait son mot :

— Tu veux dire le toupet,... vas-y donc et ne te gêne pas : les artistes ont généralement une certaine dose d'aplomb, et je me sens, en ce moment, avec ce tableau en perspective, artiste jusqu'au bout des ongles.

Quelques heures après cette conversation, un canot conduisait les deux jeunes gens à bord du *Bayard*; et lorsqu'ils arrivèrent à la coupée, le sourire disparut de leurs lèvres comme par enchantement.

Car tout sur le pont du vaisseau, invitait au recueillement.

On n'y entendait aucun bruit : tous les marins y étaient en grande tenue, et les officiers du bord, un crêpe à l'épée, portaient le deuil sur leur visage.

Le cercueil avait été déposé sur la dunette, au pied d'un canon de 19 centimètres, et déjà, avant que les Français de France eussent pu envoyer une fleur à leur illustre compatriote, des couronnes, arrivées des colonies les plus lointaines, l'entouraient des regrets unanimes des Français d'outre-mer.

Un vaste pavillon tricolore enveloppait le cercueil, et, devant ce tableau d'une simplicité et d'une grandeur incomparables, Paul Cousturier, profondément ému, se mit à l'œuvre.

CHAPITRE XIV

Lorsque *le Bayard* passa par le travers de la Sicile, c'était un dimanche : la messe fut célébrée solennellement à bord, comme il est d'usage dans la marine où le contact permanent du danger et la vision toujours debout de la mort, ont conservé intact, au milieu du scepticisme moderne, le culte de ce Dieu des Armées qui est aussi le Dieu des Tempêtes.

L'autel avait été dressé dans la batterie, près des canons dont les aciers polis reflétaient la lumière des cierges, et c'était un décor imposant à cet autel très simple, que ces pièces énormes, messagères de mort, tendant par les sabords, vers le lointain horizon de la mer, leurs volées étincelantes.

L'équipage tout entier était massé debout dans la batterie, et une garde en armes, commandée par un aspirant, rangée à droite et à gauche de l'autel.

L'aumônier parut : c'était un homme jeune encore, mais dont la maladie avait courbé la haute taille et dont les souffrances avaient blanchi la longue barbe de missionnaire.

Depuis le départ de Suez, Georges Cardignac l'avait entrevu se promenant, son bréviaire à la main, sur le gaillard d'arrière; car l'aumônier, à bord, est à la table du commandant, c'est-à-dire un peu isolé des carrés d'officiers, où les conversations bruyantes et libres détonneraient avec son caractère : mais ce jour-là, au moment où, les bras étendus et tourné vers l'équipage, il laissa tomber sur cette assistance recueillie les premiers mots de prière, le jeune officier sentit, en le voyant, son cœur s'arrêter.

Où avait-il rencontré ce regard doux et lumineux qui semblait détaché des choses de la terre? Sur quel front avait-il lu cette gravité sereine et cet air de noblesse? il ne se rappelait pourtant point avoir jamais vu cet homme courbé, dont le visage émacié avait des tons d'ivoire et qui semblait revenir des contrées lointaines où éclosent les derniers martyrs...

Soudain, lorsqu'à l'élévation le prêtre se retourna de nouveau, pendant que la garde mettait le genou en terre, que les tambours battaient et que les clairons sonnaient aux champs, que le pavillon blanc à croix rouge, hissé à la corne d'artimon, interdisait aux canots d'accoster et à tous de troubler le silence, le souvenir, un souvenir vieux de quinze ans, mais toujours vivace, jaillit dans le cœur de Georges.

Ce prêtre, vieilli depuis 1870 au point d'en être méconnaissable, il l'avait vu sur le champ de bataille de Saint-Privat : c'était l'abbé d'Ormesson.

La messe terminée, Georges s'informa aussitôt.

C'était bien lui.

Depuis un an seulement il était revenu des missions lointaines du centre africain. Comme le Père blanc rencontré au Soudan, il avait été l'un des ouvriers du grand prélat français qui voulait supprimer l'esclavage en Afrique. Avec les « Frères du Sahara », créés par le cardinal Lavigerie, il avait fondé des missions dans l'Ouganda.

Mais l'Angleterre était venue, qui avait réclamé pour ses pasteurs et ses méthodistes cette région nécessaire au passage du chemin de fer transafricain; en même temps qu'elle mitraillait les indigènes, elle avait donc chassé les missions françaises.

L'abbé d'Ormesson avait alors porté sa croix plus loin, vers le Tanganika, le grand lac alors à peine connu, découvert par Burton et exploré par Livingstone.

Mais la fameuse conférence de Berlin, ouverte en 1884, sous la présidence de M. de Bismarck, venait de découper l'Afrique et d'en distribuer les morceaux aux puissances européennes, avides de territoires nouveaux.

Or « l'État libre du Congo », qui venait de naître sous les auspices du roi des Belges, s'étendait jusqu'à la rive occidentale du Tanganika; sur la rive occidentale de ce même lac, un nouvel état venait de surgir, celui de

« l'Est africain allemand ». Au sud enfin c'était le Portugal avec ses territoires de « Mozambique » et « d'Angola », que la Grande-Bretagne allait
d'ailleurs couper en deux, toujours pour rattacher aux sources du Nil la
Zambézia naissante. Nulle part donc, en ces régions arrosées du sang de
nos missionnaires, il n'y avait place pour la France, et, brisé d'ailleurs par
la maladie, l'abbé d'Ormesson était rentré en Europe.

Il n'y était pas resté plus d'un an. A cette âme ardente que dévorait un
incessant besoin de sacrifice, la vie calme d'une paroisse ne pouvait conve-
nir longtemps, et on l'avait envoyé comme aumônier à l'escadre de Chine.
Il y avait vu mourir, il y avait consolé plus d'un des pauvres marins de
France, dont « la grande bleue » devient la tombe, et il venait de voir
périr le plus illustre d'entre eux, l'amiral Courbet, qui l'honorait de son
amitié.

C'est ainsi que le hasard le rapprochait de Georges Cardignac, au moment
où celui-ci ne croyait plus retrouver jamais l'ami d'un instant qui l'avait
assisté sur le champ de bataille de Saint-Privat (1).

— Monsieur l'Aumônier! permettez-moi de me présenter... Il y a si
longtemps! Georges Cardignac!...

Le missionnaire interrompit sa lecture : son regard profond enveloppa
le jeune officier et sa haute taille se courba encore.

— Ah! mon enfant, c'est vous! fit-il en tendant la main au jeune officier.
Que Dieu soit béni! Bien souvent j'ai pensé à vous; j'aurais dû vous écrire,
mais vous écrire sans vous accompagner... là-bas,... c'était réveiller en vous
une grande douleur!... J'y ai renoncé.

— Et maintenant, demanda Georges, d'une voix que l'émotion faisait
trembler, puis-je espérer que vous voudrez bien m'accompagner... là-bas?...

Le prêtre réfléchit un instant :

— Certes, dit-il, j'irai : mais je veux que ce voyage si triste soit, en
même temps, pour vous l'occasion d'une grande consolation... Écoutez-moi :
j'ai connu, dans l'Est-Africain, un officier supérieur allemand, le major
Strélitz, devenu depuis général dans le 16e corps d'armée. Il habite Metz.
J'ai eu l'occasion de lui rendre service dans une circonstance pénible et
difficile, en Afrique. Il s'en souviendra. Par lui, je pourrai sans doute

(1) Voir *Filleuls de Napoléon*.

obtenir un permis du gouvernement allemand... un permis d'exhumation, et nous pourrons ramener votre cher mort en terre française.

— Oh ! Monsieur l'aumônier, si vous pouvez obtenir cela !...

Et Georges, étreint par une inexprimable émotion, fondit en larmes.

— Je l'obtiendrai, reprit l'abbé d'Ormesson : votre douleur me touche trop profondément pour que je ne m'efforce pas de l'adoucir. J'ai souvent pensé à ce calvaire, que, si jeune, vous avez si vaillamment gravi. Je me suis souvent reporté à ce moment où, parmi les morts étendus dans la petite église de Saint-Privat, nous nous agenouillâmes près de celui que vous étiez venu chercher. Je vous revois encore, prenant sa croix et mettant en échange, sur sa poitrine, votre médaille de baptême. J'avais reconnu en vous le sang généreux et l'ardeur bien française de ce soldat tué à l'ennemi, lorsque, vous arrachant à cette grande douleur, vous étiez parti pour combattre, vous aussi.

Vous avez tenu les promesses de votre jeunesse, mon enfant, puisque je vous retrouve officier, revenant de ce Tonkin, pépinière de braves soldats. Aussi, dès que j'aurai accompagné le corps de notre pauvre Amiral jusqu'à Abbeville, sa ville natale, me mettrai-je en campagne pour mener à bien l'œuvre dont je vous parle... Vous n'aurez à vous occuper de rien. J'aurai prévu tous les détails ; je vous écrirai seulement : « Venez .»

En même temps qu'une reconnaissance infinie gonflait le cœur du jeune officier, son âme se dilatait ; ce bonheur qu'il n'espérait plus, venant se joindre à celui qu'il entrevoyait, faisait de son retour en France un voyage béni.

Aussi, lorsque la vigie signala les côtes de Provence, fut-il un des premiers à monter sur le pont pour les apercevoir.

Cinq ans !... Il y avait déjà cinq ans qu'il était parti !

Que de choses vues, d'émotions ressenties, de pays étranges parcourus pendant ces cinq ans, et quelle différence il y avait, mes enfants, entre le cerveau du « petit marsouin » déjà pétri par l'expérience, et celui de l'officier de la même promotion qui avait vécu tranquillement, pendant cette même période, de la vie monotone de garnison ! Combien, à cette heure, riche de souvenirs et le cœur plein de mystérieux espoirs dont l'éloignement avait décuplé la valeur, il s'applaudissait d'avoir choisi l'infanterie de marine.

Et il pensa à ceux de ses camarades qui avaient choisi l'Est pour y monter la faction devant la frontière, et en particulier au grand Rollet, de Thiaucourt, qui devait toujours être à Verdun. Avec quel plaisir il le retrouverait celui-là.

Mais surtout un autre nom lui revint, celui de Zahner : un ami, celui-là, avec qui Georges avait fait sa première traversée, causé d'avenir et échangé les plus affectueuses promesses. Ils s'étaient alors juré de ne pas s'oublier et pourtant l'oubli était venu, car Zahner après son départ du Congo, qu'il avait quitté fiévreux et déprimé par le climat, n'avait plus donné signe de vie. Pendant trois ans, Georges avait ignoré ce qu'il était devenu, puis une lettre de faire-part du régiment lui était parvenue à Hanoï, l'hiver précédent :

Le colonel et les officiers du 1er régiment d'infanterie de marine ont l'honneur de vous faire part de la perte cruelle qu'ils viennent d'éprouver en la personne du

Lieutenant ZAHNER

mort de la fièvre jaune, à Dakar (Sénégal), le 2 septembre 1884.

Il y était donc revenu, le pauvre Alsacien, à ce Sénégal que Georges avait quitté si tristement, et il y avait trouvé l'ennemi le plus redoutable de l'Européen : la fièvre jaune. Son nom allait s'ajouter à ceux des morts de la promotion 1875-77, sur le marbre de la salle des jeux de Saint-Cyr.

Et Ferrus, le petit méridional, parti aux colonies pour essayer de traverser, sans connaître la gêne, les grades à maigre solde : mort lui aussi à la Nouvelle-Calédonie, l'année précédente.

Et Georges s'étonnait de ne pas se sentir plus ému en pensant à eux. C'est que, depuis cinq ans, il avait accoutumé son esprit à cette idée de l'absence éternelle.

La mort au loin, c'est le lot du « marsouin ».

Lisez les lettres de ceux qui sont tombés au champ d'honneur, comme Normand, tué à Lang-Son ; comme Lecerf, frappé d'une balle en plein cœur à N'Sapa, au Soudan, et vous verrez que tous pensent sans effroi à l'échéance toujours attendue.

Combien de « marsouins » allaient manquer à l'appel, au premier banquet de la « Dernière de Wagram » (1).

C'était le revers de la médaille...

Et comme il évoquait tous ces noms déjà lointains, une voix l'appela, celle de Paul Cousturier. Depuis le départ de Suez, c'est à peine si, une heure par jour, le peintre était monté sur le pont, tant son tableau l'absorbait. Chaque soir il le recouvrait soigneusement d'une toile, ne voulant pas le laisser voir incomplet...

Il venait de lui donner la dernière touche en vue des côtes.

— Viens voir, Georges ! et surtout, pas de compliments, je t'en prie, si ça ne te dit rien !...

Quand il fut devant l'œuvre de son ami, Georges Cardignac la regarda quelques instants sans parler...

Puis il saisit la main du peintre et lui dit simplement :

— C'est beau !

— C'est bien ta pensée ?

— Toute ma pensée : c'est vraiment beau, et sais-tu pourquoi ? C'est parce que tu as su entourer ce cercueil des hommes et des attributs que la réalité ne te donnait pas.

— Ce que tu remarques-là, dit le peintre, c'est précisément la différence qui existe entre l'œuvre d'un artiste et la photographie d'un amateur.

— Tout concourt à émouvoir, poursuivit Georges ; ce marin à la figure grave et pensive qu'on sent immobile sous les armes, cet officier recueilli qui, une main sur la culasse de la pièce, regarde tristement le cercueil ; et puis cette inscription en lettres d'or : *Honneur et Patrie*, devise du grand mort, qui domine le tout ! enfin dans le fond, la mer houleuse et le ciel gris s'harmonisant avec la tristesse des êtres,... le pavillon en berne se détachant sur le ciel morne,... tout cela est beau, mon Paul, et n'aurais-tu rapporté que cela de ton voyage... qu'il faudrait t'applaudir de l'avoir entrepris.

— Merci, dit le peintre, je voulais que tu fusses le premier à me donner ton avis, et cet avis, tel que tu viens de me l'exprimer, me procure une joie que tu ne peux connaître, car les artistes seuls éprouvent ça. Mais ce n'est pas tout : sais-tu ce que j'ai en outre rapporté de ce voyage ?... J'y ai trouvé

(1) Nom de la promotion 1875-77. — Chaque année, en décembre, un banquet réunit, au Cercle militaire, ceux de ses membres qui peuvent rallier Paris.

ma voie, oui, ma voie définitive. Finie, la peinture à la guimauve, celle qui se contente de la fidélité dans la reproduction, de la banalité du réalisme quotidien, des natures mortes ou des scènes domestiques. Le vrai peintre

Les matelots débarquèrent
le lourd cercueil.

est celui qui émeut et élève l'âme... C'est le peintre d'histoire, c'est le peintre militaire ! C'est Neuville, c'est Laurens, c'est Detaille. J'ai trouvé ma voie !...

Pendant cette conversation, la terre s'était rapprochée ; mais ce n'était pas la côte de Toulon, et *le Bayard* jeta l'ancre en rade des Salins-d'Hyères, où, rangée en ligne, l'attendait l'escadre de la Méditerranée.

— Quel ennui, murmura Georges, voilà que nous allons être obligés de débarquer ici! Pépin n'a pas prévu cela et personne ne sera prévenu.

— Eh bien! fit Paul, ça va être tout à fait drôle au contraire. On nous attend sur les quais, nous arriverons par le train.

Mais ils se turent, l'amiral Duperré, commandant l'escadre de la Méditerranée, venait de monter à bord.

Il était chargé, par le Gouvernement, de recevoir, à bord du *Bayard*, les restes de l'Amiral, son ami.

« Officiers et marins du *Bayard*, dit-il après avoir salué le cercueil, vous conserverez dans vos cœurs le souvenir du chef qui vous a tant aimés.

« Avoir partagé sa gloire sera votre éternel honneur.

« Tous nous recueillerons pieusement pour les imiter les nobles exemples que nous lègue l'Amiral Courbet. Il n'a jamais eu pour guide que le sentiment du devoir, l'amour de son pays, les intérêts et la gloire de notre chère marine! Lui aussi il fut sans peur et sans reproches. Cher et excellent ami, repose en paix! Adieu! »

A huit heures, *le Bayard* salua Courbet de dix-neuf coups de canon; le corps fut embarqué dans le canot amiral, que prit à la remorque un des canots qui avaient torpillé à Scheipoo la flotte chinoise; un grand nombre d'embarcations formèrent escorte, et toute cette flottille, passant devant la première ligne de l'escadre, entra dans le port Pothuau. Les compagnies de débarquement, groupées en dehors des jetées, portèrent les armes, les tambours battirent aux champs, et, sous la direction d'un officier de *la Couronne*, les matelots débarquèrent le lourd cercueil.

Georges et Paul étaient montés dans le canot portant l'abbé d'Ormesson.

Quand le cortège se mit en marche vers la gare :

— Monsieur l'aumônier, murmura Georges, merci encore... Je vais attendre votre appel.

— Vous n'attendrez pas longtemps, mon enfant : ce soir même j'écrirai à Metz. A bientôt!

Le corps de l'Amiral Courbet ne devant pas s'arrêter à Toulon; la délégation toulonnaise, conduite par l'amiral Krantz, était venue le saluer à Hyères, et pendant que les discours succédaient aux discours, les deux amis montèrent dans un train en partance pour Toulon.

Sur le quai, comme on devait s'y attendre, personne! Georges, nerveux, sortit précipitamment de la gare. Il avait rêvé l'arrivée classique : la rade de Toulon, le quai couvert de monde, les mouchoirs s'agitant; puis, aussitôt *le Bayard* amarré à son « corps mort », un canot les conduisant à terre, et, à mesure qu'ils approchaient, un groupe se détachant des autres : sa mère, ses amis,... elle!...

Au lieu de tout cela, c'était l'arrivée triste et solitaire de ceux que n'attend aucune figure amie.

— Allons du côté du quai, dit Paul; s'ils ont été nous y attendre, ça ne sera pas ordinaire de leur arriver dans le dos.

Mais comme ils débouchaient du boulevard de Strasbourg sur la place de la Liberté, Georges s'arrêta, et, suivant la direction de son regard, Paul Cousturier aperçut, à l'autre extrémité de la place, un groupe se hâtant...

— Ce sont eux, dit Georges, dont le cœur se mit à battre à coups précipités.

— Tu crois? fit le peintre. Qu'est-ce qu'ils feraient du petit nègre qui gambade en avant d'eux?... Un cireur de bottes, sans doute.

— Non, murmura Georges ; c'est Baba...

— Oui, oui, ce sont eux, fit Paul Cousturier : voilà Pépin et Mohiloff qui débouchent... Arrive ici qu'ils ne nous voient pas.

— Mais non, Paul ; voyons...

— Viens ici, dit le peintre : je me suis mis dans l'idée que nous leur arriverions dans le dos; je veux me contenter.

Et entrant dans une des maisons du boulevard, il y attira son ami.

— Ne comprends-tu pas, lui dit-il, qu'il est intéressant, au plus haut point, quand on revient comme toi, le cœur plein, l'âme en fête, de voir, sans qu'ils s'en doutent, ceux que l'on aime, de lire leurs sentiments sur leur figure, de juger de leur impatience à leur empressement... Tiens, je te parie tout ce que tu voudras que c'est Mlle Lucie Ramblot qui est en tête de la troupe, entraînant tout le monde...

Le peintre se trompait : celui qui marchait en tête, c'était Baba, par habitude de précéder les colonnes; mais derrière lui Georges aperçut Lucie Ramblot : elle donnait le bras à Mme Cardignac.

Cette dernière n'avait rien exagéré en écrivant à Georges qu'elle avait les cheveux tout blancs; mais elle était encore droite et alerte, et la jeune fille l'entraînait d'un pas rapide, le teint rose et animé, les yeux brillants. Ses cheveux blonds lui faisaient une auréole qui débordait sous le petit canotier en paille blanche; elle était charmante ainsi. Le regard de Georges allait de l'une à l'autre, pendant que son cœur bondissait dans sa poitrine; elles passèrent à quelques pas de lui et, retenu par son ami, il les laissa passer.

A une certaine distance, M. d'Anthonay marchait, appuyé sur une canne, aux côtés de M. Ramblot, un peu grossi; enfin Pépin et Mohiloff, qui sans doute revenaient du port, fermaient la marche.

Quand ces derniers passèrent à portée, les deux amis sortirent de leur cachette.

Le « petit Russe » s'arrêta sans dire mot, mais il devint très pâle; quant à Pépin, il ne put retenir un cri :

— Elle est forte!... celle-là... Eh bien! tu sais, Mohiloff, toi et moi nous sommes deux emplâtres!

Mais au cri de Pépin, tous s'étaient retournés; Georges s'élança: en deux bonds il fut dans les bras de Mme Cardignac.

— Ah! maman!... maman!...

— Georges! mon Georges!...

Et quand le jeune officier, après les effusions que vous devinez, se tourna vers Lucie Ramblot, pâle et tremblante, le mot « mademoiselle » s'étrangla dans son gosier, et il ne sut que tendre la main. La jeune fille tendit la sienne, Georges la sentit trembler et la garda quelques secondes; leurs âmes se fondirent l'une dans l'autre; sans s'être dit un seul mot, ils s'appartenaient désormais. L'aveu contenu dans ce silence, plein de mystérieuses et troublantes vibrations, était bien le plus éloquent de tous les aveux.

Mais M. Ramblot et M. d'Anthonay arrivèrent à leur tour.

— Ah! mon cher enfant! quelle surprise et quel bonheur!

Il est des scènes de tendresse que la plume ne peut rendre. M. d'Anthonay entraîna tout le monde au « Grand-Hôtel » qui était tout proche; il m'est bien impossible, mes enfants, de vous décrire la joie qui, sous des formes différentes, emplissait tous les cœurs. Georges ne savait à qui répondre; les questions se pressaient sur les lèvres de sa mère, qui s'interrompait à chaque instant pour le presser sur sa poitrine, comme si elle eût craint qu'on vînt de nouveau le lui enlever.

Et au milieu des exclamations, des cris de joie, le jeune officier jetait à la dérobée un regard sur la seule qui ne parlât pas.

Puis il lui fallut subir l'assaut de Baba, dont le vocabulaire ne s'était pas
enrichi sensiblement, mais dont le « Moi content » avait une expression de
sincérité irrésistible.

Et Georges qui ne s'attendait guère à le trouver là et ne pensait plus à

Celui qui marchait en tête, c'était Baba.

lui, apprit que, n'ayant pu suivre la colonne du capitaine Cassaigne à Bammakou, le petit nègre avait accompagné l'exode de la tribu de Barka jusqu'au-delà du Niger et suivi ensuite M. d'Anthonay à Saint-Louis. Là, ne
voyant pas revenir le sergent de marsouins qu'il regardait comme son père
adoptif, il avait accompagné en France le nouveau maître qu'il s'était donné.

Mais lorsque la veille il avait retrouvé, débarquant à Toulon, Pépin en uniforme d'adjudant, il avait manifesté une joie intense et gambadé sur le quai comme un véritable polichinelle. Maintenant il ne le quittait pas plus que son ombre.

Le fils du colonel Cardignac n'était pas d'ailleurs, ce jour-là, au bout de ses surprises; mais la dernière devait lui apporter une des plus douces émotions de sa vie.

Au dîner du soir, au moment où on se mettait à table et où Mme Cardignac embrassait son Georges pour la centième fois, un couple entra dans le salon qu'avait fait réserver au « Grand-Hôtel » M. d'Anthonay, et le jeune officier poussa un cri de joie en reconnaissant son cousin Pierre et sa cousine Margarita.

Pierre Bertigny était en retraite à Versailles depuis l'année précédente; il portait la tenue bourgeoise avec la rosette d'officier, et sa physionomie énergique et franche respirait, ce soir-là, une animation particulière.

Les effusions recommencèrent, pleines de chaudes évocations, car Georges ne pouvait oublier sa fuite, après Sedan, à travers les lignes prussiennes, derrière Pierre Bertigny.

— Je suis un peu en retard pour te souhaiter la bienvenue, dit le lieutenant-colonel; mais au moment où ta mère se mettait en route, j'ai été avisé par un ami que je ferais bien d'aller faire un tour au Ministère de la Marine et que j'y apprendrais quelque chose d'intéressant.

J'ai donc pris seulement le rapide du lendemain : je ne le regrette pas, sais-tu?

En prononçant ces derniers mots, il jeta vers Mme Cardignac un coup d'œil qui mit, sur le visage auréolé de cheveux blancs de l'heureuse mère, un reflet de surprise joyeuse.

— D'ailleurs, poursuivit Pierre en souriant et en tirant de sa poche un petit paquet soigneusement enveloppé, je ne pourrais jamais conserver le secret plus longtemps, et ça ne serait pas la peine d'avoir devancé *l'Officiel* de vingt-quatre heures pour perdre du temps ici. Je voulais attendre au dessert, comme il est d'usage dans les fêtes bien ordonnées : tant pis! ça sera pour le hors-d'œuvre!

Et il tendit à Georges, dont le regard étonné l'interrogeait, une petite boîte en maroquin rouge qu'il venait d'extraire de son enveloppe.

Mais au même instant, il se ravisa :

— Maladroit que je suis, fit-il, comme si ce cadeau-là ne devait pas doubler de prix en passant par une autre main que la mienne!

Il remit la boîte à Mme Cardignac.

Celle-ci la reçut en souriant et, allant prendre par la main Lucie Ramblot qui, silencieuse et doucement émue, se tenait dans un coin du salon:

— Tenez, mon enfant, lui dit-elle, je désire que mon Georges reçoive de vous ce cadeau, le plus précieux de tous ceux qu'on pourrait lui faire en un pareil jour.

Et vous avez déjà deviné, mes enfants, que ce fut une croix de la Légion d'honneur, une croix avec un beau ruban rouge que le jeune lieutenant d'infanterie de marine reçut des mains de la ravissante jeune fille.

Mais ce que vous n'avez peut-être pas prévu, c'est que l'écrin qui la renfermait était assez large pour en contenir deux et qu'à côté de la croix à l'effigie de la République entourée de brillants, s'en trouvait une autre, celle-là très simple, à l'effigie de Napoléon Ier, Empereur, et dans l'anneau de laquelle était passé un ruban si défraîchi qu'il en était devenu rose.

— Georges, murmura Valentine Cardignac: c'est la croix de ton grand-père,... de Jean Tapin. Tu sais comment il l'a gagnée; ton oncle Henri la portait en Crimée le jour de Malakoff où il tomba... En attendant que tu puisses porter la croix d'officier de ton père, celle que tu as recueillie toi-même à Saint-Privat, prends celle-ci,... c'était la relique de notre famille: elle t'appartient.

— Prenez, Monsieur Georges, ajouta tout bas la jeune fille... Je suis bien... bien heureuse!

Et le fils du colonel Cardignac, le petit-fils de Jean Tapin, le cœur gonflé par toutes ces émotions successives, fondit en larmes. Il entendit à peine Pierre Bertigny lui expliquer qu'une promotion venait d'être signée, qu'il avait pu en acquérir la certitude par un ami du Ministère et qu'elle paraîtrait le lendemain à *l'Officiel.*

Il n'entendit pas davantage les félicitations de son ami Paul qui essaya bien, suivant son habitude, de plaisanter un peu, mais qui y renonça vite, gagné à son tour par l'émotion générale.

Qu'elle est belle, mes enfants, cette croix de la Légion d'honneur, lorsque, gagnée par des actes d'héroïsme en face de l'ennemi, comme

55

l'avaient tour à tour gagnée les Cardignac qui s'étaient succédé dans le
cours du siècle, elle devient l'emblème sacré de l'honneur d'une famille
militaire; lorsque les pères la passent ainsi à leurs enfants, avec le souvenir
de leur exemple; enfin lorsqu'elle brille au foyer de vrais Français, comme

Prenez, monsieur Georges...

l'étoile sur laquelle se guideront les
générations suivantes.

Pourquoi faut-il qu'elle ait été souvent prodiguée, quelquefois salie, un
jour même vendue !

— Georges, dit Mme Cardignac, lorsque l'émotion fut un peu calmée;
c'est à ton tour de donner à Lucie un cadeau en échange de celui que tu
viens de recevoir d'elle et j'ai songé à te l'apporter.

— Mais, mère, dit Georges en souriant, comment pouvais-tu être sûre?...

— De tes sentiments, alors que tu ne m'en disais rien dans tes lettres?
C'est bien simple : ton ami Paul, dès qu'il a été fixé par toi-même, à Hanoï,
nous l'a télégraphié.

— Et ça m'a bel et bien coûté huit francs trente le mot, interrompit le
peintre; ce qui n'empêche pas que la dépêche entière, adresse comprise,
n'est revenue qu'à vingt-cinq francs.

— Vingt-cinq francs, fit Georges en souriant... trois mots seulement
pour une dépêche?... Une dépêche qui devait dire tant de choses!

— Oui, trois mots tout juste; et voici ce que j'ai télégraphié à ta mère :
Cardignac — Versailles — Emballé. — C'est de la concision, ça, hein? ou je
ne m'y connais pas! Et de la précision aussi, car tu ne le nieras pas, je t'ai
trouvé sérieusement *emballé*, au point que toi, un amoureux d'aventures, tu
as plus d'une fois maudit le retour offensif des Chinois à Lang-Son, parce
qu'il retardait ton retour en France.

En parlant ainsi, le peintre regardait malicieusement Lucie Ramblot
devenue toute rose, et Georges, pour se donner une contenance, ouvrit les
deux écrins de satin bleu que sa mère venait de lui remettre. Dans l'un
d'eux, tout petit, scintillait une bague, une émeraude superbe entourée de
diamants; dans l'autre un collier de perles d'un orient magnifique.

Et comme le jeune officier, absolument abasourdi à la vue de ces
coûteux bijoux, interrogeait sa mère du regard.

— Tu ne t'imagines pas que ce sont des perles fausses au moins, dit-elle
en souriant.

— Non, certes, mère; seulement...

— Il n'y a que toi, ici, pour ne pas comprendre, interrompit-elle, et
j'éprouve d'ailleurs une vraie fierté à redire tout haut quel est le prix,
quelle est l'origine de ces perles et de ces pierres. Tu m'as envoyé tes
économies, mon Georges, pendant ces cinq ans. Sais-tu à combien elles se
montent?

— Oh! mère!

— Oui, je comprends : tu n'en as pas tenu le compte, mais moi qui les
ai mises religieusement de côté, j'en sais le total : il est de huit mille
trois cents francs.

— Bigre de bigre! souligna Paul Cousturier : je ne connaissais qu'un
sous-lieutenant ayant fait des économies : c'est celui de *la Dame Blanche!*

Ce n'est pas à Paris qu'un officier subalterne pourrait mettre ça de côté,... encore moins un peintre!...

— Mais tu savais bien pourtant, mère,... voulut objecter Georges Cardignac.

— Je sais bien que tu ne prévoyais guère l'emploi que je viens d'en faire. Tu me les destinais; tu voulais m'aider, en bon fils que tu es, m'éviter la gêne. De tout mon cœur, je te remercie, mon enfant; mais la Providence a permis que je n'en eusse plus besoin. Je t'ai laissé continuer tes envois pour te faire la surprise de les retrouver ici; mais sache que la maison Normand a, depuis quatre ans, repris son rang parmi nos chantiers de constructions maritimes, et son rang, c'est le premier!

— C'est vrai, appuya M. Ramblot; la France se décide enfin à se refaire une flotte, et il n'est que temps. Avoir une politique coloniale et ne pas posséder la flotte qui correspond à cette politique, c'est entreprendre une marche sans se préoccuper de ses souliers. Nous nous y mettons un peu tardivement, mais enfin il n'est jamais trop tard pour bien faire, et, si nous continuons avec esprit de suite la réfection de notre flotte, l'Angleterre en crèvera de dépit.

— Sans compter, ajouta M. d'Anthonay, que l'apparition des torpilleurs peut révolutionner la guerre maritime et compenser notre infériorité en gros bâtiments. Or ce sont des torpilleurs, et des torpilleurs admirablement établis, que construit la maison Normand : leur réputation est maintenant européenne, et voilà que le Japon lui-même envoie ses commandes au Havre.

— Tu vois donc, mon Georges, reprit Mme Cardignac, que tes économies ont pu être employées ailleurs, et je n'ai pas cru mieux faire, puisque vous aurez largement le nécessaire, que de les dépenser en superflu.

Puis se tournant vers la jeune fille :

— Et maintenant, mon enfant, lui dit-elle, voici l'heure de prononcer les paroles décisives, celles que vous n'avez encore osé dire ni l'un ni l'autre. Depuis plusieurs années, je connaissais les sentiments de Georges pour vous, et le chagrin qui le minait quand il vous croyait perdue pour lui. Cette fidélité du souvenir vous l'avez conservée, vous aussi, et c'est la meilleure garantie de votre bonheur futur... Lucie, c'est à votre intention que j'ai choisi ces bijoux, celui-ci surtout, fit-elle, en montrant la bague... les acceptez-vous?

Pour toute réponse, la jeune fille se jeta dans les bras de Mme Cardignac, et, l'âme inondée d'une joie très douce, les yeux troubles, Georges Cardignac passa au doigt de Lucie Ramblot l'anneau des fiançailles.

Le 14 août, en rentrant à Versailles, Georges Cardignac trouva une lettre de l'abbé d'Ormesson :

« Venez, disait le missionnaire : j'ai été assez heureux pour réussir plus tôt que je ne l'espérais. Je vous attendrai à la cérémonie funèbre de Mars-la-Tour, le 16. »

Mars-la-Tour! en 1877, à sa sortie de Saint-Cyr, il l'avait fait, ce pèlerinage sacré, et il ne pouvait reporter sa pensée vers ce souvenir d'une intensité de vision extraordinaire sans se sentir remué jusqu'au fond de l'âme.

Lorsqu'il montra à sa mère la dépêche de l'aumônier du *Bayard,* elle pâlit; mais, sans hésitation :

— Je t'accompagne, dit-elle.

— Oh! mère!

Il voulut lui objecter les redoutables émotions de ce voyage; c'était un calvaire pour elle : ces recherches, cette exhumation, il lui faudrait des forces surhumaines pour supporter tout cela!

Mais elle secoua tristement la tête : elle devait être là; et soudain, dans la mémoire de Georges, surgit la vision du tableau de Bettanier, celui qu'il avait si longuement contemplé jadis à Saint-Cyr, avec Andrit. Sur le tableau, elle était là, en longs voiles noirs, la veuve de l'officier français!

Il ne dit plus rien et télégraphia à Andrit qui, on s'en souvient, avait quitté le Tonkin quelques semaines avant lui, de se trouver, le 16, à Mars-la-Tour.

Le soir même, il recevait la réponse suivante :

« J'avais intention faire ce pèlerinage. Combien heureux t'y trouver! »

Le surlendemain, de bonne heure, Mme Cardignac en grand deuil et Georges en uniforme, avec, sur la poitrine et pour la première fois, la croix de la Légion d'honneur, descendirent du train de Verdun à la petite station de Mars-la-Tour. Le jeune homme se mit aussitôt à la recherche de l'abbé d'Ormesson... Il n'était pas encore arrivé : mais, près du presbytère, il rencontra Andrit qui lui sauta au cou, et avec lui, le grand Rollet, de Thiaucourt, maintenant passé au 54ᵉ de ligne.

— C'est la huitième fois déjà, dit ce dernier, que je viens ici, et toujours aussi nombreux sont les annexés qui, pour nous rejoindre, traversent la frontière; la route de Metz est couverte de leurs voitures. Pauvres gens, ils n'oublient pas, eux! Chaque année, nous les reconduisons jusqu'au poteau, comme nous l'avons fait en 1877, et, l'année dernière, l'un d'eux me disait, en me serrant la main une dernière fois : « Notre tombe se referme. »

— Ils oublient peut-être moins vite que nous-mêmes, dit Georges; mais toi, où es-tu en garnison aujourd'hui?

— A Saint-Mihiel, ou plutôt au fort du Camp des Romains, qui en est tout proche. J'ai successivement occupé Toul et toute cette ligne de forts de la Woëvre, Gironville, Liouville, Troyon, qui font face à Metz; mais, je te l'avoue, je commence à la trouver longue, cette garde, montée l'arme au pied, devant la trouée des Vosges. Quand viendra-t-il, le jour de la revanche? voilà quinze ans déjà!...

— Zahner était avec nous en 1877, dit Georges; il repose maintenant bien loin de cette frontière que tu n'as pas voulu quitter.

— Oui, mais du moins il est mort en campagne, c'est-à-dire en soldat, répondit tristement l'officier. Moi, j'ai peur de m'être trompé en choisissant un régiment de l'Est à ma sortie de Saint-Cyr. Si l'attente devait se prolonger encore longtemps, je le regretterais tout à fait; car je songe souvent que j'aurais pu, comme vous deux, avoir au loin une vie d'action, au lieu de me consumer dans cette existence de garnison d'une désolante monotonie. Je commence à me faire l'effet d'une machine qui tournerait à vide...

Le commandant Marin, le vieil officier en retraite qui avait servi de guide à Georges à son premier voyage à Saint-Privat et lui avait montré l'endroit où était tombé le colonel Cardignac, était mort l'année précédente, et ce fut une douloureuse surprise pour notre ami; mais l'abbé Faller, le vaillant curé de Mars-la-Tour, était toujours là. Les trois amis allèrent le saluer, pendant que Mᵐᵉ Cardignac priait à l'église, ornée de drapeaux, et que se formait, devant la mairie, le cortège traditionnel.

Ils entrèrent avec lui au musée qu'il s'occupait de former, recueillant pieusement tous les souvenirs provenant des champs de bataille des 16 et

18 août; portraits de généraux, d'officiers et soldats tués dans ces deux journées; armes françaises, obus, fusils, sabres, épaulettes, aiguillettes, croix de la Légion d'honneur, tableaux et gravures, et le digne curé leur expliqua son rêve : bâtir dans son jardin une vaste salle, où tous ces objets seraient mis en belle place et catalogués, afin qu'avec son église entière-ment restaurée, ses statues, ses plaques commémoratives et son Musée du Souvenir, Mars-la-Tour devint comme le centre patriotique de la Lorraine française.

En sortant du presbytère, Georges pensa : « Aussitôt de retour à Ver-sailles, j'enverrai une belle offrande à ce digne homme pour l'aider à réali-ser son rêve. » Puis il quitta ses deux amis pour retourner à la gare ; c'était l'heure où l'abbé d'Ormesson devait arriver, et il le trouva en effet au milieu de la foule qui, du train de Nancy, débordait dans les rues pavoisées.

— Vous avez apporté un vêtement civil? demanda le missionnaire au jeune officier ; car vous savez bien que, même avec l'autorisation d'exhumation que j'apporte, vous ne pourriez pénétrer sur le territoire annexé, en uniforme.

— J'ai tout ce qu'il faut, et une voiture spéciale, commandée à Verdun par un ami, nous attend au presbytère. A quelle heure faut-il partir ?

— Aussitôt la cérémonie terminée. Je dois être à Abbeville demain matin.

— A une heure, alors?

Et, à partir de ce moment, tout à la pensée de l'acte qui allait s'accom-plir, Georges Cardignac suivit le cortège et assista à la cérémonie comme un corps sans âme. Ce fut à peine s'il entendit appeler les nombreuses déléga-tions dont les drapeaux emplissaient le chœur de la petite église, et s'il remarqua la merveilleuse fanfare du 1er bataillon de chasseurs à pied, venue tout exprès de Verdun pour la première fois. Devant le monument, cepen-dant, il vibra lorsque la voix de l'orateur, M. Mézières, jeta à la foule recueil-lie ces émouvantes paroles :

« Nous vous honorons de toutes les forces de notre souvenir, nobles morts de Gravelotte et de Mars-la-Tour, mais nous ne vous plaignons pas : vous êtes tombés dans l'ivresse du succès, avec la conviction que la France était victorieuse. Vous, du moins, vous n'avez connu ni les souffrances du blocus, ni les humiliations de la captivité. L'immortelle espérance rayonnait sur vos fronts et illuminait vos visages. Parmi ceux qui ont traîné sur les routes leur morne désespoir et langui pendant des mois loin de la terre française, combien ont envié votre sort, combien auraient mieux aimé la mort rapide du champ de bataille que la longue agonie du prisonnier!

« Les combattants du 16 août emportaient dans leur tombe un lambeau de la patrie. Il y a là une douleur dont nous ne pouvons pas, *dont nous ne voulons pas être consolés.*

« Que d'autres se résignent à la prétendue fatalité des événements; que, pour ne pas troubler la quiétude de leur vie, ils détournent leur pensée des sujets douloureux. Pour nous, habitants de la frontière, en face de la blessure saignante, les regrets continuent, toujours plus poignants à mesure que les années s'écoulent! »

A une heure, la voiture à deux chevaux dans laquelle Mme Cardignac, l'abbé d'Ormesson et Georges avaient pris place, une de ces lourdes voitures dont l'arrière est disposé en forme de longue caisse pour le transport des cercueils, franchissait la frontière, sous l'œil soupçonneux des trois gendarmes allemands de service : mais le nombre des pèlerins était tel qu'on ne leur demanda rien.

Andrit n'avait pu accompagner son ami : le permis de l'autorité allemande ne comprenait pas son nom.

— Je vais être de cœur avec toi, dit-il tout bas, comme il y a dix ans, sur le « grand carré »...

Au voyage précédent, le commandant Marin avait montré au jeune officier toutes les étapes des grandes luttes des 16 et 18 août; il en avait presque fait une leçon de tactique militaire ; mais ce jour-là, obsédés par la vision funèbre vers laquelle ils tendaient, ils ne parlèrent point, et le trajet s'effectua au milieu des tombes qui bordaient les routes et les lisières de bois. Nombreux étaient, depuis quinze ans, les monuments commémoratifs élevés par les Allemands : tours, pyramides, lions de granit, statues guerrières, emblèmes de pierre ou de marbre, se dressaient au bord des chemins, pour magnifier les régiments décimés de l'armée victorieuse, et les couronnes de chêne aux couleurs noire, blanche et rouge y attestaient partout que les vainqueurs, eux non plus, n'oubliaient point.

Après Gravelotte, la voiture tourna à gauche, près de la maison où l'empereur Napoléon III avait passé la nuit qui précéda la bataille du 16 août; puis par Verneville et Amanvilliers, elle se dirigea vers Saint-Privat.

Les deux officiers portèrent la main à la visière de leur casquette.

Comme elle approchait de la ferme de Jérusalem, deux officiers allemands en sortirent à cheval et, quand ils furent proches :

— Ils viennent à nous, dit le prêtre ; le général Strelitz m'avait prévenu que nous serions attendus.

La voiture s'arrêta. Les deux officiers portèrent la main à la visière de leur casquette. Celui qui marchait en tête était un homme d'une cinquantaine d'années, à la barbe grisonnante. Il portait une tunique dont le collet, les parements et les passepoils étaient rouge cramoisi ; à ce signe distinctif et aux deux étoiles qui brillaient sur ses pattes d'épaule, Georges reconnut un colonel d'état-major. L'officier qui l'accompagnait, avec sa tunique bleu clair, appartenait aux carabiniers saxons et était du grade de capitaine. Le colonel se présenta et présenta son compagnon.

— Von Schmettau, Oberst !

— Von Kühne, Rittmeister !

Puis en très bon français :

— C'est sans doute à Monsieur l'Aumônier d'Ormesson que j'ai l'honneur de parler ?

Et sur la réponse affirmative du prêtre :

— Alors, Madame est sans doute Madame la Colonelle Cardignac. Veuillez me faire l'honneur de me présenter à elle.

L'abbé d'Ormesson acquiesça ; puis il présenta Georges, car il fallait faire les choses en règle, les deux officiers allemands ayant été délégués par le général Strelitz, pour saluer la veuve du colonel français et se mettre à sa disposition.

Seulement quelle déception pour Georges ! Quelle différence entre cette situation et celle que Georges avait rêvée — celle du tableau ! — la mère et le fils *seuls* devant la tombe ouverte !

Mais on était en terre allemande ! il n'y avait qu'à se soumettre, et le jeune officier refoulait le sanglot qui lui montait à la gorge devant ces deux hommes dont il sentait le regard curieux peser sur lui, lorsque le colonel allemand reprit :

— Madame, nous avons dû remplir le pénible devoir de vous imposer notre présence à votre arrivée ; mais un autre devoir, celui-là, de haute délicatesse, nous dicte maintenant notre attitude : veuillez nous permettre de nous retirer.

La veuve du colonel inclina légèrement la tête derrière son épais voile noir et murmura :

— Merci, monsieur.

— Monsieur l'aumônier, dit encore l'officier allemand, vous trouverez devant l'église de Saint-Privat le personnel qui vous est nécessaire ; il a ordre de se conformer à vos indications, et je vous serais reconnaissant de ne lui offrir aucune rémunération.

Puis, saluant de nouveau, tous deux s'éloignèrent, prirent le trot et disparurent dans la direction d'Amanvilliers.

Quoique douloureusement remué, Georges ne put s'empêcher de reconnaître la parfaite correction de cette attitude, et cette correction vous apprend, mes enfants, qu'il existe entre officiers d'armées différentes, quelquefois même d'armées ennemies, des traditions de *courtoisie* qui, de tout temps, ont été religieusement observées.

Quelques instants après, tous trois entraient dans l'église de Saint-Privat. Nulle trace de la lutte ancienne n'y apparaissait : le temps avait guéri les blessures de la pierre plus aisément qu'il n'avait cicatrisé la douleur des hommes. Prenant sa mère par le bras, Georges la conduisit devant le chœur, à l'endroit où il avait pleuré et prié quinze ans auparavant.

Elle comprit et s'agenouilla près de lui.

— Madame, dit l'abbé d'Ormesson à voix basse au bout de quelques instants,... veuillez nous attendre ici.

— Je veux être présente, supplia-t-elle.

— Je reviendrai vous prendre, le moment venu.

Sur un signe, Georges suivit le prêtre.

— Je n'ai pas voulu qu'il fût enterré dans le cimetière, dit ce dernier, car il eût été exhumé au bout d'un certain nombre d'années et toute recherche fût devenue impossible... Il est à gauche de la route, à la sortie du village, du côté de Montois.

— Et vous êtes sûr de retrouver l'endroit ?

— Comme si c'était hier...

Deux fossoyeurs qui attendaient avec leurs outils, et un fonctionnaire à casquette, portant la cocarde allemande, saluèrent profondément et s'empressèrent de suivre.

Arrivé à la dernière maison, le missionnaire franchit le fossé de la route, compta quatorze pas dans le sens du chemin, puis, perpendiculairement, quatorze autres pas.

— Pour ne pas oublier, quand j'ai choisi cet endroit, dit-il, j'ai pris le nombre des Stations du Chemin de Croix.

Un léger renflement du sol marquait le point où il venait d'aboutir.

— C'est là? demanda Georges d'une voix blanche.

Le prêtre fit un signe affirmatif.

Nulle croix ne marquait l'endroit; mais de toute évidence, il y avait là un tumulus.

Georges s'agenouilla et les fossoyeurs se mirent à creuser.

— Mieux vaut n'aller chercher votre mère qu'au dernier moment, dit le missionnaire à voix basse.

Ma plume se refuse à vous retracer les étapes de cette voie douloureuse, mes enfants : qu'il me suffise de vous dire que Mme Cardignac arriva pour franchir la dernière, la plus angoissante, comme elle l'avait voulu.

Mais lorsque l'aumônier lui dit d'une voix grave :

— Voici, madame, la médaille d'or portant le nom de votre fils et qui ne laisse aucun doute sur l'identité de celui qui est là!...

Elle défaillit et Georges la reçut dans ses bras : pâle comme une morte, elle fut transportée dans la voiture.

Quand elle revint à elle, la tête appuyée sur l'épaule de son fils, elle éclata en sanglots.

— Ne pleure plus, mère, murmura le jeune officier : de là-haut, il doit être content... Désormais il va reposer au milieu de nous...

— Oh oui! c'est ma seule consolation, et elle m'est douce au cœur... Merci à toi, mon enfant, de me l'avoir donnée.

La voiture roulait maintenant sur la route de Sainte-Marie-aux-Chênes, vers Batilly et Conflans; elle passa près du monument élevé à la garde prussienne, et Georges, tournant une dernière fois la tête vers la colline de Saint-Privat, murmura le vers de Virgile :

Une postérité vengeresse sortira de leurs os!...

Trois mois après ce douloureux pèlerinage, qui s'était terminé au cimetière de Saint-Cyr, où les restes du colonel Cardignac avaient été déposés auprès de ceux du chef de la famille, le mariage de Georges Cardignac avec Lucie Ramblot était célébré à l'église Saint-Louis de Versailles.

Les témoins de Georges étaient : son ancien capitaine de Saint-Cyr, le colonel Manitrez, et son cousin Pierre Bertigny qui avait, pour ce grand jour, repris l'uniforme de cuirassier. Ceux de la jeune fille étaient M. d'Anthonay et Paul Cousturier. Une foule sympathique remplissait l'église, car l'histoire de Georges s'était vite répandue, et il avait si fière mine, avec sa croix et sa médaille militaire, sur son uniforme de marsouin, sa fine moustache, sa physionomie énergique et sa triomphante jeunesse, qu'il semblait personnifier à lui seul toute cette famille de vaillants d'où il sortait.

Quant à Lucie Ramblot, la joie qui l'inondait donnait à son visage un charme inexprimable : on racontait dans la foule que la vaillante enfant avait accompagné son père jusqu'au fond du Soudan, que tous deux avaient failli y périr, celui-ci, prisonnier des noirs, celle-là, terrassée par la fièvre, et chacun convenait qu'il y avait parfois de la justice sur terre, puisque la délicieuse jeune fille, au lieu de trouver la mort dans les solitudes africaines, en avait rapporté le bonheur de toute sa vie.

Aux premiers rangs des assistants, bon nombre d'officiers de la promotion de Georges et du 1er régiment d'infanterie de marine étaient venus s'associer au bonheur de leur camarade; il ne manquait parmi eux que le capitaine Cassaigne, parti en mission au plus profond du Soudan; mais Pépin, lui, était là, en grande tenue d'adjudant médaillé, et on se montrait, à côté de lui, un enfant de troupe, portant la vareuse de marsouin, et dont les gros yeux blancs roulaient étonnés, au milieu d'une face du noir le plus intense. C'était Baba qui, pour la circonstance, avait consenti à mettre des godillots et des guêtres.

Quant à Mohiloff, dont la large figure impassible ne reflétait que rarement les émotions intérieures, il avait arboré pour ce jour-là un visage épanoui; car, non seulement il était heureux du bonheur de son jeune maître; mais encore il avait vu arriver, le matin même, à Versailles, son ancien ami d'Afrique, le brave et serviable Cuir-de-Russie, qui, libéré depuis deux ans, avait lu dans les journaux la nouvelle du mariage de son lieutenant.

Enfin le colonel Mangin, retraité depuis quelques années, avait tenu à donner, lui aussi, au jeune officier qu'il avait reçu à son arrivée au corps, une éclatante preuve d'estime et était venu tout exprès de Marseille.

Ce fut l'abbé d'Ormesson qui prononça les paroles qui unissent à jamais. Il allait, quelques jours après, repartir pour l'Extrême-Orient, et quand, avec la sobre éloquence qui le caractérisait, il retraça la vie déjà si bien remplie du jeune officier, en la rattachant à cette *Famille de soldats* qui avait, dans le cours du siècle, versé sans compter son sang pour la Patrie, une grande émotion plana sur la foule. Lorsque, en terminant, il raconta l'odyssée du fils ramenant en terre française les restes du héros de Saint-Privat, plus d'un œil se mouilla.

Mais sa péroraison surtout enflamma tous les cœurs :

« O mon pays, s'écria-t-il, toi qui t'inclines avec un égal respect sur la cendre des petits et des grands, pourvu que cette cendre soit héroïque; toi que tes ennemis ont parfois proclamé léger, mais que nul n'osa jamais proclamer ingrat, sois fier de posséder des enfants comme ceux qui ont porté à travers trois générations le nom de Cardignac et qui n'ont connu qu'un seul culte : le tien. Leur seule ambition a été, depuis cent ans, de mourir pour toi, et ce dernier descendant des Cardignac, aussi heureux pourtant aujourd'hui que peut l'être créature humaine, te donnerait sa vie sans hésiter, demain, si tu la lui demandais. A ceux qui toujours sont prêts au suprême sacrifice, sois reconnaissant, ô mon pays.

« Aime-la, cette armée qui est le plus pur de ton sang et qui se prépare silencieusement aux grands devoirs, car elle est en même temps la plus sûre garantie de ta grandeur et le plus solide rempart de ta liberté parmi les peuples.

« Dépositaire de tes gloires, un jour viendra où elle te fera oublier tes deuils !

« O mon pays, aime toujours et honore ton armée ! »

Lorsque le long défilé à la sacristie fut terminé, le cortège se disposa à sortir, et Georges se tournait vers « sa femme » pour lui offrir le bras, lorsqu'il distingua derrière un pilier, un uniforme, un uniforme de simple marsouin.

Celui qui le portait, un grand garçon au teint basané, aux cheveux ras, était entré dans la sacristie pour saluer, comme les autres, les nouveaux mariés; mais il n'avait pas suivi le défilé, et, manifestement gêné, il n'osait plus ni s'avancer, ni sortir.

Georges le montra d'un geste à Andrit, qui avait servi de garçon d'honneur à son ami.

Le jeune officier de la légion se dirigea vers le soldat, échangea quelques mots avec lui, et, le prenant par la main en souriant, l'amena devant Georges Cardignac.

Et dans ce soldat qui portait encore le bras en bandoulière, car son épaule fracassée se réorganisait bien lentement, Georges Cardignac reconnut Rousseau, le déserteur! Il fit un pas vers lui, et lui tendant la main :

— Lucie, dit-il, je vous présente un brave soldat,... qui revient de loin!

— Oh, oui!... de bien loin! mon lieutenant, murmura l'ancien légionnaire d'une voix entrecoupée... Combien... je vous remercie! Jamais, jamais je ne vous oublierai!

Me croirez-vous, mes enfants, quand je vous dirai qu'au milieu de toutes les joies qui l'inondaient à cette heure, le « merci » de cet humble qu'il avait sauvé de l'abîme, mit dans l'âme de Georges Cardignac un bonheur nouveau et non le moindre.

Ce retour d'un soldat à l'honneur et au devoir, cette résurrection morale, c'était en partie son œuvre à lui; et quelle satisfaction est supérieure à celle-là?

Mes enfants, le « petit marsouin » dont je viens de vous raconter la première partie de la vie est loin d'avoir terminé sa carrière. En 1886, année où je le quitte, il va passer capitaine. Il a encore la perspective de nouvelles campagnes aux colonies : il ira à Tombouctou, il se battra au Dahomey, il fera partie de la colonne volante de Madagascar, il suivra les traces de la mission Congo-Nil, enfin il ira guerroyer en Chine; il a encore trente ans de vie militaire devant lui.

Verra-t-il la grande guerre attendue par ceux qui n'oublient point? il semble que chaque jour la recule davantage.

Verra-t-il la lutte avec l'Angleterre, l'ennemie séculaire de notre pays? C'est plus que probable.

Quoi qu'il en soit, je termine ici l'histoire de cette *Famille de Soldats*, que vous avez suivie depuis trois ans avec une attention qui m'a beaucoup touché. Peut-être vous ai-je quelquefois parlé de choses un peu sérieuses pour votre âge, un peu tristes pour votre gaieté. Il le fallait, mes enfants ; la vie militaire est faite de contrastes : les situations tragiques y côtoient les manifestations joyeuses, et les dévouements sublimes y font suite aux banalités de la vie quotidienne. Mais j'ai voulu vous montrer que la carrière des armes était noble entre toutes, et mon but sera rempli, comme je le disais à mon petit Georges au début de « Jean Tapin », si, en fermant ce dernier livre à la dernière page, vous ne pouvez plus voir un *Régiment* sans rêver et son *Drapeau* sans tressaillir !

LE DRAPEAU DES CHASSEURS A PIED
au 1er bataillon.
(*Grandes Manœuvres de 1899.*)

TABLE DES MATIÈRES

SOCIÉTÉ ANONYME D'IMPRIMERIE DE VILLEFRANCHE-DE-ROUERGUE
Jules Bardoux, Directeur.

8 Novembre 8

www.ingramcontent.com/pod-product-compliance
Lightning Source LLC
Chambersburg PA
CBHW070749030726
47504CB00003B/485